꿈!
포기하지
않으면
불가능은
없다

Dream! Unless You Give Up, All Is Possible

Koh's Life Story and Mentoring on Education and Career

written and revised by S. D. Koh, J.D.

published by Market Day-Gamiddle Publishing Co.

꿈!
포기하지 않으면 불가능은 없다

고승덕 지음

개미들출판사

차례

『포기하지 않으면 불가능은 없다』를 출간한 지 10년이 지났다. 그사이 나는 법조계, 방송, 증권 등 여러 분야에서 활발하게 활동했고, 국회 의원도 역임했다. 하지만 내 인생의 가장 큰 변화는 내가 '꿈꾸는 청년들의 멘토'를 자처하면서 청소년 전문가로서 인생 2막을 열었다는 점이다.

　청소년기본법상 청소년은 9세에서 24세까지로, 우리나라 인구의 약 20퍼센트를 차지한다. 청소년의 부모까지 합치면 전체 인구의 절반이 넘는다. 이 연령대는 꿈을 꾸면서 진로를 개척해야 할 나이이지만, 현실은 진학과 취업 문제로 고통이 크다.

　나는 내게 미래 세대를 위한 시대적 소명이 있다고 믿는다. 『포기하지 않으면 불가능은 없다』가 결정적인 계기가 되었다. 책을 낸 뒤 여러 학교에서 특강 요청이 쇄도했고, 자연스럽게 현장의 목소리를 듣고 청소년 문제에 관심을 가지게 되었다. 나는 청소년들이 열심히 공부하며 꿈을 이룰 수 있도록 도와주는 멘토가 되기로 마음먹었다.

2007년 청소년 자원봉사 단체인 청소년나비운동본부를 만들었고, 청소년행복나눔자원봉사 대상 심사위원장도 두 차례 역임했다. 2010년에는 사단 법인 드림파머스(Dream Farmers)를 설립해서 매 학기 대학생 200명이 참여하는 드림멘토링아카데미를 운영하고 있다. 2012년 봄부터는 대안 학교인 다애 학교(다문화 가정 대안학교)의 교사로도 봉사하고 있다. 2013년에는 한국청소년발전포럼을 설립하여 대표를 맡았으며 청소년 지도사 자격도 취득했다.

이번에 『포기하지 않으면 불가능은 없다』 개정판을 내게 된 것은 지난 10년 동안 청소년을 둘러싼 환경이 급변했을 뿐 아니라, 그들을 위한 나의 역할 또한 달라졌기 때문이다. 청소년과 학부모들이 이 책을 통해서 미래를 설계하고 진로를 헤쳐 나가는 지혜를 찾기를 바란다.

세상은 엄청나게 빨리 변하고 있다. 우리나라의 초고속 인터넷과 휴대전화 보급률은 거의 100퍼센트에 달하고, 2013년 스마트폰 가입자 수는 세계 1위를 달렸다. 정보를 장악한 소수가 세상을 지배하던 시대는 갔다. 이제는 누구나 정보를 생산하고 빠르게 확산시킬 수 있으며, 우리 모두가 주인인 세상이 되었다. 정보화 시대는 얼리 어댑터인 10대와 20대가 주도하고 있다. 청소년은 시키는 대로 움직이던 수동적 객체에서 적극적으로 자기 취향과 의견을 표출하면서 문화 생산과 사회 변화에 적극 참여하는 주체로 변모하고 있다. 청소년은 스스로 꿈을 찾고 계발할 충분한 능력이 있다.

그러나 청소년들이 처한 교육 환경과 취업 상황은 더욱 어려워져만 가고 있다. 대학 진학률은 70~80퍼센트에 달하는데, 고용 없는 저성장 시대에 청년 체감 실업률은 20퍼센트를 넘는다. 대졸자 90퍼센트는 대기업과 공기업 취업을 선호한다. 대기업은 넘치는 지원자 중에서 현장에 바로 투입할 수 있는 인재를 가려 뽑고 있다. 기업이 찾는 인재는 기업의 성공에 기여할 수 있는 역량을 갖춘 사람이다. 학습 능력뿐 아니라 의사 결정 능력, 의사소통 능력, 협동 능력에 공동체 정신까지 실천할 수 있는 사람이다.

취업에 성공하려면 전략이 달라져야 한다. 20세기의 성공 전략은 공부에 올인 하는 것이었다. 학생들은 미리 진로를 생각할 필요가 없었다. 고등학교를 졸업할 때 성적에 맞추어 대학을 정하고, 대학을 마친 뒤 취업할 때 스펙에 따라 직장을 선택했다. 그런데 지금 기업에서는 학업만 우수한 학생은 쓸모가 없다고 한다. 21세기에는 학생이 공부하기 전에 미리 진로를 정해야 한다. 그 진로에 맞추어 공부하고 역량을 쌓는 활동을 해야 취업에 성공한다.

교육은 그 자체가 목적이 아니다. 사회에 필요한 인재를 공급하는 역할을 해야 한다. 학생이 진로를 찾고 준비하도록 도와주어야 한다. 그래서 취업 환경이 변하면 교육도 변해야 한다. 스펙 중심에서 역량 중심으로 기업의 채용 기준이 변하면서 교육도 변하고 있다. 2008년부터 대입 전형에 입학 사정관제가 도입되었다. 성적만 가지고 학생을 선발하지 않고 적성과 인성, 잠재력까지 평가하겠다는 것이다. 입학 사정관이 아닌 대학 입시 전형에서도 비교과 요인을 반영하는 비중이 커지고 있다.

학생과 학부모들은 "숫자로 검증되지 않는 요인으로 평가한다니 어떻게 대입을 준비해야 하느냐."고 아우성이다. 어렵지 않다. 입시 전형 기준은 입사 면접 기준과 같아지고 있다. 기업에서는 이런 요인들을 어떻게 평가하는가. 답은 살아온 경험과 스토리에 있다. 교과 외의 활동을 해야 한다. 학생들에게 활동할 시간을 주어야 한다. 2013년까지 모든 학교에서 주5일제 수업을 전면 실시하도록 한 근본 이유가 이것이다. 부모가 주5일 근무하기 때문에 같이 쉬라고 하는 뜻이 아니다.

교육은 진로에 적합해야 한다. 이것이 달라지고 있는 교육 정책의 핵심이고, 21세기 청소년과 학부모가 알아야 할 진로 전략의 요체이다. 2014년까지 전국의 모든 중고등학교에 진로진학상담교사 배치가 완료된다. 진로진학상담교사는 일반 교과는 가르치지 않는다. 학생이 직업 적성을 알고 진로 계획을 세워 공부하고 진학하도록 지도한다.

이런 변화를 모르면 진학도 어렵고 취업도 힘들다. 공부만 신경 쓴 학생들은 입학 사정관제로 대학 문이 좁아졌다고 생각하지만 변화의 흐름을 알고 준비하면 학업 성적보다 한두 단계 올려 대학을 갈 수 있는 기회가 많아졌다.

나는 지금 한국에서 일어나고 있는 변화를 오래전 몸소 겪었다. 미국의 3대 로스쿨이라 불리는 하버드대, 예일대, 컬럼비아대로 유학을 갈 때마다 입학 사정관을 통해 입학 심사를 받았고, 미국 변호사로 취업하는 과정에서 지금 대기업에서 하는 것 같은 심층 면접을 여러 차례 거쳤다. 한국에 돌아와 여러 분야에서 활동하면서 다양한 직업 세계를 경험했고 융합적으로 활동했다. 진학과 취업 과정에서 강조하는 봉사 활동도 20여 년 전부터 실천해 왔다.

나는 자기 주도적으로 학습하고 늘 새로운 일에 도전하며 살아왔기 때문에 어떻게 진로를 설계하고 살아갈 것인가 스스로 깨달은 점이 많다. 진로에 맞추어 공부하고 직업을 계발하는 방법을 배우고 싶은 21세기 대한민국 청소년들을 위하여 멘토가 되기에 필요한 경험을 많이 쌓은 셈이다.

이 책을 통해서 나는 솔직한 과거 이야기와 함께 그간의 인생 경험에서 우러나온 멘토링, 특히 어떻게 진로를 설계하고 진학하며 사회 진출을 준비하면 좋을지에 관한 도움말을 주고자 한다. 이를 위해 개정판에서는 인생 멘토링에 관한 팁을 추가했다.

이 책은 학생들뿐 아니라 그들을 지도할 교사, 학부모들을 대상으로 쓰였다. 직장, 사업, 가정 등 인생 전반에 대한 체계적 멘토링을 원하는 독자에게는 2011년 펴낸 『고승덕의 ABCD 성공법: 꿈을 꾸며 노력하면 이루어진다』를 권한다. 『고승덕의 ABCD 성공법』이 두꺼워서 읽기가 부담스러운 학생이라면 2013년 출간한 청소년판 『꿈으로 돌파하라』가 적합할 것이다.

아무쪼록 이 책을 읽는 학생들이 원하는 학교에 진학하고 준비 중인 시험에 합격해서 꿈꾸는 직장에 들어갈 수 있기를, 학부모들이 자녀 지도에 성공할 수 있기를 기원한다.

오랫동안 미천한 종의 믿음이 변하지 않게 지켜 주시고 도와주시고 이끌어 주신 하나님께 감사드린다. 하나님이 앞으로도 우리와 함께 하시기를 간구하면서 이 책을 펴낸다.

2014년 2월
서울 서초구 반포에서
고 승 덕

사법시험 합격자가 1년에 100명도 되지 않던 1970년대 후반, 나는 서울대 법대 재학 중 고시 3관왕이 되었다. 사법시험 최연소 합격, 행정고시 수석, 외무고시 차석이었다. 대학 재학 중 3대 고시를 정복한 것이나 3대 고시를 전부 타이틀을 달고 합격한 기록은 사법시험 합격자가 1,000명이 된 지금 까지도 깨지지 않았다. (2013년 외무고시가 폐지되어 이 기록은 영원히 깨질 수 없게 되었다. 2018년에는 사법시험도 없어진다.)

하지만 나도 처음 고시를 시작할 때는 어떻게 공부해야 할지 몰라서 몇 달간 허송세월을 보냈다. 공부 방법을 몰라서 아까운 청춘을 허비하는 고 시생이 없기를 바라는 마음에서 1980년 봄에 고시 방법론을 중심으로 고 시 합격기를 썼다.

이 책은 폭발적 인기를 끌었던 고시 합격기에, 어릴 적부터 지금까지 고 시생, 유학생, 판사, 변호사로서 열심히 살아온 나의 반평생 이야기를 합친 것이다.

내 인생은 도전의 연속이었다. 시골의 신설 중학교 학생으로 전국 최고 명문고였던 경기고에 합격해서 우등 졸업했고, 서울대 법대 3학년 때 사법 시험에 합격했다. 법대생들에게 생소했던 외무고시와 행정고시에 합격했으며 법대를 수석 졸업했다. 법조인들이 별로 유학을 가지 않던 시절에 미국 3대 로스쿨이라는 예일대, 하버드대, 컬럼비아대에서 학위를 받았고, 컬럼비아대에서는 미국 학생들도 가장 어렵다고 하는 민사 소송법의 조교를 하기도 했다. 한국인 최초로 미국 4개주 변호사 자격을 땄으며, 세계 최대의 로펌에서 2년간 변호사 생활도 했다.

뉴욕에서 돌아온 후 변호사로서 건강에 무리가 갈 정도로 일하면서도 틈을 내서 방송 활동을 하고 광고에도 출연했다. 주식 쪽에서는 새로운 패러다임을 개발해서 전문가 반열에 올랐고, 경제 분야 베스트셀러가 된 「고변호사의 주식 강의」 시리즈를 쓰기도 했다.

나는 남이 닦은 길을 가기보다는 새로운 길을 만들면서 살아왔다. 사교육에 의존하지 않고 혼자서 공부했고, 인생의 중요한 고비마다 혼자 결단하면서 헤쳐 나아갔다. 이 책은 나의 방황과 고민, 목표 설정과 결단, 구도, 도전, 성공의 과정을 그대로 담고 있다.

자기 주도적으로 공부하려는 학생, 변호사를 꿈꾸는 청소년, 로스쿨 진학, 국가 고시와 유학을 준비하는 학생, 자기 인생의 주인이 되고자 하는 많은 사람들에게 이 책이 가이드가 되었으면 한다. '콩나물 기르듯 끈기 있게', '고승덕식 단권화', '낮과 밤이 바뀌다', '100일 작전을 실천하다', '집중력으로 승부한다' 같은 공부 방법론은 실제로 공부하는 데 참고가 될 것이다. '포기하지 않으면 불가능은 없다', '노력이 기적을 만든다', '급할수록 정석으로', '피할 수 없다면 돌파하라!', '극기상진, 자신을 이기고 나아가다', '행복과 불행의 법칙'처럼 경험에서 우러난 인생철학을 실천하는 과정 또한 의미가 있을 것이다. 무엇보다 끊임없이 다양한 분야에 도전하는 정신, 꿈을 꾸고 목표를 세워 실천해 나가는 선순환 과정은 미래를 꿈꾸는 모든 사람에게 도움이 될 것이다.

가치 판단에 시간 가치를 도입한 't1t2 판단법'은 내 인생의 중요한 고비마다 결단의 힘을 주었다. '절대적으로 중요한 일을 먼저 해야 한다'는 단순 논리에 대한 나의 대안이다. 판단 착오로 공부를 무시하거나 인생을 그르치기 쉬운 청소년에게 t1t2 판단법은 '미룰 수 없는 일을 먼저 해야 한다'는 것을 깨닫게 할 것이다.

23년 동안 한 글자 한 글자 기록해 왔던 원고를 책으로 정리하는 동안 내가 걸어온 인생 역정이 영화처럼 눈앞을 스쳐갔다. 모든 이야기를 책 한 권에 담을 수는 없기에, 당초 준비한 원고 중에서 학생들에게 도움이 되지 않는 부분, 사생활에 대한 기록은 다른 기회를 기약하면서 떼어 놓는다.

인생은 항상 시작이다. 나이는 생각일 뿐이다. 나는 앞으로도 변함없이 도전하고 노력할 것이다. 불가능처럼 보이는 것 앞에서 포기하지 않고 이루게 해 주시는 하나님이 항상 우리와 함께 하신다는 것을 믿으면서 부모의 큰 사랑 앞에 머리를 숙인다.

2003년 7월
서울 서초구 서래마을에서
고 승 덕

1

시골 학생,
서울 가다

꿈을 좇아 서울로

천사표 어머니와
모범생 아버지

꿈을 좇아 서울로

책을 좋아한 아이

험한 세상살이를 견디면서도 자식이 잘되기를 바라는 것은 모든 부모들의 한결같은 꿈일 것이다. 나도 자식 교육을 위해서라면 부모가 희생을 마다하지 않는 교육열 높은 집안에서 자랐다.

우리 선조는 원래 대대로 제주에서 살았다. 아버지도 제주도에서 태어난 제주 고 씨이다. 아버지가 태어났을 때 제주도는 전라도에 속한 섬으로, 초등학교가 하나밖에 없었다. 할아버지는 자식들 교육을 위해 연락선을 타고 육지로 나와 전전하다가 광주에 정착했다.

집안 살림이 그다지 넉넉한 편이 아니어서 아버지는 어릴 적 쌀밥(제주도 말로 '고운 밥')을 마음껏 먹어 보지 못했다고 한다. 그 때문인지 지금도 몸에 좋다는 잡곡밥 대신 흰쌀밥만 드신다. 어려운 형편에도 아버지

형제들 모두 광주일고를 나와 그중 셋이 박사가 됐으니, 할아버지의 뜻은 이루어진 셈이다. 서울대 의대를 졸업한 아버지는 6·25 전쟁이 터지자 강원도에서 군의관으로 복무하던 중 결혼해서 4남매를 낳았다. 내가 태어나자 집안 어른들은 장손이라면서 매우 기뻐했다고 한다. 아버지는 11년간 군 복무를 하고 내가 네 살 될 때 전역했다.

내가 나고 자란 월산동은 광주광역시의 변두리 동네였다. 지금은 많이 발전했지만 당시는 도로 포장이 안 되어 비만 오면 온 골목이 걸어 다니기도 힘든 진창으로 변했다. 우리 집은 낡은 한옥이었다. 벽은 짚과 흙을 섞어 발랐고, 창문과 방문은 나무틀에 종이를 바른 것이었다. 장판과 벽지 밑에는 이가 들끓었고, 지붕과 천장 사이에는 쥐가 다녔다. 우리 집뿐 아니라 변두리 집들은 다 그랬다.

식구는 많았지만 방은 2개뿐이었다. 누나인 명선, 명숙은 작은방에서 자고, 나와 동생 승권은 부모님과 큰방에서 잤다. 마당 귀퉁이에 놓인 재래식 변소는 밤에는 혼자 다니기가 무서웠다. 나는 동생과 교대로 보초를 서면서 볼일을 보곤 했다. 여름이면 펌프질을 해서 퍼 올린 지하수로 마당 한쪽에서 목욕을 했지만, 겨울에는 온수가 없어서 동네 목욕탕에 가야 했다. 때 미는 것이 싫어서 목욕탕에 가는 것을 피했던 나는 겨울이면 손등이 트고 갈라지는 일이 많았다.

초등학교 때 나는 적극적인 성격이었다. 수업 시간에도 열심히 손을 들었다. 6년 내내 반장을 했고, 전교 학생회장도 했다. 광주 시내 초등학교 학생 회장단 모임에도 나가서 정견 발표를 열심히 했는데, 회장이나 부회장이 되지는 못했다. 알고 보니 시내에 있는 큰 초등학교에서 회장,

부회장을 하기로 내정이 되어 있었다. 변두리의 조그만 학교에서 온 내가 물정 모르고 회장을 하겠다고 나선 것이었는데, 어린 나는 사는 동네로 차별당하는 상황을 이해하기 어려웠다.

우리 남매는 모두 공부를 곧잘 했다. 누나들도 초등학교를 1등으로 졸업하고 중학교에 수석으로 들어갔다. 어머니는 중학교 입시를 앞둔 누나들에게 아침마다 생달걀을 넣은 우유를 줬는데, 나는 그게 그렇게 부러울 수가 없었다. 그것은 아들도 먹지 못하는 특식이었다.

요즘은 조기 교육이 보편화되어 초등학교에 들어가기 전에 한글은 기본이고 영어까지 깨치는 아이들이 많지만, 내가 어릴 적에는 그렇지 않았다. 초등학교에 들어가서야 한글을 배우는 것이 일반적이었다. 방과 후 학교나 학원도 없었다. 나도 초등학교 때, 영어 공부를 하거나 학원에 다닌 적이 없다. 다만 한자는 집에서 따로 공부했다. 『천자문』도 외웠다. 어릴 적 한자 공부를 한 덕분에 어휘력을 높이고, 책 읽는 데도 도움이 되었던 것 같다.

사람들이 나에게 공부 비결을 물으면 나는 주저하지 않고 "초등학교 때 책을 많이 읽은 것"이라고 말한다. 초등학교 시절하면 책 읽었던 기억이 떠오를 정도로, 책을 많이 읽었다. 동화, 탐험 소설, 위인전 등 닥치는 대로 읽었는데, 형제 중 나만 유독 그랬다. 어머니는 책에 빠진 나를 나무라지 않고 책을 사 주거나 빌려다 주었다. 학교 도서관 책도 거의 다 읽었다. 학교 도서관에서는 원래 도서 대출을 하지 않았는데, 내가 워낙 책을 좋아하니 도서관 사서를 보던 담임 선생님이 특별히 예외를 인정해 주었다. 그것으로도 모자라서 나중에는 할아버지가 읽던 명작 수필집, 동서양 소설 전집, 삼국사기, 야담 전집까지 섭렵했다. 만화도 중독이다 싶을 정도로 좋아했다. 내가 집에 없으면 어머니가 만화방으로 잡으러 오곤 했다. 어머니가 부르러 오기 전에 만화를 빨리, 많이 봐야 했기에 속독이 몸에 뱄다. 그렇게 읽은 책이 아마도 1,000권을 넘지 않을까 싶다.

당시는 교육청 같은 데서 초등학생을 상대로 독서 대회를 자주 열었다. 지정된 고전이나 명작의 내용을 시험하고 속독 능력을 검증하는 대회였다. 나는 학교 대표로 그런 대회에 자주 출전했다.

초등학생이 하루에 5시간 이상 집중하기는 매우 어렵다고 한다. 하지만 나는 아침 일찍부터 밤늦게까지 10시간 넘게 책을 붙들고 있는 날이 많았다. 책을 읽기 시작하면 어머니가 밥 먹으라고 불러도 못 듣기 일쑤였고, 책을 읽느라 잠을 설친 적도 많았다.

그때 책을 열심히 읽었던 것이 평생 공부를 잘할 수 있는 밑거름이 되었다. 학업 능력을 결정하는 자기 주도력, 사고력, 집중력, 지구력이 독서를 통해 저절로 길러진 것이다. 다독은 이해력을 높이는 데 효과가 크다. 부모로서 아이가 공부를 잘하기를 바란다면 학원 몇 군데 더 보내는 것보다 책에 취미를 붙이도록 분위기를 조성하는 것이 좋다. 미국 교육부도 어린이가 학교 공부를 잘하기 위해서는 책 읽는 습관을 가져야 한다고 홍보하고 있다.

이렇게 책과 사랑에 빠지는 바람에 건강이 나빠지기도 했다. 운동장 조회 시간에 쓰러진 적도 있다. 바른 자세로 책을 읽지 않아 시력도 떨어졌다. 초등학교 3학년부터는 기관지 알레르기로 고생했다. 겨울밤만 되면 기관지가 답답해지면서 숨쉬기 어려운 증상이 나타났다. 다른 형제들은 멀쩡한데 나만 그랬다. 도서관이나 만화방의 낡은 책이 문제였다. 종이 질이 좋지 않아 책장을 넘기면 먼지가 많이 났던 것이다. 당시 난방 수단이었던 연탄 온돌도 기관지 알레르기를 키웠다. 온돌이 방 안 공기를 건조하게 한 데다, 연탄에서 나오는 일산화탄소가 방으로 조금씩 들어온 탓이었다. 기관지 알레르기로 겨울밤마다 큰 고통을 겪었다. 낮에는 증상이 호전되었지만 밤만 되면 숨을 제대로 쉴 수 없어 어두워지는 게 무서울 정도였다.

역설적이게도 내가 지금 비교적 건강한 축에 드는 것은 어릴 때 몸이 약했기 때문이다. 어린 마음에 나는 내가 서른 살을 넘기지 못할 것이라고 생각했다. 그리고 그때부터 남보다 건강에 더 조심하면서 살았다. 만약 건강에 자신을 가졌더라면 무리하다가 일찍 건강을 해쳤을 수도 있지 않을까. 어릴 적 기관지 알레르기로 고생했던 것을 생각하면, 건강한 지금이 마치 보너스 인생을 사는 것 같아 행복하다.

돌이켜 보면 초등학교 시절 몸이 약했던 가장 큰 원인은 운동 부족이었다. 아버지는 사고가 날 것을 걱정해 자식들이 밖에 나가는 것을 싫어했다. 나는 골목을 뛰어다니는 대신, 집 안에서 할 수 있는 일 중 가장 재미있는 책 읽기를 하며 놀았고, 그러다 보니 운동 부족이 되고 말았다. 아버지의 과잉보호는 내가 중학교에 들어가서야 조금 풀렸다.

어릴 때 가장 아쉬운 점은 집을 멀리 떠나 보지 못한 것이다. 나는 학교와 집만 왔다 갔다 했다. 고등학교 시험을 보러 서울에 갈 때까지 광주 밖으로 나간 적이 두 번밖에 없었다. 한 번은 속리산으로 갔던 중학교 수학여행이었고, 다른 한 번은 초등학교 시절 목포 앞바다를 보러 간 일이다. 친구들이 여름 방학 때 바캉스를 다녀온 이야기를 할 때마다 공원 풀장조차 가 보지 못한 나는 바다가 보고 싶다고 투정을 부렸다. 그러자 어느 날 아버지가 택시를 대절해 동생과 나를 목포로 데리고 가서는 잠시 바다를 보여 주었다. 집으로 돌아오는 길에 비가 내렸는데, 빠르게 달리는 택시 유리창에 떨어진 빗물이 바람에 부딪쳐 거꾸로 유리창을 타고 올라가는 모습을 신기해했던 것이 아직도 기억난다.

우리 가족뿐 아니라 그 시절에는 나라 전체가 다 넉넉지 못했다. 어릴 적 나는 검정 고무신을 신고, 옷을 기워 입었다. 용돈은 거의 받아 본 기억이 없다. 식구가 많았던 탓에 고기는 대개 구워 먹는 대신 국을 끓여 먹었다. 학교에서는 보리나 잡곡을 섞어 밥을 지었는지 보기 위해 도시락 검사를 했다. 나라에 쌀이 모자라서 혼식 장려 정책을 펴던 때였다. 점심을 못 먹는 아이들을 위해 학교에서는 때때로 미국에서 원조 받은 옥수수 주먹 빵을 나눠 줬다. 당시 아이들이 가장 부러워한 도시락 반찬은 장조림이나 계란 프라이였다. 겨울이면 교실 난로에 땔 나무가 부족해서 호호 입김을 불면서 수업을 했다. 가장 인기 있는 외식 메뉴는 단연 자장면이었는데, 탕수육까지 시키면 더 바랄 것이 없었다. 별다른 군것질거리가 없던 시절이어서 나는 어머니가 집에서 만들어 주던 밀가루 빵을 즐겨 먹었다.

학교 가는 길에는 검정 고무신 구멍을 때우는 사람, 바람에 날려 떨어진 과일 열매를 파는 사람, 말발굽 갈아주는 대장간이 있었다. 고층 건물이 드물어서 우리 집 마루에 서서 동쪽을 보면 시내를 가로질러 멀리 무등산이 보였다. 밤이면 능선을 따라 군 기지의 불빛이 환했다. 그래도 공기는 깨끗했고 하늘은 맑았다. 지금도 여름밤마다 마당에 놓인 평상에 누워 학교에서 배운 별자리를 찾아보던 기억이 난다.

경기고를 꿈꾸다

내가 초등학교 6학년 올라갈 무렵 하늘이 도왔는지 중학교 입시가 없어졌다. 중학교 입시가 있었다면 몸이 약했던 나는 아마 좋은 성적을 받지 못했을 것이다. 나는 신설된 학교인 무등 중학교에 추첨으로 들어갔다. 학교는 집에서 멀리 떨어져 있었다. 벌판 가운데 담장도 없이, 운동장 공사도 마무리되지 않은 상태였다. 급하게 학생을 모집하다 보니 화순 넘어가는 산 부근에 한 학년이 들어갈 건물만 덜렁 지어 놓고는 개교한 것이었다. 어린 마음에 학교에 다니고 싶지 않을 정도였다.

처음에는 학교까지 시내버스가 다니지 않아서 시외버스를 타고 2시간 가까이 걸려서 등교했다. 체육 시간에는 주로 운동장 풀 뽑는 일에 동원되었다. 전교생이 학교 뒷산으로 토끼몰이를 나간 적도 있다. 마음 잡고 공부하기가 참 어려운 환경이었다. 그래도 군기 잡는 선배가 없는 것은 좋았다. 학교가 단출해서 선생님들과 학생들이 모두 가깝게 지냈다. 나는 중2 때까지 학급 반장을 하다가, 중3 때 입시 준비를 시작하면서 그만두었다.

중1 때는 수업이 끝나면 거의 매일 해가 질 때까지 운동장에서 축구를 했다. 편을 갈라 축구를 하면서 친구들과 친해졌다. 축구를 시작한 다음 기관지 알레르기가 거짓말같이 사라졌다. 동아리 활동도 열심히 했다. 부잣집 아이들은 보이스카우트를 했지만 나는 청소년적십자(JRC)에 가입해 헌혈 활동도 하고, 학생들에게 머리를 깎아 주는 봉사도 했다. 쉬는 시간에 바리캉으로 머리를 깎아 주다가, 수업 시작종이 울리면 머리가 덜 깎인 채로 뛰어가는 친구들의 모습을 보며 웃던 기억이 난다.

중2 때부터는 고교 입시를 준비해야 했다. 선배가 없어서 어떤 학교를 가려면 어느 정도 공부해야 하는지 알 수 없었다. 선생님들도 입시 지도에 애를 먹었을 것이다. 그래도 우리 중학교에는 실력 있는 선생님들이 많았다. 중학교 입시가 있던 시절, 일류 학교였던 서중(西中)이 없어지면서 많은 선생님들이 우리 학교로 옮겨 왔기 때문이다. 1학년 때 담임이었던 김재두 선생님도 서중 최고의 영어 선생으로 인정받던 분이었다.

나는 과외 수업을 받은 적이 거의 없다. 중1 초에 잠깐 영어 과외를 받은 것이 전부다. 그래도 내 성적은 줄곧 전교 1등이었다. 혼자 열심히 공부했기 때문이다. 중학교 들어가면서부터 초등학교 때에 비해 공부 분량이 몇 배나 많아졌으므로 집에서 따로 공부하지 않으면 따라갈 수가 없었다. 지금도 나는 학부모들에게 "초등학교 공부는 머리로 하고, 중고등학교 공부는 엉덩이로 한다."고 말한다. 초등학교 공부는 양이 적어서 공부하는 시간보다는 집중력이 성적을 결정하지만, 양이 많은 중고등학교 공부는 책상에 앉아 있는 시간이 성적을 좌우한다. 중학교 때부터는 머리를 굴려 공부할 생각을 버려야 한다. 공부하는 시간이 많아야 성적을 올릴 수 있다.

중2 때부터 나는 당시 우리나라 최고의 학교로 인정받던 경기고등학교에 진학할 뜻을 세웠다. 그것은 현실적인 목표라기보다는 나 혼자 세운 꿈이었다. 그 누구도 나에게 서울로 유학 가라는 말을 하지 않았다. 서울에 사는 친척이라고는 서울 지방 법원 판사이던 외숙 윤일영이 유일했다. 당시 큰누나가 외숙 집에서 이화여대를 다니고 있었다. 경기고에 합격한다고 해도 나까지 외숙 집에 얹혀살기는 염치없는 일이었다. 경기고 진학 계획은 어린 내가 현실을 생각하지 못하고 고집한 것이었다. 그런데도 아버지는 말리지 않았다.

문제는 내가 할 수 있을 것인가였다. 당시 고교 입시는 객관식 시험으로 200점 만점이었는데, 해마다 경기고에서 발표한 커트라인은 대개 196점~197점 정도였다. 기출문제를 가지고 테스트를 해 보니 아무리 해도 그런 점수가 나오지 않았다. (입학한 다음 알고 보니 경기고는 학교 위신을 세우기 위해서 커트라인을 실제보다 몇 점 높여서 발표하고 있었다. 경기고 다음이라고 하는 서울고에서 커트라인을 195점이라고 발표하면 경기고는 그보다 1, 2점 높게 발표하는 식이었다.)

그래도 나는 포기하지 않았다. 최선을 다하면 될 것이라는 생각으로 '죽어라' 공부했다. 주변 친구들이 많이 보는 참고서로는 경기고 입시를 준비할 수 없어서 서울 학생들이 본다는 높은 수준의 참고서를 구했다. 그리고 집에서 학교 공부와 상관없이 나만의 입시 공부를 해 나갔다. 영어와 수학만큼은 누구에게도 지지 않겠다는 각오로 공부했다. 한번은 중학교 사은회에 갔는데, 배종윤 국어 선생님이 "내가 너를 몇 번

혼내려고 했어." 하고 말하셔서 깜짝 놀란 일이 있다. "네가 수업 시간에 국어책과 수학책을 같이 놓고 공부해서, 수업 시작한 지 30분쯤 지나 기습적으로 앞에서 가르친 것을 물어봤는데 대답하더라. 그래서 못 혼냈어." 시간에 쫓겨 수업 시간에도 짬짬이 입시 준비를 하느라고 그랬던 것이다.

나는 매일 공부할 분량을 정해 놓고 자기 전까지 달성하기 위해 최선을 다했다. 기를 쓰고 매일의 목표량을 달성하려다 보니, 당시 나의 수면 시간은 5시간 정도에 불과했다. 조그만 안방 한쪽에서 내가 매일 밤늦게까지 불을 켜고 공부하는 바람에 부모님과 동생도 잠을 제대로 자지 못했다. 배가 부르면 잠이 와서 저녁은 일부러 조금만 먹었다. 밤늦게 배가 고플 때는 사과를 먹으며 배고픔을 달랬다. 성장기 청소년으로서는 참기 힘든 생활이었다. 내가 키가 안 큰 것도 이때 안 먹고 잠을 적게 잤기 때문인지 모른다. 시력도 점점 나빠져서 안경을 끼게 되었다. 형광등을 가까이 켜고 장시간 공부하는 바람에 자외선에 눈이 상한 것이다.

고교 입시 준비의 복병은 체력장이었다. 내가 중학교 3학년 되던 해부터 국민 체력 강화 차원에서 갑자기 체육이 입시 과목이 되었다. 체력장 점수는 턱걸이, 1,000미터 달리기 등 체력 검사에서 얻은 점수를 등급으로 환산한 것으로 200점 중 10점을 차지했다. 당시에는 군사 문화의 영향으로 체력장에 모의 수류탄 멀리 던지기 같은 종목도 있었다.

중3에 올라갈 무렵만 해도 나는 턱걸이를 하나도 못했다. 당연히 체력장 모의시험에서는 5점도 나오지 않았다. 체력장 점수가 이래서는 필기 과목을 다 맞아도 경기고에 가는 것이 불가능했다. 그래도 나는 희망을 갖고 노력했다. 수업이 끝나면 매일 혼자 운동장에 남아서 턱걸이 연습을 하고 달리기를 했다. 결국 나는 20번이 만점인 턱걸이를 19번이나 해서 체육 선생님을 놀라게 했다. "고승덕 봐라. 하면 된다!"는 말을 들었다.

중학교 3학년 2학기 때 서울의 어떤 기관에서 전국 중학생을 상대로 고교 입시 모의고사를 실시했다. 놀랍게도 나는 이 시험에서 전국 1등을 했다. 나도 믿기 어려운 결과였다. 상을 받고 돌아오던 날, 전교생이 교문 밖까지 도열해서 박수로 환영해 주었다. 선생님들도 우리 학교의 실력을 전국적으로 인정받았다면서 기뻐했다. 그날은 '무등의 날'이라는 학교 기념일이 됐다.

나는 체력장에서 9점을 받고, 경기고에 합격했다. 중학교도 1등으로 졸업했다. 교장 선생님은 우등상으로 부족하다면서 우등상 위에 특대상이란 것을 신설해서 시상했다. 모두 혼자 공부한 결과였다.

열등생이 우등생으로

꿈꾸던 경기고에 들어간 뒤, 처음에는 성북구 삼선동에 있던 외숙의 집에서 누나와 같이 더부살이를 했다. 하지만 그런 생활을 오래할 수는 없었다. 외숙의 집은 방이 몇 칸 되지 않는 조그만 한옥이었다. 한 학기가 지나고 아버지가 명륜4동에 조그만 한옥을 마련했다. 1970년대 명륜동은 기와지붕에 나무 기둥으로 된 ㄷ자형 한옥이 밀집한 동네였다. 골목은 차가 다닐 수 없을 정도로 좁았다. 아버지는 내가 서울대에 갈 것을 기대하고, 당시 서울대 문리대와 의대가 있던 동숭동과 경기고가 있던 화동 사이에 집을 구했다. 내가 중학교 때 등하교에 시간을 많이 빼앗긴 것을 안타깝게 생각했기 때문이었다.

명륜동에서 학교까지는 시내버스로 세 정거장 거리였다. 등교 시간에는 버스가 콩나물시루 같았지만, 만원이라고 버스를 놓치면 지각하기 때문에 마음을 굳게 먹고 올라섰다. 안내양이 "오라이!"라고 외치면 버스는 문도 닫지 못한 채 출발했다. 버스 안내양이 목숨을 걸고 두 팔로 문 양쪽을 잡고 버티면서 손님이 쏟아지는 것을 막았다.

작은누나가 광주에서 대학 입시를 준비하던 때여서 어머니는 두 집 살림을 했다. 한 달에 두 번, 어머니가 나와 큰누나가 먹을 반찬거리를 싸들고 서울로 올라오실 때마다 나는 서울역으로 마중을 나갔다. 지금은 옛날 서울역 건물이 조그마해 보이지만 그때는 무척 크고 복잡해서 갈 때마다 정신이 하나도 없었다.

몇 달 후 작은누나가 이화여대에 합격하자 아버지는 서울로 이사를 했다. 명륜동 집과 광주 집을 팔아 성균관대 부근에 집을 구했다. 자식 교육을 위해서 할아버지가 제주도를 떠난 것처럼 큰 결단을 내린 것이었다. 새로 옮긴 집은 작은 양옥이었는데, 기름보일러가 놓여 있어 목욕할 때 따뜻한 물을 쓸 수 있었다. 하지만 보일러 용량이 작아 겨울에는 난방이 시원찮았고, 천장과 벽은 단열이 되지 않아 여름이면 찜질방 같았다.

아버지는 피부과 의사였는데 지금처럼 피부 관리가 각광을 받던 시절이 아니어서 벌이가 신통치 않았다. 자식들이 공부하는 데 필요한 돈은 아끼지 않았지만 살림은 절약해야 했다.

그 시절 경기고는 자부심이 대단했다. 'K1'이라고 자처하는 대한민국 최고의 명문고로서 정치, 행정, 사법, 경제, 기업 등 각 분야에서 주역으로 활동하는 선배들이 많았다. 경기고에서는 선생님들이 학생들의 공부나 생활에 별로 간섭하지 않았다. 교훈에 '자유'가 들어갈 정도로 학생들의 자긍심과 자율성을 강조했다. 알아서 잘하라는 것이었다. 이런 학교 분위기에 취해 나는 그다지 열심히 공부하지 않았다. 어차피 서울 애들과 경쟁해서 우등생이 되기는 어려울 테니, 중간만 가자고 안이하게 생각했다. 당시 경기고에서는 상위 60퍼센트가 서울대에 진학했다. 나는 경기고에 들어온 것만으로 저절로 서울대에 갈 수 있다고 생각했는지도 모른다.

학교생활에 적응하기는 쉽지 않았다. 당시 지방 출신이 경기고에 재수하지 않고 들어가는 것은 하늘의 별 따기였다. 충남에서 온 조윤신, 전북에서 온 이충상 등 우리 반에도 지방 출신이 몇 되지 않았다. 광주가 도시라고 생각했던 나는 선생님과 친구들에게 '시골 학생'이라고 불려 자존심이 상했다. 그때만 해도 서울에서는 서울 아닌 곳을 모두 시골이라고 불렀다. 1학년 초 친구들이 내 도시락을 보고 김치 색깔이 까맣다며 이상하게 바라보았다. 서울 김치는 새우젓으로 담그고, 전라도 김치는 멸치젓으로 담그기 때문에 나타난 색깔의 차이였다. 그 이야기를 들은 어머니는 내 도시락에 쓸 김치만 따로 새우젓으로 담갔다.

사실, 알고 보면 많은 '서울 사람'의 고향이 '시골'이다. 반 아이들은 다들 서울에서 태어났지만, 막상 아버지가 서울에서 태어난 아이들은 별로 없었다. 할아버지까지 서울에서 태어난 학생은 반에 1명밖에 없었다. 1945년 광복 당시 서울 인구는 90만 명을 약간 넘었다. 1950년 6·25 전쟁 발발 직전에는 160만 명으로 증가했다. 1960년대에 경제 개발이 본격적으로 일어나면서 지방에서 일자리를 찾아 상경한 사람들로 서울은 점점 만원이 되었다. 서울 인구는 1963년에 300만 명, 1970년에 500만 명, 1988년에 1,000만 명을 돌파했다. 그러니 서울 사람의 90퍼센트는 타향이 고향인 셈이다. 지금도 사대문 안, 옛날 서울에 사는 사람은 100만 명도 되지 않는다.

고등학교 때 나는 유독 영어 공부에 열심이었다. 영어는 사회에 나가서도 쓸모가 있으므로 잘해야 한다고 생각했다. 영어 참고서로는 『성문종합영어』와 『정통종합영어』가 인기가 있었는데, 나는 『정통종합영어』를 1학년 때 혼자서 3번 정도 공부했다. 주머니에 항상 영어 단어장을 넣고 다니면서 수시로 단어와 숙어를 외웠다. 처음에는 2,000~3,000개의 단어가 든 작은 단어장으로 출발해서 나중에서 7,000~8,000개의 단어가 든 큰 단어장을 들고 다녔다. 1만 개 이상의 단어가 담겼다는 단어장도 명사, 형용사, 부사 등 파생어까지 합친 숫자인 경우가 많아서 실제로 외울 단어는 생각보다 적다.

처음 영어를 공부하다 보면 모르는 단어가 줄줄이 나온다. 이때 모르는 단어를 사전에서 일일이 찾는 것이 귀찮아서 대충 넘어가는 학생이 많다. 그러면 영어 실력이 제대로 붙지 않는다. 모르는 단어는 사전에서 뜻을 찾아 적어 놓아야 한다. 절대로 그냥 넘어가면 안 된다. 이것이 영어 공부의 철칙이다.

나는 영어 참고서나 교과서를 공부하다가 모르는 단어나 내가 알고 있는 뜻으로 해석이 안 되는 단어가 나오면, 사전을 찾아 책 여백에 뜻과 발음 기호를 적어 놓았다. 같은 단어를 여러 번 찾아 적어 놓기도 했다. 이런 식으로 공부하면 책을 한 번 읽는 데 시간이 엄청나게 든다. 하지만 두 번째 읽을 때부터는 단어를 찾지 않아도 되므로 시간이 단축된다. 영어 공부는 반복 학습을 할수록 가속도가 붙는다.

당시 경기고에서는 1년에 한 번 전교생을 상대로 영어 경시대회를 열었다. 나는 1학년 2학기 때 1학년생으로는 유일하게 종합 장려상을 받았다. 어휘 부문에서는 전교 2등을 했다. 영어는 군이 과외 수업을 받지 않아도 자신이 들이는 시간만큼 실력을 늘릴 수 있다.

영어와 달리 수학 공부에는 별로 공을 들이지 않았다. 나는 문과를 지망했기 때문에 대학을 졸업하고 사회에 나가면 수학은 아무런 소용이 없다고 생각했다. 수학 점수가 낮으면 대학에 갈 수 없다는 사실을 간과했던 것이다.

고1 공통 수학은 중학교 수학의 연장이어서 중학교 때 실력으로도 대충 넘어갈 수 있었다. 폭탄이 터진 것은 고2 때였다. 3월에 국, 영, 수 세 과목에 대한 시험을 쳤는데 수학에서 40점을 받았다. 한 반에 100점을 받는 학생이 5명이나 있었으니 어려운 시험도 아니었다. 영어 성적이 좋았음에도, 세 과목의 성적을 합치자 전체 60명 중 57등이었다. 요즘에는 한 반이 40명도 되지 않으니, 구경하기도 힘든 성적이다.

영문도 모르고 학교에 불려간 아버지는 담임 선생님에게 "승덕이, 이런 성적으로는 서울에 갈 대학이 없어요. 알고나 가세요." 하는 날벼락

같은 이야기를 들었다. 아들 공부 때문에 서울로 이사까지 했는데 얼마나 허탈했을까. 나중에 아버지는 내 면전에 대고 "승덕아, 네가 서울에 오더니 바보가 되었구나."라고 말했다. 갑자기 바보, 문제아가 된 나는 너무나도 비참한 심정이었다. 내 인생의 첫 위기였다.

하지만 나는 좌절하지 않았다. 여기서 무너지면 인생을 포기하는 것이라고 생각했다. 나는 내가 서울대에 갈 수 있다고 믿었다. 다행히 대학 입시까지는 2년이란 기간이 남아 있었다. 나는 수학을 파고들기 시작했다. 넉넉지 못한 집안 형편에 사교육을 받을 수는 없었다. 아버지는 "부모의 도리는 책을 사 주는 것이고, 공부는 네가 하는 것"이라고 말했다. 학원에 보낼 수 없다는 뜻이었다. 맞는 말이었지만 섭섭했다. 다급한 마음에 나는 어머니를 졸라 아버지 몰래 한두 달 학원을 다녔다. 그것이 나에게는 마중물 역할을 했다.

마중물이란 펌프질을 할 때 물을 끌어올리기 위해 위에서 붓는 물을 말한다. 처음 펌프질을 할 때 파이프에 물이 없으면 잘 나오지 않는데, 이때 물을 한두 바가지 집어넣으면 물이 잘 올라온다. 나중에는 학원 오가는 시간이 아깝기도 하고 공부에 능률도 오르지 않아서 그만두었지만, 처음 수학 공부를 시작할 때는 학원에서 배운 것이 도움이 되었다.

학원이나 과외에는 깐깐했던 아버지도 공부에 필요한 책만은 아낌없이 사 주었다. 나는 쉬운 수준의 참고서, 『수학정석』같은 중간 수준의 참고서, 그리고 『해법수학』같이 어려운 수준의 참고서를 두루 보았다. 챕터별로 먼저 쉬운 참고서를 2~3회 풀고, 알 만하면 중간 수준 참고서를 반복해서 풀고, 마지막으로 어려운 참고서를 공부하는 식으로 3단계

학습을 했다. 문제를 스스로 풀어볼 시간이 없어서, 문제와 답을 함께 보며 문제 풀이 과정을 이해하려고 노력했다. 잘 모르는 문제는 연필로 체크했다가 다시 볼 때 집중해서 보았다.

3단계 공부법은 처음에는 시간이 엄청나게 들고 진도도 거북이처럼 느리다. 처음에 진도 나가는 속도만 생각하면 참고서를 끝까지 공부하는 데 몇 년은 걸릴 것 같아 보인다. 그런데 노력하는 인간에게는 신이 주는 선물이 있다. 바로 요령이다. 꾸준히 노력하는 사람은 요령이 늘고 능률이 오른다. 처음 생각했던 것보다 진도에 가속도가 붙으면서, 시작할 때는 불가능해 보이던 일이 가능해진다.

대학 입시에 내신이 반영되지 않던 시절이라 학교 진도에는 신경 쓰지 않고 수학만 집중적으로 공부했다. 목표는 한 학기에 참고서 1권을 정복하는 것이다. 스스로 정한 목표를 달성하자니 하루에 수면 시간이 5시간도 되지 않았다. 그나마도 집에서 4시간 자고, 학교에서 점심 먹고 30분씩 엎드려 자는 식이었다. 그렇다고 학교 수업을 소홀히 하지는 않았다. 수업 시간에 가끔 졸기는 했지만 자지는 않았다.

수학 공부 역시 반복 학습이 중요하다. 여러 번 반복해서 공부하다 보면 나중에는 문제만 보아도 푸는 방법이 저절로 생각난다. 처음에는 답답할 정도로 느리던 진도가 점차 빨라졌다. 두어 달 지나지 쉬운 참고서는 볼 필요가 없어졌다. 나중에는 가장 어렵다는 도쿄대 입시 문제집까지 풀었다.

고교 2학년 1학기는 암울한 시기였다. 아무도 알아주지 않는 촌놈이 바닥으로 떨어진 상태에서 온 정신을 공부에만 쏟다 보니 외롭고 힘들었다. 그래도 나는 '하면 된다'는 신념으로 밀고 나갔다. 스스로 성격이 독해지는 것을 느꼈다. 스트레스는 카우보이가 주인공인 영화, 찰슨 브론스, 율 브리너 등이 등장하는 액션 영화를 보며 풀었다. 집 근처에 영화관이 있었는데, 재상영관이라 표가 쌌다.

여름 방학에도 나는 놀러 가자는 친구의 제안을 마다하고 집에 틀어박혀 공부를 했다. 그해 여름은 정말 더웠다. 내의만 입고 있는데도 땀이 계속 흘렀다. 엉덩이에는 땀띠가 났다. 그래도 여름 방학 동안 수학 참고서를 거의 다 공부하고 나자, 수학에 자신이 붙었다.

9월 첫 시험을 치르고 난 뒤, 우리 반 아이들은 깜짝 놀랐다. 학년 초 꼴찌에 가까웠던 고승덕이 수학 시험에서 만점을 받은 것이다. 2학기 동안 나는 4번의 수학 시험에서 모두 100점을 받았다. 영어와 수학 성적이 오르자 등수도 올랐다. 2학년 말에는 전교 상위권에 들었다.

열등생에서 우등생이 된 나는 절망의 늪에서 빠져나온 기분이었다. 돌이켜 보면 전화위복이었다. 2학년 초에 수학 시험을 망쳤기에 빨리 정신을 차릴 수 있었던 것이다. 3학년 때 문제가 터졌다면 성적을 올리기가 더 힘들었을 것이고, 대학 입시에 장애가 되었을 수도 있었다.

수학을 정복한 경험을 통해 나는 무슨 일이든지 6개월 정도 파고들면 잘할 수 있다고 믿게 됐다. 절망을 극복하기 위해 가장 중요한 것은 끝까지 포기하지 않는 것이다. "포기하지 마라. 절대 포기하지 마라." 그 뒤에도 이런 믿음은 내가 살아가는 데 큰 도움이 됐다.

고3이 되자 과외가 극성을 부렸다. 당시는 국어, 영어, 수학 세 과목 비중이 대학 본고사의 80퍼센트를 차지해 세 과목의 성적이 합격을 좌우했다. 내신 성적이 입시에 전혀 반영되지 않았기 때문에 학교 수업이나 성적에 신경 쓸 필요가 없었다. 학교에서는 내내 졸다가 저녁때 과외 수업을 가서 공부하는 학생들이 많았다. 수업 시간에 선생님이 잔소리를 심하게 하지 않으면 아예 엎드려 자는 학생도 있었다. 과외가 학교 교육을 망치고 있는 셈이었다.

나는 과외 수업을 거의 받지 않았다. 고등학교 때 물리, 화학, 독어를 두 달씩, 그리고 고문(古文)을 석 달 동안 배운 것이 전부였다. 그것도 전문 과외 교사가 아니라 누나 친구들에게 배운 것이었다. 그런 과목들은 혼자 공부하면 처음에는 얼른 머릿속에 들어오지 않는다. 한두 달 과외 수업을 받으면 마중물처럼 나중에 혼자 공부할 때 도움이 된다. 사교육은 이렇게 마중물로 활용하는 것이 가장 효과적이다. 공부는 결국 혼자 하는 것이기 때문이다. 제대로 공부하려면 반드시 혼자 공부하는 습관을 들여야 한다. 그렇지 않으면 사교육에 점점 의존하게 되어, 길게 보면 공부에 장애가 된다.

국어는 내가 상대적으로 힘들어 했던 과목이다. 교과서나 참고서를 되풀이해서 본다고 실력이 늘지 않기 때문이다. 영어나 수학은 기출문제가 조금씩 변형되어 출제되는 경우가 많지만, 국어는 예상할 수 없는 문제가 자주 출제되어 힘들었다.

학교에서 독서실을 만들어 원하는 학생은 밤늦게까지 남아서 공부할 수 있도록 했지만, 나는 주로 집에서 공부했다. 혼자 공부할 때 더 집중이 잘되는 데다, 독서실에서 친구들과 어울리다 보면 아무래도 공부하는 데 지장이 있었기 때문이다.

공부를 하다 보면 밤 11시쯤 졸음이 밀려 왔다. 졸음을 억지로 참으면서 비몽사몽 공부하는 상태가 20분 정도 오는데, 이때가 고비다. '오늘은 자고 내일 열심히 하자'는 유혹에 지면 안 된다. 그 유혹에 넘어가면 다음 날도 같은 일이 반복된다. 일단 졸음을 참아 넘기면 그다음부터는 머리가 맑아지면서 집중이 잘된다. 몸에서 수면 호르몬인 멜라토닌을 분비하는 시간은 생체 리듬상 20~30분으로 정해져 있다. 그 시간이 지나면 수면 호르몬은 더 이상 분비되지 않고 졸음도 오지 않는다.

고3 때는 매달 서울대 입시 수준으로 국어, 영어, 수학 세 과목에 대한 모의고사를 치렀다. 모의고사 성적이 나오면 문과와 이과로 나누어 과목별, 그리고 종합 성적별로 전교 베스트 10을 뽑아 시상했다. 부모를 모시고 오게 해서 전교생이 보는 데서 상을 주었는데, 우리 어머니는 이 시상식의 단골손님이었다.

그 무렵 서울대가 관악산 쪽으로 이사를 갔다. 그리고 과별 모집에서 계열별 모집으로 입시 제도가 변경됐다. 법학과, 정치학과, 경제학과, 경영학과, 사회학과 등이 속한 사회 계열에 합격하는 것은 법대만 따로 뽑을 때보다 상대적으로 쉬웠다. 그래도 경기고 교사들은 서울대에 진학하는 학생 수를 늘리기 위해서 문과 학생들을 커트라인이 낮은 이공계로 돌리려고 열심히 설득했다. 설득의 논리는 법대에 가도 사법시험에 합격하기 어렵다는 것이었다. 서울대 법대 입학생 수는 150명인데, 사법시험 합격자 수는 몇 십 명 되지 않던 시절이었다.

수학에서 낙제점을 받은 후 고등학교를 졸업할 때까지 2년여간 나는 잠을 하루 5시간 정도로 줄이며 독하게 공부했다. 고교 공부는 철저하게 시간과의 싸움이다. 성적은 공부에 들이는 시간과 집중력만큼 나온다. 타고난 지능은 중요하지 않다. 우등생과 일반 학생의 근본적 차이는 진도 계획에 있다. 우등생은 공부할 때 반드시 진도 계획을 세운다. 매일 할 만큼 하고 자는 식으로 공부해서는 성적이 오르지 않는다. 나는 고2 때부터 과목별 참고서를 선택한 다음, 학기별로 진도 계획을 세우고 매일 공부할 분량을 정해 공부했다. 그런 식으로 끈기 있게 공부해 나가면 상상할 수 없는 효과가 나타난다.

최근 중고등학교 교육에서 창의성을 중요시한다는 발표가 이어지고 있지만, 어렵게 생각할 필요 없다. 여전히 많은 과목의 시험이 지금까지 세상에 나온 문제 중에서 출제된다. 특히 수학과 과학이 그렇다. 어느 과목, 어떤 시험을 보더라도 시중에 나온 문제를 많이 풀어 보는 것만큼 좋은 전략은 없다. 문제를 익힐 때까지 반복해서 풀어 보면 조금 변형된 문제가 나오더라도 응용해서 풀 수 있다. 시험은 정해진 시간 안에 문제를 빨리 이해하고 푸는 능력을 확인하는 것이다. 문제를 많이 풀어 볼수록, 그리고 반복해서 공부할수록 시험 능력은 올라간다.

중3 때 내 목표는 경기고 입학이었다. 경기고 합격자 720명 안에 들어가면 되는 것이었다. 고3 때는 서울대 수석 입학과 예비고사 수석이 목표였다. 모의고사 성적이 전교 1, 2등을 다투게 되자 욕심이 생긴 것이다. 이것을 욕심이라고 말하는 이유는 1등 근처까지 가는 것은 인간의 노력으로 가능하지만, 1등이 되는 데는 운이 필요하다고 생각하기 때문이다. 결국 나는 그 욕심을 이루지 못했다. 어처구니없는 실수 때문이었다. 서울대 본고사에서 공자(孔子)를 '公子'라고 잘못 쓰고, 영어로 제주도를 쓸 때 정관사 'the'를 붙이는 실수를 한 것이다. 허탈했다. 수석 입학을 노렸다가 실패한 데서 오는 실망감이었다. 아마 다른 사람들은 이해하지 못할 것이다. 혼자서 공부한 '시골 학생'의 한계였을까.

공부, 꿈으로 가는 사다리

대학에 들어가기 전까지 나는 책으로만 세상을 만났다. 세상이 얼마나 넓은지 체험하지 못했다. 제대로 놀아 본 적도 없다. 초등학교 때는 아버지의 감시 때문에, 중학교와 고등학교 때는 입시 준비 때문에 주로 집과 학교만 왕복하면서 생활했다. 당연히 직업 세계에 대한 정보를 접할 기회가 없었다. 나는 아무것도 모르고 코앞의 성적에만 매달리다가 대학에 갔다.

대학 진학에 사로잡힌 요즘 중고등학생들도 나와 비슷한 경우가 많을 것이다. 하지만 세상이 달라졌다. 지금은 국가에서 동아리 활동, 봉사 활동, 체험 활동을 장려한다. 그런 활동들을 두루 해야 진학하기도 좋고 취업하기도 좋다. 마음만 먹으면 다양한 활동에 적극 참여하는 것만으로도 대학에 갈 수 있다.

그럼에도 여전히 사회는 청소년을 아이처럼 취급하면서 학교에 가두어 놓는다. 소수의 청소년들은 무미건조하고 답답한 생활을 견디지 못해 가출이나 자퇴를 결행하기도 한다. 왜 사회는 청소년을 학교에 가두어 놓을까? 산업 혁명이 일어나기 전에는 지금의 학교처럼 대규모로 아이들을 교육하는 시설이 없었다. 국가는 산업 현장에 필요한 인력을 대량으로 양성하여 공급하기 위해 규격화된 교육 제도를 만들었다. 당시 학교는 인력을 대량 생산하는 공장이었던 셈이다.

하지만 지금은 정보화 시대이다. 정보 통신 기술의 발전으로 누구나 정보를 생산하고 확산시키고 공유할 수 있다. 교육에서도 규격화된 사고보다는 창의적이고 개방적이며 다양성을 존중하는 사고가 강조된다. 기술 발달에 적응이 빠른 얼리 어댑터인 청소년이야말로 정보화 시대의 문화를 선도할 수 있다. 청소년을 미숙아로 보는 사고는 낡은 사고에 불과하다. 이런 시대에 대학을 꼭 가야 할까?

대학을 중퇴해도 빌 게이츠나 스티브 잡스처럼 시대의 주역이 되는 인물도 있다. 하지만 그것은 극히 소수이다. 오히려 기술의 발달로 대졸 수준의 지식이 필요한 일이 더욱 많아졌다. 미국의 오바마 대통령은 "미국 일자리의 60퍼센트는 대학 졸업자라야 할 수 있는 일"이라고 외친다. 실제로 미국에서는 고교 중퇴자가 30퍼센트를 넘고 대졸자가 국가 수요에 10퍼센트 이상 모자라서 비상이다. 우리나라에서도 대학을 졸업해야 할 수 있는 일자리가 점점 많아지고 있다.

나는 어린 시절 아무것도 모르고 왜 그렇게 열심히 공부했을까? 초등학교 때는 막연히 과학자가 되겠다고 생각한 적도 있으나, 현실적인 목표는 아니었다. 중학교 때까지도 구체적인 목표는 없었다. 하지만 내게는 꿈이 있었다. "사람은 서울로, 말은 제주로"라는 말처럼 나는 서울로 가서 큰물에서 헤엄쳐 보고 싶었다. 서울로 가는 것만이 내 꿈을 이룰 수 있는 방법이라고 생각했다.

꿈은 대단한 것일 필요 없다. 지금 처지보다 나아지려는 욕망, 그리고 그것을 실현하기 위한 몸부림도 정당한 꿈이요, 노력이다. 아버지는 자식이 당신보다 더 나은 사람이 되었으면 하는 꿈을 꾸었다. 나는 아버지보다 더 큰 사람이 되겠다는 꿈을 가졌다. 이것은 대한민국 모든 부모의 꿈, 자식의 꿈이기도 하다. 내게 그 꿈을 이루는 방법은 무엇이었을까? 우리 집은 재산도 없고 권력도 없다. 내가 가진 것은 오로지 나의 정신과 육체뿐이었다. 강한 정신과 불굴의 의지로 할 수 있는 공부는 중학생인 나에게 꿈으로 가는 유일한 사다리였다.

인문계 고등학교에서는 2학년 때부터 문과와 이과로 나뉘어 공부한다. 나중에 가질 직업을 생각해서 문과와 이과 중 하나를 선택해야 하는데, 당시 나는 별로 아는 직업이 없었다. 아버지는 의대에 가기를 원했지만 나는 의사라는 직업이 싫었다. 주말에도 못 쉬는 데다, 가족과 보내는 시간도 적고, 사회적으로도 제대로 대우받지 못한다고 생각했다. 나는 아버지에 대한 반발심에서 문과로 갔다. 그리고 문과에서 공부 잘하는 학생들이 으레 그러는 것처럼 법대로 갔다. 나는 그런 흐름에 휩쓸려 공부하고 대학에 진학했다. 요즘처럼 진로 지도가 있었더라면 다양한 직업에 대해 알아보고 구체적인 인생의 목표를 정해서 진학을 준비할 수 있었을 텐데 그러지 못했다. 그 후 수십 년이 흘렀음에도 여전히 우리나라에서는 진로를 정하기 전에 우선 공부부터 열심히 하고 성적에 맞추어 대학과 학과를 정하는 경우가 많다.

그러나 꿈 없이 "공부부터 하고 보자"는 식으로는 이제 대학에 가기 어렵다. 대학은 어떻게 간다고 하더라도 취업이 힘들다. 교과목 성적만으로 대학을 가는 시대는 지났다. 2014년부터 학교 내신 성적이 상대 평가에서 절대 평가로 변경된다. 내신이 대학 입시에서 별로 중요한 변수가 아니게 되는 것이다. 상위권 대학들은 수능 점수의 최저 기준을 정해 놓고 학생의 전공 적합성, 인성, 발전 가능성 등을 중요한 평가 요소로 본다고 한다.

눈에 보이지 않는 전공 적합성, 인성, 발전 가능성을 어떻게 객관적으로 평가할 수 있을까? 자기 소개서를 잘 쓰면 될까? 아니다. 고등학교 생활 속에서 그것들을 보이게 하면 된다. 자신이 정한 전공과 진로 방향으로 다양한 경험을 쌓고, 그것을 자기 소개서에 잘 정리해야 한다. 평가는 상대적이다. 남보다 더 열심히 활동하고 생각하고 노력했다는 것을 보여 줘야 한다.

돌이켜 보면 내가 열심히 공부할 수 있었던 원동력은 가능성의 추구였던 것 같다. 공부 빼고 내가 잘할 수 있는 것은 아무것도 없었다. 나는 잘생긴 것도 아니고, 체격이 좋은 것도 아니다. 예술에 대한 취미나 자질도 없다. 나에게는 공부만이 꿈을 이룰 수 있는 길이었다. 딱히 가진 것을 내세울 수 없는 대부분의 우리에게 공부는 꿈으로 가는 사다리이다. 공부한다고 해서 반드시 인생에서 성공하는 건 아니지만, 다른 길이 보이지 않는다면 공부에 매달려 볼 만하다. 공부하지 않아도 성공할 수 있다. 하지만 대개 공부하지 않고 성공하기 위해서는 공부로 성공하는 것보다 훨씬 더 큰 노력이 필요하다. 노력하는 것이 싫어서 공부를 하지 않는다면, 다른 분야에서도 성공할 가능성이 낮다. 어느 분야나 노력 없이 성공할 수는 없다.

천사표 어머니와 모범생 아버지

꼬마 책상의 추억

우리 집 거실 한쪽에는 조그만 앉은뱅이책상이 놓여 있다. 내가 초등학교에 입학했을 때 아버지가 동네 목수에게 가서 짜 온 책상이다. 서랍 두 개가 달렸을 뿐, 전혀 멋 부리지 않고 투박하게 짠 소품이다. 내가 초등학교 들어간 해가 1964년이니 웬만한 성인보다도 나이가 많다.

어린 나는 그 책상에 나만 앉을 권리가 있다고 생각했다. 내가 쓰지 않을 때도 누나나 동생이 앉지 못하게 감시했다. 초등학교 다니던 누나들은 밥상에서 공부했다. 한번은 샘 많은 동생이 내 책상에 앉으려는 바람에 크게 싸움이 붙기도 했다. 두 살 어린 동생도 만만치 않았지만 나도 책상만큼은 끝까지 양보하지 않았다. 이 일은 결국 아버지가 내 편을 들어 형 책상에 절대 손대지 말라고 동생을 타이르는 것으로 끝났다.

동생이 초등학교 들어가자 아버지는 똑같은 책상을 하나 더 짜 주었다.

그 꼬마 책상은 신문지 한 장 크기로, 책과 공책 하나를 겨우 올려놓을 수 있었다. 당시 우리 집은 가장 큰 방도 식구들이 같이 덮을 이불을 깔고 나면 책상 같은 가구를 놓을 여유 공간이 거의 없었다. 책상 크기를 작게 만들 수밖에 없었다. 그래도 나는 그 책상을 애지중지했다. 나만의 공간이었기 때문이다. 책을 열심히 읽었던 것도 그 책상을 지키려는 마음에서 시작되었는지도 모른다. 꼬마 책상이 나에게 스스로 공부하는 습관을 길러 준 셈이다.

세월이 흐르는 동안 꼬마 책상은 니스 칠이 벗겨지고, 내 몸도 자라더는 그 책상에 앉을 수 없게 되었다. 아버지는 내가 중학교 들어가자 의자에 앉아 공부할 수 있도록 큰 책상을 하나 사 주었다. 꼬마 책상의 효용이 없어진 뒤에도 아버지는 그 책상을 애지중지했다. 몇 번 이사를 다니는 와중에서도 골동품처럼 보관하면서 내가 결혼하면 가져가라고 했다. 하지만 나는 모양도 나지 않고 쓸모도 없는 꼬마 책상을 가져가는 것을 미루었다.

여든을 맞은 아버지가 물건을 정리하기 시작했을 때에야 나는 꼬마 책상을 가져왔다. 아버지가 직접 책상에 니스 칠을 해 줬다. 책상을 가져오긴 했지만 딱히 쓸 데가 없었다. 어릴 때는 그렇게 커 보이던 책상인데 이제 보니 거실 탁자로 쓰기에도 작았다. 초등학교 시절 쓰던 책상이란 이야기를 들은 아내는 이야기가 담긴 진짜 골동품이라면서 소품 받침대로 활용하자고 제안했다. 그래서 지금은 탁상시계도 올려놓고 작은 화분도 올려 두는데, 그런대로 잘 어울리는 것 같다. 나와 같이 나이를 먹어 가는 꼬마 책상을 볼 때마다 어릴 적 추억이 떠올라 슬며시 미소가 떠오른다.

나를 붙잡아 준 어머니

"씨 도둑질은 못 한다"는 말이 있다. 자식은 부모를 닮을 수밖에 없다는 뜻이다. 부모 자식 간은 외모뿐 아니라 성격이나 행동도 비슷한 경우가 많다. 나의 부모는 여느 집과 다를 바 없이 생업과 가정에 충실한 분이었다. 다방면에서 활동하며 얼굴이 알려진 나는 우리 집안에서는 돌연변이라고 할 수 있다.

사람들은 나의 어머니 윤순엽을 '천사표'라고 부른다. 1931년생인 어머니는 지금까지 큰 소리 한 번 내지 않고 살았다. 남에게는 물론 자식에게도 마찬가지다. 잘못한 일이 있더라도 알아듣도록 조용히 타이를 뿐이다. 그래도 자식 중 한 명도 빗나가지 않은 것을 보면 자식 교육에 큰 소리가 반드시 필요한 것은 아닌 것 같다.

어머니는 평생을 인내와 희생으로 보냈다. 어머니가 시집올 당시 우리 집안은 가진 것 없는 대가족이었다. 아버지는 4남 2녀 중 장남이었는데, 할아버지는 실직 상태였고 할머니는 불교에 귀의해서 출가한 뒤였다. 어머니는 한 지붕 아래 사는 대식구의 집안일을 도맡아 할 수밖에 없었다. 요즘 같으면 최악의 결혼 조건이다.

시동생과 시누이를 모두 결혼시킨 후에도 어머니는 당신이 낳은 2남

2녀를 기르느라 숨 쉴 틈 없이 살았다. 자식 하나 키우는 것도 힘들어하는 요즘 세대들은 이해하기 힘든 삶일 것이다. 누나 둘을 낳은 뒤 "아들을 못 낳는다"고 구박을 받던 어머니는 내가 태어나고 나서야 한숨을 돌렸다고 한다. 그때 내가 태어나지 않았더라면 시댁에서 쫓겨날 뻔했다면서 어머니는 내게 나면서부터 효도했다고 말하곤 한다.

하지만 사실 나처럼 어머니를 고생시킨 자식도 없다. 초등학교 때 내가 기관지 알레르기로 못 자고 괴로워할 때마다 어머니는 나를 안고 달래면서 밤을 지새웠다. 나는 낮에 자면 되지만 어머니는 하루 종일 눈붙일 틈이 없었다. 어머니는 집안 살림을 도맡아 했을 뿐 아니라, 병원 일도 도왔다. 당시 아버지는 집 한쪽을 병원으로 사용했는데, 수시로 어머니를 불러 조수처럼 부렸다.

말없이 집안일을 하며 자식을 키운 어머니의 품성은 외할머니를 그대로 닮았다. 어머니는 「어부사시사」 등의 시조로 유명한 고산 윤선도의 17대손이다. 윤선도의 후손인 해남 윤 씨는 아직도 해남, 강진 일대에 많이 살고 있다. 외할아버지는 사범대를 나와 교사를 하다가 젊어서 요절했다. 홀몸이 된 외할머니는 평생 수절하며 전 재산이던 밭 200평을 일구어 남매를 키웠다. 사법시험 합격이 하늘의 별 따기보다 어렵던 시절, 외삼촌이 서울대 법대 재학 중에 사법시험에 합격해 대법원 판사까지 지냈으니 외할머니는 자식 농사를 잘 지은 셈이다.

나는 대학 재학 중에 3대 고시에 합격해서 나름대로 성공했다고 평가받지만, 정작 어머니에게는 별로 해 드린 것이 없다. 집에서 고시 공부를 하면서 힘들거나 괴로울 때마다 어머니에게 짜증을 쏟아냈지만,

어머니는 야단치지 않고 다 받아 주었다. 공부하느라 입맛이 까다로워진 나를 위해 고추나 설탕을 넣지 않고 음식을 만들었고, 내가 낮에 자고 밤에 공부하는 바람에 저녁때마다 따로 밥상을 차려야 했다. 시험이 임박해서는 밥을 먹으면서 공부할 수 있도록 반찬을 골고루 다져 넣은 특제 비빔밥을 만들어 주기도 했다. 자식에게 이렇게 정성을 들이는 어머니 밑에서 열심히 공부하지 않는다면 도리가 아니었을 것이다.

내가 미국에서 유학하고 변호사 생활을 하는 동안 환갑을 넘은 어머니가 영양실조로 쓰러진 일이 있다. 아버지가 지방의 종합 병원 원장으로 일하던 몇 년간, 주말 부부로 살던 중에 생긴 일이었다. 어머니는 주말에는 아버지를 위해 음식을 준비했지만 평일에는 음식을 제대로 만들어 먹지 않았다. 그런데도 내가 걱정할까 봐 얘기를 하지 않아, 나는 이 일을 뒤늦게 동생에게 전해 들었다. 가슴이 미어졌다.

결혼한 뒤에도 여러 상황 때문에 어머니를 모시지 못했다. 그러다가 15년 전 기러기 아빠가 되면서 나는 또 한 번 불효를 하고 말았다. 혼자 사는 아들 집에 여자가 출입하면 구설수에 휘말릴 수 있다면서 어머니가 파출부 일을 자임한 것이다. 어머니는 몇 년간 일주일에 3번씩 내가 출근한 뒤에 집에 들려 음식, 빨래, 청소를 도와주었다.

2005년 2월, 어머니가 뇌출혈로 쓰러졌다. 온 가족이 수술실 밖에서 울면서 쾌유를 기도했다. 수술이 끝난 뒤 어머니는 사람을 잘 알아보지 못하고, 자기가 한 말도 잘 기억하지 못했다. 그런데 입원한 지 한 달쯤 되었을 때 어머니가 갑자기 말문을 열었다. "승덕아, 너 대학교 입학할 때 눈이 왔지." 어머니의 기억이 돌아온 것이었다. 어머니는 기적적으로 후유증 없이 회복되었다.

나는 지금까지 어머니가 찡그리거나 화내는 모습을 보지 못했다. 내가 지금껏 탈선하지 않고 살 수 있었던 것은 자식의 온갖 짜증과 투정을 사랑으로 안아 준 어머니 덕분이다. 최근 부모와 자식 사이의 대화법을 공부하다가, 어머니가 나를 대한 태도와 행동이 바로 책에서 가르치는 그것이었음을 깨달았다. 어머니는 자식이 어리다고 막 대하거나 명령조로 말하지 않았고, 자식의 감정이나 의견을 무시하지도 않았다.

많은 부모들이 자신은 변하려 하지 않으면서 자식만 변화시키려고 애쓴다. 하지만 자식보다 부모가 먼저 변해야 한다. 자식은 부모의 거울이다. 부모가 변하면 자식도 변한다.

나의 어머니는 "사랑한다"고 말하는 것이 어색하던 시대를 살았다. 나 역시 어머니에게 "사랑한다"는 말을 들은 적이 없다. 그러나 어머니는 평생 조용히 자식을 보살피며 행동으로 사랑을 보여 주었다. 나도 사랑이라는 단어가 어색하기는 마찬가지다. 어머니에게 사랑한다고 말한 적이 없다. 이 책 초판 머리말에 "부모의 큰 사랑 앞에 머리를 숙인다."고 썼던 것도 직접적인 사랑의 표현이 어색했기 때문이다. 내가 어머니에게 배운 사랑은 말로 하는 것보다 몸으로 느끼는 사랑, 몸으로 느끼는 사랑보다 마음에 와 닿는 사랑이다.

나의 아버지 고익태는 평생을 모범생으로 살았다. 매사에 무리하거나 정도에서 벗어나는 일 없이, 부지런하고 착실히 살아왔다. 그래서 아버지를 아는 분들은 하나같이 아버지가 법 없이도 살 분이라고 말한다.

내가 어릴 때 아버지는 일제 강점기에 서울에서 어렵게 공부했던 이야기를 들려주곤 했다. 하숙집에 쌀이 부족해서 그릇에 밥을 젓가락으로 한 알 한 알 부풀려 담아 숟가락으로 누르면 쑥 꺼지더라는 이야기, 구멍 난 양말을 가리기 위해 발에 잉크를 칠하고 다녔다는 이야기 등 어린 내가 듣기에는 현실감이 떨어지는 것이 많았다.

아버지는 의학 박사였는데, 전문의가 된 뒤에도 돈을 많이 벌지는 못했다. 개업할 돈이 없어서 군의관으로 10년 넘게 복무하다가 제대할 때 부대 부근에 낡은 한옥을 얻어 병원 겸 살림집으로 썼다. 가난한 사람들이 많이 사는 변두리 지역이어서 수입은 신통치 않았다. 진료비도 제대로 못 내는 사람이 대부분이었다. 나중에 내 교육을 위해 서울로 이사 왔을 때도 돈이 없어서 종로2가에 7평짜리 단칸방을 세내어 진료했다.

쉰 살이 넘어서 아버지는 한 지방 병원의 원장이 되어 주말마다 서울을 오가는 생활을 시작했다. 자식 된 마음으로 보기가 불편해서 아버지가 일흔이 되셨을 때 은퇴하라고 간청했다. 하지만 아직 더 일할 힘이 있다고 우기던 아버지가 은퇴를 결심한 것은 그 후 5년이 지나서였다.

아버지가 75세에 은퇴할 때까지 모은 유일한 재산은 지은 지 40년도 넘은 낡은 단독 주택 한 채뿐이었다. 건물 공시지가가 500만 원밖에 되지 않는 집이다. 부동산 투자가 성공적인 재테크 수단이었던 시대에도 아버지는 집 외에 다른 부동산을 산 적이 없다. 평생 빚지는 것이 싫어 대출은커녕 신용카드조차 만들지 않았다. 번 돈으로 생활하고 자식 교육 시키면 족한 줄 아는 분이었다. 남이 보면 답답할 정도로 원칙만 지키면서 고지식하게 살아온 것이다.

학창 시절 나는 그런 아버지가 너무나 답답했다. 아버지처럼 살지 않겠다고 결심한 것도 여러 번이었다. 아버지가 너무 까다롭고 이해심이 부족하다는 생각에 소리 높여 대든 적도 있고, 가출을 결심하기도 했다. 어머니가 중간에서 중재하지 않았다면 결심으로 끝나지 않았을지도 모른다. 법대를 선택한 것도 아버지를 통해 본 의사라는 직업에 실망한 탓이 컸다.

나는 나이가 한참 들고서야 비로소 아버지를 이해할 수 있었다. 아버지는 인생의 최우선 순위를 자식 교육에 두었다. 내가 경기고에 합격했을 때 아버지는 서울로 이사를 결정했고, 고시 공부를 할 때는 안방에서 밤늦게까지 그림을 그리면서 말없이 나를 격려했다. 아버지는 당신만의 방법으로 자식들을 사랑한 것이다.

은퇴 후 아버지는 집 안팎을 수리하고 마당을 가꾸는 데 열심이다. 가만히 있으면 건강에 좋지 않다고 믿기 때문이다. 지은 지 40년이 넘은 집 천장에서 빗물이 떨어지자 직접 사다리를 타고 지붕과 외벽에 방수 페인트를 칠해 완벽하게 방수 공사를 하기도 했다. 나무 가지치기도 직접 하고, 매일 집 앞 청소도 빼놓지 않는다. 내가 살던 빌라 주차장 천장에서 물이 심하게 떨어졌을 때도 아버지가 구원 투수로 나섰다. 공사업체가 여러 차례 방수 작업을 시도했지만 번번이 실패한 뒤였다. 아버지가 며칠간 빌라에 와서 도면을 들여다보는가 싶더니, 주차장 위로 지나가는 배관이 깨졌다는 사실을 밝혀냈다. 누구도 생각하지 못했던 것이었다. 배관을 고치자 더는 물이 새지 않았다.

아버지는 평생 여행 한 번 가지 않았다. 여행을 가면 음식을 잘못 먹거나 해서 탈나기가 쉽다는 것이 이유였다. 어릴 때는 그런 아버지가 원망스러웠다. 집에서 독립하고 나서야 나는 여행의 재미를 알았다. 그 후 아버지에게도 같이 여행을 가자고 권했지만, 거의 응하지 않았다. 아버지가 쉽게 생각과 습관을 바꿀 수는 없겠지만, 그 때문에 어머니까지 여행을 못 하는 것은 안타깝다. 언제나 집이 가장 편하고 어머니 음식이 최고라는 아버지를 수발하느라, 어머니는 마음 편히 외출 한 번 하지 못했다.

아버지와 어머니는 서로 '하이'라고 부른다. '하이'라는 소리가 들릴 때마다 어머니는 아버지에게 달려간다. 어머니가 뇌출혈로 쓰러졌을 때 수술실 밖에서 기도를 하던 아버지는 귓가에 '하이'라는 소리가 들린다고 하며 눈시울을 붉혔다. 어머니가 구사일생으로 회생한 뒤, 아버지는 직접 간병에 나섰다. 간병인을 두자고 해도 남이 하는 것은 마음에 차지 않는다며, 간병은 물론 빨래와 청소까지 직접 했다. 어머니를 부려먹기만 하던 아버지가 180도 달라져서 매일 어머니의 발까지 씻겨주면서 정성스럽게 돌보았다. 그 후 10여 년이 지난 지금도 아버지는 가사 일을 직접 한다. 점심을 먹고 나면 아버지와 어머니는 어머니의 걷는 연습을 겸해서 함께 집 부근을 산책한다. 동네 할머니들은 그 나이에 신혼부부처럼 다정히 산책하는 것이 보기 좋다며 어머니를 부러워한다.

2012년 아버지에게는 큰 자랑거리가 생겼다. 서울대학교 의과대학 홈페이지의 디지털 전시관에 아버지의 인터뷰 동영상이 올라간 것이다. 아버지가 의사 생활을 하는 내내 아끼던 현미경도 의학 박물관에 기증됐다. 아버지는 당당히 서울대 의대 동문을 대표하는 역사의 증인이 되었다.

요즈음 아버지는 영어 공부에 재미를 붙여 케이블 방송을 보며 하루에 2시간 이상 영어 공부를 한다. 외국어 공부가 치매 예방에 좋다는 것이다. 나는 10년째 부모님께 매일 안부 전화를 드리는데, 최근에는 전화를 할 때마다 아버지와 영어 퀴즈를 푼다.

나도 나이가 들었는지, 이제 아버지 말이 귀에 거슬리지 않는다. 내 생각과 다르게 답답한 말을 해도 편히 듣는다. 아버지가 일생 동안 고집해 온 생각과 습관을 내 말 한 마디에 쉽게 바꿀 수 없다는 것을 알게 된 것이다. 지금은 아버지가 넉넉지 못한 의사였던 데도 감사한다. 아버지가 부유한 의사였다면 내가 그토록 열심히 공부하며 성실히 살 수 있었을까. 부모님의 건강한 목소리를 앞으로도 오래오래 들었으면 좋겠다.

서울대에
입학하다

2

어떻게 살아야 하나?

놀고먹는 대학생

1976년 3월, 나는 서울대 사회계열에 입학했다. 대학에 들어간 뒤 나는 깜깜한 동굴 속에서 갑자기 바깥으로 나온 사람처럼 한동안 정신을 차리지 못했다. 입시 지옥을 벗어나서 누리는 대학의 자유는 주체하기 어려운 무중력 상태 같았다.

당시만 해도 대학생은 천국의 시민이었다. 취업에 압박을 받지도 않았다. 세계에서 경제 성장률 1위를 기록 중이던 우리나라는 대졸 인력이 절대적으로 모자랐다. 상위권 대학 출신은 졸업하기도 전에 대기업에서 경쟁적으로 모셔 가려고 애썼다. 그러니 대학 생활에 무슨 부담이 있었겠는가.

고등학교는 일주일 내내 아침부터 밤늦게까지 수업이 이어지지만,

대학은 일주일에 사흘만 나가도 됐다. 수업도 띄엄띄엄 있었고, 수업에 몇 번 빠진다고 학점에 큰 차이가 나지도 않았다. 담임 선생님도 없고, 부모님도 일일이 사생활이나 행동에 간섭하지 않았다.

우리 때 서울대 입시가 갑자기 계열별 모집으로 바뀐 데에는 정권 차원의 의도가 있었다. 계열별로 학생들을 뽑아 두면 좋은 과에 가기 위해 공부를 열심히 해야 하니 데모를 자제할 것이라고 생각한 것이다. 법학과는 사회계열에서도 인기 학과였기 때문에 1학년 학점에 신경을 써야 했다. 나는 1학년 때 교양 과목으로 정치학, 경제학, 사회학, 철학 등을 두루 수강했는데, 덕분에 나중에 고시에 연달아 합격하는 데 큰 도움이 됐다.

대학 입학 초에는 신입생 환영회, 반별 단합 모임, 서클 모임 등 여기저기 휩쓸려 다니는 헐렁한 생활이 날마다 이어졌다. 술을 진탕 먹어 아침이면 머리가 깨질 듯이 아팠다. 딱히 하고 싶지도 않은 일을 남들이 하니까 따라 한 경우도 많았다. 사회학자들은 이런 심리 행동을 '동류 집단 압력(peer group pressure)'이라고 한다. 특히 청소년들은 같은 무리에서 소외당하는 것이 두려워 친구들이 옆에서 하는 것을 맹목적으로 따라 하기 쉽다. 대학 입학 초의 나 역시 그랬다.

요즘은 남녀 학생이 만날 때 일대일로 소개팅을 하거나 몇 명씩 소규모로 미팅을 하지만 우리 때는 학기가 시작할 때나 끝날 때 개강 파티, 종강 파티에서 반별, 과별 단체 미팅이 유행했다. 반 대표의 능력은 어느 대학 어느 과와 미팅을 주선하느냐에 달려 있다고 해도 과언이 아니었다. 친구들끼리 숫자를 맞추어 미팅하는 일도 많았다. 미팅을 몇 번이나 했느냐고 물어보는 것이 1학년 초의 인사였다. 입학한 지 두 달이 지나서는 학교 축제 파트너를 구한다는 명목으로 미팅을 하거나 여자 친구를 소개받았다. 대학 3학년이던 작은누나가 후배들을 연결해 주려고 노력했지만 나는 말도 잘 못하고 인물이 잘난 것도 아니어서 별 성과가 없었다. 데이트에 쓸 용돈도 넉넉지 못했다.

대학 1학년 때는 공부가 별로 힘들지 않았다. 예습, 복습할 필요도 없었다. 수업 시간에 노트 필기만 잘해 두면 되었다. 그나마 노트 필기도 안 하는 학생이 많았다. 1학년 때는 전공 과목보다는 영어처럼 고교 때 실력으로 때울 수 있는 과목, 조금만 공부하면 시험 보는 데 지장이 없는 교양 과목을 주로 공부하기 때문이다.

대학 성적은 100점 만점이 아니라 학점제다. 학생의 성적을 A, B, C, D 등급으로 평가한 다음, 등급별로 일정한 점수를 과목별 학점으로 한다. 예를 들어 A+는 4.3, A는 4.0, A-는 3.7인 식이다. 과목별로 1등을 하지 않아도 상위 몇 퍼센트에만 들면 A 학점을 받을 수 있으니, 고등학교 때보다 경쟁이 덜한 셈이다. 학생의 전체 평점은 과목별 학점을 보통 3시간인 해당 과목의 주당 수업 시간으로 가중한 평균치이다. 상대 평가가 원칙이므로 A부터 C 학점까지는 전체 학생 중 해당 등급을 줄 수 있는 비율이 정해져 있다. D 학점은 분포 비율과 상관없이 교수 재량으로 성적이 불량한 학생에게 주게 된다. 수업 시간에 출석을 하지 않는 경우, 낙제 점수인 F 학점을 주는 경우는 있어도 D 학점은 웬만해서는 주지 않는다.

대학에서 낙제하지 않고 졸업만 하겠다고 마음먹으면 적당히 성적을 유지하면서 얼마든지 놀거나 딴짓을 할 수 있었다. 그래서 당시엔 대학생을 '놀고 대학생', '먹고 대학생'이라고 불렀다. 나도 1학년 1학기에는 놀고먹는 대학생 중 하나였다. 내게 대학 4년은 낭만적인 휴가처럼 느껴졌다. 고교 때까지 하고 싶은 것을 참고 열심히 공부한 데 대한 보상이니, 마음껏 누려야 한다고 생각했다.

　물론 지금도 그런 식으로 대학 생활을 해서는 취업하거나 진학하기 어렵다. 대학 1학년 때부터 앞으로 4년 동안 무엇을 어떻게 하며 보낼 것인가를 심각하게 고민하고, 앞으로 해야 할 일에 대한 계획을 세워야 한다. 미래를 생각한다면 대학 4년간을 졸업 후 좀 더 당당한 모습으로 사회에 나설 힘을 키우는 기간으로 생각하고 준비해야 한다. 나는 대학 입학 초에 그런 생각을 하지 못했다. 아무도 현실적인 조언을 해 주지 않았다. 지금으로 치면 멘토가 없었던 것이다.

독재 시대

내가 대학에 다니던 4년간은 유신 체제 막바지였다. 유신 체제는 박정희 대통령이 연임을 위한 선거에서 김대중 후보와의 치열한 유세전 끝에 힘들게 승리하자 국가 안보, 경제 발전, 통일 준비를 명분으로 헌법을 개정해 만든 독재 체제였다. 대통령 직선제 대신에 통일주체국민회의라는 거수기를 만들어 대통령을 간접 선거로 선출하게 하고, 국회 의원도 대통령이 3분의 1을 지명할 수 있도록 했다. 구조적으로 박정희 대통령 생전에는 국회가 정부를 견제할 수 없었으며, 정권 교체도 불가능했다.

유신 체제에 대한 국민의 저항은 심했다. 원래 서울대 문리대가 있던 동숭동은 도심에 가까워 시위 진압이 쉽지 않았다. 서울대가 동숭동에서 관악산으로 이전하게 된 것도 서울대를 신림동 계곡에 가둬 놓고 데모 진압을 쉽게 하기 위한 것이었다.

요즘 대학생들에게는 취업이 가장 큰 이슈이지만, 그때는 정치 현실에 관해 걱정하고 토론하는 것이 대학생으로서 당연한 의무였다. 나도 선배, 후배들과 술을 마시면서 정치와 사회 현실에 대해 많은 이야기를 나누었다. 강제 철거민 이야기, 생활 기반이 갖추어지지 않은 성남 등지에 이주해서 어렵게 사는 사람들 이야기, 청계천 주변의 의류 공장에서 저임금에 시달리며 비인간적인 생활을 하는 근로자들 이야기, 민주주의와 노동 조건 개선을 외치다가 죽거나 자살한 사람들 이야기 등 대부분 신문이나 방송에 잘 보도되지 않아서 어디까지가 사실이고 어디까지가 소문인지 알 수 없는 것들이었다.

고등학교에 다닐 때까지만 해도 나는 언론에 보도된 내용으로만 세상을 알았다. 육영수 여사가 광복절 기념식에서 저격당했을 때는 학교에서 시키는 대로 일본 대사관 앞에 몰려가 데모도 했다. 그러나 대학에 들어간 후 알게 된 현실은 완전히 다른 세상이었다.

연일 전국 대학에서 독재 정권을 타도하자는 데모가 일어났다. 나도 데모에 참석했다. 서울대에서 데모가 일어나면 서울대 본부가 있던 중앙의 아크로폴리스 광장에 학생들이 운집했다. 정부 기관원들이 학교에 상주하며 데모 주동 학생을 문제 학생으로 분류하고 감시했다. 학생들이 모이는 걸 금지해서 한 학기에 한 번, 축제 때를 빼면 공식적으로 모이기가 힘들었다.

당시의 정치 현실은 오늘날의 상식으로는 도무지 이해할 수 없는 일투성이였다. 국회 요직까지 올랐던 야당 중진 국회 의원은 선거철이 아닌 때는 여당과 어울리다가, 선거 때만 지역구에 내려와 격한 어조로 정부와 여당 타도를 부르짖었다. 그래도 지역구민은 그에게 표를 몰아주었다. 탄압받는 야당 후보임을 부각시키기 위해서 선거 며칠 전에 같은 편을 시켜 각목으로 자신을 때리게 했다는 정치인도 있었다. 또 날치기 통과를 두고 일어난 야당과 여당의 몸싸움이 실은 서로 어느 선까지만 움직이기로 사전 협의된 것이었다는 이야기, 시키는 대로 하지 않는 여당 의원을 파렴치범으로 몰아 정치판에서 쫓아냈다는 이야기도 있었다. 정치인들은 국민이 상상하기도 어려운 황당한 거짓말을 하면서 국민의 '설마'를 역이용했다.

이런 독재나 구식 정치는 다시는 이 땅에서 되풀이되어서는 안 된다. 또 이제는 가능하지도 않은 일이다. 21세기는 정보 통제가 불가능한 시대인 데다, 국민 스스로 정보를 생산하고 공유하므로 세상의 어떤 비밀도 지켜지기 어렵다.

언젠가 정치가 꿈이라는 한 학생이 전망을 묻기에 "네가 한참 활동할 20년 후에는 정치가 할 만한 일이 될 것이며, 정치인도 국민의 존경을 받을 수 있을 것"이라고 말해 주었다. 우리의 민주주의는 발전하고 있지만 아직도 정치는 혐오 지대이다. 하지만 나는 우리 국민을 믿는다.

우리 국민은 정치를 이대로 두지 않을 것이며, 우리 정치는 반드시 선진화될 것이다.

진로에 대한 고민

고2 때 문과와 이과를 나누는 시기가 되자, 어른들은 나에게 의대를 강력하게 권유했다. 의사는 어느 시대에나 먹고사는 데 문제가 없는 직업이고, 당시 우리나라는 경제 발전이 진행되는 도중이라 이공 계통이 취직이 잘 됐다. 문과 쪽은 전통적으로 은행이 인기가 있었고, 수출 주도 정책으로 급부상한 종합 상사도 새로이 각광받고 있었지만, 인생을 걸 만한 직업으로서는 마땅하지 않다는 것이었다.

그렇지만 나는 서울대 법대를 고집했다. 의사가 안정된 직업일 수는 있겠지만, 평생 휴가 한 번 못 가고 개업 의사로 일하는 아버지를 봐 온 터라 의대에 가고 싶지 않았다.

당시에는 사법시험 합격이 도박에 비유될 정도로 어려운 일이었다. 로스쿨 제도가 도입되기 전까지는 사법시험 합격자 수를 1년에 1,000명으로 정해 놓아 과목 낙제점인 40점만 면하면 평균 점수가 아무리 낮아도 합격할 수 있었다. 하지만 내가 대학에 들어갈 즈음의 사법시험은 그렇지 않았다. 사법시험 합격자 수가 정해져 있지 않았고, 전체 평균이 60점 이상 되어야 합격할 수 있었다. 시험이 어렵다 보니 사법시험 합격자는 해마다 몇 십 명 정도가 고작이었다. 10명 미만이 합격한 때도 있었다. 뽑기 위한 시험이 아니라 떨어뜨리기 위한 시험이었다.

확률상 10년을 공부해도 사법시험 합격을 바라보기 어려웠다. 나도 대학 1학년 때 4년 내내 공부해도 합격하기 힘들겠다고 생각했다. 3대 고시를 대학 재학 중에 합격한 내가 대학 1학년 때 그런 생각을 했다면 아무도 믿지 않을 것이다. 하지만 대학에 들어간 뒤 사법시험의 냉혹한 현실을 알게 된 나는 법학과에 가겠다는 결심이 흔들렸다. 아직 과가 정해지지 않아서 1학년 때 얼마든지 마음을 바꿀 수 있는 상황이었다. 대학에서 첫 번째 봄을 보내는 동안 법학과를 향한 목표는 따사로운 햇살에 눈 녹듯 점차 사라져 갔다. 고등학교 때까지 힘들게 공부했는데 또 사법시험으로 몸을 혹사시키고 싶지 않았다. 대학 생활만큼은 편하게 하고 싶었다.

그런 내 생각에 큰 영향을 주었던 사람이 외숙이다. 당시 서울 지방법원 부장 판사로 있던 외숙을 가까이에서 지켜보면서 나는 판사라는 직업에 대해 막연한 꿈을 키웠다. 외숙은 퇴근할 때 사건 기록 보따리를 들고 와 밤늦게까지 씨름했다. 외숙이 사법시험을 보던 시절에는 고시 합격이 더 어려워서 '하늘의 별 따기'가 아니라 '하늘에 별 붙이기'였다고 한다. 대학에 들어간 나는 그처럼 어렵게 합격하고 고되게 일하는 판사의 보수가 생각보다 적다는 사실에 놀랐다. 지금은 공무원 봉급이 어느 정도 현실화되었지만 그때는 판사 봉급이 품위 유지는커녕 생계유지에도 충분하지 않은 수준이었다.

그럼에도 왜 사람들은 판사라는 직업을 선택하는 것일까? 그토록 힘든 직업인데 무엇 때문에 엄청난 시간과 노력을 들여 사법시험을 준비하는 걸까? 설사 사법시험에 합격해 판사가 된다고 해도 내가 외숙처럼 밤늦게까지 사건 기록을 읽고 판결을 쓰는 힘겨운 생활을 해낼 수 있을까? 과연 일생 동안 그런 생활을 즐겁게 할 수 있을까?

나의 이런 의문에 대해 외숙모는 판사라고 다 외숙같이 힘들게 일하는 것은 아니라고 일러주었다. 외숙모 말처럼 외숙은 판사 중에서도 특별한 분이었던 것 같다. 나 역시 나중에 판사 생활을 했지만 외숙처럼 열심히 일하는 판사는 보지 못했다. 외숙은 주로 민사 계통에서 판사 생활을 하면서 민사 소송법 판례에 관한 책을 쓰고, 서울대 법대에서 민사 소송법을 강의하기도 했다. 전라도 출신으로 대법관이 되어 연임까지 한 것은 모두 외숙이 열심히 일한 덕분이다. 짧은 노력은 기억되지 않지만 노력이 쌓이면 결국 남이 알아주고 능력을 인정받을 수 있다.

생활 10계명

나는 좀처럼 판사라는 직업에 대해 확신을 갖지 못했다. 대학 1학년 초 고삐 풀린 망아지 같이 살았던 것도 사법시험이라는 감당하기 힘든 목표로부터 도피하기 위한 방황이었는지도 모른다.

대학에서 첫 학기가 끝날 무렵 그간의 방황에 대해 반성하는 마음이 점차 고개를 들었다. 그동안 분위기에 휩쓸려 추구했던 잔재미들이 진정한 내면의 즐거움과는 무관함을 깨닫기 시작했다. 절제 없는 생활은 무의미했다.

대학 시절은 인생이라는 선상에서 보면 학교와 사회 사이에 놓인 과도기라고 할 수 있다. 초등학교, 중학교, 고등학교, 대학교에 다니는 동안은 학생이라는 신분 속에서 보호를 받는다. 하지만 이 보호막은 대학 졸업과 함께 거둬진다. 아무런 준비가 되지 않은 채 사회에 내던져지는 상황을 생각만 해도 정신이 번쩍 들었다. 그러자 대학 4년간이 폭풍 전야라는 생각이 들었다.

처음으로 대학 졸업 후 가질 직업에 대해 진지한 고민을 시작했다. 선진국에서는 초등학교 시절부터 진로 계획을 세우도록 지도하지만, 당시 우리나라에는 진로 지도에 대한 개념조차 없었다. 2010년대부터는 우리나라도 초등학교 때부터 진로 활동을 시작하도록 진로 교육을 하고 있지만, 내가 학교를 다니던 때만 해도 진로 설계, 진로 탐구, 직업 체험 같은 진로 활동은 대학 3학년 정도는 되어야 시작하는 것이었다.

남보다 조금 일찍 현실을 직시한 나는 앞으로 어떻게 살아가야 할지 인생 전체를 들여다보기 시작했다. 그동안 나는 서울대에만 들어가면 장래가 보장될 것이라는 막연한 꿈을 꾸며 살고 있었다. 내 잠재의식 속에는 '지금까지 부모가 뒷바라지 해 준 것처럼, 장래는 서울대 졸업장이 보장해 줄 것'이라는 환상이 자리 잡고 있었던 것이다. 하지만 서울대 입학이 나에게 가져다준 것은 아무것도 없었다.

대학생이 되었으니 당연시하며 누리려 했던 여유와 낭만이 진정 가치 있는 일일까? 힘든 공부 끝에 얻은 휴가라고 생각했던 대학 4년이 실상은 부모의 희생을 담보로 한 것은 아닐까? 이런저런 생각을 하는 동안 내 자신이 세상에 벌거벗고 홀로 서 있는 것처럼 초라하고 보잘 것 없는 존재로 느껴졌다. 정신이 번쩍 들었다. 나중에 후회하지 않으려면 주변에 휩쓸리지 않고 주관을 세워 살아야 한다는 각성이 생겨났다.

1학년 여름 방학이 가까워질 무렵 나는 문무대에 들어갔다. 문무대는 군사 정권이 대학생들에게 안보 의식을 고취하고 군대 생활을 맛보여 주기 위해서 만든 학생 전용 단기 훈련소였다. 군사 정권은 교련을 대학 졸업에 필요한 필수 과목으로 정하고, 남학생은 의무적으로 문무대에 입소하게 했다. 열흘간 문무대에 들어가 내무반 생활을 하면서 실탄 사격, 유격 훈련, 야간 행군 등 신병 훈련소의 축소판 같은 훈련을 받았다. 문무대 훈련을 받으면 군 복무 기간이 6개월 단축됐다. 교련이나 문무대 입소를 거부하면 대학생도 병역 연기가 취소되고 바로 신체검사 통지가 나왔다. 그 때문에 문무대 입소에 불만이 있더라도 받아들이지 않을 수 없었다. 운동권 학생들 중에는 군사 독재 반대를 명분으로 문무대 입소를 거부하다가 군대로 끌려간 경우도 많았다.

문무대 입소는 건전한 시국관 확립은커녕 군사 정권에 대한 반감만 키웠다. 내게 문무대는 정치나 안보 같은 거시적인 관점의 변화를 주기보다는 초라한 내 본연의 모습을 돌아보는 계기가 되었다. 현실에 대한 각성으로 그간의 나태함과 타성이 부서지는 전환점이 되었다. 문무대 훈련을 마치고 집으로 돌아오자 어머니가 해 주는 밥의 고마움이 한 알한 알 느껴졌다.

여름 방학이 되자 나는 부산에 있는 큰고모 집으로 놀러 갔다. 혼자서 떠난 첫 여행이었다. 지금도 사촌 누나들인 홍윤, 홍원과 함께 돌아봤던 태종대 앞바다의 푸른 바닷물이 눈에 선하다. 난생처음 냉면도 먹었다.

아버지는 냉면이나 회 같은 음식이 비위생적이라면서 못 먹게 했다. 부산에서 며칠 머무는 동안 마음을 정리한 나는 앞으로 인생을 주도적으로, 책임감 있게 살겠다고 결심했다. 그리고 방학이 끝날 무렵인 1976년 8월 31일, 노트에 다음과 같은 생활 규범 10계명을 작성해 적었다.

1. 일에 신념과 자신으로 임한다.
2. 결정하기 전에 사고의 과정을 거친다.
3. 동류 집단 압력을 이겨 낸다.
4. 필요한 경우를 가려 말한다.
5. 집안일에 협력 헌신하며 친척과의 유대를 공고히 한다.
6. 건강에 유의하여 음식을 조심한다.
7. 술, 여자, 담배를 피한다.
8. 헛되이 보내는 시간을 줄인다.
9. 신문과 텔레비전을 보는 데 시간을 낭비하지 않는다.
10. 피곤과 나태를 구분한다.

당시 나의 생활에서 부족한 부분을 반성하고, 앞으로 어떤 인생을 선택하든지 간에 생활을 정돈하겠다는 결심을 표현한 것이다. 현재의 위기를 돌파하려는 사람, 인생의 전환점을 만들려는 사람은 나처럼 낡은 습관을 타파하고 새로운 생활 규범을 만들어 볼 필요가 있다.

왜 살아야 하나?

생의 목적을 찾아서

대학생이 되도록 나는 '왜 사는가' 하는 문제에 대해 한 번도 깊이 생각해 보지 않았다. 성적을 올리기 위해 아무 생각 없이 앞만 보고 달렸다. 그래서 사법시험을 포기하기로 결심한 후, 나는 삶의 방향을 잃고 헤매기 시작했다.

'사람은 왜 사는가? 왜 살아야 하는가? 인생은 아무런 목적 없이 태어나서 죽음을 기다리는 과정인가?' 1학년 1학기 말의 관심사가 무절제한 생활로부터 탈출하는 데 있었다면, 1학년 2학기 초에는 적극적인 생의 목적 발견에 집중했다. 인간에게 생물적인 존재 이유 말고도 생의 목적이 있는가 하는 대목에서 의문이 풀리지 않았다. 만약 인생이 물거품 같이 헛된 것이라면, 무엇을 하느냐 마느냐가 무슨 의미를 갖는단 말인

가. 인생에 대한 해답을 쉽게 발견할 수 없었다. 인생에는 본래 목적이 없을지도 모른다는 생각도 들었다. 사실 이런 문제는 종교적인 것이고, 종교에서 답을 찾아야 하는데 나는 당시 종교에 대해 잘 몰랐기 때문에 해답을 찾기가 쉽지 않았다.

2학기가 시작된 후에도 나는 '목적 없는 삶을 살고 있지 않은가' 하는 고민에서 벗어나지 못했다. 여름 방학 때 부산에서 붙잡은 인생의 전환점도, 생활 10계명도 근본 문제에 대한 답을 찾지 못한 상태에서는 별 도움이 되지 않았다. 풀잎 같은 인생에서 인간이 추구하는 쾌락과 가치는 얼마나 하찮은 것인가. 재산, 명예, 지위 등 죽으면 그만인 것들을 쫓아다니면서 인생을 허비하는 것은 얼마나 허망한 일인가. 신앙이 없었던 나는 인생이란 태어났기 때문에 사는 것이지, 어떤 목적이나 가치가 있는 것은 아니라는 생각에 점차 빠져들고 있었다. 인생이 아무 의미 없게 느껴졌다. 부모와 연결된 세속적인 정만이 나를 끈끈하게 붙잡아 생각이 극단적으로 흐르지 않도록 막아 주었다. 그러던 차에 나는 정신을 집중할 대상을 찾아냈다. 그것은 불교였다.

불교 입문

대학에 들어가기 전에 나는 종교에 전혀 관심이 없었다. 관심을 둘 만한 계기도 없었을 뿐더러, 어렸을 적에는 인생 문제를 심각하게 고민할 필요가 없었기 때문이다. 고등학교 때도 입시 위주로 긴박한 생활을 하느라 공부 외에는 그 무엇도 진지하게 생각할 시간이 없었다.

사실 우리 집안은 종교와 오래된 인연이 있다. 증조할아버지가 조선 시대 천주교가 제주도에 들어올 때, 박해를 받으면서도 신앙을 지켰던 것이다. 지금도 집안 어른들은 당시 관군들이 천주교도를 색출하려고 제주 읍내를 수색하고 다녔던 이야기, 관군들이 집에 들이닥쳐 천장을 창으로 쑤셔 댔으나 증조할아버지를 발견하지 못해 살아난 이야기를 하곤 한다.

할아버지가 가솔을 이끌고 육지로 나온 뒤에는 할머니가 기독교를 거쳐 불교로 개종했다. 누나들이 태어나기 전에 출가한 할머니는 미륵불이 광주에 출현할 것으로 믿고, 무등산 가는 길목에 광륵사라는 암자를 세웠다. 우리 가족이 광주에 살던 시절, 아버지는 식구들을 데리고 한 달에 한두 번 할머니를 만나러 갔다. 지금도 승복을 입은 할머니의 모습이 뚜렷이 기억난다. 할머니가 믿었던 불교는 전통 불교와 조금 달랐다. 사람들이 할머니를 '도인'이라 불렀던 걸 보면 아마 신이 내렸던 것이리라. 맑은 표정의 할머니가 무등산 산신령과 대화했다면서 누군가와 이야기하는 것을 엿들은 기억이 난다.

대학 1학년 중반, 염세적으로 흘러가는 생각의 늪에서 탈출해 마음을 다잡기 위해 나는 집에 있던 불경을 읽기 시작했다. 처음 읽은 것은 대승 경전인 법화경이었다. 문자 그대로 받아들이기 힘든 비현실적 내용도 있었지만, 나는 그 속에 있는 모든 말이 진실이라고 믿었다. 불경을 읽는 것이 하루 일과의 중요한 부분이 됐다.

당시 부처는 나의 스승이었다. 나는 석가모니가 출가 전에 나와 똑같은 의문을 가졌다는 것을 알고 희열을 느꼈다. 내가 품었던 의문과 석가모니가 가졌던 의문이 기본적으로 같은 것이라면 석가모니의 깨달음에서 내 문제에 대한 해답을 얻을 수 있지 않을까.

불교에 빠져들면서 나는 나태하고 안일한 생활에서 벗어나기 위해 불교에서 말하는 수행이 필요하다고 생각했다. 석가모니도 깨달음을 얻는 과정에서 고행을 하지 않았던가. 나는 내게 맞는 수행으로 사법시험을 떠올렸다. 고행의 관점에서 보자 사법시험이 힘들다는 사실이 오히려 매력적으로 생각됐다. 생이 무의미하다는 타령만 하고 있을 것이 아니라, 수행하는 심정으로 열심히 공부해 보자는 생각이 들었다. 그것이 인생의 의미를 발견하고 실현하는 길이라고 생각했다. 그렇게 불교는 내 인생의 변곡점이 됐다.

일단 법학과를 가기 위해 학교 공부부터 열심히 했다. 수업 시간에 나는 항상 속기술로 노트 필기를 했다. 교수들이 말하는 내용이라면 농담까지도 받아 적었다. 어느 말이 중요한지, 의미가 있는지 강의를 들을 때는 잘 모르기 때문이다. 나중에 책과 노트를 대조해서 공부하다 보면 교수가 수업 시간에 말한 의미가 정리됐다. 내 생각에는 중요한 부분 같아도 교수가 특별히 강조하지 않은 내용도 있다. 노트 필기를 요점 정리 위주로 하는 학생들이 많지만 그렇게 하면 오히려 요점을 놓치기 쉽다. 속기로 노트 필기를 하는 것은 이후 내 평생의 습관이 되었다.

나는 속기술을 잘 모른다. 내가 말하는 속기란 말을 그대로 빨리 받아 적는 것이다. 글씨를 날려 써도 좋다. 나만 알아볼 정도면 된다. 요즘은 강의를 녹음하는 학생도 있지만, 녹음하면 다시 듣는 데 시간이 걸릴 뿐 아니라, 노트처럼 눈에 쉽게 들어오지도 않는다. 처음에는 빨리 받아 적는 것이 힘들지만 숙달이 되면 농담까지 받아쓰는 것도 어렵지 않다.

1t2 판단법

막상 사법시험 공부를 시작하려고 보니 암울한 정치 상황 때문에 마음이 흔들렸다. 당시 대학가에는 공무원이 되는 것이 독재 정권의 앞잡이가 되는 것이라는 사고가 널리 퍼져 있었다. 나도 사법시험을 준비하는 것이 떳떳하지 못한 일인 것처럼 친구들의 눈치가 보였다. 대학 1, 2학년들 사이에는 사법시험 준비를 한다는 사실이 알려지면 일신의 영달만 추구하는 약삭빠른 놈이라고 취급받는 분위기가 팽배했다.

고민 끝에 나는 사법시험 도전을 정당화하는 사고방식을 정립했다. 인생의 중요한 선택을 앞두고 고민할 때 정신적 갈등을 해소하기 위한 내 나름의 가치 판단법이다. 이 판단법의 핵심은 가치 판단에 시간 개념을 도입한 것이다. 내가 앞으로 꼭 하고 싶은 일이 두 가지 있다고 가정해 보자. 편의상 하나는 A, 다른 하나는 B라고 한다. 일반적으로 A가 B보다 더 중요하고 가치 있는 것으로 여겨진다면 당연히 A를 선택해야 한다고 생각할 것이다. 그러나 현실에서의 선택은 그리 단순하지 않다.

내가 사법시험 준비를 시작할 때 갈등했던 상황을 보자. 내게 사법시험은 생의 의미를 발견하기 위한 구도의 방법이었다. 하지만 당시 민주화에 대한 시대적 요구에 부합되는 행동은 아닐 수도 있었다. 나는 어느 선택이 객관적으로 가치가 있는지 자신 있게 결정할 수 없었다. 하지만 이 문제를 해결하지 않고는 평안한 마음으로 사법시험 공부를 시작할 수 없었다. 민주화를 실천하는 행동을 A라고 하면, 나를 위한 사법시험 공부는 B에 해당하는 일이다. A를 선택한다면 사법시험 공부를 하지 않아야 한다. 당시에는 분명 A가 B보다 중요하고 가치 있는 일처럼 보였다. 그럼에도 불구하고 내가 B를 선택한다면 그것은 이기적인 행동일까? 다른 가치 판단 방법은 없을까?

거듭 생각한 끝에 나는 시간 개념이 가치 판단에 중요한 요소라는 데 생각이 미쳤다. A가 B보다 절대적으로 중요한 일이라고 해도 A를 먼저 하면 나중에 B를 할 수 없고, B를 먼저 하면 나중에 A를 할 수 있다면, 먼저 B를 하고 나중에 A를 하는 것이 더 가치 있지 않을까. 나는 이런 식의 판단 방법에 대해 't1t2 판단법'이라는 이름을 붙였다. t1t2 판단법은 다음과 같은 공식으로 표현할 수 있다.

$A > B$. But $[A(t1) + 0(t2)] < [B(t1) + A(t2)]$. Then $B(t1) > A(t1)$.

t1t2 판단법은 우리가 흔히 겪는 가치 판단의 잘못으로 인한 위험을 줄이는 데 좋다. 가치 판단의 잘못이란 다음과 같은 경우를 말한다. 어느 시점(t1)에서는 A가 더 중요하게 보이지만, 시간이 흐른 시점(t2)에서는 B가 더 중요한 것이었다고 생각이 바뀔 수 있다. 이런 경우 처음에 A가 더 중요하다고 판단해서 B를 희생했다면 나중에 B를 하고 싶어도 할 수 없어 후회할 수 있다. 그러나 처음에 B를 선택하면 나중에 A를 할 수

있기 때문에 가치 판단을 잘못했더라도 후회할 일이 줄어든다. 선택의 잘못에 따른 위험이 감소하는 셈이다. 나는 이렇게 사법시험 공부를 하느냐 마느냐의 문제에 관한 해답을 얻었다.

내가 대학을 다니던 시절에는 사법시험 합격자 수가 몇 십 명밖에 되지 않았다. 대학 4년 내내 사법시험 공부를 해도 졸업 전까지 사법시험에 합격하기가 어려웠다. 사법시험 준비를 하지 않고 나라 걱정만 하다가는 시기를 놓칠 수 있다. 대학원을 졸업할 때까지 사법시험에 합격하지 못하면 군대에 가야 했다. 그 후에 사법시험 공부를 시작하면 법도 바뀌고 머리가 녹슬어서 더더욱 시험에 합격하기가 어려울 것 같았다. 그러다 보면 사법시험을 포기하게 될지도 모른다. 그렇게 생각하니 사법시험 준비를 먼저 해야 한다는 결론이 나왔다.

t1t2 판단법은 훗날 내가 기독교를 믿느냐 마느냐, 유학을 가느냐 마느냐, 판사를 하느냐 마느냐 등등 어려운 인생의 문제를 만날 때마다 해답을 주었다. 고등학교 때도 t1t2 판단법으로 생각했다면 수학에서 낙제 점수를 받지 않았을 것이다. 고등학교 때 나는 문과에서는 수학이 별로 중요하지 않다고 생각했다. 그래서 1학년 때 영어만 열심히 공부하고 수학 공부는 무시했다. 사실 대학 졸업 후 사회에 나가면 수학 지식이 필요한 경우가 많지 않다. 하지만 당장 수학 공부를 하지 않고서는 대학에 갈 수 없다. 당장은 하기 싫고 덜 중요해 보여도 미룰 수 없는 일을 먼저 한 다음, 하고 싶은 일을 해야 한다. 그것이 t1t2 판단법의 핵심이다.

3

사법시험에
도전하다

1차 사법시험을 치다

2차 사법시험
공부 전략

1차 사법시험을 치다

고시 합격기를 읽다

사법시험을 치르기로 결심한 후 의욕은 한껏 치솟았으나, 구체적인 공부 방법을 알 수 없어 답답했다. 옛날에는 법대생들이 학기 초에 수강 등록만 하고 사법시험 공부를 하기 위해 산이나 시골로 사라졌다지만, 우리 때는 수업에 자주 빠지면 학점이 나오지 않았다.

1~2학년 중에는 사법시험 공부를 시작한 사람이 없어, 사법시험을 준비하고 있다는 친구의 형을 찾아갔다. 거기서 고시생들을 상대로 한 전문 잡지가 있다는 것을 처음 알았다. 고시 잡지에 실린 고시 합격기 중에, 사법시험 공부를 시작하면서 고시 잡지 과월호 몇 년 치를 사 보았다는 대목이 있었다. 눈이 번쩍 뜨였다. 고시 방법론은 고시를 준비하는 사람보다 합격한 사람이 더 잘 알 것 아닌가. 합격자들의 공부 방법

은 검증된 방법이다. 곧장 도서관에 가서 고시 잡지를 찾아보니, 합격기만 뜯겨진 것이 많았다.

그 길로 잡지사를 찾아가서 과월호 2년 치를 샀다. 1976년 11월 중순이었다. 고시 합격기 수십 개를 읽고 종합하니 고시 방법에 대한 공통분모가 보였다. 합격생들이 공통적으로 말하는 것은 기본이 되는 교과서를 10번 읽으면 합격한다는 것이었다. 헌법, 민법, 형법은 1, 2차 사법시험의 공통 과목일 뿐 아니라 법학의 기초여서 이른바 기본 3법이라고 했다. 그 기본 3법 중에서도 기본인 헌법, 민법총칙, 형법총칙부터 공부해야 했다. 고시 과목별로 합격자들이 어떤 책을 많이 보는지도 살펴봤다. 그런 책은 검증이 되었다는 판단에서였다. 그렇게 해서 『김철수 헌법』, 『문홍주 헌법』, 『정영석 형법총론』, 『곽윤직 민법총칙』을 샀다.

기말시험을 준비하느라 책을 읽지 못한 채 겨울 방학을 맞았다. 그리고 법학과 배정이 확인되지 않은 상태에서 이듬해인 1977년 3월에 제19회 1차 사법시험이 있다는 것을 알았다. 몇 달 남지 않았지만 나는 1차 사법시험에 도전하기로 마음먹었다.

1차 사법시험을 위한 책

당시 1차 사법시험에서는 여덟 과목에 대한 시험을 치렀다. 역대 사법시험 중 가장 과목수가 많을 때였다. 1972년 사법시험에 학력 제한이 철폐되면서 과목 수가 늘었던 것이다. 헌법, 민법, 형법, 문화사, 경제학

개론 등 필수 과목 5개 외에, 선택 과목이 3개였다. (지금은 1차 시험 과목이 다섯으로 줄었다. 헌법, 민법, 형법, 영어 등 네 과목은 필수이고 국제법, 노동법, 국제거래법, 조세법, 지적재산권법, 경제법, 형사정책, 법철학 중 한 과목은 선택이다. 영어는 토익, 토플, 텝스로 대체가 가능하다.)

대학 입학 후 8개월 가까이 놀아 머리가 제대로 돌아갈지 걱정이었다. 1학년 때 배운 법학통론만 가지고는 법이 무엇인지 감을 잡기 어려웠다. 석 달 공부해서 1차 사법시험을 치겠다는 것은 누가 보아도 무리한 욕심이었다. 그런데 이상하게 기가 죽지 않았다. 내 내면에 쌓인 에너지가 분출을 기다리고 있었다.

2차 사법시험에 관해서는 합격기에 공부 방법과 시험 정보가 비교적 상세히 소개되어 있었으나 1차 시험에 관한 정보는 거의 없었다. 대개 시험 과목당 객관식 문제집을 2~3권 보면 된다는 정도가 고작이었다. 선택 과목 세 가지를 무엇으로 정해야 유리한지도 알 수 없었다. 생각 끝에 가장 많은 수험생이 선택한다는 국제사법, 법철학, 영어로 정하는 것이 안전하다고 판단했다. 국제사법, 법철학이 뭔지도 몰랐지만 다수가 선택한다면 위험 부담이 적을 것이고, 참고서도 상대적으로 더 잘 나와 있을 것 같았다.

지금은 없어진 성균관 앞 석촌 서점에서 1차 사법시험에 필요한 책과 객관식 문제집을 샀다. 서점 아저씨의 도움을 받아 많이 팔리는 책, 그리고 되도록 출제 교수들이 쓴 책을 골랐다. 공부할 책은 많았지만 이상하게 신이 났다. 책값을 헛되이 하지 않으려면 남은 석 달 동안 사 온 책들을 다 읽어야 했고, 그러려면 공부 이외의 다른 생활은 모두 접어야 하는데도 그랬다. 한동안 공부를 멀리하다가 다시 고도의 집중력과 무한의 노력이 요구되는 나만의 세계로 들어간다는 데서 온 희열이었다.

낮과 밤이 바뀌다

시간이 절대적으로 부족했기 때문에 나는 비장한 결단을 내렸다. 낮과 밤을 바꾸어 살기로 한 것이다. 나는 밤에 집중이 잘된다. 생체 리듬을 바꾸는 것은 쉽지 않았다. 일어나는 시간을 의식적으로 조절하기는 어렵기 때문에 자는 시간을 점점 늦추는 방법을 썼다. 어두워지면 일어나 공부하고 날이 밝으면 잠을 잤다. 나의 24시간은 공부와 잠, 둘로 나누어졌다.

　낮과 밤을 바꾸어 살다 보니 속세를 떠난 것 같았다. 나는 새벽 1시쯤 일어나서 다른 식구들이 잠에서 깨지 않도록 조심하며 조용히 아침밥을 먹었다. 어머니가 자기 전에 따로 내 밥상을 준비해 보자기로 덮어 놓았다. 새벽 2시가 조금 지나면 골목길에서 쓰레기를 수거해 가는 소리가 적막을 깨고 들려왔다. 매일 그 소리가 기다려졌다. 만물이 잠든 고요 속에서 혼자 깨어 공부하고 있으면 외롭기도 했지만, 넓은 세계와 시간을 지배하고 있는 것 같은 독특한 만족감이 느껴졌다.

　공부하는 도중 외로움을 달래기 위해 가끔씩 라디오를 들었다. 지금처럼 24시간 방송을 하는 케이블 채널이 없을 때여서 라디오는 한밤에 세상과 나를 이어 주는 유일한 벗이었다. 그해 겨울 새벽에는 혜은이의

「당신은 모르실 거야」라는 노래가 자주 흘러나왔다. 라디오마저 침묵하는 시간에는 허공 속에서 무뚝뚝한 시계바늘 소리만 요란했다. 책을 한참 읽어도 시간이 그다지 흐른 것 같지 않았다. 야행성이 되고 보니 공부 이외의 것은 생각나지 않았다. 외모에도 전혀 신경을 쓰지 않았다.

겨울 방학 내내 길고도 지겨운 밤들이 계속됐다. 화장실에 가려고 마당으로 나오면 추위 때문에 정신이 번쩍 났다. 팔을 쭉 뻗고 심호흡을 하며 밤하늘을 바라보면 수많은 별이 보였다. 맑은 날에는 은하수도 선명했다. 그때만 해도 서울 공기가 맑았다. 연말이 가까워지자 라디오에서 크리스마스 캐럴이 끊이지 않고 흘러나왔다. 소외감이 들었다. 연말에 온 가족이 외식을 하러 나갈 때도 나는 혼자 남았다. 아버지는 내가 공부하는 데 전념할 수 있도록 집안일이나 행사에서 면제해 주었다. 겨울 방학 동안 나의 유일한 외출은 과 배정 때문에 학교에 간 며칠뿐이었다. 1977년 2월 법학과 배정이 확정되자, 나는 사법시험 공부에 더욱 박차를 가했다.

생체 리듬을 거슬러 사는 것이 건강에 좋을 리 없다. 밤새워 공부하고 나면 온몸에서 기력이 다 빠져나가 기절하듯 잠들곤 했다. 그래도 '설마 죽기야 할까' 하는 오기가 생겼다. 고시 생활을 통틀어서 그해 겨울만큼 잡념 없이 열정을 불태우며 공부한 때가 없다. 몸은 힘들었지만 낮과 밤을 바꾸어 살지 않았다면 나태한 생활 습관을 버릴 수 없었을 것이다.

공부할 분량은 많은데 시간이 한정되어 있다면, 시간을 효율적으로 분배해 최대의 효과를 거두는 전략을 세워야 한다. 사법시험에서는 모든 과목에서 고르게 점수를 얻어야 하기 때문에, 고등학교에서 공부한 과목에는 시간을 덜 투입하기로 했다. 특히 영어는 고등학교 때 실력으로 보기로 하고 기출문제만 풀었다. 문화사 과목은 대학 입시 때 봤던 세계사 참고서를 2번 읽었다. 나머지 시간은 다른 여섯 과목에 집중했다.

처음 세운 전략은 전 과목 교과서를 2번씩 읽으면서 감을 잡은 뒤, 객관식 문제집을 보는 것이었다. 그러나 민법의 경우, 당시 가장 많이 보던 곽윤직 시리즈가 『민법총칙』, 『물권법』, 『채권총론』, 『채권각론』 등 4권이나 되었기 때문에 다 읽을 시간이 없었다. 결국 교과서는 『민법총칙』밖에 읽지 못했다. 형법 교과서도 『정영석 형법총론』만 읽었다. 객관식 문제집은 출제 교수가 저자인 것, 그리고 내용이 좋은 것 순으로 A, B, C로 구분한 다음 C로 표시된 것부터 과목 순서대로 1번 읽고, 계속해서 B, A의 순서로 읽어 3단계의 반복 효과를 노렸다. 좋은 문제집을 순서상 뒤에 읽은 이유는 시험이 가까울 때 읽어야 기억에 더 많이 남을 것이라고 생각했기 때문이다.

시간 부족으로 객관식 문제집은 1번밖에 읽을 기회가 없었다. 읽은 내용을 놓치면 끝이었다. 단번에 이해하고 외운다는 생각으로 정신을 집중했다. 겨울 내내 초긴장 상태로 공부했다. 책을 1번 읽는데도 절대적으로 시간이 부족했기 때문에 나는 '전자총 독서법'을 개발했다. 텔레비전 화면은 가로로 된 524개의 주사선으로 이루어져 있다. 브라운관 텔레비전 뒤쪽의 볼록한 부분에 있는 전자총은 화면의 주사선을 따라 왼쪽에서 오른쪽으로, 위에서 아래로 전자빔을 발사한다. 60분의 1초마다 화면 전체를 스캔하면서 영상을 만들어 내는 것이다. 나는 내 눈이 전자총이라고 생각하고 눈동자를 책의 줄을 따라 움직이면서 책을 스캔했다. 책 한 줄을 읽는 데 1~2초를 허비하는 것은 별것 아니지만 고시 공부 전체를 놓고 보면 엄청난 차이가 있다.

객관식 문제집을 이틀에 1권씩 읽도록 계획표를 짰기 때문에 문제를 일일이 풀어 볼 시간적 여유가 없었다. 문제를 읽은 다음 바로 해설을 읽고 이해하는 방식으로 공부했다. 처음 공부하는 과목의 문제집을 이틀에 1권씩 소화한다는 것은 고통스러운 작업이다. 조금이라도 페이지 넘기는 것을 멈추면 진도를 맞출 수 없다. 간혹 문제집에 적힌 답이 틀려서 시간을 허비할 때면 답답한 마음이 들었다.

다행히 점점 능률이 났다. 막바지에는 하룻밤이 새기도 전에 문제집 1권을 끝내는 경우가 늘었다. 민법조문도 외워야 문제 풀기에 좋겠다는 생각이 들었으나 대충 몇 번 읽고 끝내야 했다. 조문 수가 적은 데다 문제를 풀기 위해서는 전체 조문을 반드시 외울 필요가 있는 헌법은 반복해 외웠다. 기출문제가 다시 출제되는 경우가 있다고 해서 1차 시험을 보기 전날, 각 과목 문제집 뒤에 실린 기출문제를 다시 한 번 훑어보았다. 최선을 다했지만 마음에 흡족하지는 못했다. 시간이 절대적으로 부족해서 책을 충분히 읽지 못했기 때문이다. 그래도 이제는 하늘의 뜻을 기다리는 수밖에 없었다.

1차 사법시험을 치다

1차 사법시험 당일, 나는 쓰기 좋게 미리 길들여 놓은 검정색 볼펜 다섯 자루를 갖고 시험장에 갔다. 시험장은 동국대였다. 난방이 안 돼 차가운 교실, 낯선 사람들이 눈에 들어왔다. 서먹하고 썰렁한 분위기 속에서 시험지를 받아들고 보니, 문제집에서 본 문제 상당수가 그대로 혹은 약간 변형되어 출제되어 있었다. 기출문제 중에 다시 출제된 것도 상당수 있었다. 수험생을 골탕 먹이는 난이도 높은 문제는 적었고, 특별히 어렵게 느껴진 과목도 없었다.

시험이 끝나자 운이 좋으면 붙을 수도 있겠다는 기대감이 생겼다. 집에 와서 목욕을 하자 극도로 지치고 쇠약한 상태였는데도 새로이 피가 솟는 듯했다. 겨울 내내 어려운 생활을 견뎌 낸 자신이 대견했다. 1차 사법시험을 친 다음 날, 대학 2학년 1학기가 시작됐다. 그동안 지친 심신을 회복하기 위해서는 일단 좀 쉬어야 했다. 밤에 공부하고 낮에 자던 습관도 되돌렸다. 남들이 일어날 때 일어나고, 먹을 때 먹고, 잘 때 잤다. 3월에는 책도 별로 보지 않았다. 한 달 정도 쉬니 몸이 좀 회복되는 것 같았다. 그즈음 1차 사법시험 합격자가 발표됐다. 명단에서 내 이름을 발견했을 때는 뛸 듯이 기뻤다. 혹시나 하고 바라면서도 공부한 기간이 짧아서 걱정했기 때문이다. 서울대 법대 2학년생 중에서 1차 사법시험에 붙은 것은 나를 포함해 3명이었다.

2차 사법시험까지 남은 기간은 약 보름. 시험 과목은 헌법, 민법, 형법의 기본 3법과 국사, 행정법, 상법, 민사 소송법, 형사 소송법을 합쳐 모두 여덟 과목이었다. (지금은 국사가 빠져 일곱 과목을 본다.) 시험 준비를 전혀 하지 않아서 2차 시험 응시는 무의미했다. 하지만 다음 해 2차 시험을 위해 구경하는 것도 나쁠 것 없다 싶어 시험장에 갔다. 첫날 시험 과목인 헌법과 국사만 치기로 마음먹고 별다른 공부는 하지 않았다. 며칠 동안 『김철수 헌법』과 고등학교 국사 참고서만 2~3번 읽었다.

2차 시험 첫날, 시작을 알리는 벨 소리와 함께 대형 두루마리 끈이 풀리면서 붓글씨로 쓰인 주관식 문제가 펼쳐졌다. 마치 조선 시대의 과거 시험장에 온 것 같았다. 국사와 헌법 모두 두 문제씩 출제됐다. 과목당 배정 시간은 2시간, 따라서 한 문제당 1시간씩 답안을 작성해야 했다.

국사의 첫 문제는 "고려 후기 사회 변동을 논하라."였다. 고려 후기가 어디서부터인지 10여 분을 생각하다 무신의 난 이후라고 판단했다. 목차 체계도 제대로 잡지 못하고 닥치는 대로 답안을 썼다. 두 번째 문제는 "조선 후기 실학의 대두와 그 발전에 대하여 논하라."였다. 국사 참고서를 볼 때 분명히 외웠다고 생각했는데 기억이 잘 나지 않아 답안을 아무렇게나 써 놓고 말았다.

2차 시험에서는 법 과목의 경우 법전을 주기 때문에 조문을 찾아보면 답안 작성에 도움이 된다. 헌법의 첫 문제는 "자유권의 보장과 그 한계를 논하라."는 것이었는데 자유권이라는 개념이 워낙 방대한 내용이어서 어떻게 다루어야 할지 당황스러웠다. 생각나는 것은 많은데 답안지에 정리하는 것이 쉽지 않았다. "우리나라 국회 의원의 지위를 논하라."는 문제는 법전 조문을 훑어보면서 국회 의원과 관계되는 것을 모아서 답안을 썼다.

2차 시험장 구경은 하루면 족했다. 둘째 날부터는 시험장에 가는 차비도 아깝다고 생각해 포기했다. 시험장 구경은 유익했다. 시험장에 나타난 사람들의 텁수룩한 수염이며 헝클어진 머리, 고시 외에는 어떤 것도 신경 쓰지 않는 듯한 외모도 인상적이었다. 1차 시험 준비할 때의 내 모습을 보는 듯했다.

글 쓰는 속도의 중요성에 대해 알게 된 것도 시험장에서 얻은 소중한 교훈 중 하나였다. 주관식 답안지는 과목당 앞뒤 다섯 장짜리인데, 옆으로 길게 쓰도록 되어 있다. 앞뒤를 모두 쓰면 10쪽을 쓸 수 있다. 주관식 문제에 대한 답안을 얼마나 빨리 쓸 수 있는지 알아보기 위해 생각할 시간도 없이 모르는 내용까지 손에 쥐가 나도록 써 보았지만, 2시간 동안 답안지 6쪽 이상은 메울 수 없었다. 합격기를 보면 주관식 답안은 과목당 8쪽 정도는 써야 한다고 되어 있었다. 실전에서 답안 구성을 생각해 초안을 잡은 다음, 글씨까지 잘 쓰면서 8쪽 이상을 쓰려면 어떻게 해야 할까? 아는 내용도 제대로 답안에 담아내기 위해서는 훈련이 필요하다는 생각이 들었다.

사법시험에 합격하기 위해서는 문제를 보는 순간 답을 술술 써 내려갈 수 있도록 확실하게 공부를 해야 하는 것은 물론, 속필이어야 했다. 머리에 확실히 넣었다고 생각한 것도 막상 시험장에서는 전혀 생각나지 않을 수 있다는 것을 경험하고 나니 2차 시험에 대해 두려운 생각이 들었다. 공부를 아무리 해도 답안지에 제대로 옮겨 놓지 못하면 아무 소용없다. 평가는 답안지로 하는 것이기 때문이다.

2차 사법시험 공부 전략

2차 사법시험을 위한 책

어떤 시험을 준비하건 합격자들이 많이 보는 책을 선택해야 합격 확률을 높일 수 있다. 그런 책이 무엇인지 알고 싶다면 다른 수험생에게 물을 것 없이 합격기를 읽으면 된다. 고시 서적을 전문적으로 취급하는 서점에 가서 문의하는 것도 도움이 된다. 서점 주인은 무슨 책이 많이 팔리는지 잘 알고 있다. 책 고르는 안목이 있는 수험생이라면 대형 서점에 가서 직접 비교하면서 고르는 것도 좋다. 수험용 책은 출간된 지 2년 이상 된 책은 절대 사면 안 된다. 그사이에 출제 방향이 달라질 수도 있고, 최근 기출문제가 반영되어 있지 않기 때문이다.

나는 2차 사법시험에서 치를 여덟 과목을 위해 기본서 15권, 참고서 14권, 문제집 11권 등 총 40권에 이르는 책을 선택했다. 민법 교과서는 곽윤직이 쓴 기본서와 김증한이 쓴 참고서가 『민법총칙』, 『물권법』, 『채권총론』, 『채권각론』 등 각각 4권이나 되었기 때문에 주관식 문제집은 사지 않았다. 민법의 친족상속편에서는 보통 문제가 출제되지 않으나 구색을 갖추기 위해 『김주수 친족상속법』을 샀다.

형법은 당시 유기천이 쓴 책이 가장 인기가 있었다. 유기천이 쓴 책을 기본서로 4번 보았으나 『유기천 형법총론』은 전통적인 견해와 큰 차이가 있었다. 고시 답안은 무난한 이론을 택하는 것이 안전하기 때문에 형법총론 기본서는 정영석이 쓴 것으로 바꾸었다.

상, 하 두 권으로 된 책은 되도록 같은 저자의 것을 택했다. 답안을 작성할 때 서로 다른 책에서 내용을 끌어다 쓰면 논리적 모순이 생길 수 있기 때문이다. 단, 형법은 예외로 총론과 각론을 모두 유기천이 쓴 책으로 보다가 나중에 총론만 정영석이 쓴 책으로 바꾸었다. 행정법과 형사 소송법은 기본서와 문제집 모두 같은 저자의 것을 택했는데, 역시 논리적 일관성과 반복 효과 때문이었다. 채점 위원들이 지적하는 가장 치명적인 감점 요인의 하나가 바로 답안의 앞뒤 논리가 안 맞는 경우이다.

이렇게 합격자들이 많이 본 책을 선택하는 것을 원칙으로 하되, 특별히 내 눈에 잘 들어오고 공부가 더 잘되는 책이 있을 때는 예외로 했다. 예를 들어 상법 기본서는 처음엔 정희철이 쓴 책을 보았으나 인쇄 상태가 양호하지 못해 서돈각이 쓴 책으로 바꾸었다. 상법 문제집은 서돈각, 이범찬이 쓴 것을 봤다. 형사 소송법 기본서도 김기두가 쓴 것을 2번 읽었으나 나중에 정영석이 쓴 것으로 바꾸었다. 역시 내용보다는 인쇄 상태 때문이었다. 책 내용에는 큰 차이가 없었다.

김철수·문홍주가 쓴 헌법, 김도창·이상규가 쓴 행정법, 방순원·이영섭이 쓴 민사 소송법도 널리 보는 책이었다. 권영성 헌법, 서원우 행정법, 송상현 민사 소송법도 참고서로 괜찮았지만 당시에는 나온 지 얼마 되지 않아 사지 않았다. 서원우가 쓴 행정법은 2차 사법시험 준비 막바지에 구입해 봤다. 주관식 문제집은 양승규 상법과 삼영사 형사 소송법도 많이들 봤다. 하지만 나는 삼영사 문제집같이 교수가 쓰지 않은 책은 참고만 하고 그대로 따르지는 않았다. 합격자가 쓴 책은 깊이가 없어서 공부가 얕은 고시생이 보기에는 그럴 듯하지만 합격 답안과 거리가 먼 경우가 적지 않으므로 주의할 필요가 있다.

국사 기본서로 가장 인기 있던 책은 한우근이 쓴 것과 이기백이 쓴 것이었는데, 이기백이 쓴 책의 경우 각 절 끝에 있는 참고 문헌의 주석이 생소해 보여 한우근이 쓴 책을 기본서로 삼았다. 이 책은 이기백이 쓴 책보다 두꺼워서 읽는 데 시간이 많이 걸렸다. 시험 날짜가 가까워지자 이기백을 선택하지 않은 것을 후회했지만, 그동안 공부한 것이 아까워서 책을 바꾸지는 않았다.

나는 2차 사법시험을 위해 구입한 책들을 책꽂이 2개에 시험 과목 순서대로 배열했다. 책상 정면에 있는 책꽂이에는 오른쪽에서 왼쪽으로 국사, 민법, 형법, 행정법, 상법, 민사 소송법, 형사 소송법 등 기본서를 순서대로 정리해 놓고, 책상 측면에 있는 책꽂이에는 참고서와 주관식 문제집을 역시 순서대로 꽂았다.

책에는 투명한 비닐 커버를 씌웠다. 당시에는 서점에서 책을 사면 비닐 커버를 서비스로 줬다. 책에 커버를 씌우는 것은 책 표지의 훼손을 방지하기 위한 것이지만, 내게는 또 다른 의미가 있었다. 투명 비닐을 씌운 책 표지를 책꽂이에 꽂아 놓으면 '내가 공부해야 할 범위가 바로 이것'이라고 알려 주는 효과가 있었다.

고승덕식 단권화

1차 사법시험에 합격한 사람은 다음 해에 시험을 면제받는다. 나는 이 듬해 모든 시간을 2차 시험 준비에 투자하기로 하고, 합격기를 다시 읽으면서 전략을 세웠다. 많은 합격기들이 2차 시험 공부법으로 정공법을 권했다. 정공법이란 과목별로 교과서 하나를 기본서로 정해 중점적으로 공부하라는 '기본서 중심주의'를 말한다. 주관식 문제집 위주로 공부하면 실패할 위험이 크다는 것이다. 답안을 채점하는 시험 위원들도 같은 목소리를 냈다. 교과서를 충실히 공부한 흔적이 보이는 답안에 점수를 더 준다고 했다.

　교과서는 상세하고 두껍다. 얼른 보기에 시험에 잘 나오지 않을 것 같은 부분도 많다. 그러다 보니 수험생들은 공부 부담이 큰 교과서보다는 예상 문제와 핵심 내용을 요약한 답안으로 구성된 문제집을 중심으로 공부하는 유혹에 넘어가기 쉽다. 그런데 문제집 위주로 공부하면 운 좋게 문제집에 실린 문제가 나온다고 해도, 그 문제집으로 공부한 다른 사람의 답안과 비슷해서 점수가 그리 잘 나오지 않는다. 또 문제집 답안에 틀린 점이 있다든지 출제 의도에 부합하지 않은 부분을 강조해 답안 체계의 균형을 맞추지 못한 경우, 문제집을 외워서 쓴 사람은 그 잘못을 그대로 범하게 된다.

교과서로 공부하면 그런 위험이 줄어든다. 단 여러 권의 교과서를 짜깁기 할 경우, 저자별로 다른 논리가 답안에 섞이게 되어 논리적 모순이 생기기 쉽다. 결국 기본서 하나를 중점적으로 공부하는 것이 제일 좋다는 데 대부분의 합격자들의 의견이 일치했다.

그러나 한 가지 교과서만 공부하는 것으로는 합격하기에 부족했다. 교과서마다 다루는 내용에 조금씩 차이가 있는 데다, 저자별로 강조하는 부분도 다르기 때문이다. 출제 위원들이 모범 답안으로 원하는 것은 하나의 학설이나 입장에 치우치지 않는 균형 있는 답안이다. 그렇다고 여러 권을 동일한 비중으로 공부할 수는 없다. 결국 이 모든 문제를 해소하면서 합격 확률을 높이는 공부 방법은 '단권화'뿐이었다. 단권화란 교과서 하나를 기본으로 삼고, 거기에 다른 책 내용을 보충해 넣는 작업이다. 이것이 2차 사법시험 준비의 핵심이었다.

구체적인 단권화 방법은 합격자마다 조금씩 달랐다. 어떤 합격자는 교과서에 고시 잡지의 모범 답안이나 문제집의 답안을 오려 붙이는 작업을 단권화라고 했다. 그러나 나는 고시 합격생이 쓴 모범 답안은 무시하기로 했다. 엉터리가 많기 때문이다. 교수가 쓴 주관식 문제집은 조금 낫다. 하지만 좋은 답안이라고 생각되는 것이 있더라도 문제집 목차에 표시해 따로 보는 정도로 하고 교과서에 오려 붙이지는 않았다. 책이 지저분해지면 공부할 마음이 들지 않기 때문이다.

내가 가장 바람직하다고 생각해서 실천했던 단권화는 교과서 2권을 하나로 합치는 것이었다. '고승덕식 단권화'로 알려진 공부 방법이다. 교과서 중심의 단권화 작업이라고 할 수 있다. 사법시험 수험생들이 가장 많이 보는 교과서 2권을 사서 그중 한 권은 기본서로, 다른 한 권은 참고서로 정한 다음, 참고서에만 있는 내용을 기본서에 합친다. 기본서에만 있는 내용은 기본서의 해당 부분에 참고서에 없다는 사실을 간단히 적어 둔다.

구체적인 방법을 이렇다. 기본서와 참고서를 나란히 펼쳐 놓고 기본서를 한 장(章) 읽은 뒤, 참고서에서 해당 부분을 찾아 읽고 다시 기본서를 읽는다. 두 교과서를 비교하면서 참고서에만 있거나 참고서에 더 자세히 논의되어 있는 부분, 그리고 기본서와 논리나 입장에서 차이가 나는 부분을 기본서의 여백에 옮겨 적는다.

차이 나는 부분이 2쪽 이상 되거나, 기본서가 아예 다루지 않은 장(章)은 옮겨 쓰기가 힘들다. 이럴 때는 일단 참고서의 목차에 표시해 두었다가 기본서를 읽을 때 같이 봤다. 참고서를 뜯어 붙이면 기본서가 두꺼워지고 책 모양이 망가져서 좋지 않다.

고승덕식 단권화의 핵심은 책에 인용된 조문을 법전에서 찾아 기본서에 옮겨 적는 것이다. 조문을 일일이 적어 넣다 보니 처음에는 시간이 많이 들지만, 책을 두 번째 볼 때부터는 법전을 뒤적일 필요가 없어 시간이 절약된다. 고교 시절 영어 공부할 때 썼던 방법이다.

이런 식으로 단권화를 진행하다 보면 가슴이 터질 정도로 속도가 느리다. 2차 사법시험 단권화 작업은 기껏해야 하루 100쪽 정도를 보는 게 최대였다. 민사 소송법 같은 과목은 재판 실무를 전혀 모르고 읽으니 나무토막 씹는 것처럼 딱딱해서 하루에 50쪽 이상 진도를 나가기가 어려웠다. 하루 15시간 이상을 공부했음에도 2차 사법시험 전 과목을 단권화 하는 데 7개월이 걸렸다.

일반 수험생이 나같이 7개월을 단권화 작업에 매달리기는 어려울 수도 있다. 하지만 고승덕식 단권화는 합격을 보장하는 확실한 방법이다. 이것저것 많은 책을 볼 것 없이 합격생들이 가장 많이 보는 교과서 2권만 공부하면 충분하다. 기본서와 참고서에 없는 내용이라면 출제 확률이 거의 없거니와, 출제된다고 해도 걱정할 필요 없다. 대부분의 수험생도 마찬가지일 테니 나만 불리한 것이 아니다. 공부한 내용을 응용하여 최선을 다해 쓰면 된다.

단권화 작업을 하다 보면 기억도 잘되고 글씨 쓰는 연습도 된다. 두 교과서를 각각 읽고, 비교하면서 또 읽기 때문에 실제로는 3회 정도 책을 읽는 셈이다. 또한 2권의 교과서를 비교하면 그 과목에서 어느 교수나 공통적으로 가르치는 부분, 각 저자 특유의 관점과 논리로 기술한 부분을 쉽게 구별할 수 있다. 교수마다 다르게 사용하는 목차나 용어의 차이를 파악하면 답안에서 특정 교과서만 공부했다는 티를 내지 않을 수 있을 뿐 아니라, 특정 저자 특유의 논리를 자제해서 쓸 수 있다.

일단 단권화가 완료되면 공부 속도가 점점 빨라진다. 기본서만 파고들면 되기 때문이다. 법조문까지 적혀 있으니 책만 죽 읽어 나가면 된다. 나는 사법시험뿐 아니라 다른 시험에서도 이런 단권화 방법을 사용했고, 항상 그 결과에 만족했다.

급할수록 정석으로

공부 잘하는 학생은 머리가 좋은 사람이 아니라, 구체적인 진도 계획을 세워 실천하는 사람이다. 나는 사법시험 공부 전략을 구체적으로 세우기에 앞서 내가 공부해야 할 전체 분량을 계산했다. 기본서 15권 전부를 합치면 1만 쪽에 가까웠다. 2차 사법시험을 1년 안에 끝내려면 기본서 몇 번 보기도 벅찼다. 책 한 권을 5~6번씩은 봐야 제대로 답안을 쓸 수 있으므로, 문제집까지 볼 시간은 없다는 계산이 나왔다. 아무리 노력해도 1~2년 만에 2차 시험에 합격하기는 힘들 것 같았다.

그래도 나는 포기하지 않았다. 사법시험 합격자들이 모두 완벽하게 공부해서 합격한 건 아닐 것이라고 생각했다. 우리가 보는 시험의 대부분은 절대적인 실력을 평가하기 위한 것이 아니라, 응시자 사이의 상대적 우위를 가리기 위한 것이다. 상대적 게임에서는 완벽한 준비가 필요한 것이 아니라, 남보다 조금 더 노력하면 된다. 예를 들어 입학 사정관 전형으로 대학 진학을 준비하는 학생은 다른 수험생보다 나은 진로 포트폴리오를 준비하면 된다. 다른 수험생들과 비슷한 포트폴리오로는 입학 사정관의 눈에 띌 수 없겠지만, 그렇다고 상상도 못할 기발한 활동까지 할 필요는 없다.

상대적 게임이라 해도 1~2년 안에 사법시험에 합격하기는 쉽지 않다. 워낙 공부할 분량이 많아서 시간이 절대적으로 부족하기 때문이다. 그래서 많은 수험생들이 문제집 중심의 공부에 유혹을 받는다. 하지만 문제집 중심의 공부는 실패할 가능성이 크다. 문제집의 문제가 시험에 그대로 나오더라도 채점 위원은 획일적인 답안에 매력을 느끼지 못한다. 또한 암기 위주가 될 수밖에 없는 문제집 중심의 공부는 사고의 유연성을 좀먹는다. 문제가 약간만 변형되어도 답안을 구성하는 데 애를 먹게 된다. 문제집에 실리지 않은 문제가 출제되는 경우는 치명타가 될 수 있다.

반면 교과서를 중심으로 공부하는 경우에는 전체적인 체계 속에서 스스로 생각의 흐름을 잡을 수 있으므로, 어떤 문제가 나와도 포괄적으로 생각하고 응용할 수 있다. 비정형적인 문제의 경우에도 교과서 내용을 기초로 창조적인 답안을 작성할 수 있다. 그래서 합격자 대부분이 교과서 중심주의를 권하는 것이다. 나도 끝까지 교과서를 공부하는 전략을 고수했다. 나는 합격생 상당수가 문제집을 기본서로 한다는 상법, 형사 소송법, 민사 소송법도 교과서를 기본서로 고집했다. 문제집은 교과서를 공부하다가 한숨 돌릴 때 틈틈이 보기로 하고, 고시 잡지에 실리는 교수들의 논문도 짬짬이 골라서 봤다. 교수들의 논문이나 논설은 제목이나 목차만 보면 된다. 세세한 내용까지 읽을 필요는 없다. 사법시험에서 지나치게 독창적인 이론을 주장하거나 현학적으로 답안을 쓰는 것은 도움이 안 된다. 합격생이 고시 잡지에 싣는 이른바 모범 답안도 성의 없이 작성되거나 문제의 중심을 제대로 파악하지 못한 엉터리가 많아 읽을 가치가 없다.

기출문제 분석

수능, 국가자격시험 등 어떤 시험을 준비하더라도 기출문제 분석은 반드시 해야 한다. 특히 토플, 토익, SAT 등 국제적인 객관식 시험은 대부분 기출문제에서 반복 출제되는 경향이 강하다. 시험을 치를 때마다 난이도나 성적 분포도가 달라지면 곤란하므로 새로운 문제를 많이 끼워 넣을 수 없기 때문이다. 그러다 보니 이런 시험들은 기출문제만 많이 풀어 봐도 어느 정도까지 성적을 올릴 수 있다. 강남권 어학원에서 토플, 토익 시험의 기출문제를 빼내기 위해 첩보전을 방불케 하는 작전을 펼치는 것도 그래서이다.

사법시험도 객관식인 1차 시험은 기출문제에서 출제되는 비율이 높다. 하지만 주관식인 2차 시험부터는 기출문제가 반복될 확률이 상대적으로 낮다. 그러나 기출문제를 보면 출제 경향을 알 수 있고, 답안 작성 훈련도 해 볼 수 있다. 특히 기출문제가 교과서 어느 부분에서 많이 나오는지를 알면 큰 도움이 된다.

나는 공부하는 틈틈이 기본서의 목차에 과목별 기출문제와 출제된 횟수를 표시해 두었다. 그 덕분에 주관식 문제가 교과서 목차 그대로 출제되거나 약간 변형돼 출제된다는 것을 알 수 있었다. 2차 시험 문제 중 교과서 목차의 큰 항목에서 나오는 부분과 작은 항목에서 나오는 부분도 구분할 수 있었다. 시험에 여러 차례 출제된 부분이 무엇인지도 쉽게 알 수 있었다.

기출문제를 기본서의 목차에 표시해 두면 다음 해에 출제될 만한 문제도 어느 정도 짐작해 볼 수 있다. 출제 위원들이 중요한 부분들 중에서 최근 몇 년 동안 문제가 안 나온 부분을 선택할 가능성이 크기 때문이다. 기출문제 표시는 흥미 삼아서라도 한번쯤 해 볼 만하다.

물론 다른 부분은 소홀히 하고 기출문제만 공부해서는 안 된다. 특히 합격자들이 제시하는 예상 문제는 무시하는 것이 좋다. 출제는 교수가 하기 때문이다. 고시 잡지에 실리는 최근 학계 동향에 관한 글은 읽을 만하다. 예를 들어서 금년 행정법 학회에서 어떤 주제로 학술 대회를 했다면 주목할 필요가 있다. 시사성 있는 문제가 가끔 출제되기 때문이다.

필기구 선택

주관식 시험에서는 필기구의 선택도 중요하다. 많은 답안을 짧은 시간에 채점해야 하는 채점 위원들은 답안을 한 글자 한 글자 읽지 못한다. 즉 답안 글씨체가 읽기 좋게 뚜렷하고 선명해야 득점에 유리하다.

나는 대학 입학 선물로 받았던 만년필을 필기구로 사용했다. 볼펜은 글씨가 가늘어 눈에 잘 들어오지 않을 뿐 아니라, 새것은 답안지를 패이게 하고 오래된 것은 잉크가 흘러나올 우려가 있었다. 플러스펜은 너무 가늘어서 채점 위원의 눈에 피로를 줄 것 같아 배제했다. 실제로 플러스펜은 사법시험에서 사용이 금지되어 있다. 요즘에는 만년필이 아니라도 좋은 필기구가 많이 나와 있다. 잉크가 진하고 글씨가 굵게 술술 써지는 제품이 좋다. 손에 힘이 많이 들어가는 펜은 쓰지 않는 편이 낫다.

2차 사법시험 준비 과정

피할 수 없다면 돌파하라!

요즘은 대학 입학 직후부터 사법시험을 준비하는 학생들이 적지 않다. 하지만 우리 때는 법대생이라면 누구나 사법시험 공부를 언제 시작하느냐가 큰 고민거리였다. 나는 대학 2학년 초부터 2차 사법시험 준비를 시작했는데, 너무 빠르다며 뒤에서 수군대는 사람들이 있었다. 정말 그럴까?

당시의 사법시험 현실은 험난했다. 서울대 법대생들도 졸업할 때까지 1차 사법시험에 합격하는 수가 절반 정도에 불과했고, 졸업생 중 대부분이 수년간 사법시험 공부를 하다가 아까운 청춘을 허비하는 일이 많았다. 그런데도 서울대 법대에 다니면 워낙 치켜세우는 사람들이 많다 보니, 사법시험에 금세 합격할 거라고 착각하는 학생들이 많았다.

나는 이미 경기고등학교 때 그런 착각에 빠져 쓰라린 경험을 한 적이 있는지라, 냉정하게 현실을 따져 보았다. 대학 입학 직후부터 사법시험 준비에만 매달려도 졸업 전 또는 군대 가기 전에 합격하기가 쉽지 않을 것 같았다. 나는 나중에 무엇을 하든지 간에 우선 사법시험이라는 관문을 빨리 통과하기로 마음먹었다.

사법시험은 일류대 학생이라고 해서 수월하게 넘을 수 있는 관문이 아니다. 막연히 '할 수 있다'든가 '해 보겠다'는 마음으로는 할 수 없다. '시험에 붙어야만 살 수 있다'는 정도의 독한 각오가 필요하다. 내 동급생들 가운데에도 뒤늦게 사법시험이 쉬운 것이 아니라는 것을 깨닫고, 고학년 때 시간에 쫓기면서 절박해하는 사람이 많았다.

법대생은 사법시험을 생각한 순간부터 마음에 부담을 안게 된다. 어차피 마음 편히 놓지 못한다면 바로 사법시험 준비에 들어가는 것이 현명하다. 피할 수 없다면 정면으로 돌파해야 한다. 하지만 대학 2학년 때 이렇게 생각하는 학생은 많지 않다. 나는 사법시험 준비에 대한 확신을 갖고 있었지만, 사법시험에 절박함을 느끼지 않는 친구들과 이야기하다 보면 '내 생각이 잘못된 건 아닌가' 하고 흔들리기도 했다. 나는 시간이 지나면 내 생각이 옳았다는 것이 증명될 것이라는 믿음으로 불안함을 견뎌 냈다.

'자신을 이기고 항상 나아간다'는 뜻의 '극기상진(克己常進)'은 내가 고등학교 2학년 때 만든 좌우명이다. 이 말은 2010년 한화그룹의 사자성어로 채택되기도 했다. 공부할 때는 자신과 싸워 이기는 것도 중요하지만, 제자리에 머물지 말고 계속 전진하는 것이 필요하다. 사법시험 공부를 본격적으로 시작하면서 나는 다시 극기상진을 좌우명으로 삼았다. 극기상진의 각오는 공부할 때뿐 아니라 인생을 사는 데에도 필요하다. 노력하지 않고 가만히 있는 것은 뒤처지는 것이지, 제자리를 유지하는 것이 아니다.

기본서는 7번 이상 읽는다

사법시험 수험생들 사이에는 "기본서를 7번 보면 합격권에 들고, 10번 보면 안정권에 든다."는 말이 있다. 사법시험에 합격하려면 전 과목의 기본서를 최소한 7번 이상은 읽어야 한다는 뜻이다.

대학 2학년 초, 나는 7월까지 전 과목 기본서를 1번 읽으면서 단권화 작업을 하고, 여름 방학 때 다시 1번 읽은 다음, 겨울 방학까지 총 7번 읽기로 계획을 세웠다. 하지만 막상 법학에 대한 기초 지식 없이 2차 시험 공부를 시작하고 보니 같은 책을 3~4번 읽어도 감을 잡기 어려웠다. 그래서 많은 사법시험 수험생들이 기본 3법인 민법, 형법, 헌법을 어느 정도 공부한 다음 행정법, 상법을 읽고, 소송법은 맨 나중에 공부한다. 하지만 기본 3법이라고 해서 점수가 더 많은 것은 아니고, 시험의 합격 여부는 전체 과목의 평균 점수로 결정되므로 방대한 민법, 형법에 매달리다 보면 전체 진도가 한없이 늦어진다고 생각하는 사람도 있다.

나는 고민하다가 1차 사법시험을 공부할 때 1번 이상 읽은 민법, 형법, 헌법은 건너뛰고 바로 행정법, 상법, 형사 소송법, 민사 소송법을 읽은 다음 다시 민법, 형법, 헌법으로 돌아오는 순서로 공부하기 시작했다. 책을 읽을 때는 절대 훑어보거나 대충 이해하고 넘어가지 않았다. 다시 볼 수 없을지도 모른다는 마음가짐으로 내용을 완전히 이해하고자 정신을 집중했다. 특히 의식적으로 저자와 논리가 같아지도록 노력했다. 그래야 이해가 빠르기 때문이다.

사법시험 공부를 하는 사람 중에는 사법시험 공부가 학문 연구와 다르다는 사실을 모르는 사람이 적지 않다. 사법시험 공부는 답안을 잘 쓰기 위한 공부이다. 저자와 생각이 다른 부분이나 비판하고 싶은 점이 있더라도 일단 그 책의 주장과 흐름에 따르는 것이 중요하다. 그래야 답안을 쓸 때 논리의 일관성을 잃지 않는다.

법 과목을 수강하다

대학 2학년 때부터는 본격적으로 법 과목을 수강했다. 1970년대 초까지도 서울대 법대에는 학기 첫날만 강의에 들어오고 그다음부터는 수업을 하지 않는 교수가 많았다. 공부는 각자 알아서 하라는 식이었다. 출석도 부르지 않는 것이 보통이었다. 전통적으로 법대 교수들은 대개 서론 부분을 강의하는 것만으로 한 학기를 보냈다.

하지만 우리 때는 그런 풍토도 바뀐 지 오래였다. 정부에서 학생들이 데모에 나서는 것을 막으려고 출석을 확인하고, 수업 시간을 다 채우도록 강력하게 지시한 것이다. 관대한 교수들은 학생 얼굴을 보지 않고 소리만 확인해서 대리 출석이 가능했지만, 교수에 따라서는 학생 얼굴을 일일이 확인하기도 했다.

사법시험 준비생들에게는 최대의 악재였다. 나도 2학년 1학기에는 학교에 다니느라고 사법시험 준비에 많은 시간을 쓸 수 없었다. 게다가 나는 과별 체육 대회며 단합 대회에도 꼭꼭 참가했다. '벚꽃놀이'라고 하는 단체 미팅에도 빠지지 않았다. 정신 상태가 느슨해져서 그런 것은 아니었다. 당시 내게는 할 것을 다 하면서도 사법시험에 합격해 보이겠다는 자존심 비슷한 고집이 있었다. 그런 쓸데없는 고집 때문에 허비한 시간이 적지 않았다.

2학년 1학기에 들었던 강의 가운데는 사법시험 준비에 도움이 된 과목도 있었다. 김철수 교수님의 기본권론 수업은 내용이 알찼다. 1차 사법시험을 준비하면서 이미 헌법을 4번이나 읽은 상태였기 때문에 수업 내용이 머리에 쏙쏙 들어왔다. 이 강의는 사법시험뿐 아니라 행정고시, 외무고시에서 고득점을 받는 데 큰 도움이 됐다.

이런저런 이유로 기본서와 참고서를 읽으면서 단권화 작업을 하는데 예상했던 것보다 더 많은 시간이 걸렸다. 너무나 지루한 시간이었지만 인내심의 한계를 시험하는 마음으로 계속 밀고 나갔다. 우직하게 단권화 작업에만 반년 넘는 시간을 들이고 나니 더욱 시간에 쫓기게 됐다. 시간을 최대한 활용하기 위해서 나는 학교를 오가는 버스 안에서도 공부했다. 버스에서 비교적 덜 흔들리는 앞쪽에 앉아 책을 읽다가 책 읽기가 피곤해지면 창밖을 보면서 앞서 읽은 내용들을 되뇌거나 잠을 잤다. 원래 눈이 나쁜 데다 흔들리는 버스에서 책을 보다 보니 쉽게 피로를 느꼈다.

밤낮으로 눈을 혹사한 결과 근시, 난시, 약시가 심해져서 나중에는 안경을 벗으면 가까이에 있는 물체도 전혀 보이지 않을 지경에 이르렀다. 이 때문에 4학년 때 징병 검사에서 징집 면제를 받았다. 아쉬웠다. 당시 사법시험 합격자는 법무관 장교로 입대해 상대적으로 편한 군 생활을 했던 데다, 군 경력은 판사 경력으로 100퍼센트 산입되므로 군에 가지 않을 이유가 없었기 때문이다.

속기를 연습하다

꼬박꼬박 강의에 나가긴 했지만, 사실 대부분의 강의는 들을 만한 내용이 없었다. 나는 강의 시간을 유용하게 보낼 방법을 고민하다가 글씨 연습을 하기로 마음먹었다. 내 계산으로는 강의 내용을 그대로 받아 적을 수 있을 만큼 글 쓰는 속도가 빨라야, 2차 사법시험에서 제대로 답안을 쓸 수 있을 것 같았다. 강의 속도에 맞추어 글을 쓰다 보니 처음에는 나도 알아보지 못할 정도로 글씨가 엉망이었다. 하지만 예쁜 글씨보다는 문제가 요구하는 답안을 정해진 시간 안에 다 써 넣는 것이 더 중요했다. 나는 수업 시간에 시험장에서 실제로 사용할 만년필을 사용해 필기를 했다. 손에 만년필을 익게 하고, 만년필의 펜촉을 적당히 닳게 하기 위해서였다. 새 만년필은 1년 정도 써야 답안지에 쓰기 알맞을 만큼 굵어진다.

2차 사법시험 답안을 작성할 때 또 한 가지 신경 써야 할 것은 한자였다. 법률 교과서는 대부분의 용어가 한자로 인쇄되어 있었다. 지금은 한 글로만 답안을 적는 것이 원칙이지만, 당시는 한자를 혼용하는 것이 합격에 영향을 미칠 만큼 한자 사용이 중요했다. 한자를 쓰면 글씨를 웬만큼 날려 써도 채점 위원이 쉽게 알아본다. 답안에 어느 정도 한자를 섞어 쓰는 것은 많은 답안을 짧은 시간에 채점해야 하는 채점 위원에 대한 예의이기도 했다.

나는 먼저 국어사전 부록에 실린 한자 약자를 수집했다. 제목을 제외하고는 한자는 약자로 써도 무방했다. 약자를 쓰면 그만큼 글 쓰는 속도가 빨라진다. 강의를 받아 적을 때도 되도록 한자를 섞어 썼다. 그 자리에서 한자가 생각나지 않을 때는 표시해 두었다가 집에 와서 반드시 확인했다. 한 학기 동안 이렇게 글씨 연습을 하고 나니 한자를 섞어 가며 써도 강의 대부분을 그대로 적을 수 있을 정도로 속도가 빨라졌다. 속기사가 된 것이다.

생활 시간대를 바꾸다

여름 방학이 시작되자 나는 다시 나만의 고립된 생활로 돌아갔다. 내 방은 2층이었는데, 단열이 제대로 안 되어 한낮이면 지붕의 열기가 그대로 방으로 전달됐다. 찌는 더위를 피해 낮에는 아래층 골방으로 내려갔지만 한계가 있었다. 그나마 서늘한 밤 시간에 주로 공부를 하다 보니, 어느덧 다른 사람과 너덧 시간 정도 시차가 나는 생활을 하게 됐다. 생활 시간대가 다르다고 해서 아버지는 나를 '인도 사람'이라고 불렀다. 인도 사람과 같은 시간에 일어나고 잔다는 뜻이었다. 방학 때마다 보통 사람들과 다른 시간대에 생활하는 습관은 외무고시와 행정고시를 준비할 때도 반복됐다.

맑은 머리를 유지하기 위해 잠은 눈이 저절로 떠질 때까지 잤다. 몸이 힘들수록 수면 시간은 늘어난다. 나는 아침 일찍 학교 가는 날이 아니면 시계 알람을 잘 사용하지 않았다. 집중해서 공부를 하다 보니 늦은 시간까지 잠이 오지 않는 날이 많았다. 공부 목표량을 달성하지 못한 날은 자야 할 시간이 가까워질수록 초조해져서 오히려 잠이 달아났다. 그러다 보니 동트기 직전에야 하루 공부가 끝나기 일쑤였고, 늘 기절하다시피 잠이 들곤 했다.

그런 생활을 되풀이하다 보니 밥맛이 없었다. 에어컨도 없이 집에서 책과 씨름하는 통에 땀을 너무 많이 흘려 온몸의 기름기가 빠지고 체질이 변했다. 당분을 먹으면 피로가 풀린다지만 나는 설탕이 든 음식을 되도록 피했다. 단맛의 자극이 너무 강하게 느껴졌다. 얼음과자, 아이스크림, 주스, 음료수 등 설탕이 든 음식이나 음료수를 먹지 않고 여름을 보내려니 무척 힘들었다. 어머니가 자식 몸을 보한다고 인삼을 준비해 주었으나 몸에서 받지 않아 열이 났다. 나중에는 매운 것, 짠 것, 기름기 많은 음식 등 위에 부담되는 음식들도 먹지 않았다. 목에 잘 넘어가지 않는 고기 찌꺼기나 야채 섬유소도 뱉어 냈다.

그나마 큰 병 없이 힘든 고시 생활을 견딜 수 있었던 것은 식생활에 세심히 신경을 쓴 덕분이었다. 시간이 없어 운동은 꿈도 못 꿨다. 처음에는 조금씩이라도 운동을 하려고 노력했지만, 나중에는 몸이 너무 허약해져서 가벼운 운동도 힘들었다. 하루 중 공부가 가장 하기 싫고 힘들 때 30분 정도 가벼운 맨손 체조를 하거나 마당 안을 돌아다녔다. 스트레칭을 해서 몸을 풀어 주고 태권도 동작을 천천히 한 것도 도움이 됐다. 수험 기간 내내 건강에 큰 탈이 없었던 것은 그야말로 복이었다. 고시생 중에는 건강을 해쳐 중도에 시험을 포기하는 경우도 적지 않다.

콩나물 기르듯 끈기 있게

단권화 작업을 하면서 책을 읽다 보니 진도가 너무 느렸다. 여름 방학이 끝날 때까지 민사 소송법, 형사 소송법은 책을 1번도 읽지 못했다. 초조함을 감출 수 없었다.

가을 학기가 시작되자 학교를 오가는 시간도 아까웠다. 대부분의 강의는 대리 출석을 부탁하고, 대리 출석이 안 되는 강의에만 나갔다. 친구 조윤신이 2학기 내내 대리 출석을 해 주었다. 교련은 본인이 출석하지 않으면 낙제 점수가 나와서 빠질 수가 없었다. 글씨 연습을 할 생각으로 교련 교관이 강의한 내용을 전부 받아 적은 내 노트는 시험 때마다 친구들 사이에서 인기가 높았다.

전 과목 단권화 작업이 끝나자 '콩나물 기르기'가 시작되었다. 콩나물 기르기란 책을 반복해서 읽으면서 기억력을 높여 가는 나만의 공부법이다. 어릴 적 우리 집에서는 콩나물을 길러 먹었다. 콩을 밑이 뚫린

망 같은 채 위에 놓고 물을 주면, 금세 물이 밑으로 빠지고 콩은 아무 변화가 없었다. 하지만 하루 이틀 날짜가 지나면 콩에 조금씩 뿌리가 난다. 그리고 열흘 정도 지나면 먹을 수 있는 콩나물이 된다. 나는 공부도 이와 같다고 생각했다. 그 누구도 책을 1번 읽고 그 내용을 전부 기억할 수는 없다. 하지만 요령을 부리지 않고 우직하게 반복해서 책을 읽다 보면 콩나물이 자라듯이 기억력이 자란다.

단권화가 끝나고 두 번째로 책을 볼 때는 처음과 달리 2차 시험을 치르는 순서대로 읽어 나갔다. 중요한 과목이라고 해도 여러 번 읽지는 않았다. 민법은 방대한 곽윤직 시리즈를 속독했다. 형법은 전통 이론을 중심으로 비교적 평이하게 쓰인『정영석 총론』으로 시간을 절약했다. 2차 시험에서 형법 문제 2개가 모두 총론편에서 나오는 경우는 거의 없기 때문에 한 문제 정도는 평이한 내용을 쓰더라도 다른 문제를 잘 쓰면 합격 점수를 받을 수 있을 것이라고 생각했다.

사법시험을 단기간에 합격하려는 사람이라면 나처럼 민법이나 형법 총론에서 시간을 아끼라고 권하고 싶다. 우리 때는 사례 문제가 잘 출제되지 않았다. 간혹 출제되더라도 논점을 잡아 단답형으로 쓰면 돼서 따로 공부하지 않았다. 기본서를 읽는 틈틈이 사례 문제집을 보면서 답안을 작성하는 요령도 익혔다.

아무리 기본서를 중심으로 공부한다 해도 예상 못한 부분에서 문제가 출제되면 과락당할 위험이 있다. 이를 막기 위해 나는 기본서의 모든 장(章)과 절(節)을 골고루 공부했다. 사법시험에 거의 출제되지 않아서 다른 수험생들이 소홀히 여기는 부분, 즉 행정법의 재정과 군정, 상법의 보험해상, 민사 소송법의 강제 집행까지 동일한 비중으로 공부했다. 만의 하나 그런 부분에서 문제가 출제된다면 다른 사람과 큰 차이를 낼 수 있으리라는 생각에서였다. 지금 생각하면 어리석을 정도로 우직하게 공부한 셈이다.

2학년 말 기말시험은 사법시험에 임하는 자세로 치렀다. 법대 시험과 2차 사법시험은 문제 형식이나 채점 방식에 별 차이가 없다. 1학년 때는 좋은 과를 배정받기 위해 다들 열심히 공부해서인지 기대만큼 학점이 좋지 않았는데, 2학년 때는 학점이 잘 나왔다. 과가 정해진 2학년 때에는 학생들이 전반적으로 학교 공부를 열심히 하지 않는 데다, 나로서는 사법시험을 준비하면서 충분히 공부한 내용이었기 때문일 것이다.

공부에 가속도가 붙다

책을 읽는 횟수가 늘수록 책 읽는 속도에 점점 가속도가 붙었다. 1번 읽고 잊은 내용이라도 다시 읽으면 금세 기억이 났다. 시험 보는 당일 아침 1~2시간 만에 책을 전체적으로 볼 수 있으면 시험에 합격한다고 봐도 좋다. 가장 생생한 기억을 갖고 시험을 칠 수 있기 때문이다. 기억력이 약한 사람도 1~2시간 전에 다시 읽은 내용은 생각이 나기 마련이다.

속독은 나의 고시 합격 비결 중 하나이다. 초등학교 때부터 책을 읽으면서 자연스럽게 습득한 속독 능력은 내 인생의 큰 자산이다. 판사와 변호사 업무를 하면서 방대한 서류를 분석하고 정리하는 데도 속독이 도움이 되었다.

2차 사법시험의 기본서를 두 번째 읽을 때는 단권화 작업할 때 여백에 써 넣은 부분까지 꼼꼼하게 읽었다. 책을 아끼는 성격이라 책에는 일체 잉크를 대지 않았다. 꼭 필요한 경우에도 나중에 지울 수 있도록 샤프펜슬이나 연필로 썼다. 밑줄도 잘 긋지 않았다. 밑줄을 그으면 막바지에 책을 빨리 읽을 수 있긴 하지만, 중요하지 않은 부분에 줄을 그었다가 나중에 지울 수 없어 책을 망칠 수도 있기 때문이다.

2학년 2학기가 끝나고 겨울 방학이 되자 다른 친구들도 모두 사법시험 준비를 시작했다. 나는 내가 옳았다는 생각에 자부심마저 들었다. 세 번째로 책을 읽을 때부터는 시간을 더 단축할 필요가 있어 여백에 써 넣은 내용은 요점만 파악하는 정도로 읽었다. 그래도 기본서의 각주와 인용 판례는 빼놓지 않고 봤다. 그래야 책과의 씨름에서 지지 않았다는 생각이 들었다.

그해 겨울은 추위가 대단했다. 나는 집에서 제일 작은 문간방을 썼는데, 보일러 온수가 온 집 안을 돌고 맨 나중에 지나는 방이라 아무리 보일러를 켜고 난로를 피워도 추위가 가시지 않았다. 누나의 두꺼운 털 스웨터를 빌려 입고, 넓고 긴 목도리를 배에 둘러 감았다. 그러고도 머리가 시려 모자를 쓰고 마스크를 썼다. 추워서 도저히 견딜 수 없는 날에는 이불을 둘러썼다.

그렇게 공부하던 1978년 2월, 할머니가 세상을 떠났다. 아버지는 장지로 내려가면서 공부에 지장이 있을 것을 염려해 내게 오지 말라고 당부했다. 하지만 장손으로서 가만히 있을 수 없었다. 나는 혼자 야간열차를 타고 장지로 내려가서 장례식의 마지막 순서인 다비식을 지켜봤다. 그때 나온 사리는 광륵사 사리탑에 안치됐다.

100일 작전을 실천하다

2차 시험 석 달 전에 나는 '100일 작전'을 짰다. 시험 100일 전에 하는 막판 스퍼트 작전으로, 이 기간에 어떻게 공부하느냐가 합격을 좌우한다. 2차 사법시험을 100일 앞두고 나는 남은 기간 동안 기본서 15권을 2번씩 읽기로 공부 목표를 세웠다. 그러자면 사흘에 책 1권을 읽어야 했다. 나는 큰 종이에 달력을 그린 다음, 시험 때까지 남은 날과 매일 해야 할 공부 목표를 적은 작전도를 책상 앞에 붙였다. 1월 5일~1월 7일 민총, 1월 8일~1월 10일 물권, 1월 11일~1월 13일 채권총론 등을 표시한 것이었다.

아침에 일어나면 각 날짜 칸에 일단 '/' 표시를 했다. 그날이 되었다는 뜻이다. 자기 전까지 그날의 목표를 달성하면 날짜 칸에 '\' 표시를 해서 X자를 완성했다. 그날 목표를 달성하지 못한 날은 다음 날 아침에 '/' 표시가 2개가 된다. 작전도를 보면 진도가 제대로 나가고 있는지, 얼마나 밀렸는지 한눈에 들어왔다. 진도가 밀리면 따라 잡기 위해 더 긴장하고 노력한다. 공부를 하다 보면 대개 목표량이 조금씩 밀린다. '/' 표시는 매일 하나씩 늘어나는데 '\' 표시가 못 따라가는 것을 보면 괴로웠다. 만회할 수 있는 시간이 없었기 때문이다.

그래도 좌절에 빠지지 않고 항상 '붙어야 한다! 붙을 수 있다! 붙는다!'는 내 나름의 '고시 정신'으로 패기를 잃지 않았다. 이 기간 중에는 공부 외에는 아무것도 생각하지 않았다. 외모에도 전혀 신경을 쓰지 않았다. 저녁 식사 후에 잠깐씩 텔레비전을 보는 것만큼은 시험이 가까워진 뒤에도 멈출 수 없었다. 집 안에서만 생활하는 나에게 텔레비전은 유일한 스트레스 해소법이었다.

맨 처음 기본서 단권화 작업을 할 때 기본서와 참고서를 사실상 3번 정도 읽었다고 치면 2차 시험 때까지 기본서를 과목당 8번 읽은 셈이었다. 운이 좋으면 합격할 수도 있지만 운이 나쁘면 떨어질 수도 있는 어중간한 독서량이었다. 그래도 처음 시작할 때를 생각하면 불가능한 목표를 달성한 것이었다.

3학년 초에 2차 사법시험이 있어서 3학년 1학기는 대리 출석을 부탁하고 교련 시간에만 나갔다. 일주일에 한 번 있는 교련 수업은 서울대 교정 중 제일 높은 곳에 있는 건물에서 아침 9시부터 시작됐다. 그날은 아침 일찍 일어나 교련복을 입고 학교에 갔다. 교련 수업을 받기 위해 집을 나설 때마다 바깥세상이 전혀 다른 세상처럼 느껴졌다.

교련 수업이 공부의 흐름을 깬 것은 사실이지만, 훼방꾼 노릇만 한 건 아니었다. 2차 시험 직전 교련 시간에 우연히 김재훈 형으로부터 서원우 교수가 그린벨트 문제를 강조했다는 이야기를 들었다. 그 이야기를 듣는 순간, 행정법 문제로 공용 제한(公用制限)에 관한 문제가 나올 것 같다는 예감이 들었다. 그 예감은 나중에 현실로 적중했다.

2차 사법시험을 치다

배수진을 치다

제20회 사법시험에 합격할 확신이 없어서 나는 원서를 두 가지로 냈다. 하나는 1차 시험을 면제받아 2차 시험만 치는 원서였고, 또 하나는 1차 시험부터 다시 치기 위한 원서였다. 제20회 사법시험에서 1차 시험을 면제받고도 2차 시험에서 떨어지면, 제21회 사법시험에서는 1차 시험과 2차 시험을 함께 쳐야 하는 부담이 있었다. 그렇다고 1차 시험을 다시 보면 2차 시험 준비에 투입할 시간이 줄어들어 합격할 가능성이 적어진다. 2차 시험 날짜가 가까워질수록 갈등이 커졌다. 몇 달만 더 여유가 있다면 2차 시험에 확실하게 합격할 수 있을 것 같다는 생각에 그동안 허비한 시간이 후회스러웠다. 올해는 1차 시험만 보고 2차 시험은 다음 해로 미루고 싶은 충동도 들었다.

고민 끝에 이제 와서 1차 시험에 보름 남짓 투자하는 것보다 그 시간에 2차 시험에 필요한 책을 한 번 더 보는 것이 낫다는 결론을 내렸다. 어차피 한 해를 더 공부한다고 해도 공부할 시간이 넉넉하다고 할 수는 없었다. 나는 1차 시험을 포기하고 2차 시험 공부에만 매달렸다. 아버지는 내 공부에 지장이 있을까 봐 큰누나의 약혼식까지 미루었다.

시험장에 들어가서

2차 시험은 주관식으로, 하루 두 과목씩 나흘간 치렀다. 한 과목당 2시간씩 시험을 보고, 중간에 점심을 먹는다. 당시 2차 시험장인 건국대학교 야간부는 집에서 가까운 종로 2가 낙원 상가 옆에 있었다.

전년도 1차 시험 합격자들은 따로 모아 응시 번호를 부여하기 때문에, 내가 간 시험장에는 지난 1년 동안 2차 시험만 준비한 사람들이 모여 있었다. 교실을 둘러보니 다들 나보다 나이도 많아 보이고 시험 관록도 있어 보였다.

나는 집에서 가져간 방석을 자리에 놓고 앉았다. 전날 아버지가 책상이 흔들린다면서 못을 박아 고정시켜 준 자리였다. 점심시간에는 어머니가 밥을 가져다주었다. 힘든 공부로 위장이 민감해져서 싱거운 음식을 먹어야 했다. 단백질 섭취도 고기 대신 소화하기 쉬운 콩나물, 두부 등 식물성으로 했다. 나는 점심을 먹으면서도 바쁘게 책장을 넘겼다.

답안지 작성을 위해서는 시간을 정확히 셈해야 했다. 시계가 고장이 날 가능성을 염두에 두고 시계를 2개 준비했다. 하나는 손목에 차고, 다른 하나는 책상 위에 올려놓았다. 시험이 시작되기 전에 만년필 두 자루에 잉크를 가득 넣어 한 문제당 한 자루씩 사용하고, 점심때 다시 잉크를 넣어 다음 과목에 대비했다. 만년필을 2개 준비한 것은 그중 하나가 잘못될 경우에 대비한 것이다.

잉크가 진할수록 채점 위원에게 호감을 줄 수 있다고 생각해 시험 보기 다섯 달 전부터 만년필용 청색 잉크병을 종이로 덮어 서서히 말려 놓았다. 또 만년필로 글씨를 쓰다 보면 손에 땀이 나서 미끄러워지기 쉽기 때문에, 손에 쥐기 편한 모양으로 만년필에 실을 감은 다음 풀을 먹여 골무처럼 만들었다. 이렇게 하면 글씨를 쓸 때 땀으로 실이 끈적거려서 손에 잘 잡혔다. 요즘 시중에 판매되는 손에 쥐는 부분을 고무로 처리한 볼펜이 바로 이런 아이디어를 상품화한 것이다.

국사 시험

2차 시험 첫 번째 시간은 국사였다. 지난해에 고시장을 구경하는 차원에서 시험에 응하기는 했지만, 첫 시간이라 손이 잘 안 풀릴까 봐 걱정이 됐다. 첫째 날은 무조건 글을 빨리 쓰는 데 치중하기로 했다. 큰 제목이 바뀌는 곳 외에는 줄도 바꾸지 않았다. 첫 문제에 대한 답안을 5쪽이나 썼는데도 1시간이 채 걸리지 않았다. 다른 과목도 마찬가지였다. 아는 문제의 경우 답안지를 10쪽씩 가득 메웠다. 평소 글씨 연습을 한 보람이 있었다.

국사 시험의 첫 문제는 "조선 시대의 사법 제도와 그 운영을 논하라."였다. 내가 본 기본서에서는 거의 다루지 않은 내용이어서 당황했지만, 곧 '모를수록 과감해지자'고 생각했다. 나는 우선 '1.서론, 2.조선 시대의 사법 제도와 그 운영, 3.문호 개방 이후의 변천'으로 적당히 항목을 나누었다. '2.조선 시대의 사법 제도와 그 운영'에서는 국사와 관련된 내용뿐 아니라 민사, 세제 등 법 제도 일반까지 언급했다. '3.문호 개방 이후의 변천'에서는 일제 강점기의 사법 제도 등을 채워 넣었다.

두 번째 문제는 "근세 일본의 조선 침략 과정"이었는데, 한우근이 쓴 책의 목차를 모방해 썼다. 국사 문제 중 하나는 50점짜리 큰 문제로 출제되는 경향이 있어 그에 대비해 기본서의 목차를 완전히 외워 둔 것이 도움이 되었다.

국사 시험에서는 54.02점을 받았다. 첫 번째 문제의 답안을 제대로 작성하지 못해 점수가 높지 않았다.

헌법 시험

헌법 시간부터는 법전을 참고할 수 있었다. 첫 문제인 "평등권"은 방대한 문제였다. 다른 수험생과 차별화된 답안을 쓰기 위해 되도록 추상적 이론보다는 구체적 판례를 많이 인용했다. 판례를 인용하는 것은 수험생이 교과서를 착실히 공부했고 실무에도 관심 있다는 것을 표시하는 중요한 고득점 기법이다. 고시 답안에서 판례를 인용할 때는 "대법원 판례에 따르면 ……이다". 또는 "……라는 견해가 우리 판례의 입장이다."라는 식으로만 표시해도 충분하다. 사건 번호나 사건명, 선고일은 쓸 필요 없다. 그렇게 세세한 사항은 채점 위원도 못 외운다. 물론 관계 조문은 반드시 몇 조 몇 항이라고 표시해야 한다.

두 번째 문제인 "대통령과 통일주체국민회의 관계"는 교과서에서 잘 다루지 않는 부분이었다. 나는 점심때 박일경이 쓴 주관식 문제집에서 본 "대통령과 국회와의 관계"에 대한 모범 답안의 체계를 유추해서 '1.서론, 2.통일주체국민회의 성격, 3.대통령과 통일주체국민회의의 관계, 4.결론'으로 목차를 분류했다. '1.서론'에서는 유신 헌법의 특징을 권력 구조 중심으로 개관했고, '2.통일주체국민회의 성격'에서는 헌법학적으로 문제가 될 수 있는 부분을 다루었으며, '4.결론'에서는 헌법상 통일주체국민회의보다 대통령의 지위가 우월하다는 쪽으로 맺었다. 유신 체제에 대한 맹목적 비판이나 옹호는 피하고 법체계적으로 접근하려고 애썼다.

헌법에서는 73.33점을 받았다. 내가 사법시험에 합격한 원동력이 바로 헌법에서의 고득점이었다. 낯선 문제일수록 교과서를 충실하게 공부하고 이해한 수험생이 높은 점수를 받을 가능성이 커진다. 논(論)하라는 문제는 수험생의 답안 구성 능력을 보는 경우가 많으므로 비슷한 관계의 문제와 답안을 유추해 논하는 것이 성공 확률이 크다.

첫날 시험을 끝내고 집에 와서 5시간 정도 잔 다음, 『김도창 행정법』을 읽었다. 시험을 마치고 힘든 몸과 마음으로 잠을 줄여 가며 책을 읽는 것은 고통스러운 일이다. 하지만 시험 전날 책을 훑어보는 것은 시험 결과에 중대한 영향을 미친다. 나는 죽을힘을 다해 다음 날 보는 시험 과목의 기본서를 읽곤 했다. 사법시험은 공부할 분량이 많기 때문에 타고난 기억력만큼이나 시험 바로 전날 기본서를 훑어보는 것이 중요하다. 시험장에서 기억을 되살리기에 그보다 좋은 방법도 없다.

행정법 시험

둘째 날에는 아침에 일어나자마자 공용제한에 관한 내용을 5번 정도 읽었다. 교련 시간에 들었던 공용제한에 관한 문제가 나올 것 같은 예감이 들어서였다. 아니나 다를까, 두 번째 문제로 "공공필요에 의한 재산권 제한의 법적 형태와 그 보상 여부를 논급하라."는 문제가 나왔다. 흥분을 누르며 '1.서론, 2.공용제한의 종류, 3.보상'으로 나누어 답안을 써 내려갔다.

이 문제는 출제자의 의도를 파악하는 것이 중요했다. 전통적인 행정법 교과서에서는 재산권 제한 문제를 수용, 즉 공공사업의 주체가 강제로 소유권이나 사용권을 취득하는 것 위주로 설명한다. 하지만 그 무렵에는 재산권을 취득하지 않고 제한하는 공용 부담의 형태가 많이 나타나고 있었다. 내가 본 행정법 교과서 중에서 이상규는 공익사업에 필요한 경우를 공용 제한으로 보았지만, 김도창은 새로운 이론 경향에 따라 복리 행정상 필요한 경우를 넓게 공용 제한으로 파악했다. 두 교과서를 비교하면서 공부한 나는 이 문제의 출제 의도가 후자의 경향을 반영한 넓은 의미의 재산권 제한에 있다고 파악했다. 나중에 들으니 재산권 제한을 좁은 의미로 파악했던 수험생들은 좋은 점수를 받지 못했다고 한다.

첫 번째 문제인 "행정청의 재량 행위와 사법 심사를 논하라."는 쉬운 문제였음에도 답안을 쓰고 난 뒤 아쉬움이 남았다. 자유 재량 행위를 논하듯이 평범하게 썼으면 무난했을 것을, 재량 행위를 행정 행위로 보지 않고 행정 재량의 문제로 생각하여 행정 작용상의 재량을 포괄적으로 취급하는 잘못을 범한 것이다.

행정법에서는 62.33점을 얻었다. 높은 점수를 받겠다는 욕심에 문제의 범위를 확대 해석한 것이 답안의 초점을 흐린 결과였다.

상법 시험

상법 문제는 보는 순간 눈앞이 캄캄해졌다. 첫 번째 문제는 "회사가 정관에 정한 목적 범위 외 행위를 한 경우의 법률관계"로, 교과서에서 작게 취급한 항목이 50점짜리 큰 문제로 출제되었다. 배점이 큰 문제인 만큼 많은 내용을 다루어야 했는데, 교과서에서 본 행위의 효력에 관한 학설밖에 생각나지 않았다. 목차로 '1.서론, 2.정관에 정한 목적 범위 외 행위를 한 경우의 효력'을 쓰고 나니 더 쓸 게 없었다. 답안을 최소한 3쪽은 채우기 위해 '3.회사가 정관에 정한 목적 범위 외 행위를 한 경우의 법률

관계'라는 제목을 달아 법전에서 눈에 띄는 대로 조문을 인용했다.

어음 월권 대리에 관한 사례 문제 역시 당황스러웠다. 기본서로 본 서돈각의 책에서 충분히 다루지 않은 문제였다. 상환 절차에 대해서라 도 써 볼까 하고 법전에서 근거 조문을 찾았으나 시간만 허비하고 한탄 했다. 다행히 그것은 논점 밖의 이야기여서 쓰지 않은 것이 다행이었다. 이 문제의 답안은 목차를 '1.문제의 소재, 2.문제의 검토, 3.결론'으로 나 누어 쓰고, '2.문제의 검토' 부분에서 책임 범위에 관한 세 가지 견해에 대해 적당한 근거를 만들어 썼는데, 나중에 보니 실제로 그런 학설들이 있었다. '모를 때는 여러 가지 가능한 견해를 만들어 마치 그런 학설이 있는 것처럼 논하라'는 내 나름의 위기 탈출 해법이 통했던 것이다.

상법 시험을 보고 집에 오니 책이 읽히지 않았다. 답안을 제대로 쓰 지 못하고 헤맨 것이 부끄럽기도 했고, 과락을 당할지 모른다는 생각에 낙심이 컸다. 2차 사법시험은 한 과목이라도 과락을 당하면 다른 과목 을 아무리 잘 봐도 합격할 수 없다. 마음이 쓰렸으나 시험을 포기하기에 는 그동안 공들인 시간이 아까웠다. 상법 시험의 여파로 결국 그날은 민 사 소송법 교과서밖에 읽지 못했다.

그런데 그렇게 걱정했던 상법에서 68.33점이라는 예상 밖의 높은 점 수를 받았다. 공법 계통은 충분히 논할수록 좋으나, 상법은 답안 분량 이 얼마나 많은가보다는 간결하고도 짜임새 있는 구성이 더 중요했던 것이다. 역시 시험은 상대적 게임이었다. 내게 어려운 문제는 남도 마 찬가지다. 문제가 어려워도 침착하게 대처하면 점수를 잘 받을 수 있다.

합격기에 빈번히 등장하는 "시험은 수험생이 보고, 채점은 채점 위원이 한다."는 말이 실감났다. 어려운 문제가 출제되었다고 낙담할 필요 없다. 기본서 중심으로 공부한 학생이라면 오히려 기뻐해야 한다. 교과서를 착실하게 공부한 사람에게 어려운 문제라면, 교과서를 무시하고 문제집만 공부한 사람은 과락을 먹을 만큼 치명적일 수 있다.

민법 시험

셋째 날은 민법 시험이었다. 첫 번째 문제는 "법률 행위의 목적이 불능인 경우를 들고, 그 효과를 상술하라."로 교과서에서는 간단히 다룬 것인데 큰 점수가 배점되었다. 교과서대로 논해서는 답안 내용이 부족할 것 같아서 포괄적으로 접근하기로 했다. 먼저 법전을 채권법 부분까지 넘기면서 불능과 관계되는 조문을 찾아냈다. 답안은 '1.서론, 2.법률 행위의 목적이 불능인 경우, 3.효과'로 구성했다. 서론에서는 불능의 의의를 중심으로 쓰고, '2.법률 행위의 목적이 불능인 경우'에서는 법전에서 찾아낸 각 조문에 설명을 붙여 열거했으며, '3.효과'는 총칙편에 있는 것을 기본으로 썼다.

두 번째는 등기에 관한 사례 문제였다. 답안은 통상 사례 문제의 답안 체계처럼 '1.문제의 정리, 2.문제의 검토, 3.결론'으로 나누어 썼다. 물권 행위(物權行爲)의 독자성, 무인성(無因性)의 문제도 언급은 했으나 답안의 균형이 깨질 것 같아 자세히 쓰지 않았다. 민법에서 64.33점이라는 나름 높은 점수를 받을 걸 보면 첫 번째 문제를 포괄적으로 작성한 것이 통했던 것 같다. '잘 모르는 문제가 나오거나 교과서 내용이 생각나지 않을 때는 법전을 뒤져라. 힌트를 발견할 수 있다.'

민사 소송법 시험

민사 소송법은 시험 보기 전부터 과락을 걱정한 과목이었다. 실제로 공부가 부족했던 탓에 고전을 면치 못했다. 공부 기간이 짧은 수험생들은 누구나 민사 소송법에서 고생하게 된다. 소송 실무를 몰라서 이해하기가 어려운 데다, 외울 것도 많기 때문이다. 첫 문제는 "기판력은 어떤 사항에 미치는가."였다. 기판력이란 판결의 효력이 소송 당사자나 같은 사항을 다루는 다른 법원을 구속하는 것을 말한다. 문제에서 '어떤 사항'이라고 한 것을 보면 기판력의 물적 범위(物的範圍)를 묻는 것이었다. 하지만 '1.서론, 2.기판력의 물적 범위'를 쓰고 나니 분량이 너무 적어 '3.기판력은 어떤 시점의 사항까지 미치는가'라는 제목을 억지로 만들어 시적범위(時的範圍)에 대해서도 썼다.

두 번째 문제인 "청구의 변경의 의의와 요건"에서도 '1.의의, 2.요건'을 쓰면 될 것을, 답안 분량이 너무 적은 것 같아 '3.효과'라는 내용을 다루었다. 청구의 변경은 점심때 얼핏 넘긴 기억이 있지만, 의의가 정확히 생각이 나지 않아 법전을 보고 적당히 만들어 썼다. 민사 소송법에서 높은 점수를 받으려면 구체적 예를 들어야 한다는 말을 들어서 되도록 예를 많이 들고자 했으나, 책의 다른 부분과 혼동해서 잘못된 예도 썼던

것 같다. 문제에 '의의와 요건'이라고 쓰여 있으면 문구상 의의와 요건
만 쓰라는 것이 명백하므로 효과까지 쓰면 감점 요인이 될 수 있다는 것
도 나중에야 알았다.

40점을 넘어 과락만 면하자는 심정으로 최선을 다한 결과, 47.66점
을 받았다. 셋째 날 시험을 끝내고 집에 돌아오니 허리가 아파 앉아 있
을 수가 없었다. 그래도 공부는 해야 했기에 누운 채로 책을 읽었다.

형법 시험과 형사 소송법 시험

넷째 날 형법 시험의 첫 문제는 "정당방위와 긴급 피난을 비교하라."였
다. '1.서론, 2.요건상 이동(異同), 3.효과상 이동(異同)'으로 구성해 평범
하게 답안을 작성했다. 두 번째 문제는 당시로서는 드물게 사례를 분석
하는 문제였다. 문제의 핵심을 정확히 파악하지 못해 법전에서 조금이
라도 관계있는 조문은 모조리 끄집어낸 다음 '1.문제점의 정리, 2.검토,
3.결론'으로 나누어 썼다. '1.문제점의 정리'에서는 문제되는 범죄 사실
을 5~6개의 행위로 나누고 '2.검토'에서 각 행위별로 제목을 붙여 검토
한 뒤 '3.결론' 부분에서 다시 요약했으나, 논점을 파악하지 못해서 답
안에 힘이 없었다. 결국 형법에서는 52.33점을 받는 데 만족해야 했다.

마지막 시험 과목인 형사 소송법의 첫 문제는 "자백의 증거 능력과
증명력"으로, 잘 아는 내용이었다. 이 문제는 방대한 내용을 누가 더 많
이 쓰느냐, 곧 글 쓰는 속도의 문제라는 생각이 들었다. 두 번째 문제인

"간이 공판 절차"는 주관식 문제집에 실린 문제였다. 하지만 나는 문제집을 보지 않았기 때문에 법전을 뒤져 조문을 풀이하는 식으로 답안을 써 나갔다. 조문에 붙일 적당한 설명이 생각나지 않을 때는 인권 보장이라든가, 형사 소송법은 이념법이라든가 하는 기본 원칙을 끌어다가 적당히 설명을 덧붙였다. 형사 소송법 시험에서는 60.66점을 받았다. '잘 모르는 문제는 법전에서 답을 찾으라'는 전략이 결정적인 역할을 했다.

답안 작성 요령

2차 사법시험의 답안을 작성할 때는 무엇보다 시간 안배가 중요하다. 보통 한 과목당 배점이 큰 문제가 2개 출제되므로, 문제 1개당 1시간을 배정해 답안을 작성하면 된다.

나는 2차 사법시험의 답안을 작성할 때 어느 과목이나 시험 시작 첫 10분은 초안 작성에 할당했다. 그 시간 동안 최소한 큰 제목을 잡고, 가능하면 작은 제목까지도 잡아 보려고 애썼다. 시험 시작 후 10분이 지나도록 초안을 잡지 못하면 더 시간을 낭비하지 않고 첫 번째 문제에 대한 답안을 쓰기 시작했다. 목차 구성에 관해 아이디어가 떠오르지 않을 때 확실하게 생각해 내겠다고 시간을 끌면 답안을 쓸 시간이 줄어들게 된다. 또 첫 번째 문제의 답안을 쓰다 보면 두 번째 문제 답안 작성에 대해 아이디어가 떠오르는 경우도 있다. 두 문제가 출제된 경우, 각각 50점씩 배점되므로 두 문제 중 한 문제를 잘 안다 해도 과욕을 부리지 않고 점수에 따른 시간 안배를 철저히 지키는 것이 좋다.

문제 유형에 따른 답안 체계도 나름대로 연구를 했다. 예컨대 'A의 B와 C를 논하라'는 방식의 문제는 채점 비중이 A의 의의 내지 서론에 10점, B에 20점, C에 20점인 것이 보통이므로 시간도 각각 10분, 20분, 20분씩 배당하고, 답안 분량도 2쪽, 4쪽, 4쪽으로 쓰는 식이었다. 'A를 논하고 B에 논급하라' 같은 문제는 배점을 서론 5점, A를 논하는 데 30점, B를 논하는 데 15점으로 상정했다. 답안 1쪽은 항상 서론에 할당했다. 학자에 따라 견해가 다를 수 있는 곳에서는 아무리 시간이 없더라도 결론만 제시하는 것을 피하고 여러 학설의 내용과 논거를 소개하고 비판한 다음 결론을 냈다.

'논하라'는 문제는 논리와 학설을 충분히 전개하는 것이 좋다. '논하라'는 문제에 대한 답안에서 각 학설을 요약 소개하는 것에 그쳐서는 좋은 점수를 기대할 수 없다. '설명하라'는 문제는 내용을 알기 쉽게 요약해 주는 것이 중요하다. 논하는 것과 설명하는 것의 차이를 모르면 주관식 시험에서 제대로 득점할 수 없다.

목차 모양도 눈에 잘 띄게 할 방법을 연구했다. 나는 주로 목차를 세 단계로 나누었는데, 큰 제목은 [一], [二], [三]으로 붙이고, 중간 제목은 (1), (2), (3)으로 붙이고, 작은 제목은 ①, ②, ③으로 붙이고, 문장 중에 번호를 붙이는 경우에는 (i), (ii), (iii)으로 썼다. 목차 모양은 각자 취향대로 변형해도 된다.

노력은 기적을 만든다

2차 사법시험에 합격하다

2차 사법시험이 끝난 뒤 나는 최소한 한 과목은 과락을 당할 것 같은 생각에 불안에 떨었다. 2차 사법시험을 1년 공부해서 합격한다는 것은 불가능하다고 생각하던 시절이었다. 나는 합격을 기대하는 대신, 이번 경험을 거울삼아 좀 더 철저하게 공부하겠다고 결심했다. 1년 후를 목표로, 교과서 외에 문제집과 논문까지 폭넓게 공부하기로 계획도 세웠다. 그래도 2차 시험 합격자 발표 때까지는 책이 손에 잡히지 않았다. 친구인 김용호가 내가 합격하는 꿈을 꿨다고 하기에 100원을 주고 꿈을 사기도 했다.

제20회 사법시험의 합격자 98명 가운데 내 이름을 발견했을 때의 기쁨은 말로 다 표현할 수 없다. 나는 평균 60.37점으로 최연소 합격자였으며, 서울대 법대 3학년 중 유일한 합격자였다. 1년 남짓한 기간 만에 해낸 것이다. 1만 명이 넘는 응시자 중에서 두 자리 수의 합격자 속에 들어간 것은 기적이었다. 사법시험 합격자 수가 두 자리 수인 것은 제20회 사법시험이 마지막이었다.

3차 시험이 남아서 기본 3법이라도 다시 한 번 읽으려고 했으나, 마음이 풀어져서 책이 손에 잡히지 않았다. 요즘과 달리 그때 3차 시험은 형식적인 통과 절차였다. 교과서로만 명성을 접하던 교수들을 직접 만나 가볍게 문답하는 분위기 속에서 시험이 진행됐다. 까다로운 질문은 별로 없었고 신변에 관한 가벼운 질문이 많았다. 마침내 모든 과정이 끝났다. 지옥을 통과한 것이다.

사법시험에 합격하자 세상이 밝아졌다. 안 먹어도 배가 부르다는 말이 실감났다. 당장 필요한 것은 그동안 약화된 체력을 회복하는 일이었다. 갈비뼈 아래가 아파서 병원에 가서 엑스레이를 찍었는데 별다른 이상은 없었다. 오랫동안 바르지 않은 자세로 공부한 탓인 듯했다. 나는 잠을 푹 자고 먹고 싶은 것을 먹었다. 원래 고기를 좋아했지만 갑자기 많이 먹으면 탈이 날까 봐 고기 양을 조금씩 늘려 갔다. 체력이 서서히 회복되는 것이 느껴졌다. 그렇다고 무리하게 운동을 할 정도는 아니어서 그냥 푹 쉬었다. 어머니가 체력이 빨리 회복되라고 아버지 몰래 보약도 지어다 주었다.

단 1년 만에 사법시험에 합격할 수 있었던 것은 내 인생의 모든 에너지를 시험 준비에 집중한 덕분이었다. 부모님은 내가 생활 주변에 별다른 신경을 쓰지 않고 공부에 전념할 수 있도록 도와주었다. 필요한 책을 사 볼 수 있도록 경제적으로도 뒷받침해 주었다.

운도 좋았다. 합격자 수가 우리 때의 10배로 늘어난 지금도, 사법시험에 합격하는 데는 운이 필요하다. 사법시험은 공부할 분량이 엄청나다. 제대로 공부하려면 10년의 세월도 부족하다. 불완전한 공부로 짧은 시간 안에 사법시험에 합격하는 것은 자기가 잘난 탓이 아니라 운이다. 나도 운이 좋았다. 공부하는 동안 정신적으로 충격을 받을 만한 불행한 일이 일어나지 않은 것, 시험 준비 기간 내내 한 번도 몸이 아프지 않은 것은 모두 운이 좋았던 덕분이다. 하지만 운은 열심히 노력하는 사람, 절실히 구하는 사람에게만 가 닿는 것이다. 노력이 운과 기적을 만든다.

사법 연수원 입소를 미루다

쉬는 동안 몇 가지 결정을 해야 했다. 무엇보다 사법 연수원 입소 시기를 결정해야 했다. 사법시험에 합격해도 사법 연수원을 수료해야 변호사 자격이 생긴다. 대학 졸업까지는 아직 2년 가까이 남았는데 바로 연수원에 들어갈 것인가 아니면 졸업한 다음 들어갈 것인가. 주위에서 조언하기를, 법원은 서열 위주의 조직이고 서열은 연수원 기수대로 정해지므로 사법 연수원에 빨리 들어가야 판사로 빨리 임관되고 그만큼 승진도 빠르다고 했다. 그래서 일부 대학에서는 재학 중 사법시험에 합격하면 적당히 학점을 주어 졸업시켰다.

그러나 서울대 법대 교수 중에는 졸업 전에 사법 연수원에 들어가는 학생을 좋지 않게 생각해 일부러 출석을 챙기는 분들이 있었다. 법대 교육의 목표는 사법시험 준비에 있는 것이 아니므로, 시험에 합격했다 해도 제대로 대학 과정을 밟는 것이 필요하다는 것이다. 서울대 법대 학생 대부분이 사법시험에 합격하지 못하던 시절이기 때문에, 그 말도 틀리다고 할 수는 없었다. 그러나 섭섭했다. 다른 학교에서는 재학 중에 합격하면 학교의 명예를 드높였다고 치하하며 사법 연수원에 다니면서 학교를 졸업할 수 있도록 도와주는데, 서울대에서는 사법시험 합격자가 특별 감시 대상이었다. 나보다 앞서 재학 중에 사법시험에 합격해 바로 연수원에 들어간 안 모 선배는 결국 최종 학력이 대학 중퇴가 됐다.

나는 고민 끝에 우선 대학을 졸업하기로 했다. t1t2 판단법에 따라 대학을 졸업하는 것이 더 중요하다고 생각했기 때문이다. 사법 연수원은 대학을 졸업하고도 들어갈 수 있지만, 사법 연수원에 먼저 들어갔다가는 대학 졸업장을 받지 못할 가능성이 컸다. 판검사만 하는 것이 목적이라면 대학 졸업장이 필요 없을 수도 있지만, 혹시라도 다른 인생을 살게 될 경우에는 대학 졸업장이 필요하다고 생각했다. 우리 사회에서 중요한 부분을 차지하는 동창 관계도 고려하지 않을 수 없었다. 또 어떤 과정은 끝까지 마치는 것 자체에 의미가 있다. 나는 늘 '어떤 일을 먼저 하는 것보다, 제대로 하는 것이 더 중요하다'고 생각했다.

일찍 사법 연수원에 들어가는 것이 정도가 아니라는 결론을 내리고 나니 대학 졸업까지 남은 2년을 어떻게 활용할지 고민이 됐다. 그동안 정말 하고 싶었거나, 하지 못해 아쉬웠던 것을 하면서 즐겁게 시간을 보낼 수도 있었다. 사법시험 준비를 하는 동안 하고 싶은 것이 쌓여 있었다. 연애도 하고 싶었고, 기타도 배우고 싶었고, 영화도 마음껏 보고 싶었고, 종교에도 심취해 보고 싶었다. 그런데 막상 시험에 합격하고 나자 그렇게 하고 싶었던 일들 대부분이 별로 하고 싶지 않았다. 왜 그랬을까. 달라진 것은 시험에 합격했다는 것밖에 없는데.

곰곰 생각해 보니 경제학에서 말하는 '희소성의 법칙'이란 말이 떠올랐다. 인간이 느끼는 가치는 절대적 가치보다는 희소성에 의해 결정된다. 산소는 인간의 생명 유지에 절대적으로 필요하지만 흔하기 때문에 공짜고, 금은 인간의 생활에 절대적으로 필요한 것은 아니지만 흔하지 않기 때문에 비싸다. 결국 연애도, 영화를 보는 것도 정말 하고 싶었던 일이라기보다는 공부 이외의 일을 할 수 없는 상황이 부른 욕구였던 것이다.

나는 이런 가치 판단의 착시 현상을 t1t2 판단법으로 바로잡을 수 있었다. A보다 B를 더 하고 싶더라도 지금 B를 하면 나중에 A를 할 수 없고, 지금 A를 하면 나중에 B도 할 수 있다면 지금은 A를 해야 한다. 나는 사법시험을 준비할 때 하고 싶었던 일들이 나중에도 할 수 있다고 보고 시험을 준비했다. 시험이 끝난 후, 시험 때문에 미뤘던 많은 일들이 별로 하고 싶지 않은 것만 봐도, 만약 시험을 포기하고 그런 일들에 매달렸다면 크게 후회했을 것이다.

당시 내 주변에는 사법시험에 합격했으니 인생의 목표가 사라져 허전하겠다고 말하는 사람이 많았다. 사법시험 합격이 인생의 목표인 것처럼 생각했다면 할 일을 다한 것같이 느낄 수도 있었겠지만, 내게 사법시험 합격은 새로운 시작이지, 끝이 아니었다. 내 속에는 에너지가 넘치고 있었다. 나는 내가 갖고 있는 에너지를 모두 쏟아내 열심히 무언가를 추구하는 것이야말로 아름다운 삶이라고 생각했다. 사는 동안 할 수 있는 모든 일에 최선을 다하는 것이야말로 자신과 사회에 대한 책임이라고 믿었다. 하지만 그때만 해도 아직 다른 고시를 보자는 생각은 하지 않았다.

불어에 도전하다

법대 3학년이 되자 친구들이 본격적으로 사법시험을 준비하기 시작해 어울릴 사람이 없었다. 여자 친구가 있었다면 신나게 연애라도 했을 텐데, 새로운 할 일을 찾아야 했다. 궁리 끝에 어학 공부가 머리에 떠올랐다. 어학을 공부해 두면 나중에 뭘 하더라도 도움이 될 것이라는 생각이 들었다. 나는 시간적 여유가 있을 때 영어, 불어 등 외국어를 공부하는 한편 학교생활에 충실하기로 계획을 세웠다.

고교 시절 제2 외국어로 독어를 공부했지만, 새로운 것에 도전하고 싶었다. 1978년 6월, 나는 남산 밑에 있던 알리앙스 프랑세즈에 수강 등록을 했다. 알리앙스 프랑세즈는 프랑스 문화원이 운영하는 불어 학원이었다. 나는 3개월 과정의 모제 1 속성반 수업을 들었다. 모제는 프랑스에서 만든 불어 교재 시리즈로, 당시 대학 수준의 불어 학습은 모제로 시작하는 것이 기본이었다.

1주일에 5번, 매일 학교에서 돌아오는 길에 알리앙스 프랑세즈에서

90분씩 불어 강의를 듣고 밤 10시가 넘어서 집에 왔다. 불어는 난생처음 배우는 것이어서 교재에 있는 단어를 찾는 데만도 매일 2시간씩 걸렸다. 처음 3개월간은 강의를 듣고 예습, 복습을 하는 것만으로도 다른 생각을 할 여유가 없었다. 다행히 불어 단어는 영어 단어와 비슷한 데가 있어서 어렵게 느껴지지는 않았다. 독어보다 불어가 배우기 쉽다는 말이 맞았다.

고등학교 때 독어를 선택한 이유는 문과 공부를 하는 데 독어가 도움이 된다는 말 때문이었다. 실제로 법대에 와 보니 독어가 많이 도움이 됐다. 우리나라 법학은 독일 법학에 대한 의존도가 높다. 독일 법학이 특별히 뛰어나기 때문이 아니라, 우리나라에 법학을 전수한 일본 법학자들이 독일 법학을 기반 삼아 일본 법체계를 세웠기 때문이다. 하지만 독일식 법사학이나 문헌학적 접근 방법, 현학적인 논쟁은 오늘날의 법률문제를 해결하는 데 별 도움이 되지 않는다. 나중에 미국에 유학을 가서 보니 독일 법과 영미법은 접근 방법이 전혀 달랐다. 영미법에서는 그전에 누가 무슨 학설을 이야기했느냐는 아무 의미가 없었다. 오로지 법률적 쟁점을 해결하는 데 어떤 논거가 합리적이냐가 중요했다. 그래서 영미 법학은 시대 변화에 따라 법이 탄력 있게 진화할 수 있지만, 관념적인 논리의 일관성을 강조하는 독일과 일본식 법학은 변동하는 사회에 대한 적응력이 떨어지고, 사회 변화를 주도하기 힘들다.

고시
그랜드 슬램에
도전하다

4

외무고시를 보기로 결심하다

외무고시에 도전한 이유

사법시험 합격 후 불어 공부를 한 달 정도 했을 때 불현듯 외무고시가 머리에 떠올랐다. 외무고시 하면 외국어가 필수 아닌가. 무작정 어학 공부를 하는 것보다 외무고시를 목표로 하면 제대로 공부할 수 있을 것 같았다. 나는 곧 외무고시 준비를 위해 "1979 봄"이라고 표제를 쓴 노트를 준비했다. 다음 해 봄, 외무고시에 합격할 때까지 추운 겨울을 나듯 고생을 참아 내자는 뜻이었다. 나는 그 노트에 외무고시에 관한 자료와 계획 일체를 기록해 나갔다.

외무고시를 보기로 마음먹었지만 정보가 부족했다. 고시 잡지는 사법시험 위주여서 외무고시에 관한 합격기는 별로 없었다. 몇 안 되는 합격기조차 외무고시 합격자들은 공부 방법이 다양해서 공통분모를 찾기 힘들었다. 그래도 외무고시 과목을 따져 보니 충분히 승산이 있어 보였다. 당시 외무고시 2차 시험에서는 여섯 과목의 시험을 치렀다. 외무고시이므로 어학이 중요한 비중을 차지하는 것은 당연했다. 영어와 제 2외국어는 필수이고, 제3 외국어는 선택이었다. 필수 과목인 헌법을 사법시험 때 공부했기 때문에, 외국어를 세 과목 선택하면 외교사와 법 과목 하나만 더 공부해도 합격이 가능했다.

당시 나는 대학원 진학을 염두에 두고 있었기 때문에, 대학원 준비를 겸해 외무고시 공부를 하기로 마음먹었다. 대학원 입학시험에서 헌법, 국제법, 영어, 독어를 선택하면 대학원 시험 준비를 겸해 외무고시 준비를 할 만했다. 불어와 외교사만 따로 공부하면 외무고시 2차 시험을 치를 수 있었다. 영어는 고등학교 때부터 자신이 있었고, 제2 외국어에서 다소 밀린다고 해도 헌법과 국제법에서 상대적으로 고득점을 올리면 합격에 문제가 없을 것 같았다. 또 1979년 봄에 외무고시 2차 시험에 실패한다 해도 1980년 9월 사법 연수원에 들어가기 전까지 한 번 더 응시할 기회가 있었다.

문제는 합격 여부가 아니었다. 나는 외무고시를 보기 위한 정당한 이유를 찾아야 했다. 외무고시에 합격한다고 해도 그때까지 비행기 한 번 탄 적 없던 내가 외교관 생활을 할 수 있을 것 같진 않았다. 지금도 그렇지만 나는 외국에서 살고 싶은 생각이 별로 없다. 그렇다면 외무고시가 나에게 왜 필요한가. 어학 공부를 하기 위해 외무고시를 준비한다는 것은 조금 억지스러워 보였다. 고시는 자기 자신을 학대하는 힘든 과정이기 때문이다.

그럼에도 내가 외무고시를 보기로 결심한 것은 새로운 세계에 대한 도전 정신 때문이었다. 당시 외무고시는 다른 고시에 비해 법 과목이 적어 법대 출신들에게 부담스러운 시험이었다. 국제법은 외교와 전쟁을 주로 다루기 때문에, 기본 3법을 잘 알아도 이해하기가 쉽지 않다. 오래전 외무고시가 고등 고시라는 이름으로 치러질 때는 법 과목이 많아 법대 출신도 불리하지 않았다고 한다. 하지만 학력 제한 철폐로 고시 제도가 바뀐 뒤에는 외무고시를 보려는 법대생이 거의 없었다. 법대생이 법조계로만 갈 것이 아니라, 행정부나 외무부 등 다양한 방면으로 진출해야 한다고 주장하는 법대 교수들은 이 점을 매우 아쉽게 생각했다. 나는 외무고시에 합격해서 법대생의 진입 장벽을 깨고 싶었다.

외무고시 준비

외무고시 1차 시험은 네 과목뿐이다. 영어는 평소 실력으로 될 것 같았고, 나머지 세 과목을 준비해야 했다. 하지만 1차 사법시험에서 여덟 과목을 두 달 반 만에 준비한 경험이 있는 터라 세 과목은 큰 부담이 아니었다. 나는 처음부터 2차 시험을 준비하기로 했다.

일단 2차 시험의 선택 과목을 불어, 독어로 정하고 기본서 준비에 착수했다. 이번에도 남들이 많이 보는 책들을 선택했다. 국제법은 이한기가 쓴 책을 기본서로, 박관숙이 쓴 책을 참고서로 정했다. 배-박 주관식 문제집과 김명기 주관식 문제집도 샀다. 외교사는 신기석이 쓴 『동양외교사』와 박관숙이 쓴 『세계사』를 샀고, 많은 합격생들이 권하는 원서인 캐리의 『유럽 외교사』도 샀다.

당시에는 외국어 과목에 듣기나 말하기 시험이 없었다. 외국어 과목 시험은 해석과 작문 위주로 출제됐다. 영어는 어휘를 보강하기 위해 22,000개의 단어장을 준비했다. 영어 작문을 위해 영작문 문제집을 준비했고, 영자 신문도 구독했다. 초반에는 어휘 암기와 해석 위주로 공부하다가 후반기부터 영자 신문의 사설로 시사 작문을 연습했다. 외무고시 2차 시험의 영어 기출문제를 보니 해석 50점, 작문 50점으로 배점이 되어 있었다. 작문을 할 때는 어려운 단어를 쓰는 것보다 쉬운 단어를 쓰더라도 영어답게 작문하는 것이 중요하며, 해석도 직역보다는 우리말답게 해석해야 한다고 했다. 2차 사법시험을 공부하는 동안 영어는 따로 신경을 쓰지 않았기 때문에 철자가 가물거리는 단어도 있었다. 고교 때의 실력으로 복귀하기 위해 그때 봤던 영어 참고서를 다시 읽었다.

독어는 먼저 『독일어 정수』와 『종합 독문 해석』을 샀다. 작문에 도움이 될 만한 기본 문장을 암기할 필요가 있을 것 같아서 고교 때 쓰던 독어 교과서도 다시 꺼냈다. 그 후 『외국인을 위한 독일어』로 문법과 해석을 공부하고, 그래도 시간이 남으면 『다스 베스테(Das Beste)』를 보기로 했다. 하지만 나중에 독어 선택을 포기해서 이는 계획으로만 그쳤다.

불어는 모제 시리즈를 공부하면 외무고시에 합격할 수 있는 수준이라고들 했다. 그래서 계속 알리앙스 프랑세즈를 다니면서 공부하기로 하고, 나중에 시간 여유가 있으면 외무고시 합격자들이 권하는 《르 몽드(Le Monde)》나 《셀렉시옹(Selection)》을 읽기로 했다. 하지만 합격한 뒤에 보니 불어 신문이나 잡지까지 볼 필요는 없는 것 같다. 외무고시에는 필요 없지만 불어 발음을 공부하기 위해 어학용 카세트테이프도 들었다. 불어 공부에는 의욕이 있었으나 알리앙스 프랑세즈에 다니는 데 너무 시간이 많이 들었다. 하교 길에 알리앙스 프랑세즈에서 강좌를 들은 다음 집에 돌아와서 저녁을 먹고 사전으로 모르는 단어를 찾다 보면 다른 공부를 할 시간이 없었다. 불어 공부에만 매달리는 셈이었다. 다른 과목 책은 아침 등교 전에 잠깐, 강의 사이사이 비는 시간에 잠깐, 그리고 저녁밥 먹고 난 뒤에 잠깐씩 들여다보는 식이었다. 영자 신문 사설도 틈틈이 읽었다.

7월까지 이한기의 『국제법』을 2번, 박관숙의 『서양 외교사』를 2번 읽었다. 박관숙이 쓴 책은 조약 체결 같은 표면적 사실 위주로 쓰여서 외교사적 의미를 분석하는 데는 부족해 보였다. 결국 650쪽이나 되는 캐리의 『유럽 외교사』로 기본서를 바꾸었다. 캐리의 『유럽 외교사』역시 세계 외교사를 공부하는 데는 부족했지만, 1차 세계 대전 전까지 세계 외교사는 대부분 유럽을 중심으로 이루어진 데다, 그 후에도 일본과 미국을 제외하고는 세계 정치에 크게 영향력을 미친 나라가 없었으므로, 사실상 유럽 외교사가 세계 외교사나 마찬가지라는 생각이 들었다.

그러던 중 1978년 봄부터 고시 과목이 줄어든다는 소문이 돌았다. 여름 방학 무렵에는 그에 관한 기사도 났다. 사법시험은 두 과목, 행정고시와 외무고시도 각각 한 과목씩 줄어든다는 내용이었다. 외무고시에서 한 과목이 빠진다면 외국어 과목이 줄어들 것 같았다. 당연히 고교 시절 만점을 받았던 독어를 택하는 것이 더 쉬웠겠지만 나는 불어를 선택하기로 했다. 그동안 불어에 들인 시간이 아깝기도 했고, 모제 시리즈만 공부해도 충분하다면 불어를 선택해도 합격이 가능할 것 같았다. 밑져야 본전이라는 생각에, 나는 알리앙스 프랑세즈를 계속 다녔다.

행정고시를 보기로 결심하다

행정고시에 도전한 이유

당시만 해도 서울대 앞에는 상가가 형성되어 있지 않아서 학교 밖으로 나가도 딱히 할 일이 없었다. 학생들 사이에는 '마이티'라고 하는 카드 놀이가 유행해서 학교 곳곳에 판이 벌어졌다. 심지어 교수 식당에도 마이티 족들이 진을 치는 바람에 문제가 될 정도였다. 그때 서울대는 순간을 즐기는 마이티 족과 정치의식이 높은 학생들이 공존하는 공간이었다. 그 중간에 법대를 중심으로 고시 족이 있었다.

나는 카드놀이에는 취미가 없었다. 스트레스 해소 차원에서 가끔 법대 휴게실에서 바둑을 두기는 했지만, 주로 도서관에서 시간을 보냈다. 그 무렵에는 동급생들이 거의 다 사법시험을 준비하고 있어서, 점심때 친구들과 밥이라도 먹으려면 무조건 도서관에 있어야 했다. 그래서 나중에 사람들이 왜 행정고시까지 봤느냐고 물을 때마다 "친구 따라 도서관에 다니다 보니까 그렇게 됐다."고 답하기도 했다.

하지만 사실 행정고시를 본 것은 외무고시를 결심할 때처럼 도전 정신 때문이었다. 마치 에베레스트 정복을 노리는 산악인의 마음과 같았다. 내가 재학 중 사법시험, 외무고시, 행정고시에 모두 합격한다면 고시에 새로운 역사를 쓰는 것이었다. 성공하기만 하면 많은 고시생들에게 가능성과 희망을 보여 줄 수 있을 것 같았다.

나는 제22회 행정고시를 보기로 하고, 외무고시와 행정고시를 동시에 준비했다. 시험별로 공부해야 할 분량을 계산하고 날짜를 따져 보니 남은 기간 동안 충분히 할 수 있을 것 같았다. 1978년 9월에 행정고시 1차 시험을 본 뒤, 1979년 봄에 외무고시 1차 시험과 2차 시험을 보고 1979년 가을에 행정고시 2차 시험을 본다는 계획이었다. 야심 찬 계획이었지만, 주위에는 비밀로 했다. 사법시험 하나에 온 힘을 다해 매달리는 친구들이 많은데, 이미 사법시험에 합격한 내가 외무고시와 행정고시까지 노리는 데 미안한 마음이 들었기 때문이다.

행정고시 1차 시험 준비

1978년 8월 초, 행정고시 원서를 냈다. 행정고시 1차 시험 과목은 민법총칙, 재정학, 영어, 국사로 1차 사법시험에서 치르는 과목 수의 절반밖에 되지 않았다. 민법총칙에는 많은 시간을 할애할 필요가 없었다. 이미 사법시험을 준비하느라고 여러 번 책을 읽은 상태였기 때문이다. 교과서를 2번쯤 읽은 뒤, 민법 객관식 문제집에서 총칙 부분만 보면 충분할 것 같았다. 김용한이 쓴 민법총칙 문제집은 예상 문제와 기출문제가 좋아서, 행정고시 1차 시험 준비에 특히 유익했다. 아무래도 출제 교수의 책이라서 시험 방향에 더 맞았던 것 같다. 재정학은 내가 따로 공부한 적이 없는 생소한 분야였다. 수험생들이 많이 본다는 차병권의 재정학 교과서를 2번 읽고 객관식 문제집을 3권 봤다. 영어는 평소 실력으로 보기로 했다. 국사는 2차 사법시험을 공부하면서 전체적인 흐름을 잡았기에 고등학교 때 보던 참고서를 4번 정도 읽으면서 세세한 곳까지 외우기로 하고, 변태섭이 쓴 객관식 문제집만 새로 샀다. 결과적으로 행정고시 1차 시험은 재정학만 집중적으로 공부하면 될 것 같았다.

공부할 분량이 많지 않다는 생각에 알리앙스 프랑세즈를 다니면서 불어 공부를 계속했다. 9월에는 다시 3개월 코스로 모제 고급반에 등록했다. 알리앙스 프랑세즈에는 외무고시를 준비하는 학생은 별로 없었다. 수강생들끼리 가끔 모임을 가지기도 했는데, 나는 고시를 2개나 준비한다는 부담 때문에 공부에만 전념했다.

학교에도 계속 출석했다. 법대 강의는 외무고시나 행정고시 준비와는 무관했지만 열심히 들었다. 그래도 고시 준비에 시간이 부족할 것 같지 않았다. 시간 여유가 없는 생활이었지만 목표를 세워 놓고 꽉 짜인 시간표대로 움직이는 것도 나름대로 즐거움이 있었다.

외무고시 준비 과정

외무고시 공부 전략

예상했던 대로 제22회 행정고시 1차 시험에 무난히 합격했다. 행정고시 1차 시험이 끝나자 외무고시 2차 시험 준비에 박차를 가했다. 외무고시 2차 시험 준비는 1978년 11월, 알리앙스 프랑세즈에서 모제 시리즈 수강이 끝날 때까지 불어 이외에는 따로 한 것이 없었다. 우선 영자 신문을 읽으면서 작문이나 해석에 도움이 될 만한 표현, 그리고 우리말에서는 많이 사용하지만 영어로는 표현하기가 힘든 문구들을 노트에 정리했다. 대통령 연설문, 정부 발표문 등은 영어 시험에서 작문 문제로 출제될 가능성이 높아 우리말 신문과 영자 신문을 대조해 가며 공부했다. 매일 2시간 가까이 들었지만 영어 작문 시험 준비에는 매우 유익했다. 영어 작문에 필요한 기본 문형을 익히기 위해서 간단한 영작문만 모아 놓은 책도 2번 보았다. 어휘력은 별로 부족한 것 같지 않아서 단어장은 시간이 있을 때 보기로 하고 미루어 놓았다. 내가 당초 준비한 영작문 책은 너무 방대한 데다, 기출문제 검토 결과 외무고시 방향과 다른 것 같아서 생략했다.

독어 공부는 중단했다. 외무고시에서 외국어 과목이 하나 줄어든다는 정보 때문이었다. 불어는 모제 외에 고등학교 교과서와 참고서를 보았는데, 기본 문형 정리가 잘 되어 있어서 그것만 공부해도 될 것 같았다. 국제법은 사법시험 때처럼 단권화 작업을 했다. 가장 많이 읽는 이한기의 책을 기본서로, 박관숙이 쓴 책과 대조해 읽으면서 기본서의 여백에 내용을 보충해 써 넣었다.

외교사는 1978년 11월까지 캐리의 『유럽 외교사』와 신기석의 『동양 외교사』를 1번씩 읽었다. 신기석의 『동양 외교사』는 한자를 너무 많이 써서 읽기가 어려웠다. 마치 고서를 읽는 듯한 기분이 들었다. 정리하기도 어렵고 암기도 잘되지 않았다. 특히 중국이 아닌 나라의 사람 이름과 도시 이름이 전부 한자로 표기되어 있어, 지금의 지명 표기와 다른 경우가 많았다. 혹시 일본 책을 베낀 것이 아닐까 하는 생각도 들었지만 당시에는 다른 책이 없어서 보지 않을 수 없었다.

외교사와 국제법은 법대생에게는 생소하고 공부하기 힘든 과목이었다. 하루에 70여 쪽 공부하는 것이 고작이었다. 그나마 버스 안에서까지 책을 읽어야 그만큼 진도를 나갈 수 있었다. 외교사와 국제법 공부에 예상보다 시간이 많이 걸려서 헌법에는 신경을 쓰지 못했다. 결국 헌법은 시험 일자에 임박해 벼락치기를 했다.

학교 수업을 빼먹고 싶은 충동이 들었지만 이를 악물고 버텼다. 그동안 학점이 잘 나온 편이어서 이대로 착실히 공부하면 졸업할 때 수석도 바라볼 수 있을 것 같았다.

머리를 삭발하다

1978년 10월, 나는 삭발했다. 남의 눈에 튀어 보이기 위한 행동은 아니었다. 삭발의 직접적 도화선은 짝사랑의 상처였다. 대학 2학년 봄부터 나는 같은 캠퍼스의 K모 여학생을 좋아했다. 내성적인 나는 그녀를 보기만 해도 바보처럼 입이 얼어붙었다. 공부처럼 노력하면 마음을 얻을 수 있으리라 생각하고 서울 근교에 있는 그녀의 집 앞에서 보초도 서 봤지만, 별 진전이 없었다. 사랑 합격기 같은 것이 있었다면 도움을 받았을 텐데 나는 뭘 어떻게 해야 할지 몰랐다. 나중에는 마음을 주지 않는 그녀 때문에 괴롭다 못해 증오심이 생기기도 했다. 그런 와중에 고시를 준비하려니 번민이 심했다. '차라리 고시를 포기하는 것이 낫겠다'는 생각이 스치기도 했다.

마지막까지 미련을 버리지 못하던 내가 결정적으로 그녀를 포기하게 된 것은 그녀의 가족을 만났을 때였다. 그 집 어른이 내 면전에서 특정 지역 출신이라서 안 된다고 잘라 말했던 것이다. 전혀 예상하지 못했던 말이 망치처럼 머리를 때렸다. 그 후로도 나는 몇 번 더 그런 일을 당했다. 이 땅에서 출생지를 기준으로 사람을 차별하고 편견을 갖는 일이 더는 없기를 간절히 기도한다.

충격과 상처로 무너진 정신 상태를 지탱하기 위해서는 강한 자극이 필요했다. 나는 삭발을 하면서 내 자신과 약속했다. 고시를 마치기 전에는 더 이상 세상에 신경 쓰지 말자고. 머리를 깎는 행위는 불교에서 출가할 때 하는 것이다. 나는 처음 사법시험을 준비할 때처럼 출가하는 마음으로 공부를 시작했다.

머리를 깎은 후에도 스트레스는 심했다. 스트레스를 풀기 위해서 친구들과 자주 바둑을 두었다. 바둑을 두는 시간만큼은 모든 것을 잊을 수 있었다.

고시와 이성 문제

고시와 여자. 고시 합격기에 단골로 등장하는 주제이다. 고시생들 중에는 이성 문제로 고통받는 이들이 적지 않다. 대개 남학생들이 그렇다. 여자들은 이성 문제로 흔들리는 경우가 별로 없다. 그것은 남자와 여자의 품성 차이이기도 하다.

고시 합격기에는 여자 문제에 관해 다음과 같은 조언이 많이 나온다. "여자를 정말 사랑하거든 고시 시작하기 전에 결혼하라.", "결혼할 수 없는 상황이거든 고시 합격할 때까지 잊어버려라."

고시생은 결혼할 형편이 아닌 경우가 많다. 그렇다고 연애하면서 고시 공부를 하는 것도 쉽지 않다. 고시를 시작하면서 공부 외에 다른 일에 대한 신경을 끊다 보면 풍선 효과처럼 여자에 대한 관심이 도리어 커지는 경우가 많다. 하지만 고시 공부를 하다 보면 사랑을 유지할 수 있는 최소한의 시간조차 부족하다.

여자 입장에서 고시생을 사귀는 것은 자기희생이다. 주기만 하고 당장 받을 것은 없다. 불확실한 미래에 대한 투자라고 할 수도 있겠지만, 1970년대만 해도 고시 합격자는 그 수가 매우 적었다. 확률상 사귀는 남자가 고시에 합격할 것을 기대하기 어려웠다. 고시생과 사귀는 여자들은 대부분 남자가 고시를 시작하기 전에 만난 경우가 많았다. 여자가 이해하면 몰라도, 그렇지 않은 경우 남자가 고시 공부를 시작하면 십중팔구 헤어졌다. 하물며 나처럼 짝사랑 중이라면 고시와 사랑, 둘 다 망치기 십상이다.

고시 준비 중에 연애를 시작했거나, 마음을 주지 않는 상대방을 붙잡아 두려는 사람이 있다면 고시와 사랑 중 하나를 선택해야 한다. 둘 중 사랑을 포기하는 것이 당장은 비겁하거나 치사해 보여도, 그렇게 생각할 필요 없다. 열심히 노력했는데 상대방이 마음을 열지 않았다면 자책하지 말고, 나와 인연이 아니라고 생각하는 것이 좋다. 또한 고시를 보기로 결심했다면 고시를 우선시하는 것이 당연하다. 그것은 고시가 사랑보다 절대적 가치가 있느냐의 문제가 아니다. 사랑은 고시가 끝난 뒤에도 할 수 있지만, 사랑하면서 고시를 할 수는 없다.

알리앙스 프랑세즈 과정을 모두 끝내고 나자, 다소 시간 여유가 생겼다. 그래서 11월 중순부터는 고3 학생들에게 영어 과외를 했다. 과외를 하면서 4~5시간씩 떠들고 나면 지쳐서 한동안 아무것도 할 수 없었다. 그런데도 일주일에 4번씩 과외 지도를 한 것은 시간 여유가 생기면 잡념이 생길까 봐 염려해서였다. 나는 한 치의 틈 없이 꽉 짜인 시간 속으로 자신을 내몰았다.

3학년 겨울 방학에는 고시 공부에만 전념했다. 1979년 1월 중순까지 영어 과외를 한 것을 빼면, 방학 내내 공부하고 먹고 자는 것이 생활의 전부였다. 황영조 선수도 오로지 뛰고 먹고 잤더니 1년 후 금메달을 땄다고 하지 않던가. 한 가지에 집중하면 도가 통하나 보다.

책을 읽는 속도가 점점 빨라져서, 처음에는 사흘에 1권이던 것이 곧 이틀에 1권을 읽을 수 있게 되었다. 영어는 영자 신문 사설을 중심으로 시사 영어 단어를 익히면서 영작 공부를 했고, 불어는 모제 시리즈를 다른 과목 기본서와 같이 순서대로 읽어 나갔다. 모제 시리즈를 여러 번 읽어 문장을 익히면 따로 불어 작문 연습을 하지 않아도 될 것 같았다.

캐리의 『유럽 외교사』는 내용이 방대한 데다, 원서를 읽고 암기해야 해서 1번 읽는 데 사흘은 걸렸다. 처음 읽을 때 요점 정리를 해 두지 않은 것이 후회되었다. 원서로 읽다 보니 답안을 한글로 제대로 옮겨 적을 수 있을지도 염려되었다. 그래도 여러 번 읽다 보면 콩나물 기르기처럼 머리에 남는 것이 있을 것이라고 생각했다.

외무고시에서 가장 문제가 된 과목은 독어였다. 제2 외국어 과목이 줄어들 것으로 예상하고 불어 공부만 열심히 했는데, 고시 과목이 줄어들지 않았던 것이다. 독어 공부를 게을리한 것이 후회됐다. 그렇다고 이제 와서 독어 공부를 하자니 너무 촉박해, 독어 대신 민법총칙을 선택과목으로 택했다. 민법총칙은 1차 사법시험 때부터 계속 공부했고, 법대생에게 절대적으로 유리한 과목이므로 시간을 별로 들이지 않아도 득점할 수 있을 것 같았다.

외무고시 2차 시험을 100일 앞두고부터는 사법시험 때처럼 100일 작전에 들어갔다. 공부 진도를 매일 체크할 수 있도록 1979년 1월부터 외무고시 2차 시험이 끝나는 3월까지를 한 장의 달력으로 만들어서 날짜 칸에 그날그날 읽을 책을 표시했다. 예를 들어 1월 1일과 1월 2일 칸에는 각각 동양 외교사를 뜻하는 '동'을, 1월 3일부터 1월 5일까지는 서양 외교사를 뜻하는 '서'를, 1월 6일에는 민법총칙을 뜻하는 '민'을, 1월 7일에는 헌법을 뜻하는 '헌'을, 1월 8일과 1월 9일에는 국사를 뜻하는 '국'을 적어 넣었다. 1월 1일부터 이틀간은 동양 외교사를 읽고, 1월 3일부터 사흘간은 서양 외교사를 읽고, 1월 6일에는 민법총칙을 보고, 1월 7일에는 헌법을 공부하고, 1월 8일과 9일에는 국사를 공부한다는 뜻이다. 불어는 모제를, 영어는 노트에 정리해 둔 것을 틈틈이 보기로 하고 나머지 다섯 과목을 중점적으로 공부하는 스케줄을 짰다.

외교사의 경우, 박관숙의 『서양 외교사』는 시간상 읽지 않고 캐리의 『유럽 외교사』와 신기석의 『동양 외교사』만 보기로 했다. 민법총칙은 곽윤직으로 단권화했다. 헌법은 하루, 국제법은 이틀, 서양 외교사는 이틀, 동양 외교사는 이틀, 민법총칙은 하루에 1번씩 읽는 것으로 계획을 잡았다.

사법시험 때처럼 아침에 일어나서 그 날짜의 칸에 대각선을 긋고 잘 때 계획한 책을 다 읽었으면 반대 방향으로 대각선을 그어 X자를 완성했다. 계획대로 마치지 못한 경우는 대각선인 채로 두었다. 사법시험 때는 그날그날의 목표량을 달성하지 못한 경우가 많았는데, 외무고시를 준비하면서는 밀린 날이 거의 없었다. 시간이 많이 걸리는 불어 공부가 어느 정도 되어 있는 상태였기 때문에 외교사 이외에는 자신이 있었다. 진도가 순조롭게 나가자 외무고시에 합격할 수 있다는 자신감이 생겼다.

외무고시 1차 시험을 보다

1979년 1월 15일부터는 외무고시 1차 시험 준비에 착수했다. 학교에 다니면서 시험공부를 해야 했으므로 사법시험 때처럼 야행성으로 살 수는 없었다. 보통 새벽 2시쯤 자고 아침 9시쯤 일어나서 오전에는 1차 시험 과목을 공부하고, 점심 후부터 잘 때까지는 2차 시험 과목을 공부했다.

1차 시험 과목은 정치학, 경제학, 국사, 영어였다. 경제학은 1차 사법시험 때 공부했지만, 외무고시는 1차 시험 과목 수가 적어서 경제학 점수가 합격에 미치는 영향이 컸다. 그래서 객관식 문제집을 2권 더 샀다. 정치학은 합격생이 많이 보았다는 이극찬의 책을 구하기가 어려워서

백상건의 책을 샀고 객관식 문제집도 2권 샀다. 영어는 따로 준비하지 않았고, 국사는 행정고시 1차 시험 때같이 공부했다.

오전에 1차 시험 과목 교재와 문제집을 반 권쯤 읽고, 오후에는 2차 시험 과목의 교과서를 반 권씩 읽는 강행군을 계속했다. 사법시험이나 행정고시 1차 시험을 준비할 때도 그랬지만 시간 절약을 위해서 객관식 문제집을 일일이 푸는 대신 질문과 정답, 해설을 함께 읽으며 공부했다.

1979년 2월 11일, 외무고시 1차 시험이 끝나자 바로 2차 시험 준비에 매달렸다. 1차 시험은 합격한 것으로 믿고 2차 시험을 준비했다. 이틀도 안 되어 책을 1권씩 볼 정도로 공부에 가속도가 붙었다. 일주일 정도면 전 과목을 1번씩 읽을 수 있을 것 같았다. 외교사는 연대(年代)를 따로 정리해서 암기하지 않으면 시험 당일에 잘 기억이 나지 않을 것 같아서 노트 2권에 동서양의 외교사 연대표를 만들었다. 외교사에 나오는 사건들을 날짜와 사건 내용을 중심으로 요약했는데, 외워야 할 날짜와 사건이 2,000개 가까이 돼서 밥을 먹거나 화장실에 갈 때도 노트를 놓지 않았다. 일찌감치 연대표를 만들지 않았던 것이 눈물이 날 정도로 한스러웠다. 헌법은 어느 정도 기초가 다져졌으므로, 공부 시간표에 있어도 실제로는 건너뛸 때가 많았다.

외무고시 1차 시험 합격자는 2차 시험을 보기 열흘 전에 발표됐다. 합격에 기뻐할 여유가 없었다. 계속 2차 시험 공부를 했다. 2차 시험까지 남은 보름간은 집에서 가까운 성균관대 도서관에서 가서 공부했다. 텔레비전 중독을 쉽게 끊을 수 없었기 때문이다. 아침에 성균관대로 올라가면 하루에 2번 식사하러 집으로 내려올 때 외에는 밤늦게까지 자리를 뜨지 않았다. 화장실도 식사 전후에만 갔다. 집과 성균관대 도서관을 오가는 길에는 헌법과 민법총칙의 조문을 외웠다.

고시 공부를 시작한 후부터 입맛이 점차 변하는 것을 느꼈다. 특히 기름기 있는 음식을 피하게 되었다. 사법시험 때는 전지분유를 먹었으나 이 무렵에는 기름기가 싫어서 저지방 우유로 바꿔 마셨다. 우유는 씹을 필요 없이 마시기만 하면 돼 시간이 절약되는 데다, 영양이 균형 있게 들어 있어서 체력 유지에 도움이 됐다.

외무고시를 준비하는 동안에는 공부 진도가 목표를 초과 달성하는 경우가 많았다. 헌법과 영어를 제외한 다른 과목은 기본서를 10번 이상 읽었다. 어느 고시나 책을 10번 읽고 이해하면 합격할 수 있다. 내가 합격에 대한 자신감을 가졌던 것도 그 때문이었다. 민법총칙은 사법시험 공부까지 합쳐 20번 가까이 공부한 셈이었고, 국제법도 기본서 외에 배-박 주관식 문제집을 여러 번 보았으며, 김명기 국제법 주관식 문제집도 시험 직전에 훑어보았다. 국제법과 외교사는 사법시험 때처럼 기출문제를 기본서의 목차에 표시해서 중요한 분야임에도 아직 문제가 출제되지 않은 부분이 무엇인지 파악했다. 1979년 3월, 개강 후에도 외무고시 준비에 쫓겨 학교에 가지 못해 손범석 형이 대신 등록해 주었다.

외무고시 2차 시험을 치다

1979년 3월 6일부터 나흘간 외무고시 2차 시험을 치렀다. 그해 1차 시험에 합격하고 2차 시험을 보는 사람들과 같은 시험장에 배정됐다. 내가 1차 사법시험에 합격하고 2차 시험장 구경을 간 것처럼, 시험 날짜가 지날수록 도중하차하는 사람이 늘었다. 사법시험에서는 배점이 큰 문제가 2개씩 나왔지만, 외무고시는 과목마다 배점이 큰 문제 1개에 작은 문제 3개가 나왔다. 문제가 여러 군데에서 나와서 골고루 공부해야 좋은 점수를 받을 수 있었다.

헌법 시험의 첫 번째 문제는 "대통령의 입법에 관한 권한"이었다. 사법시험과 달리 외무고시와 행정고시에서는 법 과목이라도 시험장에서 법전을 나눠 주지 않는다. 나는 헌법 조문을 완전히 암기해서 해당되는 조문을 답안에 철저히 인용했다. 답안에 조문을 일일이 표시해 두면 법대 출신이라는 것을 자연스럽게 드러내는 효과가 있었다.

답안 목차는 다음과 같이 써 나갔다. 글씨 모양에 신경을 쓰다 보니 한 시간에 4쪽 정도 쓸 수 있었다.

[一] 서론, 유신 헌법의 권력 구조의 특색

[二] 대통령의 입법 관여권

    (1) 국회 소집권

    (2) 법률안 제안권

    (3) 의견 표시권

    (4) 법률안 거부권

    (5) 법률안 공포권

[三] 행정상 입법에 관한 권한

    (1) 대통령령

    (2) 긴급 조치에 의한 행정상 입법

[四] 기타 입법에 관한 권한

    (1) 국민 투표에 관한 권한

    (2) 헌법 개정에 관한 권한

[伍] 결론

배점이 작은 문제 중 첫 번째 문제는 "국외 이주의 자유"에 대한 것이었다. 공부한 내용이 별로 생각나지 않아서 형식적으로 '1.의의, 2.내용, 3.제한'으로 나누어 3쪽을 썼다. 교과서에서 제대로 다루지 않는 지엽적 문제라서 칸만 메웠지 알맹이는 없었다. 두 번째 문제는 "국회 의원 지위의 취득과 상실"로, 한번도 출제되리라고 생각하지 않았던 문제였다. 교과서에서도 다루지 않은 내용이어서 생각나는 것이 없었다. 하지만 다른 사람도 마찬가지일 것이라고 생각하고 차분히 머릿속으로 조문을 넘기면서 답안을 구성했다. '취득'은 선거와 승계로 나누고, '상실'은 일신상의 이유와 국회 해산까지 썼는데 나중에 보니 신기하게도 빠진 것이 없었다. 배점이 큰 문제는 잘 썼지만 배점이 작은 문제는 알차게 못 써서 고득점은 하지 못했다. 그래도 66.66점을 받았으니, 한 번 읽고 간 것 치고는 잘 나온 점수였다.

국제법 시험에서는 배점이 큰 문제로 유엔에 관한 내용이 나와 기분이 좋았다. 공부하면서 국제법 기출문제를 분석해 보니 유엔에 관한 문제가 2~3년 간격으로 나오다가 1976년부터 나오지 않아, 이번에는 틀림없이 나올 것이라 예상했던 터였다. 유엔 헌장 중 안전보장이사회에 관한 조문과 유엔에 의한 안전보장제도 부분을 전날 밤부터 점심때까지 5~6번 읽었다. 그것을 기초로 관련 조문을 표시해 가며 답안을 작성했다. 배점이 작은 문제들은 이한기의 『국제법』을 기초로 평범하게 썼다. 책을 그렇게 여러 번 읽었는데도 막상 시험장에서는 책 내용이 자세히 생각나지 않아 답답했다. 국제법에서도 66.66점을 받았는데, 3차 면접 시험을 볼 때 높은 점수라는 말을 들었다. 첫날 시험이 끝나고 집에 돌아와서는 주로 외교사 연대표를 훑어보았다.

둘째 날 외교사 시험의 첫 문제는 "미소의 한국 정책(1905~1950)"이었다. 시대를 나누어 타이틀을 잡았는데 신기석의 『동양 외교사』는 해방 이후를 다루지 않았으므로, 상식을 동원할 수밖에 없었다. 깊이 있는 분석은 하지 못하고, 답안지를 성의 있게 메우는 전략으로 나갔다. 배점이 작은 문제가 3개 나왔는데, 앞서 배점이 큰 문제에 1시간 10분을 써서 초조했다. 배점이 작은 문제 중 첫 번째 문제는 "비스마르크의 사도와 외교 정책"으로, 캐리의 『유럽 외교사』 내용 중 생각나는 것을 썼고, 두 번째 문제인 "베를린 회의"도 적당히 썼다. 세 번째 문제는 "삼국 협상"에 관한 내용이었다. 이 문제는 배점이 작은 문제 가운데 비중이 큰 문제였는데도 시간 배당을 잘못하는 바람에 1쪽밖에 답안을 작성하지 못했다. 특히 이 문제는 나올 때가 됐다고 예상해서 공부를 많이 한 문제였기 때문에 더 마음이 쓰렸다. 고시 답안은 본래 외래어를 한글로 써야 하지만, 서양 외교사만큼은 원서로 공부한 티를 내려고 고유 명사를 영어로 표기했다. 외교사에서는 64.33점을 득점했다.

점심시간 후 영어 시험이 이어졌다. 다행히 모르는 단어가 거의 없었다. 해석 부분에서 모르는 단어가 2개 있었지만, 전후 문맥을 보고 뜻을 추정한 것이 적중했고, 작문도 무난하게 치렀다. 답안 작성에도 시간이 충분했다. 영어 답안은 양보다는 정확한 번역과 해석이 요구되므로 먼저 초안지에 답을 쓴 다음 다듬어 옮겼다. 만년필이 새것이라 글씨가 가늘게 나와 답안이 깨끗하고 보기 좋았다. 다른 과목은 답안지를 몇 장씩 쓰다가 영어 시험에서는 앞뒤 2쪽만 쓰려니 약간 허전하기도 했다. 영어는 점수가 정말 잘 나왔다. 영어는 다들 열심히 하기 때문에 70점 이상 받기 어려울 것이라고 생각했는데 83.66점을 받았다.

집에 돌아와 불어 시험에 대비해 모제를 읽은 후 《꾸리에 드 라 꼬레 (Courrier de la Coree)》 중에서 대통령 연두 기자 회견 기사를 읽었다. 혹시나 시사성 있는 문제가 나올지도 모르기 때문이었다.

셋째 날은 불어만 보는데 오후 시간이었다. 점심도 굶은 채《꾸리에 드 라 꼬레》를 봤다. 불어 시간부터는 교실이 바뀌었는데 1년 전 2차 사법시험 때 앉았던 자리와 똑같은 자리였다. 우연치고는 너무 뜻밖이어서 무척 놀랐다. 한편으로는 확실히 붙을 것 같은 예감이 들었다.

해석은 그런대로 했으나 작문이 어려워 억지로 맞춘 듯한 부분이 많았다. 모제와《꾸리에 드 라 꼬레》의 내용을 기억해 내는 데 온 힘을 다했다. 작문에서는 '솔제니친'의 철자를 몰라 적당히 발음 나오는 대로 썼는데 틀렸고, '추방하다'는 영어에서 유추하여 'deporter'라고 썼는데 나중에 찾아보니 실제로 그런 단어가 있었다. 불어에서는 70.33점을 받았다.

마지막 날 오전에 민법총칙 시험을 보고, 외무고시가 끝났다. 이전까지 외무고시 2차 시험의 민법총칙 문제는 주로 교과서의 목차에 해당하는 전형적인 내용이 출제되었는데, 제13회 외무고시 때는 조금 변형된 문제가 나왔다. 첫 번째 문제는 "민법상 법인 제도와 거래 보호를 논하라."였는데 묻고자 하는 것이 무엇인지 감을 잡기 위해 한참을 고심했다. 그러다가 법인 제도와 거래 보호를 관련지어 파악하는 것이 중요할 것 같아 상법 실력을 동원해 '1.서론'에서 필요성을 강조하고 '2.민법상 법인 제도와 거래 보호'에서 공시주의, 책임 추궁, 국가 감독 등을 논하고 '3.결론'에서는 상법과 비교했다. 암기한 조문도 철저히 인용했다.

배점이 작은 문제는 "표현 대리와 무효 행위의 전환"에 대한 것이었는데 잘 아는 내용이었다. 이 문제는 배점이 큰 문제로도 나올 수 있는 것이어서 과욕을 부리기 쉬웠다. 30분 내에 3쪽 정도로 끝내도록 자제했다. 그래도 실력을 과시하느라 판례도 인용했다. 민법총칙 점수는 82.66점으로, 과분한 점수에 깜짝 놀랐다.

외무고시 2차 시험 결과, 평균 71.88점으로 차석이었다. 수석과 근소한 차이라 애석한 생각이 들었으나 붙은 것만으로도 감사했다. 불어 공부를 제외하면 총 넉 달 정도 공부한 셈이었다. 좋은 점수를 받을 수 있었던 것은 기본서를 10번 이상 읽은 것, 법조문을 철저히 암기하고 답안에 인용한 것, 그리고 사법시험을 통하여 체득한 답안 작성 요령에 있었다.

사법시험 때같이 시간과 답안지 분량은 채점 위원이 배당한 점수에 따라 조절하는 것을 원칙으로 했다. 배점이 큰 문제가 50점, 작은 문제가 25점씩이라면 먼저 10분간 초안을 잡고 50분간 배점이 큰 문제를 쓴 다음, 배점이 작은 문제를 각각 30분씩 썼다. 큰 문제는 대, 중, 소제목까지 붙였으나, 작은 문제는 작은 제목만 붙여 내용을 정리했다.

헌법의 첫 번째 문제를 예로 들면, 앞의 목차에서 [一], [伍]는 예상 배당 점수가 5점이므로 1쪽을 5분 동안 쓰고, [二], [三], [四]는 예상 배당 점수 15점이므로 2쪽을 15분 동안 썼다. 어느 항목에 아는 것이 많다고 해도 그 항목에 할당된 점수는 정해져 있기 때문에, 한 문제에 시간을 과하게 쓰지 않고 고루 배정했다. 서론과 결론에는 1쪽을 약간 못 썼다. 배점이 작은 문제는 3, 4쪽씩 썼는데 그 내용을 보통 셋으로 나누어 작은 제목 하나에 1쪽씩 10분을 배당했다. 채점 위원이 채점 원칙을 정할 때도 내가 하는 식으로 점수 배정을 하는 것으로 알고 있다.

외무고시 과목들은 대체로 학설 대립이 별로 없기 때문에, 사법시험처럼 대립 포인트를 상세하게 논하기보다는 법을 공부한 학생답게 답안을 짜임새 있게 구성하면서 설명한 것이 주효했다.

마음의 구심점이 흔들리다

믿고 의지할 존재를 찾아서

1979년 봄, 나는 정신적 지주였던 불교와 함께 흔들리고 있었다. 사법시험 준비 초 방황할 때, 불교는 내 마음의 구심점이었다. 만만치 않은 무게로 파고드는 고독, 시험 결과에 대한 불안감을 불교에 의지해 이겨 낼수 있었다. 나에게 사법시험 공부는 수행 정진의 과정이었다. 불경을 읽으면 마음이 안정되고 잡념이 없어져서 공부에 도움이 됐다.

　그런데 불경 읽기가 대승 불교 경전에서 소승 불교 경전으로 옮겨 가면서 신(神)이 보이지 않았다. 소승 불교 경전에 나오는 석가모니는 초자연적 능력을 가진 신이 아니었다. 불상 앞에서 사법시험 합격을 기원한 것은 결국 나의 자기 암시와 정신 무장이었던 걸까? 불교에 신이 없다면 약한 나는 어디서 도움을 받아야 하는가.

석가모니는 스스로 얻은 깨달음을 바탕으로 중생을 가르친 스승이었다. 그가 말한 깨달음을 얻으면 누구나 부처가 될 수 있다. 석가모니는 무엇을 깨달았을까.

당시 인도에는 고통을 참으면 깨달음을 얻는다고 믿고 자기 몸을 바늘로 찌르는 사람, 불 속으로 뛰어든 사람, 단식하는 사람들이 많았다. 석가모니도 깨달음을 얻기 위해 6년간 극한 고행을 했다.

피골이 상접한 석가모니는 고행으로는 깨달음에 이르지 못함을 알고 고행을 포기한다. 금식을 깨고 우유죽을 먹고 기운을 차린 석가모니는 모든 것이 마음에서 시작된다는 것을 깨닫는다. "욕심을 버려라, 화내지 마라, 자비를 베풀어라, 마음을 바르게 가져라, 본성을 깨달아라."

소승 불교 경전에 나오는 석가모니의 가르침은 모두 마음에 관한 것이다. 모든 현상은 내 마음에서 일어난다. 그런데 모든 것이 내 마음먹기에 달렸다면 모든 것을 내가 알아서 해야 한다는 뜻에 다름 아니다. 그렇다면 불교를 믿는 것은 본질적으로 나를 믿는 것과 다를 바 없지 않은가. 여기에 생각이 미치자 나는 갈등을 느끼기 시작했다. 믿고 의지할 존재를 찾던 원점으로 다시 돌아간 것 같았다.

불교의 가르침

대학 1학년 때 내가 절실히 구했던 것은 생의 본질과 의미에 대한 해답이었다. 불교는 이에 대해 서로 다른 두 가지 답을 내놓고 있다. 하나는 윤회설이고, 다른 하나는 "꺼진 불이 어디로 가느냐"에 대한 석가모니의 말씀이다.

윤회설은 인과응보론과 결합해 "이 세상에서 선을 행하면 복을 받아 다음 세상에서 더 높은 존재로 태어나고, 악을 행하면 낮은 존재로 태어난다"는 가르침을 낳았다. 근본 존재는 없어지지 않은 채 생과 사를 반복한다는 것이다. 윤회설에 의하면 인간도 중생이 윤회 중에 거치는 하나의 형태일 뿐, 동물과 본질적으로 다른 존재가 아니다. 동일한 존재가 이번에는 인간으로 태어났다가 다음에는 짐승으로 태어나는 것이다. 이 관점에서 보면 동물을 해하는 것은 인간을 해하는 것과 다를 바 없고, 생명을 죽이는 것은 최악의 행위다.

한편 석가모니는 생로병사를 인생의 네 단계로 보고, 이를 "네 가지 괴로움"이라고 했다. 즉 죽음도 네 가지 괴로움의 하나이다. 한 제자가 "사람이 죽으면 어디로 가느냐"고 묻자, 석가모니는 "타던 불이 꺼지면 어디로 가겠느냐"는 반문으로 사후 세계가 존재하지 않음을 암시했다.

그럼 이 두 견해 중 어느 것이 본래의 불교관일까. 동국대학교 불교철학과 교수였던 작은아버지는 나에게 "윤회설은 원래 인도의 토착 사상으로 불교가 전파되면서 함께 동양에 전파된 것"이라고 말했다. 윤회설은 원래 브라만교로 연결되는 인도 사상이지, 석가모니가 말한 내용이 아니라는 것이다. 모든 존재를 기본적으로 같은 것이라고 보면서도, 승려같이 높은 존재 형태가 있는가 하면 짐승처럼 낮은 존재 형태가 있다고 계급을 인정하는 사상은 브라만교의 것이다.

작은아버지는 고교 때 결핵으로 쓰러져 학업을 중단했다가 할머니의 절에서 오랜 기간 요양하면서 혼자서 불교를 공부해 독학으로 산스크리트어로 된 불경 원전을 연구했다. 그 후 늦깎이 학생으로 동국대에서 공부해 수석 졸업했다.

작은아버지는 석가모니가 윤회 사상에 관해 이야기한 적이 없다고 말했다. 석가모니가 비유로 암시한 것처럼 사람의 죽음이 불이 꺼지는 것과 같다고 생각하니, 내가 찾던 생의 의미에 대한 구도(求道)가 원점으로 돌아가는 듯했다. 작은아버지의 말에 따르면 세상의 시작에 대해 기본적으로 두 가지 견해가 있었다. 하나는 초자연적 존재인 창조주로서의 신이 세상을 만들었다는 창조론이고, 다른 하나는 창조주의 존재를 전제로 하지 않는 사상이다. 불교는 창조주의 존재를 전제하지 않는 사상에 속한다. 작은아버지는 그럴 경우 최초의 품질 또는 재료가 어떻게 존재하였는가를 설명하는 데 난점이 있다고 했다. 작은아버지는 원래 세상에는 불멸의 존재들이 있어 그것들이 여러 현상을 만들어 낸다고 생각했다.

신이 없다는 것, 그리고 모든 것은 마음에서 일어난다는 것이 불교의 가르침임을 알고 나자 의문이 들었다. 모든 것이 마음에 달렸다지만, 내가 마음을 바꾸어 먹는다고 과연 바깥세상이 달라질까? 불교를 믿음으로써 사법시험에 합격할 수 있었다는 생각은 허상이었을까?

불교에서는 마음을 다스리고 욕심을 버리라고 한다. 그러나 사람은 때때로 억제할 수 없는 감정이나 욕망에 사로잡히게 된다. 고시가 욕심에 지나지 않는다면 고시를 포기하는 것이 바른 길일 것이다. 그러나 나는 고시에 도전하기를 바랐고, 약한 나를 도와줄 존재를 간절히 원했다.

마지막 예불

나는 불교에서 절실히 진리를 구했다. 진리를 위해서는 마음을 열고 모든 것을 그대로 받아들이는 것이 좋다고 생각해 불경에 담긴 내용을 의심하지 않고 문자 그대로 믿으려고 했다. 초기에 열심히 읽었던 법화경 같은 대승 경전에는 신통력을 가진 부처가 등장한다. 나는 그런 부처가 나에게 힘을 주기를 간절히 기도했다. 내 힘이 모자라도 도와주기를 바랐다. 그런데 불교 공부를 점차 해 나가다 보니 부처에게는 그런 신통력이 없었다. 그렇다면 대승 경전의 부처는 무엇을 말하는 것일까?

불교에는 '방편(方便)'이라는 개념이 있다. 통속적 의미로서는 도구나 수단을 의미하나, 불교에서 방편은 각 사람의 수준에 맞게 단계를 두어 불교를 가르치는 방법을 의미한다. '눈높이 교육'을 말하는 셈이다. 지적 수준이 낮은 사람에게 불교를 어렵게 설명해 봐야 이해할 수 없다. 그런 사람에게는 "불상 앞에 절하면 복 받고, 목탁 치고 염불하면 극락 간다."고 가르치는 것이 최선이다. 지적 수준이 낮은 사람이라고 불교 전도를 포기하기보다는 부정확한 내용을 말하더라도 우선 불교로 인도하는 것이 낫다는 것이다.

방편의 단계에 따라 불경의 내용도 달라진다. 어떤 경전은 부처를 신통력을 가진 신적인 존재로 묘사하고, 어떤 경전은 초자연적 요소를 배제한 채 석가모니의 설법을 실제 있었던 그대로 기술했다. 경전이 실제 설법과 약간씩 다른 이유는 석가모니가 살아 있을 당시에는 불경이 문자로 기록되지 않았기 때문이다. 석가모니 사후에 석가모니의 가르침을 글로 남기기 위해서 제자들이 모여 각자의 기억을 확인하면서 불경을 결집했다. 이렇게 결집 초기에 기록한 것이 아함경 등의 원시 경전이다.

원시 경전에는 석가모니가 생전에 가르친 내용들이 실려 있어서 석가모니의 본질적 교리를 볼 수 있다. 원시 경전에서 석가모니는 간혹 비유를 드는 경우는 있어도 방편을 거의 사용하지 않는다. 이 원시 경전을 위주로 하는 초기 불교가 소승 불교이다. 소승 불교에서는 승려 계급을 중심으로 교리를 탐구하며 중생 곧, 일반인에게까지 교리를 가르치려 하지 않는다. 중생에게는 교리 공부가 반드시 필요하다고 보지 않는 것이다.

원시 경전이 일반인에게 파고들기 어렵다고 해서 나온 것이 법화경 같은 대승 경전이다. 대승 경전에는 역사 속에 실존했던 석가모니보다는 초능력을 가진 부처가 등장하며, 극락이라는 이상 세계와 여러 종류의 지옥이 나온다.

불교는 모든 욕심을 버리라고 가르친다. 중생은 극락왕생을 원하고 부처가 되기를 바라지만, 그런 것도 버려야 할 욕심의 하나이다. 진정한 고승은 혼자 잘 살아 보려고 극락왕생하는 대신 중생을 제도하기 위해 험한 세상에 다시 태어나기를 원한다. 우리나라에도 그런 법어를 남기고 입적하는 선승을 볼 수 있다.

부처에 대한 믿음은 결국 내 자신을 믿어야 하는 것으로 귀착되었다. 불교의 가르침을 따르자면, 나를 믿어야 했지만 나는 너무나 약하고 한심한 존재였다. 나는 나 자신을 믿을 수 없었고, 불교는 더는 의지가 되지 않았다. 외무고시 2차 시험을 앞두고 나는 강남에 있는 봉은사를 찾아갔다. 마지막 예불이었다.

행정고시 2차 시험을 치다

세 번째 고시에 도전하다

고된 유격 훈련 같았던 외무고시 2차 시험을 끝내고 나니 아무것도 하지 않고 가만히 있어도 존재하는 것 자체가 즐거움이었다. 시간에 쫓기며 살다가 시험이 끝나자 갑자기 무한한 여유 속에서 시간의 흐름이 피부로 느껴졌다. 시간이 흘러가는 것을 시시각각 느끼는 것이 그토록 감미로울 수가 없었다.

1979년 3월 한 달 동안은 학교 출석 외에는 아무 것도 하지 않았다. 어떤 책도 손에 잡지 않았다. 공부가 지긋지긋했다. 학교 수업도 사법시험 준비하면서 공부했던 과목들이라 따로 공부할 필요가 없었다. 문자 그대로 '놀고먹는 대학생' 생활을 만끽했다. 겨울을 보내고 물이 오르는 나무처럼 몸이 점차 원기를 되찾아 갔다. 법대 친구들은 4학년이 되자 대부분 사법시험 공부에 매달리느라 도서관에 틀어박혀 있었다. 외무고시를 준비할 때 그랬던 것처럼 친구들을 만나려면 도서관에 가야 했다.

4월이 되자 문득 가을로 예정된 행정고시 2차 시험이 생각났다. 겨우 한 달 놀고 다시 공부가 하고 싶어지다니. 쾌락도 일시적이지만 고통도 일시적인 모양이다. 힘들었던 고시 공부의 기억이 마음과 몸에서 서서히 사라졌다.

행정고시 1차 시험에 합격하지 않았다면 행정고시 2차 시험은 엄두도 내지 않았을 것이다. 그래도 행정고시는 2차 시험 여섯 과목 중 선택 과목을 포함해 법 과목이 헌법, 행정법, 상법 등 셋이나 되어서 시험공부를 반은 해 놓은 셈이었다. 11월까지 7개월이면 나머지 세 과목을 공부하는 데 충분할 것 같았다. 제23회 행정고시는 300명을 선발할 예정이었기 때문에 공부한다면 합격은 걱정되지 않았다.

주위에서도 내친김에 행정고시까지 정복해 보라는 격려가 많았다. 내가 만약 행정고시까지 합격한다면 고시 역사를 새로 쓰는 것이었다. 예전에는 고등 고시라는 이름으로 사법과와 행정과가 나뉘어 있어서 그 두 시험을 합격하면 "고시 양과에 합격했다."고 했다. 재경직은 별도로 재무과라고 독립되어 있었는데 그것까지 합격하면 "고시 3과에 합격했다."는 말을 들었다. 그 시절에는 고시 과목에 법이 많았고, 학력 제한이 있어서 대학 졸업생에게 1차 시험을 면제해 줬다. 또 고시 하나에 합격하면 다른 고시를 볼 때 공통 과목을 면제해 줬다. 그래서 양과에 합격하는 것이 그리 어렵지 않았다.

우리 때는 고시가 사법시험, 행정고시, 외무고시로 분리되면서 행정고시와 외무고시에서 법 과목이 적어졌다. 학력 제한이 폐지되면서 누구나 1차 시험을 거쳐야 했고, 1차 시험 및 2차 시험의 과목 수도 늘어났다. 시험 제도가 까다로워지면서 그때까지 고시 3개를 합격한 사람은 1명도 없었다. 만약 내가 합격한다면 새로운 고시 제도 아래서 처음으로 고시 3개에 합격하는 사람이 되는 것이었다. 새로운 기록을 세울 수 있다는 생각에 나는 도전 정신이 불타올랐다.

행정고시 2차 시험 준비

4월부터 행정고시 2차 시험을 준비하기 시작했다. 2차 시험 과목 중 헌법, 행정법은 따로 공부할 필요 없이 사법시험 때 기억을 되살리면 될 것 같았다. 필수 과목인 행정학은 박동서와 유훈이 쓴 책을 기본서로 하고, 4인 공저로 된 주관식 문제집을 샀다. 경제학은 대학 때 1학년 교양 과목을 들으면서 읽은 조순의 『경제학 원론』을 보았다. 행정고시 경제학 시험에는 경제학 각론에서도 문제가 많이 출제되어 이학용의 『미시 경제학』, 윤범석의 『거시 경제학』, 김덕중의 『거시 경제학』, 정도영의 『국제 경제학』, 이승윤의 『화폐 금융론』, 김윤환의 『한국경제론』도 공부하기로 했다. 기본서가 일곱 과목이나 되는 경제학이 가장 부담이 컸다.

출제 위원 명단을 분석해 봤더니 제23회 행정고시 출제 위원으로 행정법은 서원우 교수, 행정학은 유종해 교수가 들어갈 때가 된 것 같았다. 그래서 당시 새로 나온 서원우의 『행정법(상)』과 유종해의 『행정학』을 추가로 샀다. 당시는 고시 출제 위원을 서울 소재 법대 교수들이 돌아가면서 맡았기 때문에 명단을 보면 어느 교수가 출제 위원으로 들어갈지 대충 짐작할 수 있었다.

선택 과목은 처음에는 상법과 회계학으로 정했다. 상법은 사법시험 때 한 번 공부한 과목인 데다 법대생에게 유리할 것 같았다. 그러나 회계학은 단기간에 공부하기에 애로가 많아 곧 조사방법론으로 바꾸었다. 조사방법론은 시간이 적게 걸리고, 고득점하기는 어려워도 무난하게 득점하기는 괜찮다고들 했다.

4월 한 달은 행정고시 합격기를 읽으면서 어떻게 공부해야 할지를 연구했다. 이번에도 합격기가 멘토 역할을 했다. 공부를 놓았다가 본격적으로 시작하려니 발동이 잘 걸리지 않았다. 일단 공부를 시작하면 무한 정신 집중의 세계로 들어가야 한다. 짧은 시간 안에 필요한 공부를 마치기 위해 공부 외의 모든 것을 참고 살아야 한다. 그 고통을 잘 알기에 공부를 시작할 엄두가 나지 않았다.

행정고시 2차 시험을 망설인 또 다른 이유는 미련이었다. 대학 3학년 때 짝사랑했던 여학생이 다시 마음을 어지럽혔다. 나는 공부를 하는 동안 그녀가 다른 남자에게 가 버릴까 봐 안절부절못했다. 고시를 포기하고 그녀를 잡아야 할 것인가 아니면 고시 공부를 계속해야 할 것인가. 도무지 이성적 판단을 할 수 없었다. 결국 4월과 5월을 방황 속에 살았다.

나는 전자오락으로 스트레스를 풀었다. 요즈음은 온라인 게임이 대세이지만 내가 대학에 다닐 때는 동전을 사용하는 전자오락실이 동네마다 열풍이었다. 처음에는 스페이스 인베이더같이 단순한 게임을 하다가 좀 더 어려운 게임도 했다. 하루에 1~2번 게임을 하지 않으면 못 견디는 중독 증상이 나타났다. 공부에 열중하려고 하면 할수록 오락이 더 생각났다.

이러다가 아무것도 안 될 것 같아 5월 말부터는 공부에 집중하기로 결단을 내렸다. 벽에 붙어 있던 '극기상진'을 떼어 내고, 붓글씨로 '행시필중(行矢必中)'을 써 붙였다. 극기상진은 사법시험 때부터 외무고시 때까지 책상 앞에 걸어 두고 감정을 다스렸던 나의 좌우명이었다. 그러나 행정고시 2차 시험으로 뛰어들 무렵에는 약효가 다했다. 새로운 구호가 필요했다. '행시필중'이란 '행시(行試)는 이미 날아가는 화살(行矢)이니 반드시 맞히고야 말겠다'는 뜻으로 쓴 것이다. 일단 시작하기로 결심한 이상 행정고시에도 반드시 합격해야 했다. 비록 먹물로 쓴 글씨지만 내게는 피로 쓴 글씨와 같았다. 당분간 내 자신을 죽이겠다는 의미였기 때문이다.

신(神)과 만나다

나는 약한 존재였다. 이성적으로는 행정고시 공부에 온몸을 던져야 한다는 것을 알았지만 그렇게 하기가 힘들었다. 내 자신을 믿고 정신력으로 극복하기가 어려웠다. 나는 내 마음을 붙잡아 주고 이끌어 줄 수 있는 존재, 선하고 초자연적인 존재, 곧 신(神)을 절실하게 원했다. 마침 김용호, 민문기 같은 친구들이 서울대 법대 기독학생회에서 성경 공부를 같이 하자고 권했다.

나는 기독교에 대한 선입견 때문에 주저했다. 기독교에서는 신 앞에 인간의 모든 것을 맡긴다고 하지 않는가. 당시 내가 필요했던 것은 적당한 범위 내에서 도움을 받을 수 있는 존재였지, 내 자유로운 사고와 영혼까지 맡길 절대자는 아니었다. 성경 공부를 주저한 또 다른 이유는 집안 배경이었다. 아버지가 불교를 믿는데 내가 기독교를 믿으면 집안에서 이단자가 되지 않을까. 그러면 가족과의 관계는 어떻게 될까. 도움을 구하다가 더 많은 것을 잃을 수 있다는 생각이 들었다.

나는 몇 번이나 망설인 끝에 성경 공부를 시작했다. 신을 찾는 노력을 포기하면 죽을 때까지 인간의 한계에 대해 절망하게 될지도 모른다는 생각이 들었다. 기독교를 공부하다 보면 그 과정에서 내가 구하는 신을 찾을 가능성이 있지만, 노력 자체를 하지 않으면 기독교의 신이 내가 찾는 존재라 하더라도 영원히 발견할 수 없는 것 아닌가. 기독교 공부를 하다가 기독교의 신이 내가 원하는 존재가 아니라고 생각되면 언제든지 그만두면 되지 않을까.

지적 호기심 역시 성경 공부를 정당화시켜 주었다. 한국 사회에서 불교와 기독교는 종교의 양대 산맥이다. 통계를 보면 국민의 4분의 1 정도가 불교를, 또 다른 4분의 1 정도가 기독교(개신교와 천주교)를 믿고 있다. 불교나 기독교를 모르면 우리나라를 제대로 안다고 할 수 없다. 믿는 종교가 다르다고 서로 배척하거나, 피상적인 선입관을 상대방 종교의 실상인 양 인식한다면 종교의 차이로 인한 사회적 갈등도 극복할 수 없다.

당시 우리 집에는 이화여대에 다니던 누나들이 보던 신약성경이 굴러 다녔다. 나는 신약성경 맨 앞의 마태복음을 읽으려고 시도하다가 "누가 누구를 낳고……" 하는 부분에서 더 읽지 못하고 책을 덮은 적이 몇 번 있었다. 그때까지 나는 신약성경은 기독교용, 구약성경은 유대교용이라고 잘못 알고 있었다. 하지만 우연한 기회에 구약성경은 유대교와 기독교 공통이라는 것, 유대교와 기독교는 원래 같은 신을 믿었으나 유대교는 기독교와 달리 예수가 하나님의 아들이자 메시아임을 인정하지 않는다는 것을 알게 됐다.

이슬람교의 신과 유대교, 기독교의 신이 본래 같은 신이라는 것도 이 무렵 처음 알았다. 같은 신을 믿는데도 종교가 다른 것은 역사적으로 발전해 온 갈래와 줄기의 차이 때문이었다. 기독교, 유대교, 이슬람교를 믿는 인구를 모두 합치면 세계 인구의 절대 다수를 차지한다. 그렇게 많은 사람들이 믿는 신이 본래 동일한 존재라면 거기에는 무언가 있지 않겠느냐는 생각이 들었다. 집단 지성을 생각하면 믿고 잘못될 확률도 그만큼 적다는 생각도 들었다.

나는 구약과 신약이 함께 있는 한글 성경과 영어 성경을 사서 읽기 시작했다. 한글 성경의 문구가 이해되지 않으면 영어 성경에서 그 부분을 찾아서 비교해 보았다. 그때는 쉬운 우리말 성경이 나오기 전이어서 한글 성경에 어려운 한자어나 옛날 표현이 많았다. 기독학생회 성경 공부 모임에도 참석했다. 민문기를 따라 주일에 교회에 다니면서 예배를 보고 대학생부 모임에도 참석했다.

불경을 읽을 때 그랬듯이 성경 공부를 할 때도 마음의 문을 열었다. 말씀이 진리라고 가정하고 의심 없이 이해하기 위해 노력했다. 쓴 이의 입장에서 읽는 독서법은 고시 공부를 할 때나 다른 책을 읽을 때도 마찬가지였다.

성경 속의 하나님은 놀라웠다. 천지 만물과 인간을 만들고, 믿는 사람의 기도에 초자연적 능력으로 응답하는 존재였다. 예수는 귀신을 쫓아내고 병을 고치고 죽은 자를 살렸다. 이성으로는 납득하기 힘든 부분도 신기하게 마음 깊이 와 닿았다. 나를 위한 구절이 많았다. 성경 속으로 빨려 들어가는 것 같았다. 그동안 목말랐던 내 영혼에 단비가 내리는 듯했다. 점차 하나님이 바로 내가 찾던 그 신이 아닐까 하는 생각이 들기 시작했다. 서서히 믿음이 자랐다.

나는 고시 공부와 성경 공부를 병행했다. 행정고시 공부를 하는 틈틈이 성경과 기독교 교리 책을 읽었다. 칼뱅이 『기독교강요』란 책에서 자기 직업에 헌신하는 것이야말로 신의 뜻에 부합된다고 한 말이 마음에 와 닿았다. 직업에는 귀천이 없고 어느 직업이나 신의 뜻에 의해 생겨난 것이므로 각자 자기 직업을 천직으로 알고 열심히 일하는 것이 하나님을 믿는 사람이 할 일이라는 사상, 그것이 청교도의 직업관이요 윤리관이었다. 청교도가 자기 직업에 헌신적으로 임했던 것처럼 나도 고시 공부에 헌신하면 하나님에게 의미가 있지 않을까. 행정고시를 준비할 때 청교도 정신은 큰 힘이 되었다.

그렇다고 모든 의문이 일시에 해결된 것은 아니었다. 성경이 가르치는 것처럼 하나님을 믿는 것이 세상에서 가장 중요한 것이라면 고시 공부와 기독교인의 신앙생활이 양립할 수 있을까. 고시 공부는 많은 것을 희생하는 과정이다. 고시 공부를 한다고 신앙생활을 소홀히 하는 것이 옳을까. 고시가 하나님의 관점에서도 의미가 있을까. 성경에서 '헛되다' 고 말하는 세속적인 것에 고시가 포함되는 것은 아닐까. 하나님 앞에서 고시는 한없이 작아 보였다. 실제로 기독학생회에서 성경 공부를 하던 학생들 가운데는 이러한 이유로 고시를 포기하는 사람이 적지 않았다.

나를 갈등에서 벗어나게 한 것은 역시 t1t2 판단법이었다. 지금 하나님을 믿는 것이 절대적으로 중요하다고 해도, 교회를 정상적으로 다니는 것은 고시를 끝낸 다음에도 할 수 있다. 하지만 지금 행정고시를 포기하면 일생에 다시는 기회가 오지 않을 것이다. 하나님이 선한 존재라면 그 정도는 충분히 이해하고 참아 주시지 않을까. 또한 행정고시를 보는 것이 더 안전한 선택이기도 했다. 나중에 기독교가 내가 원하는 종교가 아니라고 밝혀진다 해도 후회할 일이 없을 테니 말이다.

하나님을 믿고 말씀을 전파하는 것이 중요하다지만, 그렇다고 하나님이 모든 사람이 목사가 되는 것을 원하신 것은 아닐 것이다. 하나님은 각자에게 잘할 수 있는 역할을 맡기셨다. 칼뱅 사상이 바로 그것이다. 하나님의 관점에서 행정고시가 당장 어떤 의미가 있을지는 모르지만, 내가 고시를 준비하게 된 상황 자체가 하나님이 주신 기회일지도 몰랐다. 대학 입학 당시에는 고시 자체를 포기하려는 마음도 먹었는데, 어느덧 재학 중에 3개의 고시에 합격이 가능해진 상황 또한 하나님이 나에게 예정한 것이 아닐까.

신앙에 확신을 가지자 마음이 정리되면서 행정고시 공부에 전념할 수 있었다. 나는 기도했다. "하나님, 진정으로 믿겠습니다. 예수를 주님으로 받아들입니다. 지금은 시간이 부족해서 열심히 믿는 모습을 보여드릴 수 없어 죄송합니다. 합격하도록 도와주십시오. 시험이 끝나면 헌신하겠습니다."

행정고시 2차 시험 공부 전략

하나님을 믿으며 행정고시 2차 시험에 박차를 가하기로 결심하는 데 두 달이 지나갔다. 시간이 촉박했다. 지난해에 행정고시 1차 시험에 합격해 두지 않았다면 2차 시험을 포기하는 게 자연스러운 상황이었다. 대학을 졸업하면 사법 연수원에 들어가야 해서 더는 행정고시를 준비할 수 없었다. 1979년 11월의 행정고시 2차 시험이 일생에 처음이자 마지막 기회였다.

배수진을 치는 심정으로 필승 작전을 짜 나갔다. 법 과목은 사법시험 때 공부한 적이 있으므로 뒤로 미루고 처음 대하는 행정학, 경제학, 조사방법론을 먼저 공부하기로 했다. 조사방법론 책은 이만갑이 쓴 것과 고영복이 쓴 것을 샀다. 고영복의 책은 독특한 체제여서 망설여졌지만 기출문제를 보니 그 책에서만 다루는 분야가 몇 개 있었다. 또 그 교수가 제23회 행정고시 2차 시험의 출제 위원이 될 확률도 높아 보였다. 수험생이 가장 많이 보던 이만갑을 기본서로, 고영복의 책에 있는 내용을 합치는 단권화 작업을 했다.

행정학은 경영학에서 갈라져 나온 학문으로, 행정법과는 전혀 달랐다. 법을 공부한 사람에게는 체계가 없는 학문처럼 보일 만큼 각론이 다양해 논리적으로 정리하기가 힘들었다. 출제 위원 명단을 분석해 보니 1978년 출제 위원이었던 박동서 교수가 2년 연속 출제 위원이 될 것 같지는 않았다. 1979년에는 유훈 교수와 유종해 교수가 출제 위원이 될 확률이 높았다. 그래서 박동서가 쓴 책을 기본서로, 유훈이 쓴 책과 유종해가 쓴 책의 내용을 보충하는 단권화 작업을 했다. 나중에는 나름대로 감이 잡혀 중요한 예상 문제를 10개 정도 따로 노트에 정리했다. 고시 공부를 하면서 예상 문제까지 정리한 것은 행정학이 유일하다. 책에 줄을 그어 가며 공부한 과목도 행정학뿐이다. 행정학 교과서는 수필처럼 산만한 감이 있어서 요점을 파악하면서 읽을 필요가 있었기 때문이다. 책에 줄을 그을 땐 신중을 기했다. 처음부터 줄을 그으면 나중에 지우기 어렵다. 책을 3번 읽을 때까지는 줄을 긋지 않았고, 줄을 그을 때는 책 뒷장까지 번지는 잉크 대신 지우개로 지울 수 있는 샤프펜슬을 썼다.

행정고시에서 다루는 경제학은 범위가 굉장히 넓었다. 수험생이 가장 많이 본다는 이학용의 『미시 경제학』과 윤석범의 『거시 경제학』을 기본서로, 김덕중의 『거시 경제학』과 이승윤의 『화폐 금융론』의 중요한 내용을 합쳤다. 경제학은 단권화가 불가능해서 『미시 경제학』과 『거시 경제학』으로 쌍권화 작업을 했다. 국제 경제 부분은 시험에서 비중이 작았지만 공부를 안 할 수는 없었다. 정도영의 『국제 경제학』으로 공부하고, 나중에 조순의 『경제학 원론』과 김윤환의 『한국 경제학』을 『미시 경제학』과 『거시 경제학』 두 기본서에 합쳤다. 몇 차례 읽고 났더니

윤석범의『거시 경제학』은 참신한 면은 있으나 수식이 부족하다는 생각
이 들었다. 그래서 다시 김덕중의『거시 경제학』을 기본서로 정리 작업
을 했다.

경제학은 수학을 모르면 제대로 이해할 수 없는 부분이 많다. 고등학
교 때 수학 공부를 열심히 한 것이 도움이 됐다. 경제학 시험 답안에 수
식을 잘 사용하면 깔끔하면서도 아는 것을 과시할 수 있어서 높은 점수
를 받을 수 있다. 문과로 가면 수학이 필요 없다고 생각했던 고등학교
시절의 생각이 얼마나 잘못된 것이었는지 다시 한 번 깨달았다.

법 과목인 행정법은 김도창이 쓴 책에 서원우가 쓴 책의 내용을 합쳤
다. 김도창의 책에서는 전혀 다루지 않고 서원우의 책에서만 다루는 부
분이 있었는데, 그 부분에서 출제되면 고득점 할 수 있다는 생각에 열심
히 봤다. 분량이 너무 많은 부분의 경우, 옮겨 적기가 힘들어 목차에만
따로 표시했다.

헌법은 문홍주가 쓴 책과 박일경이 쓴 주관식 문제집을 참고서로 읽
으면서 신선함을 가미하려고 노력했다. 헌법 개정에 중요한 역할을 한
저자들의 책도 무시할 수 없었다. 행정고시 시험장에서는 법전을 나눠
주지 않으므로 헌법 조문도 외워야 했다.

상법은 사법시험 때 봤던 서돈각의 책을 읽고 시험 직전에 이르러 정
리가 잘된 주관식 문제집을 보기로 했다. 교수들이 쓴『상법예해』도 2
번 읽었다. 상법은 외워야 할 조문 수가 너무 많아 고전했다. 토씨 하나
틀리지 않는 수준으로 외울 필요는 없어도, 몇 조 몇 항이 무슨 내용이
라는 정도는 답안에 인용하는 것이 좋을 것 같았다.

몸과 마음을 다해서

전 과목 단권화 작업이 끝나자 행정법, 행정학, 미시 경제학, 거시 경제학, 국제 경제학, 상법, 조사방법론의 순서로 책을 반복해 읽었다. 기본서를 서너 차례 읽고 난 뒤에는 참고서를 간단히 훑어 머리가 경직되지 않도록 했다. 법 과목은 저자가 달라도 책 내용에 큰 차이가 없지만 경제학, 행정학, 조사방법론 등은 저자마다 개성이 강했다. 어느 하나만 암기해서 답안을 썼다가는 공부를 폭넓게 하지 않은 표시가 나기 십상이었다. 다른 교과서를 대충이라도 파악하는 것이 중요했다. 채점 위원들이 가장 싫어하는 것 중 하나가 수험생이 교재를 하나만 읽고 그것이 전부인 양 답안을 쓰는 것이다.

단권화 작업을 마친 직후에는 사흘에 1권 정도씩 읽다가, 시험 직전에는 하루 1권까지 어렵지 않게 읽을 수 있었다. 시험에 즈음해서는 각 과목별 기본서를 10번 이상 읽었다. 행정고시 2차 시험에 합격할 수 있을 것이라는 자신감이 생겼다.

고시 공부는 분량이 많기 때문에 짧은 기간에 끝내기 위해서는 벼락치기를 할 때와 같은 집중 상태를 유지해야 했다. 그 정도의 집중 상태를 일상화하면 체력 소모가 아주 크다. 잠잘 시간이 지나도 긴장 때문에 잠이 오지 않았다. 피곤해서 더는 앉아 있을 수 없는 상태가 되면 방바닥에 엎드려서 공부를 계속했다. 엎드려 있을 힘마저 떨어지면 누워서 공부했다. 잠들 때쯤 되면 체력이 완전히 소모됐다. 나는 누운 채로 전등을 끌 수 있도록 전등에 끈을 길게 달았다. 매일 전등 끈을 당길 힘만

남을 때까지 공부했다. 시험 날짜가 다가오면서 체력은 점차 바닥을 드러냈다. 나중에는 2시간 공부하면 쉬어야 했다. 책상에 계속 앉아 공부할 힘이 없어 자세가 흐트러지기 일쑤였다. 학교에서 수업까지 들으면 정말 피곤했지만 공부를 멈추지 않았다.

1979년 10월 26일, 우리나라 역사에 한 획을 긋는 돌발 사건이 터졌다. 박정희 대통령이 궁정동에서 살해된 것이다. 언론은 사건 경위를 자세히 보도하지 않았다. 라디오에서는 무거운 음악만 계속 틀어 댔다. 대학 4년 내내 민주화 세력이 타도를 외치던 대상과 그의 독재 체제가 물거품 사라지듯이 하루아침에 무너졌다.

10·26 사태로 휴교령이 내려졌다. 그리고 고시 주관 부처인 총무처가 국장(國葬) 준비 관계로 시험을 연기한다는 소문이 돌기 시작했다. 공부가 잘되지 않았다. 시험이 임박할수록 정신적 중압감이 심해져서 공부하기 싫은 순간이 많았다. '앞으로 나라가 어떻게 될 것인가' 걱정하며 보내는 시간이 하루에 3~4시간씩 됐다. 결과야 어떻든 빨리 시험이 끝나 주었으면 하는 심정이었다.

제23회 행정고시가 예정대로 실시된다는 소식이 나오자, 마음이 급해졌다. 남은 시간이 얼마 없었다. 밥 먹을 시간마저 아까워서, 어머니에게 큰 사발에 비빔밥을 만들어 숟가락을 꽂아 달라고 부탁했다. 젓가락질을 하면 책을 볼 수 없기 때문이었다. 어머니는 여러 가지 반찬을 칼로 잘게 썰어 넣어 여러 번 씹지 않아도 소화가 잘되는 특제 비빔밥을 만들어 줬다. 고기는 가루로 만들고 야채도 잘게 썰어 넣어 따로 반찬 그릇이 필요 없었다. 공부하는 책상에 책과 비빔밥을 나란히 놓고 공부하면서 비빔밥을 먹었다. 비빔밥을 씹으면서 책을 보았기 때문에 먹는 시간이 따로 들지 않았다. 소화가 잘되도록 시간을 들여 오래 씹어 삼켰다. 위에 부담을 주지 않기 위해, 질긴 섬유질이나 고기 힘줄은 씹을 만큼 씹고 뱉었다. 밥맛이 없을 때는 먹기 쉬운 우유와 빵으로 허기를 달랬다. 눈을 뜨고 있는 시간은 단 1초도 허비하지 않고 죽어라 공부했다.

행정고시 2차 시험 수석 합격

1979년 11월 6일부터 8일까지 행정고시 2차 시험을 치렀다. 첫날 헌법 시험에서는 손이 풀리지 않아 글씨가 제대로 써지지 않았다. 공부할 때 책만 붙잡고 있었던 탓에 손이 굳었던 것이다. 사법시험과 외무고시 때는 책을 읽을 때 중요한 정의나 용어를 글씨로 써 보면서 글씨 연습을 했는데, 행정고시를 준비할 때는 막바지에 시간이 부족해 글씨 연습을 하지 못했다. 결국 헌법 시험에서는 답안을 6쪽밖에 쓰지 못했다. 내용도 평범했다. 두 문제 모두 10 · 26 사태와 관련된 시사성 있는 것이었다. 첫 번째 문제인 "헌법 개정"에서는 반대 학설까지 상세히 설명했고, 두 번째 문제인 "국회 해산"에서는 대통령과 국회와의 관계를 강조했다. 답안 분량은 적었지만 70.66점으로 높은 점수가 나왔다.

다른 과목들은 배점이 큰 문제 1개와 작은 문제 2개가 나왔다. 답안 작성은 배점이 큰 문제는 4쪽, 배점이 작은 문제는 2쪽을 쓰는 것을 원칙으로 했다. 사법시험 때는 배점이 큰 문제에 5쪽, 작은 문제에 2쪽 반을 썼지만, 글 쓰는 속도가 느려진 것을 감안해야 했다.

행정학 시험에서 배점이 큰 문제는 "공무원의 사기를 정의하고 그 앙양 방안을 제시하라."였고, 배점이 작은 문제는 첫 번째가 "관료제의 역기능", 두 번째가 "기획과 예산의 관계"였다. 답안 작성은 박동서의 책을 기본으로 썼으나 배점이 작은 문제 중 "관료제와 민주제"는 유훈, 유종해의 책에서 별도의 장(章)으로 다루었던 관료제와 민주주의에 대한 내용을 썼다. 민주제와 민주주의가 개념상 차이가 나는 것이 마음에 걸렸지만 66.66점으로 괜찮은 점수를 받았다.

행정법 시험에서 배점이 큰 문제는 "행정법상 의무의 강제 수단에 대하여 설명하고 간단히 논평하라."였고, 배점이 작은 문제는 첫 번째가 "훈령", 두 번째가 "경찰 허가의 효과"였다. 배점이 큰 문제는 김도창의 책에서 다루고 있는 행정상 강제 집행을 기본으로 쓰고, 다른 수험생과의 차별을 위해서 서원우의 책 내용을 기본으로 논평 부분을 많이 썼다. 행정법 시험에서는 73.66점을 받았다. 놀랄 만한 고득점이었다.

경제학은 여러 책을 골고루 공부했으므로 답안을 잘 쓸 수 있었다. 배점이 큰 문제인 "경쟁 시장에 있어서 최적 자원 배분 건과 시장 실패에 따른 보완적 정책을 설명하라."나 배점이 작은 문제인 "외부 경제", "콥더글러스 생산 함수와 CES 생산 함수의 특징" 모두 고득점을 위해 그래프와 수식을 많이 써야겠다고 판단했다. 쓸 것이 많았기 때문에 지면을 확보하기 위해 그래프는 조그맣게 그렸다. 경제학 시험에서는 69점을 받았다. 여러 교과서의 내용을 충분히 다루고 수식으로 정리한 것이 고득점의 비결이었다.

상법은 평범하게 출제됐다. 배점이 큰 문제인 "주식회사의 기관에 관하여 논하라."는 단순히 설명을 요구하는 문제와는 다르다고 느꼈다. 책에 있는 내용을 평범하게 요약하는 것만으로는 부족하다는 판단이 들어 각 기관 간의 관계, 특히 주주 총회와 이사회의 관계를 논하고 결론에서 입법론적으로 이사회 중심으로 변해야 한다고 마무리했다. 배점이 작은 문제는 "전환 사채"와 "어음 배서의 담보적 효력"에 대한 것이었는데, 평범한 문제인데도 내용이 잘 생각나지 않았다. 그래도 일일이 관계되는 근거 조문을 기억해 내 인용했다. 상법 점수는 68.33점이었다.

조사방법론도 예상과 달리 평범한 문제가 나왔다. 비전공 학생에게는 안도감마저 주는 문제였다. 배점이 큰 문제인 "실험적 연구의 논리와 절차를 설명하라."라든지 배점이 작은 문제인 "측정(測定)의 의의", "면접 오차" 모두 교과서를 중심으로 무난하게 쓰려고 노력했다. 65점으로 기대에 비해 좋은 점수는 아니었지만, 다른 수험생에 비하면 높은 점수였다.

행정고시가 모두 끝나는 순간, 문자 그대로 해방의 기쁨을 맛볼 수 있었다. 마지막 시험이 끝나는 벨 소리를 들으면서 속으로 만세를 불렀다. '지긋지긋한 고시도 이제 끝이구나! 더는 시간에 쫓기지 않고, 하고 싶은 것을 하고 살아야지.' 흑백이던 세상이 총천연색으로 보였다. 모든 것이 아름답게 느껴졌다. 몸은 피곤했지만 그간 겪었던 고통, 괴로웠던 모든 일들이 순식간에 머릿속에서 증발해 버린 것 같았다.

행정고시에서는 답안 분량을 줄이는 대신, 군더더기 없이 깔끔하게 내용을 정리한 덕분에 전반적으로 점수가 좋았다. 평균 68.88점으로 합격자 298명 중에서 수석이었다. 중학교 졸업 이후, 공식적으로는 처음 수석을 해 보는 것이어서 감개무량했다. 하나님에게 감사드렸다. 1등은 실력만으로 되지 않는다. 수석 합격은 기적 같은 일이었고, 내게 신앙에 대한 확신을 심어 주었다.

요즘은 행정고시 3차 시험을 토론식으로 치르지만 그때는 형식적인 통과 의례였다. 광화문에 있던 중앙청에서 합격증 수여식을 했다. 합격증 수여식에 갔을 때 엉덩이에 종기가 나서 잘 걷지 못했는데, "고승덕은 신체장애자여서 공부밖에 할 게 없으므로 수석을 할 수 있었던 것"이라는 얼토당토않은 소문이 퍼졌다. 나에 관한 헛소문 제1호였다.

고시 그랜드 슬램을 달성하다

고시는 생각보다 힘들다

고시는 결코 만만한 일이 아니다. 옛날보다 합격자 수가 많아졌지만 여전히 합격하는 데 커다란 대가가 따른다. 쉽게 합격한 것처럼 말하는 합격자도 기본적으로 치러야 할 희생이 있다. 나는 3년을 투자해 3대 고시에 합격했지만, 짧은 시간에 처절할 만큼 집중적으로 공부했던 만큼 스트레스도 컸다.

고시에 도전하는 사람은 누구나 비인간적인 생활을 각오해야 한다. 실제 과정은 각오한 것보다 훨씬 힘들고 괴롭다. 내가 3대 고시에 합격하자 한 수 배우려는 사람들이 여기저기서 찾아왔다. 대개는 고시 초년병이나, 고시를 할까 고민하는 사람들이었다. 그들 중 절반 이상은 한 달 안에 고시를 포기했다. 공부 방법을 들을 때는 쉬운 것 같아도 막상 실천해 보면 생각과는 전혀 다르기 때문이다.

멀리서 보는 산은 아름답지만, 산을 오르는 과정은 아름답지만은 않다. 고시 합격기 중에는 힘들었던 준비 과정을 생략한 채, 여유와 낭만을 즐기면서 합격했다는 식으로 쓰인 것도 있다. 단언컨대 그런 합격기는 자기 기억을 편집한 것이다. 고시가 끝난 후에는 아름다운 추억으로 포장할 수 있을지 몰라도, 고시 공부는 엄청나게 고통스럽고 힘든 과정이다.

그래도 고시를 하기로 마음먹었다면 빨리 끝내는 것이 최선이다. 우리 때는 대학에 들어가서 고시를 할 것인가 말 것인가 고민하면서 2년 가까이 허비하는 학생이 많았다. 그러면 대학 졸업 때까지 남는 기간은 불과 2년밖에 없다. 3학년 초에 고시 공부를 시작한 사람은 1차 시험도 합격하지 못하고 대학을 졸업하게 될 수도 있다. 4학년 때 1차 시험에 붙는다고 해도 같은 해에 2차 시험까지 합격하기는 어렵다. 즉 대학 3학년 때 고시 공부를 시작해서는 졸업 전에 합격이 어렵다는 것이다. 대학 재학 중에 고시에 합격하려면 늦어도 2학년 초에는 본격적으로 공부를 시작해야 한다. 나중에 대학 졸업과 군대 문제 등으로 겪을 고통에 비하면 고시 공부를 일찍 시작하는 데서 오는 문제들은 사소한 것이다.

사실 대학 입학 초부터 고시 공부를 시작해도 합격하기에 넉넉한 시간은 아니다. 나는 1차 사법시험을 불과 석 달 공부해서 운 좋게 합격했지만, 1차 시험에만 몇 번씩 떨어지는 수험생도 많다. 특히 영어가 약하면 1차 사법시험에 통과하기가 쉽지 않다. 2차 사법시험은 주관식 시험이어서 채점 위원들이 일일이 답안을 읽고 채점하는 데 시간이 많이 걸린다. 그래서 1차 사법시험의 합격자 수를 늘리는 데는 한계가 있다. 그 때문에 사법시험 응시자 수가 늘수록 1차 시험은 경쟁이 심화되고 2차 시험은 상대적으로 쉬워지는 현상이 나타난다. 1차 시험이 더 어렵다는 말까지 있다.

집중력으로 승부한다

언제 시작하든 고시는 빨리 끝내겠다는 각오가 가장 중요하다. 고시는 공부할 분량이 많기 때문에 아무리 계획을 세워 꼼꼼하게 준비해도 완벽하게 공부하기란 불가능하다. 2차 시험에서 치르게 되는 주관식 문제에 대비하려면 책 내용을 머릿속에 완벽하게 담아 두어 시험장에서 자유자재로 꺼내 쓸 수 있어야 하는데, 인간의 기억에는 한계가 있다. 인간은 '망각의 동물'이기 때문이다. 아무리 머리가 좋아도 몇 달 전에 읽은 책의 내용을 생생하게 기억할 수는 없다. 방법은 하나뿐이다. 콩나물을 기르듯이 반복하는 것이다.

거듭 강조하지만 시험장에서 책 내용을 생생하게 기억하기 위해서는 시험을 치기 직전까지 책을 반복해서 읽는 것이 최선이다. 책을 읽는 데 걸리는 시간을 줄여야 시험 치기 전에 많은 책을 여러 번 읽을 수 있다. 시험에 임박해서는 최소한 하루에 책 1권을 읽을 수 있어야 합격을 바라볼 수 있다.

책 읽는 속도를 높이려면 긴장의 강도를 높여 책에 정신을 집중해야 한다. 시계를 옆에 놓고 읽는 속도를 주기적으로 확인하는 버릇을 들여야 한다. 책 읽는 속도가 느려진다는 것은 정신이 딴 데 가 있거나 긴장을 늦추었다는 뜻이다. 책을 읽을 때는 단 1초도 허비하지 않겠다고 각오를 해야 한다. 공부를 할 때는 조금이라도 잡념에 빠지거나 쓸데없는 생각을 해서는 안 된다. 책을 읽다가 무심코 멈추는 것도 나쁜 버릇이다.

고시 공부에 적합한 속독 방법은 한 글자 한 글자 다 읽되, 책 읽는 속도를 가능한 한 빠르게, 지속적으로 유지하는 것이다. 속독 학원에서 가르치는 것처럼 책을 대각선으로 읽거나 대충 읽는 방식은 금물이다. 어느 정도의 긴장과 집중이 필요하냐고 물으면 나는 다음과 같이 답할 것이다. "당신은 절벽에서 밧줄을 붙들고 있다. 그 밧줄이 끊어지면 죽는다고 생각하라. 죽을힘을 다해서 밧줄을 잡을 때의 긴장과 집중력으로 책을 읽어야 한다."

고시는 자신과의 싸움

나는 과외가 성행하던 시절에 학교를 다녔다. 고등학교, 대학교 입시가 어렵게 출제되면서 과외 열풍이 불던 때였다. 하지만 나는 집안 형편상 과외를 별로 받지 못했다. 덕분에 대학에 들어갈 때까지 혼자 공부하는 훈련을 쌓을 수 있었고, 고시 공부하는 데도 별 어려움을 겪지 않았다. 반면에 고등학교 때까지 과외를 받으며 공부한 학생들은 고시 공부를 하면서 큰 고통을 겪는다. 남에게 의존해서 공부하는 버릇을 버리기 어렵기 때문이다.

돌이켜 보면 고시 공부에서 가장 힘든 것은 '나 자신과의 싸움'이었다. 자기 자신과의 싸움에서 이기면 고시에 합격할 수 있다. 이 싸움에서 나를 도와준 것이 종교였다. 대학 시절, 정신없이 고시 공부를 하는 와중에도 종교에 대한 이해를 높일 수 있었던 것은 참으로 다행스러운 일이었다. 절망 속에서 지푸라기라도 붙잡는 기분으로 시작한 구도의 과정은 고시 공부를 하는 내내 큰 도움이 됐다. 마음을 집중할 수 있는 대상이 없으면 엉뚱한 데 집착이 커진다. 잡기에 대한 탐닉, 하고 싶은 것을 하지 못하는 데서 나타나는 금단 현상을 치료할 수 있는 가장 경제적이고 효과적인 해결책이 바로 종교이다. 고시를 시작하는 수험생이라면 종교적 믿음을 가지라고 권하고 싶다.

하나의 산을 넘고 나면 안주하고 싶은 마음이 생겨, 새로운 산을 넘기가 어렵다. 새로운 산이 처음에 넘은 산보다 낮아도 그렇다. 나는 공부를 천성적으로 좋아하는 사람이 아니다. 시간에 쫓기듯 공부하는 것을 누가 좋아하겠는가. 내가 고시 공부를 하는 동안 입버릇처럼 했던 말이 "너무나 하기 싫은 공부라서 빨리 끝내야 한다."는 것이었다. 외무고시, 행정고시를 준비할 때는 합격에 자신이 있었음에도, 더 공부하기 싫었다. 아마 부모가 나에게 공부하라고 시켰다면 반발심에서 엉뚱한 방향으로 나갔을지도 모른다.

고시 준비를 하는 동안은 고시라는 산이 한없이 높아 보인다. 하지만 일단 그 위에 올라서서 내려다보면 별것이 아님을 알게 된다. 고시라는 인내의 과정이 지나자, 고시 준비 과정이 한 편의 연극처럼 느껴졌다. 고시에 합격했다고 해서 나라는 존재가 달라지는 것도 아니었다. 달라지는 것은 나에 대한 다른 사람들의 평가일 뿐이다. 남이 나를 어떻게 생각하느냐에 신경 쓰며 그것에 맞추어 살아가면 연극을 하는 것이나 다름없다. 행정고시 합격과 함께 나는 내 본연의 모습을 찾기로 결심했다. 그래서 고시 합격은 내게 '새로운 시작'을 의미했다.

서울대 법대를 수석 졸업하다

대학을 졸업하며

1979년 가을 학기에는 기말고사 준비 외에는 공부를 하지 않았다. 우리 때부터 학사 규정이 갑자기 바뀌어 대학을 졸업하려면 졸업 논문을 써야 했다. 학생들에게 데모할 시간을 주지 않으려는 군사 정권의 정책 중하나였다. 법대에서는 논문 대신 졸업 시험을 치렀다. 졸업 시험도 성적과는 관계없는 통과 의례였다. 종이 낭비라는 생각마저 들었다.

1980년 2월 서울대 법대를 졸업했다. 수석이었다. 예상된 일이었다. 외무고시와 행정고시를 준비하면서도 이를 악물고 매일 학교에 나간결과였다. 대다수 학생들은 사법시험을 준비하느라고 학교 공부에 신경 쓸 여력이 없었다. 나는 사법시험을 준비하면서 미리 공부한 과목이많았기 때문에 좋은 학점을 받을 수 있었다. 법대 시험과 사법시험은 내용과 형식 면에서 별 차이가 없다. 법대생이 2학년 초부터 사법시험 준비를 하면 학교 성적도 좋아질 수밖에 없다. 요즘은 사법시험 준비도 중요하지만 학교 성적도 소홀히 해서는 안 된다. 법대생이나 로스쿨 졸업생도 유학을 많이 가는데, 학점이 좋아야 명문대에서 유학할 수 있기 때문이다.

내가 법대를 다닌 시절은 법대 교육이 정상화되기 시작한 초기였다. 서울대 법대에도 공부는 학생 혼자 하는 것이라며 강의 시간에 인생에 관한 기본적인 문제를 다루어야 한다고 주장하는 교수, 자신은 평생 서론 이상의 강의를 해 본 적이 없다며 첫 시간 이후 강의실에 모습을 보이지 않는 교수들이 더러 있었다. 시험도 엉터리가 많았다. 한 번은 버스가 늦게 와서 기말시험 시간에 10분이나 늦었다. 오픈 북 시험이었는데, 강의 시간에 교수가 나타난 적이 없는 과목이어서 무슨 문제가 출제될지 예상할 수가 없었다. 그런데 문제를 보니 내가 마침 갖고 있던 주관식 문제집에 있는 문제 그대로였다. 시간이 없어 문제집 답안을 그대로 요약해서 허겁지겁 써 냈는데 A+가 나왔다.

요즘 대학은 옛날과 다르다. 하루라도 교수가 수업을 거르면 학생들이 항의하며 보충 수업을 요구한다. 대부분의 대학은 학생들이 학기 말에 교수를 평가하는 제도를 두고 있다. 평가 점수가 나쁜 교수는 불이익을 받는다. 강사의 경우 다시 강의를 맡지 못할 수도 있다. 교수가 꾀를 부릴 수 없다.

당시 서울대 단과 대학 수석 졸업자들은 청와대에 초대되었다. 하지만 내가 졸업한 해는 10·26 사태로 그런 행사가 없었다. 대학 졸업 후,

나는 법대 대학원 시험을 치렀다. 영어와 불어 등 어학에서 좋은 점수를 받아서인지 수석 입학했다.

서울대 법대를 수석으로 졸업했음에도 나는 대학 시절 장학금을 한 푼도 받지 못했다. 어느 장학 재단에서 나를 장학생으로 내정했으나 아버지의 직업이 의사여서 장학금을 받을 수 없었던 것이다. 기업 대주주의 아들이 아버지의 직업을 회사원이라고 써서 장학금을 받는 것을 보면서도 나는 차마 아버지 직업을 속일 수가 없었다. 결국 실제 가정 형편과 성적에 상관없이 나는 4년간 한 번도 장학금을 받지 못했다.

고시 3관왕으로 알려지다

제23회 행정고시 최종 합격자가 발표된 1980년 봄, 내가 3대 고시에 합격한 사실이 세상에 알려지게 됐다. 총무처 관계자들이 제보한 것 같다. 그때는 세상이 시끄럽게 돌아가던 때라서 언론에서 크게 보도할 만한 상황이 아니었다. 12·12에서 5·17까지 전두환 군부가 새로운 권력으로 등장하면서 정국은 그야말로 살얼음판을 걸었다. 나에 대한 기사는 일간지에 단신으로 보도되었다. MBC를 비롯해 몇 개 주간지에서 인터뷰를 하기도 했다. 당시 공화당 총재였던 김종필 씨는 "고시 3관은 백성을 위한 것"이라는 뜻의 "삼관위민(三冠爲民)"이라는 휘호를 써서 보내 주었다.

내가 3대 고시에 합격한 것이 우리나라에서 몇 번째인가 하는 논란도 일었다. 고시 제도가 바뀌기 전 사법과, 행정과, 재무과 등 이른바 고시 3과에 합격한 J 장관과 S 변호사는 1차 시험과 2차 시험 과목 중 겹치는 과목을 면제받았다. 고시 제도가 바뀐 후 1차 시험과 2차 시험을 모두 치고 사법시험, 행정고시, 외무고시에 합격한 것은 내가 처음이었다. 대학 재학 중 고시 그랜드 슬램 기록도 아직까지 내가 유일하다.

세례를 받다

행정고시가 끝난 후 많은 시간을 기독교 공부에 쏟았다. 성경 외에 다른 기독교 서적도 많이 읽었다. 처음에는 기독교 교리가 궁금했지만 점차 영의 세계를 알게 되었다. 기독교가 불교나 유교와 다른 점은 바로 영의 세계에 있다. 영의 세계는 영으로 깨닫지 않으면 알 수 없다. 눈이 있어도 보이지 않고 귀가 있어도 들리지 않는다. 다른 종교는 이성으로 믿지만 기독교는 이성으로 논쟁하면 답이 나오지 않는다.

성경 공부를 하면서 내가 가졌던 큰 오해가 풀렸다. 기독교에서 유일신이라는 말은 신이 하나님밖에 없다는 뜻이 아니었다. 기독교는 귀신이 수없이 많다는 것을 인정한다. 예수가 가장 많이 했던 일 중 하나가 귀신을 쫓아낸 일이었다. 어떤 때는 귀신이 병든 사람에게서 떼로 나가기도 했다.

유일신이란 하나님만을 믿는다는 뜻이다. 왜 하필 하나님만을 믿어야 하는가. 가장 높고 전지전능한 신이기 때문이다. 그 신을 기독교에서는 하나님이라고 부른다. 다른 신도 가장 능력이 높은 신에게 복종하기 때문에 최고의 신만 믿으면 된다.

그럼 하나님과 귀신의 관계는 무엇인가. 하나님 밑에는 무수히 많은 천사가 있다. 천사는 몸이 없는 영적 존재이다. 성경은 천지창조 이전에 하늘에서 전쟁이 있었다고 말한다. 루시퍼라는 천사장이 교만해져서 천사 3분의 1을 이끌고 반란을 일으켰다가 패하여 땅으로 도망쳤다. 루시퍼가 바로 사탄이고 그를 따르는 타락한 천사들이 귀신이다. 사탄은 인간을 유혹하여 죄를 짓게 하며 이 땅에서 세력을 부리고 있다.

예수는 인간을 죄와 사망에서 구하기 위해 이 땅에 와서 죄 없는 생명을 내어 주고 인간의 죗값을 대신 치렀다. 예수는 부활 승천하면서 믿는 사람에게 하나님의 영, 즉 성령을 보내 주겠다고 약속했다. 누구나 성령을 받고 예수 이름으로 기도하면 성령이 역사하여 예수가 했던 것처럼 귀신을 쫓아내고, 병을 고치며, 믿고 구하는 대로 이루어지는 놀라운 권세를 주었다. 나는 예수를 믿으면 영생을 얻는다는 것을 믿었다.

나는 장로교회에 다니다가 나중에 여의도 순복음교회로 옮겼다. 하나님은 역사 속에만 계시는 분이 아니었다. 하나님은 어제와 동일하게 오늘도 살아서 역사하시었다. 초능력을 갖고 나를 도와주는 신, 바로 내가 찾던 존재였다. 1980년 3월, 나는 세례를 받았다.

대학원에 진학하다

1980년 봄, 나는 헌법을 전공해 교수가 되겠다는 뜻을 품고 서울대학교 대학원에 입학했다. 법조 실무에 도움이 되지 않는 헌법을 전공하겠다고 생각한 것은 판사나 변호사를 할 생각이 없었기 때문이다. 독재 체제가 무너져 헌법 개정 논의가 활발하게 이루어지고 있던 시대 상황에도 영향을 받았다. 앞으로 진정한 의미의 법치주의가 우리나라에 뿌리를 내리면, 최상위 규범인 헌법이 모든 법질서를 지배하게 되리라고 생각했다.

지금 생각하면 내가 꿈꾸었던 '헌법이 지배하는 나라'는 추상적인 관념론이었다. 나는 실정법상의 최고 규범인 헌법에서 모든 법질서가 도출되어야 하고, 도출될 수 있다고 믿었다. 헌법은 법 중의 법이요, 법 위의 법이라고 생각했다. 지금도 헌법이 중요하다는 생각에는 변함이 없지만, 그때는 현실이 법에 영향을 준다는 것을 잘 헤아리지 못했다.

우리나라 법대생이 관념론에 치우치기 쉬운 것은 우리나라 법학 교육과도 관련이 있다. 법대에서는 법을 해석하는 일을 주로 가르치고 법에 대한 가치 판단과 입법론, 곧 어떤 법이 좋은 법이고 어떻게 좋은 법을 만드는지에 관해서는 제대로 다루지 않는다. 이런 식으로 교육을 받다 보면 법대를 졸업할 무렵에는 법조문이나 판례에서 모든 것이 파생된다는 관념론에 빠지기 쉽다.

나는 경제학에 나오는 "완전하지 않은 사회에서 무엇이 차선인가"라는 문제에 관한 이론(second-best theory)으로 법 우위의 관념론이 잘못되었음을 알게 됐다. 예컨대 다섯 가지의 이상적 조건이 충족되면 사회 복지나 효용을 극대화할 수 있으나 그 조건을 모두 성취하는 것이 현실적으로 불가능하다고 가정할 때, 그중 네 가지 조건만 충족되는 경우와 세 가지 조건만 충족되는 경우를 비교하면 반드시 전자가 후자보다 나은 결과를 가져오는 것은 아니라는 것이다. 주어진 현실이 불완전하다면 결국 법을 현실에 맞게 고쳐 나가는 과정이 중요하다. 법이 사람을 위해 존재하는 것이지, 사람이 법을 위해 존재하지는 않는다.

교수가 되려면 박사 학위가 필요했다. 당시에도 우리나라에서는 외국 학위를 더 인정하는 풍토였다. 나는 SK그룹 고 최종현 회장이 설립한 한국고등교육재단의 유학생 선발 시험에서 장학생으로 선발됐다. 유학가기 전에 재단에서 실시하는 1년간의 연수에 참가하는 조건으로, 학위를 취득할 때까지 등록금 전액과 생활비 상당액을 조건 없이 지원받을 수 있게 됐다. 당시 유학 장학금 중에서 가장 조건이 좋았다.

대학을 졸업하고 사법 연수원에 들어가기 전까지 6개월 동안은 편하게 지냈다. 교회에 다니고, 대학원 수업을 듣고, 재단 연수에 참가했다. 몸과 마음이 모두 편했다. 식욕이 돌아와 먹고 싶은 음식도 마음 놓고 먹을 수 있었다. 체력도 회복되었다.

현실 정치는 바쁘게 돌아갔다. 김영삼, 김대중, 김종필 등 이른바 삼김(三金)이 제각기 대권을 위한 세력 확장에 열중했고, 재야 세력도 수면 위로 부상해 움직이고 있었다. 정치인들은 자기네 세력이 대권을 잡을 것처럼 호언장담하면서 자신을 돕는 사람들에게 상당한 보상이 있을 거라는 기대감을 심어 주었다. 정치에 관심 있는 사람은 너나 할 것

없이 연줄을 쫓아 뛰어다녔다. 자기가 지지하는 사람이 대통령이 되면 한 자리 할 욕심에서였다. 몇 달 뛰어 한자리 하는 세상이라면 조용히 일하는 국민은 바보란 말인가.

일장춘몽이었다. 12 · 12사태로 등장한 신군부는 삼김의 바람을 한순간에 잠재웠다. 그리고 1980년 5월 17일, 광주에서 계엄령이 선포되었다. 계엄군과 시민군이 대치하는 가운데 광주에서 서울로 올라온 친구의 동생은 검문소에서 군인들이 손에서 화약이 검출되는지 검사했다고 했다. 웬만큼 몸을 씻어도 총을 쏠 때 나오는 화약 가루는 몸에 남는다는 것이었다. 계엄 사령관이 시민군에게 투항하라고 최후통첩을 하는 방송을 들으면서 나는 하나님에게 제발 무고한 시민들이 희생되지 않게 해 달라고 간절히 기도했다. 시대의 비극 속에 희생당한 젊은이들을 생각하면 가슴이 미어졌다. 살얼음판 같은 정국 속에 세상이 부질없다는 생각이 커져 갔다.

유학을 준비하다

대학 졸업 무렵부터 사법 연수원에 들어가기 전까지 이 땅 위에서 벌어진 일련의 일들로 인해 공직 생활에 대한 미련이 사라졌다. 신군부가 정권을 장악하자, 숙정(肅正)이라는 이름 아래 공무원, 언론인 등 직장에서 쫓겨나는 사람들이 속출했다. 법학에서 강조하던 법적 안정성과 예측 가능성이 보이지 않았다. 수십 년 봉사한 대가가 불명예 퇴직인 마당에, 안심하고 공직을 선택할 수가 없었다. 나는 현실에 휘둘리는 판검사 대신 상아탑 속의 교수가 되기로 마음먹었다. 그것은 일종의 현실도피였는지도 모른다.

장학 재단에서는 내가 대학 졸업 후 바로 유학 가기를 원했다. 사법 연수원을 다녀야 변호사 자격이 생기는 것도 인정하려 들지 않았다. 사법 연수원을 수료할 때까지 기다려 달라고 사정해서 시간을 벌었다. 그 후 유학 준비를 위해서 본격적으로 영어 공부를 했다. 당장 미국 학교에서 입학 허가를 받기 위해서는 토플 성적이 좋아야 했다. 영어 듣기가 문제였다. 고등학교 시절 레코드판으로 된 회화 교재를 들었지만 그것으로는 부족했다. 1980년도 봄부터는 미군 방송인 AFKN의 뉴스나 드라마를 하루에 1~2시간씩 보면서 영어 듣기를 연습했다. 영어는 많이 들을수록 좋기 때문에 조그만 라디오를 주머니에 넣고 다니면서 틈나는 대로 AFKN을 청취했다. 지금이라면 유튜브나 CNN, BBC 등을 통해서 언제 어디서나 무료로 듣고 싶은 콘텐츠를 찾을 수 있지만 그때는 기회가 많지 않았다.

1980년 4월부터는 연세대 외국어학당의 영어 회화 중급반에 등록했다. 한 반이 15명 정도 되었다. 담당 강사는 아일랜드 사람이라 미국식 발음은 아니었지만 성의 있게 가르쳤다. 그는 세계를 배낭여행 중이었는데, 자신이 여행한 나라의 이야기를 재미있게 들려주었다. 돈이 떨어지면 병원이나 연구소를 찾아가서 실험 단계에 있는 주사약을 맞는 것으로 돈을 벌었다든지, 길에서 잔 다음 날 아침에 일류 호텔 화장실에 가서 세수를 한다든지 하는 배낭여행 노하우가 무척 신기했다. 중급반인데도 강좌를 듣는 학생들의 영어 발음은 엉망이었다. 어떤 남자 수강생은 강사가 계속 지적하는데도 시종일관 흑인 말투로 "you know"를 섞어 가며 이야기했다. 영어를 잘 못하는 사람들끼리 모여 이야기를 하다 보니 한계가 있었다. 지금은 그런 영어 회화 강습에 비싼 돈을 내고 다닐 필요가 없다. 유튜브나 텔레비전 다시보기로 적당한 대담 프로를 찾아 반복해서 보면 말하기 실력을 향상시킬 수 있다.

영어 강좌를 듣는 중에 5·17 쿠데타가 일어났다. 대학은 강제로 휴교했고, 대학마다 실탄을 장전하고 착검한 군인들이 늘어서서 학생들의 출입을 통제했다. 외국어학당 수업은 계속 진행되었으므로 나는 장갑차가 서 있는 연세대 정문을 외국어학당 등록증을 보여 주면서 드나들었다. 영어 강좌를 마치고 나서는 미국인이 직접 가르치는 학원에 다녔다. 한 반에 6명 정도로, 미국 드라마를 보여 주면서 영어로 수업했다. 영어 회화 실력을 늘리는 데 도움은 됐지만 비싼 것이 흠이었다.

장학 재단에서도 연수 프로그램의 일부로 미국인을 초빙해 일주일에 2~3번 영어 수업을 했다. 외국어대 강사인 그는 한국인을 무시하는 발언을 종종 해서 학생들이 모두 무척 싫어했다. 부인이 일본인이라서 더 편견이 있는 것 같았다. 나중에 알고 보니 당시 미국에서 일본은 선진국으로 대우를 받았지만, 한국은 동남아 국가들과 비슷한 취급을 받고 있었다. 그래도 이런 노력들 덕분에 여름이 될 무렵에는 어느 정도 영어로 듣고 말할 수 있게 됐다.

직장 생활에 대한 꿈

대학 졸업 후 내가 가장 경험하고 싶었던 일 중 하나가 직장 생활이었다. 회사라는 것이 어떤 조직인지 알고 싶었다. 어느 날 신문에서 영어 잘하는 대학 졸업생을 구한다는 미국계 회사의 광고를 보고 이력서를 보냈다. 얼마 후 그 회사에서 정중하게 편지를 보내 왔다. 당신같이 우수한 사람은 우리 회사와 맞지 않으니 다른 곳을 알아보라는 것이었다. 결국 나는 직장 생활을 경험해 보지 못했다.

무슨 일이든 직접 체험하는 것이 이해하는 데 도움이 되는 것은 사실이지만, 거기에 투자하는 시간과 효과를 비교하면 시간에 쫓기는 현대인이 모든 것을 체험하려고 할 필요는 없는 것 같다. 지금은 우리나라에서도 직업 체험을 기술하거나 직무 노하우에 관한 책들이 많이 나오고 있으므로, 어느 분야든지 책을 통해 간접 지식을 얻을 수 있다. 책은 다른 사람에게 멘토 역할을 한다. 다른 사람들을 위해 자기 분야에 대한 체험이나 노하우를 책으로 써 내는 사람이 더 늘어나면 좋겠다.

물론 취업을 준비하는 대학생의 경우에는 몸을 사리지 말고 다양한 경험을 쌓을 필요가 있다. 그런 사람들이 채용 전형에서도 더 좋은 평가를 받는다. 그러나 고교생의 경우에는 교과 외 활동 시간이 한정되어 있으므로, 진로나 학과에 방향을 맞춘 체험이 중요하다.

사법 연수원에
입소하다

5

사법 연수원 전반기 교육

사법 연수원 12기 입소

나는 사법시험에 합격한 지 2년 뒤인 1982년 9월 1일, 사법 연수원 제 12기로 입소했다. 제22회 사법시험 합격자 150명과 함께였다. 민주화 운동으로 유명한 조영래 선배, 참여연대를 만들고 나중에 서울 시장이 된 박원순 선배, 노무현 전 대통령의 비서실장으로 대통령 후보였던 문 재인 의원이 모두 사법 연수원 동기이다.

그전에 나는 사법 연수원 입소를 사유로 행정 공무원 임용을 2년간 연기했다. 외무고시 임용 포기서는 이미 제출한 상태였으나, 행정부에 들어갈 가능성은 배제할 수 없었다. 사법시험은 자격시험이므로 한 번 합격하면 평생 효력이 있지만, 행정고시나 외무고시는 합격 후 5년 안 에 임용을 받지 않으면 효력이 상실된다.

사법 연수원을 수료한 후 유학을 떠날 무렵 다시 행정 공무원 임용 포기서를 내려고 했으나, 총무처 관계자들이 말렸다. 3년간 임용 연기를 해 놓을 테니 언제든지 마음이 변하면 오라는 것이었다. 하지만 당시만 해도 사법 연수원을 졸업하면 바로 4급 공무원인 서기관으로 갈 수 있어, 사무관이 되기 위한 행정 공무원 임용 연기는 별 의미가 없었다.

내가 사법 연수원에 입소할 당시 원장은 방예원 씨였다. 깐깐하다고 소문이 났지만 교육을 힘들게 시키지는 않았다. 그러다가 조언 원장이 오면서 분위기가 달라졌다. 조 원장은 수업 시간에 수시로 출석을 체크하고 자주 원내 순시를 했다. 그러면서 툭하면 "수료한다고 전부 판검사로 임용받는 시대는 지났다."고 얘기했다. 면학 분위기를 조성하기 위해서였겠지만 중고생처럼 취급한다고 불만을 가진 연수생도 많았다.

사법 연수원은 2년 과정이다. 처음 6개월 동안은 사법 연수원 건물에서 강의 위주의 실무 교육을 받고, 그다음 1년 동안은 법원 수습 6개월, 검찰 수습 4개월, 변호사 수습 2개월을 받았다. 그리고 다시 사법 연수원으로 돌아와 6개월 동안 강의를 듣고 졸업 시험을 치렀다. (지금은 검찰 수습이 2개월로 줄었다.)

연수생들은 50명씩 세 반으로 나누어 전반기 교육을 받았는데, 강의실 앞에서부터 나이 많은 순서대로 앉았다. 나는 사법시험 합격 후 2년 뒤에 입소했는데도 나이가 적은 축에 들어 교실 맨 뒤에 앉게 됐다. 그러다 보니 칠판 글씨가 잘 보이지 않아 애를 먹었다.

전반기 교육

사법 연수원 교육은 기본적으로 판사, 검사, 변호사에게 필요한 전문 지식과 실무를 익히게 하는 데 목적이 있다. 처음 6개월 동안은 모의 사건 기록을 받아 판결문, 공소장, 소장 등 법률 문서를 작성하는 훈련을 받았다.

판사가 하는 주된 일은 재판을 진행하는 일과 판결을 쓰는 일이다. 재판을 진행하는 일은 법원에 가서 배울 수 있으므로 연수원에서는 주로 심리가 종결된 모의 기록을 주고 판결문 쓰는 것을 가르쳤다.

검사는 수사를 해서 죄가 있으면 법원에 기소하고 죄가 없으면 무혐의 처분하는 일이 주된 업무이다. 수사를 잘하고 못하고는 시험하기 어렵기 때문에, 연수원에서는 주어진 연습 기록을 가지고 공소장이나 불기소 처분서를 작성하는 교육을 한다.

변호사는 법률 자문을 하고 소송에서 변론하는 것이 주된 일이지만, 연수원에서는 가장 기본적인 소장 쓰는 것을 집중적으로 가르친다. 연수원 교육과 시험은 민사 판결문, 형사 판결문, 공소장, 소장을 작성하는 것이 중심이다.

연수원 교육은 문서의 형식을 강조한다. 일반인이 보기에 특이한 문체나 형식이 있더라도 이유를 따지지 말고 그대로 따라야 이상한 사람 취급을 받지 않는다. 일제 강점기 때부터 일본 사람이 쓰던 것을 그대로 답습하고 있는 것이다. 일본이 우리나라에 근대법을 도입한 원죄가 남아 있는 셈이다.

사법 연수원에 입소한 지 얼마 되지 않았을 때였다. 형사 실무를 교육하던 어느 교수가 "해방 후 반세기가 되도록 왜 일본식 표현인 '한 것이다'를 아직도 쓰느냐."고 비판하면서 우리말로 '했다'라는 표현으로 바꾸자고 주장했다. 나도 공감해 며칠 후 검찰 실무 시간에 공소장을 작성할 때 일부러 공소장의 범죄 사실 기재 끝 부분을 '했다'라고 썼다. 그런데 강평 시간이 되자 담당 교수가 내 공소장을 들먹이면서 "도대체 형식을 그렇게 무시하는 사람이 있느냐"고 내가 기본도 모르는 사람인 것처럼 야단을 쳤다.

'했다' 사건으로 나는 수십 년간 법원과 검찰에서 내려오는 전통을 바꾸는 것이 얼마나 힘든 일인지 뼈저리게 느꼈다. 지금도 나는 가능하면 일본식 표현은 피한다. '사료(思料)한다'라는 말 대신에 '생각한다'라고 하고, '이다'라고 쓸 수 있는 자리에는 '인 것입니다'라는 표현을 쓰지 않는다. 일본식 어법을 우리글로 바꾸는 것은 법원이 조금 앞서 가는 것 같다. 최근 판결문은 한글로 많이 바뀌었다.

법률 문서는 형식도 중요하고, 내용이 판례 등 법리에 기초해 올바른 결론에 이르렀는지도 중요하다. 연수원 강의는 형식 위주이기 때문에 시험을 준비하려면 각자 별도로 판례 공부를 해야 한다. 사법시험에서는 판례를 알면 남보다 점수를 조금 더 받는 정도이지만, 연수원 시험에서 판례를 모르면 틀린 답안이 된다. 그때만 해도 우리나라는 판례가 많지 않아서 1,000쪽 정도 되는 『판례요지집』만 공부하면 충분했다.

대학원 수업은 주로 연수원 교육이 없는 토요일에 들었다. 일부 교수들은 연수원에 다니는 학생들을 배려해서 수업 시간을 오후 늦게 또는 토요일로 옮겨 주었다. 종전에는 사법 연수원에 출석 확인이 없어서 연수생들이 수업 시간에 대학이나 대학원에 나가기도 했다. 하지만 조언원장으로 바뀐 다음에는 출석 확인을 철저하게 해서 대학원 수업에 나가는 데 어려움이 많았다.

법원 수습 시절

사법 연수원 전반기 6개월 교육을 마치면 법원 수습과 검찰 수습을 어디서 받을지 결정해야 한다. 당연히 서울이나 서울과 가까운 곳이 인기가 많았다. 고향이나 연고지를 선호하는 사람도 있었다. 당시 관례는 연수생들이 자율적으로 수습 지역을 선택했다. 나이 많은 순서대로 법원 수습지를 선택하고, 나이 적은 순서대로 검찰 수습지를 선택하게 했다. 나는 법원 수습은 청주 법원에서, 검찰 수습은 서울 검찰청에서 받기로 했다. 청주를 법원 수습지로 지망한 것은 작은고모가 그곳에 살고 있었기 때문이다.

　법원에서 실무 수습하는 연수생을 법원 시보라고 한다. 법원 수습은 판사들로부터 생생한 사건 기록을 받아 판결문을 작성하고 강평을 받도록 되어 있지만, 실제로 시보는 사건 기록을 많이 접하기 어려웠다. 판사들은 아직 심리가 진행 중인 사건 기록을 연수생에게 내주기 번거로워 했다. 심리가 끝난 사건은 판결을 준비하느라 바쁘고, 일단 판결이 선고된 사건 기록은 항소 법원이나 보존 창고로 보내야 한다. 판사가 특별히 배려하지 않으면 시보가 사건 기록을 받아 보기 어려운 구조였다. 법원 수습은 형식적이었다. 시보가 꼭 해야 할 일거리가 없었다. 나는 처음 한두 달 고모 집에서 신세를 지다가 할 일이 별로 없어서 서울에서 고속버스로 출퇴근했다. 집에서 청주 법원까지는 1시간 40분 정도 걸렸다.

원래 법원 시보들은 각 판사실에 나누어 배치되어야 하나 판사들이 불편하게 생각해서 제대로 시행되지 않았다. 청주 법원에서는 구석방 하나를 시보실로 만들어 두고 있었다. 그전에는 시보가 1~2명씩 와서 판사실에 같이 있었는데, 우리 때 갑자기 연수생이 4명으로 늘어나면서 세운 대책이었다. 일종의 격리 조치여서 보통 때는 판사들 얼굴 보기도 어려웠다. 시보들은 시보실에서 바둑이나 장기를 두면서 무료한 시간을 보냈다.

미국 로스쿨에 지원하다

유학 계획을 세우다

6개월의 법원 수습 기간 동안 나는 토플, 미국 로스쿨 입학시험 LSAT
(Law School Admission Test), 대학원 입학시험 GRE를 준비했다. 장학 재단
에서는 토플 성적을 중시해 최소한 600점 이상 받을 것을 요구했다. 토
플 성적을 요구하는 것은 학생이 수업을 제대로 들을 수 있는지 알기 위
해서였다. 미국 대학에서는 2년 이상 미국에서 공부한 학생에게는 토플
성적을 요구하지 않는다. 대학 성적만 보면 수강 능력을 알 수 있기 때
문이다.

나보다 1년 먼저 유학 간 장학생 그룹 중 미국에서 대학까지 나온 여
학생이 토플에 응시해 660점을 받은 일이 있었다. 틀린 문제가 없었던
것 같은데도 만점이 나오지 않아 이유를 알아보니, 토플은 절대 평가가

아니라 응시자 성적 분포를 기초로 한 상대 평가를 한다고 했다. 미국에서 대학을 나오면 토플을 볼 필요가 없는데도 장학 재단에서는 소속 학생들의 실력을 대외적으로 과시하느라고 토플을 보게 했다.

나는 법학 학위와 정치학 학위를 한꺼번에 취득하겠다는 야심 찬 계획을 세웠다. 미국에서 헌법을 공부하기 위해서는 정치학 공부도 필요하다고 생각했기 때문이다. 미국의 주요 대학에는 법학 학위(J.D.: Juris Doctor) 3년 과정과 정치학 박사(Ph.D.) 4년 과정을 통합한 학위로 J.D.-Ph.D. 과정이 있었다. 원래는 7년 걸릴 과정을 5년 만에 이수할 수 있도록 한 것이다. 미국 대학원은 대개 석사 과정을 거치지 않고 바로 박사 과정으로 들어갈 수 있도록 되어 있어 정치학 석사 학위는 필요 없었다.

두 가지 과정에서 동시에 입학 허가를 받기 위해 LSAT 외에도 GRE와 정치학 전공 시험을 봤다. 정치학 전공 시험에서는 고전을 면치 못했다. 정치학에 깊은 지식이 없었던 데다, 시험 내용이 우리나라에서 가르치는 정치학과 달랐다. 당시 미국에 있던 작은누나에게 정치학 전공 시험 문제집을 구해 달라고 해서 봤지만 별 도움이 되지 않았다.

로스쿨의 꽃, J.D. 과정

미국 대학의 9월 학기에 입학하려면 입학 원서를 그전 해 말이나 늦어도 그해 2월까지는 보내야 한다. 나는 사법 연수원에 들어가자마자 미국의 여러 로스쿨에 입학 원서와 학교 소개 자료를 보내 달라는 엽서를 보냈다. 미국 4대 로스쿨인 하버드대, 예일대, 컬럼비아대, 스탠퍼드대를 비롯해서 미시건대, 코넬대, 시카고대, 뉴욕 로펌에서 인기 있는 뉴욕대, 남부의 밴더빌트대, 듀크대, 미국 서부에서 괜찮다고 하는 UCLA, UC 버클리대, 대학 순위에서는 밀리지만 미국 수도에 있는 조지타운대 등에도 보냈다. 우리나라 대학은 원서를 돈 받고 팔지만 미국은 공짜였다. 두꺼운 소개 책자도 무료로 보내 준다. 정식으로 원서를 낼 때 비싸게 받으면 된다는 일종의 미끼 전략이다.

요즘은 우리나라도 로스쿨, 즉 법무 전문 대학원 시대가 열렸지만 당시 미국의 로스쿨은 생소한 제도였다. 우리나라에서는 학부 과정으로 법대에 들어가서 사법시험에 합격하면 법률가가 되는데, 미국에서는 대학을 졸업한 사람이 로스쿨에 들어가 전문 대학원 과정을 밟는다. 일반 대학원과 학위 종류도 다르다. 로스쿨에서 3년 공부하면 J.D. 학위 과정을 이수하게 된다. 우리나라에서는 J.D.를 흔히 '법학 박사'라고 번역하는데, Ph.D.와 달리 학위 논문을 쓰지 않고도 학점 이수로 학위를 취득할 수 있으므로, '법무 박사'라고 하는 것이 정확한 표현일 것이다.

J.D. 1학년 과정은 로스쿨 교육의 정수라고 할 수 있다. 우리나라에서는 법대 2학년 때 기본 3법인 민법, 형법, 헌법을 배우지만 미국 로스쿨에서는 J.D. 1학년 때 기본 5법인 헌법, 계약법, 불법 행위법, 재산법, 형법을 배운다. 그래서 미국에서는 J.D. 1학년 성적을 가장 중요하게 생각한다.

J.D. 과정에 입학하려면 LSAT 성적이 필요하다. 로스쿨의 기본 수학 능력을 시험하는 이 시험은 100퍼센트 객관식으로 논리적 판단 능력을

시험한다. 법대에 다니지 않은 학생을 위한 시험이므로 전문적인 법률 지식은 필요 없다. 당시 우리나라에는 LSAT 응시자가 적어서 시험을 보려면 미8군 영내에 있는 시험장에 가야 했다. 로스쿨에 지원하는 미군을 위한 시험장이었다. 시험 당일 미 헌병이 영내 출입 허가증이 없다는 이유로 초소에서 막아서 애를 먹었다.

J.D. 과정은 본래 미국 변호사를 양성하기 위한 과정이다. J.D 학위를 받은 외국인이 미국 로펌에 취직해 눌러 사는 경우가 많아서, 미국 일류 법대에서는 외국인에게 입학 허가를 잘 주지 않았다. 내가 서울대 법대 졸업생이라고 하면서 J.D. 원서를 보내 달라고 하버드대에 요청했을 때도 원서를 보내 주지 않았다. "J.D.는 미국 변호사를 위한 과정이니 외국인으로서 미국 법을 공부하고 싶으면 다른 과정에 지원하라."는 것이었다. 그 후로도 몇 차례 더 시도했지만 하버드대와 예일대에서 J.D. 과정 입학 허가를 받는 데 실패했다. 내가 외국인인 데다 미국에서 일할 수 있는 영주권도 없었기 때문이다. 서울대 법대를 수석으로 졸업하고 LSAT 성적도 상위권에 들었지만 방법이 없었다.

오래전 하버드대 로스쿨에 동양법을 전공하는 코헨 교수가 있을 때는 우리나라 변호사 몇 명의 J.D. 입학을 도와준 적이 있다고 하나, 내가 지원했을 때는 이미 하버드대를 떠난 뒤였고 하버드대 로스쿨의 방침은 확고했다. 우리 때 하버드대나 예일대 로스쿨에서 J.D. 학위를 받은 사람은 대개 가족 이민을 갔거나 외교관 자녀같이 미국에서 대학을 다닌 경우였다.

이런 희소성 때문에 1970년대 초까지는 J.D.를 받고 돌아오면 변호사로 성공하기가 쉬웠다. 로스쿨에서 J.S.D.와 같이 학위 논문 과정을 하고 오면 교수 자리를 얻기도 좋았다. 물론 J.S.D.는 실무 능력과는 직접 관계가 없는 학위여서 미국에서는 인정하지 않는다. 그래서 더더욱 J.D.가 실속 있는 학위라고 알려졌다. 하지만 요즘은 J.D. 학위가 과대평가된 경향이 있는 것 같다. 아무 로스쿨에서나 J.D.만 따 오면 돈을 많이 벌 수 있는 것처럼 잘못 알고 있는 사람도 많다. 이제는 J.D.를 받은 사람이 많아져서 J.D.만으로는 우리나라 로펌에서도 일자리를 얻기 힘들다. 미국에서 일할 때도 어느 로스쿨에서, 어떤 성적으로 J.D.를 받았는지가 중요하다. J.D.가 있다고 해도 한국 변호사 자격증 없이는 우리나라에서 공식적으로 변호사 일을 할 수 없는 것은 물론, 변호사라는 호칭을 사용하는 것도 법에 어긋난다. 국제 변호사라는 명칭을 사용하는 것도 문제가 될 수 있다.

최근 우리나라 로펌들은 소속 변호사들이 미국 J.D. 과정에 유학하는 것을 그다지 권장하지 않는다. 국제 법률 업무는 외국인을 위한 국내법 관련 업무와 한국인을 위한 외국법 관련 업무, 두 가지로 나뉘는데 우리나라 로펌은 외국인을 위한 국내법을 주로 다루고, 한국인을 위한 외국법 업무는 외국 현지 로펌에 의뢰하는 경우가 대부분이다. 로펌 입장에서는 변호사에게 3년을 투자해서 J.D. 학위를 받게 할 필요가 없는 것이다. 예전에는 로펌에서 변호사를 채용하면서 몇 년 일하면 미국으로 유학을 보내 주겠다고 약속하는 경우가 적지 않았는데, 지금은 그런 인센티브가 점점 사라지고 있다. 변호사 시장에 수요보다 공급이 많기 때문에 나타나는 현상이다.

내가 유학을 준비할 당시에도 이미 한국에서 변호사로 일하는 데 J.D.까지는 필요 없다고 말하는 사람이 있었다. 그러나 나는 미국 법을 제대로 공부하기 위해서 J.D. 과정에 들어가고 싶었다. J.D.는 미국에서 변호사가 되거나 교수가 되기 위해서 반드시 필요한 전문 학위이다. 미국 로스쿨 교수들은 J.D. 학위만 가지고 있는 경우가 대부분이다. 로스쿨 학생들도 보통 J.D.를 목표로 한다. J.D. 1학년 과정의 내용은 어느 학교나 큰 차이가 없다. 미국 대부분의 주(州)에서는 미국 로스쿨 협회에서 인증 받은 학교에서 J.D.를 받거나 일정한 학점을 이수해야 변호사 시험을 칠 자격을 준다.

LL.M. 석사 과정

미국 로스쿨에는 석사 과정으로 LL.M.(Master of Laws)이라고 하는 학위 과정이 있다. LL.M. 과정에는 두 가지 목적이 있다. 하나는 J.D.를 받고 변호사로 오래 근무하는 동안 최신 법률 이론에서 멀리 떨어지게 된 사람에게 재충전의 기회를 주기 위한 것이고, 다른 하나는 학문 연구를 목표로 논문을 준비하려는 사람을 위한 것이다. J.D.를 받은 사람이 일류 로스쿨에서 LL.M. 학위를 받아 학벌을 보충하려는 경우도 적지 않다. 수백 개의 로스쿨 중 LL.M. 과정을 둔 로스쿨은 10퍼센트 정도이다. LL.M. 과정은 전적으로 각 로스쿨의 재량에 맡겨져 있어서 학교에 따라 커리큘럼에 차이가 있다. LL.M. 학위 논문을 요구하는 학교도 있고, 학점 취득만으로 학위를 주는 곳도 있다.

한국에서 법대를 졸업하면 바로 LL.M. 과정에 들어갈 수 있다. 해마다 우리나라 판사와 검사 각 10명 정도가 정부 파견 케이스로 미국 로스쿨에 유학을 가는데 대부분 LL.M. 과정에 들어간다. 학위 취득 부담 없는 특별 학생이나 교환 학자로 가서 자유롭게 공부하는 것이다. 미국 로스쿨은 외국 학생을 입학시킬 때 각 나라별로 입학 정원을 할당하는 경향이 있어, 해마다 LL.M. 과정에 들어가는 한국 학생의 숫자는 정해져 있다.

J.S.D. 박사 과정

LL.M. 다음의 학위 과정으로 S.J.D. 또는 J.S.D.(Juridical Science Doctor)라는 박사 과정이 있다. 미국에 이 과정을 둔 로스쿨은 10개 정도밖에 되지 않아, 그 학교가 일류인지를 평가하는 하나의 지표가 되기도 한다. J.S.D.도 법학 박사라고 번역하는데, 반드시 학위 논문이 요구된다는 점에서 우리나라의 법학 박사 과정과 유사하다. 그러나 대개 학점 취득을 요구하지 않고, 학점을 요구한다 해도 6개월 내지 1년 정도의 학점 이수를 요구하는 정도이다.

미국에서는 J.D. 3년으로 법학 교육의 틀이 완성된다고 본다. 미국 학생들로서는 구태여 시간을 들여서 J.S.D. 과정을 할 이유가 없기 때문에, J.S.D.를 하려는 학생의 절반 이상은 외국인이다. J.S.D.는 미국 법이 아닌 외국법만 연구해도 취득할 수 있다. 사실 외국 학생들이 미국 법을 연구하기는 힘들다. 우리나라에서 J.S.D.를 취득한 사람들도 대개 한국에 관련된 주제로 논문을 써서 학위를 받은 경우이다. 고(故) 강구진 교수는 하버드대에서 북한 법 연구로, 신영무 변호사는 예일대에서 한국 증권법 연구로, 신희택 변호사도 예일대에서 한국의 외국 자본 규제 등을 주제로 S.J.D.를 받은 바 있다.

우리나라에서는 법대 교수 임용 시 J.D.보다는 J.S.D. 학위를 우선적으로 고려하는 경향이 있다. 그러나 J.D. 학위를 받고 서울대 법대 교수가 된 경우도 있다. 내가 J.D.-Ph.D. 학위를 하기로 계획한 것도 법학으로는 실무 학위인 J.D.를 받고, 학문적 학위는 정치학 Ph.D.로 보충하기 위해서였다.

예일대 입학 허가를 받다

청주에서 법원 수습을 하는 동안 교회 친구들 3명과 함께 영어 회화 그룹을 만들었다. 우리는 일주일에 1~2번씩 안국동에 있던 미국 대사관 직원 관사에 가서 미국 영사와 대화하는 모임을 가졌다. 그 영사는 가정적이고 선한 사람이었다. 우리와 만나는 것이 한국을 배우고 이해하는 데 도움이 된다면서 우리가 사례비를 낼 때마다 미안해했다. 내가 하버드대나 예일대를 마음에 두고 유학을 계획하고 있다고 하자, 영사는 예일대가 더 좋다고 조언했다. 한국에서는 로스쿨 하면 누구나 하버드대가 최고라고 알고 있던 터라 의아했다.

검찰 수습이 시작되면 다른 일을 할 수 없을 것 같아서, 시간적으로 여유가 있던 법원 수습 시기에 유학 준비를 빠르게 진행했다. 나는 예일대와 하버드대의 J.D. 과정, LL.M. 과정 그리고 정치학 박사 과정에 모두 원서를 냈다. 예일대의 정치학 박사 과정과 LL.M. 과정에서는 입학 허가가 났으나, 하버드대에서는 허가가 나지 않았다. 정부에서 파견하는 판사 1명만 하버드대 LL.M. 과정 입학 허가를 받았다.

J.D. 입학의 좌절로 J.D.-Ph.D. 과정을 할 수 없게 된 나는 차선책으로 예일대에서 LL.M.과 정치학 박사 과정을 하기로 결심했다. 예일대는 학문에 중점을 두는 학교여서, 장래 헌법학 교수가 되겠다는 나의 공부 계획이 받아들여지지 않았나 싶다. 반대로 하버드대는 실무 중심이어서 그런 계획이 오히려 역효과를 낸 것 같았다.

로스쿨 입학 심사 제도는 요즘 우리나라 중상위권 대학들이 실시하고 있는 입학 사정관 전형이었다. 로스쿨은 학교별 내신 성적에 해당하는 대학 학점 평균과 전국 단위 시험 성적에 해당하는 LSAT 점수를 객관적인 기준으로 삼는다. 로스쿨별로 GPA를 x축으로 하고 LSAT 점수를 y축으로 한 분포도를 만들어, 지원자가 어느 정도 범위 안에 들어가야 입학 허가를 고려한다.

자기 소개서와 추천서도 중요하다. 자기 소개서 양식은 로스쿨별로 정해져 있지만 공통된 부분이 많다. 어떤 동기로 로스쿨에 지원했고, 장래 계획은 어떤 것이며, 학업 능력과 입학 전의 경험을 따진다. 그러다 보니 대학을 졸업하고 몇 년간 경력을 쌓은 후 로스쿨에 지원하는 경우도 적지 않다. 추천서는 지원자를 가장 잘 아는 교수나 직장 상사가 쓰게 되어 있다. 학생의 장단점을 솔직하게 기술하고 평가해야 한다.

자기 소개서와 추천서는 객관적으로 수치화하기 어려운 사항을 쓰는 것이지만, 입학 사정관은 다른 지원자들과 비교해 우열을 가린다. 지원자도 상대 평가를 받는다는 관점에서 자기 자신의 장점과 경험을 부각시켜야 한다. 활동과 경험은 사회적 의미를 높이 평가하기 때문에 지원 동기 및 장래 계획과 연결되도록 서류를 준비해야 한다. 미국은 오바마 대통령처럼 어려운 환경을 극복한 경험을 높이 평가한다. 다른 요인이 다소 부족해도 가점을 받아 만회할 수 있다.

나는 1980년대에 이미 여러 차례에 걸쳐 미국의 대학원과 로스쿨에 지원을 하면서 입학 사정관 전형을 경험했다. 당시는 요즘과 달리 유학 컨설팅 업체도 없고 로스쿨에 다녀온 사람도 별로 없어서, 모든 서류를 혼자서 숙고하면서 준비해야 했다. 추천서를 써 주는 분이 영어를 잘하지 못하면 대신 초안을 준비해 드리기도 했다. 요즘처럼 컴퓨터나 워드가 없어서 일일이 영문 타자기를 타이핑해 서류를 만들었다.

사법 연수원 후반기 교육

검찰 수습 시절

법원 수습이 끝나고 나는 당시 서소문에 있던 서울 지방 검찰청 본청에서 검사 시보로 4개월간 일했다. 검사 시보로 일하는 동안은 사건 처리에 바빠서 다른 것을 할 겨를이 없었다.

한번은 피의자가 소재 불명이어서 기소 중지 의견으로 경찰에서 넘어온 사건이 있었다. 보통 그런 경우는 더 수사할 것 없이 기소 중지 처분하면 되는데, 나는 굳이 피의자에게 소환장을 보냈다. 그랬더니 피의자가 나타나서, 당시 내 감독관인 형사 1부 P 부장 검사에게 기소 중지로 미뤄도 될 일을 벌금으로 해결했다는 칭찬을 들었다.

검사 시보를 할 때 기억에 남는 사건 중 하나는 버스 운전기사를 무혐의 석방한 사건이다. 시내버스가 정거장에 멈추는 과정에서 버스에서 내리려던 할머니가 넘어져 발목뼈에 금이 갔다. 할머니가 버스가 급정거해 다쳤다고 고소를 해서 버스 운전기사가 구속됐다. 당시는 과실범이라고 해도 진단서가 4주 이상 나오면 구속이 원칙이었다. 사건을 맡아 조사해 보니 할머니 쪽은 급정거 때문에 넘어졌다고 진술하는 반면, 운전기사와 다른 목격자들은 버스가 정지한 다음에 할머니가 짐을 두 손에 들고 일어서서 걷다가 넘어졌다고 진술했다.

아무리 조사해도 버스가 급정거했다거나 할머니가 미리 일어나 있었다는 사실을 입증할 다른 증거가 없었다. 목격자들이 특별히 운전사 편을 들 이유도 없었다. 나는 소신을 가지고 버스 운전기사를 무혐의로 석방했다. 하지만 결재를 받는 데 애를 먹었다. 당시에는 경찰에서 구속된 사건을 무혐의로 석방하는 일이 드물었기 때문이다. 운전기사가 무혐의로 처리되자 자동차 보험 회사에서 치료비 지급을 중단해 할머니가 치료에 곤란을 겪게 됐다. 그 때문에 운전기사와 할머니를 모두 위하는 현실적 타협안은 운전기사에게 조금 과실이 있는 것으로 인정하여 벌금을 내도록 하는 것이라는 말을 들었다.

검사 시보를 하는 동안 한 선배 검사가 나를 술상무처럼 데리고 다녔다. 그때만큼 술을 많이 먹어 본 적이 없다. 혼자서 양주 큰 병을 2병이나 해치우고 가까스로 몸을 가누며 집에 돌아간 적도 있다. 검찰 수습이 끝날 무렵 시보들을 위해 부 전체 회식이 있었다. 부장 검사가 양주잔을 가져오라고 하더니 라이터로 잔 가운데에 불을 붙였다. 가운데 목이 들어간 양주잔의 목 부분을 가열한 다음 찬 물에 집어넣어 힘을 주면 목이 부러진다. 부장은 목이 없는 잔에 술을 따라서 계속 돌리게 했다. 밑이 없는 잔이라서 탁자에 놓을 수 없었다. 그때만 해도 아직 폭탄주 문화가 본격화되지 않았을 때였다. 스트레이트 잔이 무수히 돌자 술 실력이 부족한 시보들은 모두 뻗었다. 나만 끝까지 자리에 앉아서 버텼다. 다음 날 아침 부장 검사는 나를 칭찬했지만, 정작 나는 과음으로 혀가 부었다. 검사 시보 하던 때를 고비로 술 실력은 점점 줄어들었다. 내가 한때 그렇게 술을 마셨다는 이야기를 하면 다들 믿지 않는다. 나는 한참 뒤에야 주량이 죽지 않을 만큼 마시는 것이 아니라, 다음 날 생활에 지장이 없는 정도를 말하는 것임을 알았다.

연수원, 대학원 졸업

검찰 수습을 마치고 연수원에 돌아온 뒤로는 연수원 수업과 졸업 시험 준비로 바빴다. 연수원 2년차 수업은 1년차 때에 비해 느슨하다. 연수생에게 졸업 시험 공부할 시간을 주기 위해서다. 연수원 근처에 졸업 시험 준비용 교재를 복사해 파는 곳이 있어서 사다가 공부했다. 그때만 해도 연수원을 졸업하면 전원 판검사로 임용될 수 있어서 공부 열기가 지금과 달랐다. 수료생 전원이 임관 혜택을 본 것은 우리 기수가 마지막이었다. 제13기 수료생부터는 일부가 임관되지 않게 되어 연수생 사이에 경쟁이 치열했다.

졸업을 앞둔 후반기에는 교양 강좌가 많았다. 전체 연수생을 강당에 모아 놓고 청와대를 거쳐 나왔다는 포르노 영화를 보여 준 적도 있었다.

나는 계속 유학 준비를 하는 한편, 연수원 졸업 시험과 대학원 석사 논문을 준비했다. 석사 논문은 "공공복리의 개념에 관한 연구"라는 제목으로 주로 기본권 제한의 목적으로서 공공복리의 개념을 다루었다. 연수원을 졸업하느라고 석사 논문을 마무리하지 못해 한 학기 늦게 미국에 있을 때 학위가 나왔다.

그 무렵 나는 사법 연수원 생활, 대학원 수강과 논문 준비, 장학 재단 연수, 유학 준비를 동시에 했다. 임용을 포기한 뒤 연수원은 열심히 다니지 못했다. 그래도 연수원 졸업 성적은 12등으로, 기대보다 잘 나왔다. 당시 임관 순위는 1순위가 사법시험 기수, 2순위가 연수원 성적이었다. 나는 시험 기수가 빨라서 임관을 원했다면 1순위였다.

이미 유학을 가기로 결심한 상태였기 때문에 판사 임관 신청은 하지 않았다. 연수원을 나와서 판사 임관 신청 없이 유학 가는 것은 당시로서는 상당히 이례적인 일이었다. 1년이라도 판사를 하다가 유학을 가면 판사를 한 이력이 유리하게 작용할 수도 있었다. 사법시험 합격자가 늘면서 연수원을 졸업해도 성적이 좋지 않으면 판검사 임용이 될 수 없는 상황도 예견되고 있었다. 임관하지 못하면 실력이 없어서 그랬다고 오해를 받을 소지가 생기는 상황이었다.

그런 상황을 알면서도 판사로 임관을 받지 않고 바로 유학을 가기로 결심한 것은 1년만 판사를 하고 그만둔다는 것이 치사하다고 생각했기 때문이다. 하지만 간혹 그때 바로 판사로 임관받지 않은 것이 후회되기도 한다. 그때 임관을 받았다면 서울 중앙 지방 법원에 발령을 받았을 것이다.

6

예일대
로스쿨에서
공부하다

예일대로 가다

예일대로 가는 길

사법 연수원을 마치고 유학을 떠나 예일대 로스쿨에서 LL.M. 과정을 시작했다. 장학 재단 학생들은 6~7월경에 미국으로 갔는데, 나만 8월 하순에야 떠났다. 사법 연수생은 공무원 신분이기 때문에 공무가 아닌 경우 여행 허가를 받아야 한다. 나는 연수원 과정이 공식적으로 끝나지 않아서 사전 허가를 받기 어려웠다.

예일대학교는 미국 동부 코네티컷 주의 작은 도시 뉴 헤이븐에 있다. 작은누나가 살던 텍사스를 거쳐 가기로 하고 미국행 비행기에 올랐다. 생전 처음 탄 비행기 안에서 온갖 착잡한 심정이 밀려왔다. 처음으로 부모와 떨어져 혼자 살게 된 것이다. 다른 문화권으로 가는 데 대한 불안감도 들었다. 비행기가 이륙하는 순간, 비행기가 떨어지지 않도록 해 달라는 것부터 시작해서 기도가 절로 나왔다.

미국 국내선 비행기로 갈아타기 위해 일단 로스앤젤레스에 내렸다. 반팔 티셔츠와 짧은 바지를 입은 사람들이 유난히 눈에 띄었다. 모두들 자유로운 복장에 남의 시선을 의식하지 않았다. 아직 더운 날씨인데도 긴 코트에 가죽 장화를 신고 다니는 개성파도 있었다. 텍사스로 가는 비행기의 스튜어디스는 제법 나이가 든 여자들이었다. 스튜어디스는 젊은 여자라는 고정 관념이 무너졌다.

텍사스는 무더웠다. 숨쉬기가 쉽지 않았고, 피부에는 화상을 입을 정도였다. 자동차를 타기 전에는 집 안에서 리모컨으로 차에 시동을 걸어 에어컨을 켜야 했다. 에어컨 없이는 밤에 잠을 잘 수가 없었다. 동네 상가에서는 기관총에 실탄을 팔고 있었다. 나는 낮에 실탄 사격장에 가서 총을 쏘아 보았다. 저녁때는 대학가로 술집 구경을 갔다. 젊은이들이 남녀 구별 없이 청바지를 입고 컨트리 음악에 맞추어 춤을 추고 있었다. 대학 캠퍼스에서는 학생들이 대부분 청바지를 입고 있어서 "미국에서는 젊은이들이 청바지만 입는가 보다" 하고 생각했다. 모두 미국 남부의 독특한 문화였다.

텍사스를 떠나 뉴욕으로 가니 청바지 차림은 별로 눈에 띄지 않았다. 뉴욕 공항에서 뉴 헤이븐으로 가는 항공사 간판이 눈에 띄지 않아 물어 물어 찾아가니, 프로펠러가 달린 10인승 경비행기가 기다리고 있었다. 비행기는 허드슨 강 위로 날아올랐다. 바람이 별로 불지 않는데도 요동이 심했다. 가까스로 정신을 차리고 아래를 보니 강 위에 떠 있는 수많은 요트가 흰 점으로 보였다. 영화 속의 한 장면 같았다.

예일대의 첫인상

뉴 헤이븐 공항에 내려 택시를 타고 예일대 기숙사로 갔다. 고풍스러운 돌 벽돌 건물들이 빽빽하게 여러 블록을 메우고 있었다. 마치 중세 도시에 온 것 같았다. 학부 기숙사 식당에서 사용하는 접시에는 학부별 문장(紋章)이 새겨져 있었다. 건물의 깨진 벽돌을 교체하는 데 필요한 벽돌은 땅에 묻어 놓는다고 했다. 세월의 흐름에 따라 벽돌 색깔을 변하게 하기 위해서였다.

내가 살 기숙사도 오래된 건물이었다. 그 기숙사는 법대생에게 입소가 허용되지 않았으나, 나는 다음 해에 정치학과 대학원에 들어가기로 되어 있어 미리 입소할 수 있었다. 기숙사 앞에 도착해 택시에서 이민 가방 2개를 내려놓는데, 수북한 낙엽이 길가에서 바람에 뒹굴었다. 며칠 사이에 로스앤젤레스의 봄과 텍사스의 여름을 거쳐 가을이 된 것이다.

기숙사 방에는 낡은 마룻바닥이 깔려 있고, 바닥에는 벽에서 떨어진 횟가루가 쌓여 있었다. 영화 「해리 포터」에 나오는 기숙사처럼 생긴 복도에서는 금방이라도 유령이 나올 것 같았다. 낯선 곳이라 그런지 첫날은 잠이 오지 않았다. 다음 날 기숙사 관리 사무소에 가서 흰색 페인트를 얻어 벽에 발랐다. 옆방에는 물리학 박사 과정의 남순건 씨가 들어왔다.

학교 근처에 있는 편의점은 물가가 비쌌다. 하지만 차가 없고 근처 지리도 몰라서 그곳을 이용할 수밖에 없었다. 주말이 되면 바로 옆에 있는 학부생 기숙사에서 학생들이 기숙사 전체가 울리도록 음악을 틀어 놓았다. 고전 음악, 록 음악 등 종류도 일정치 않았다. 한국에서라면 휴식을 방해한다고 가만있지 않았을 텐데, 미국은 주말에는 뭘 해도 아무 말 않는 문화인 듯했다.

예일대 vs 하버드대

예일대에서의 첫해는 로스쿨 석사 과정이었다. 예일대 로스쿨에서는 학생 스스로 교과 과정을 짤 수 있다. 석사 과정에서 24학점을 이수하는 것 말고는 어떤 과목을 들어야 한다는 요구 사항이 없었다. 학생이 자유롭게 공부하고 연구하는 풍토였다.

예일대 로스쿨에서 출간된 책자에서 예일대와 하버드대를 비교한 부분을 읽은 적이 있다. 예일대는 처음부터 소수의 학생을 엄선해 모두 졸업시키는 것을 원칙으로 하고, 하버드대는 졸업 예정 인원보다 3분의 1 이상 많은 학생을 입학시킨 다음 엄격한 경쟁을 통해 탈락시키는 방식으로 교육해 왔다고 한다. 하버드 로스쿨 학장이 입학식 때 "좌우를 보세요. 3명 중 1명은 졸업 못 합니다."라고 한다는 이야기는 유명했다. 내가 유학을 간 것은 하버드대가 그런 방침을 바꾼 지 얼마 되지 않은 때였다.

하버드대는 J.D. 과정에 600명 이상을 입학시켰고 예일대는 120~150명을 입학시켰다. 예일대 학생들은 낙제 걱정을 하지 않고 하고 싶은 공부를 한다. 예일대 J.D. 과정도 첫 학기에 네 과목만 필수 과목이고 나머지는 모두 선택이다. 가장 힘들게 공부시킨다는 첫 학기 성적도 합격, 불합격으로만 평가한다. 학생들은 자신의 장래 계획에 따라 자유로이 과목을 선택해 공부한다. 로스쿨이라고 해서 변호사를 양성하는 것만이 목적인 것은 아니다. 예일대 로스쿨은 다양한 방면의 지도자를 양성한다. 미국 정치인들 중 예일대 로스쿨 출신들이 많고, 그들이 미국 사회의 주류가 되는 이유를 알만 했다.

우리나라에서는 하버드대 로스쿨이 더 많이 알려져 있지만 미국에서는 예일대가 더 우수하다고 생각하는 사람이 많다. 로스쿨을 지망하는 학생들 중 예일대 로스쿨에서는 입학 허가를 못 받고 하버드대 로스쿨에서는 입학 허가를 받는 경우도 많다. 내가 예일대에 있을 때도 하버드대에서 입학 허가를 받았음에도 예일대를 선택했다는 학생이 많았다.

예일대 로스쿨은 오랜 세월 동안 학생 수를 별로 늘리지 않았다. 로스쿨뿐 아니라, 학교 전체가 소수 정예를 표방하고 있다. 엄선된 학생들을 미국 사회의 엘리트로 교육시키는 것이 목표인 것이다. 예일대 로스쿨 졸업생들은 학교 성적에 관계없이 미국 사회에서 최고의 직장을 쉽게 구할 수 있다. 반면에 하버드대 졸업생 중 하위 그룹은 다른 로스쿨의 우등생보다 못한 취급을 받는다고 한다.

내가 예일대에서 공부할 무렵, 예일대 로스쿨 출신 게리 하트 상원의원이 민주당 대통령 후보로 나서서 선거 운동을 하고 있었다. 당시 미국 상원의원 100명 가운데 하버드대 로스쿨 출신이 8명, 예일대 로스쿨 출신이 8명 있었는데 학생 수 비율을 생각하면 예일대 로스쿨이 얼마나 강한지 알 수 있다.

미국 역대 대통령 중에도 하버드대나 예일대를 졸업한 사람이 많다.

케네디 대통령은 하버드대 학부, 오바마 대통령은 하버드대 로스쿨 출신이고, 부시 대통령은 예일대 학부, 클린턴 대통령은 예일대 로스쿨 출신이다. 미국 정치에서 하버드대 동창회와 예일대 동창회가 큰 역할을 할 수밖에 없는 이유다.

예일대 로스쿨 수업

법경제학의 효율성

유학을 준비하는 동안 그토록 열심히 영어 공부를 했건만, 예일대에서 첫 학기 동안은 수업 내용을 이해하기 위해 온 신경을 집중해야 했다. 말하기는 더욱 곤혹스러웠다. 단순한 회화 능력이 문제가 아니었다. 미국 로스쿨에는 새로운 과목이 많았고, 이름이 비슷한 법 과목도 한국과 내용이 다른 경우가 많았다. 로스쿨 교과서는 내가 한국에서 고시 공부할 때 보던 책들보다 훨씬 두꺼웠고 글씨는 더 작았다. 게다가 미국 법은 우리 법과는 접근 방법 자체가 달랐다. 주입식 교육에 젖은 나는 결론을 빨리 내는 버릇이 있었는데, 예일대에서는 결론보다 결론에 이르는 논리를 중요시했다.

예일대 로스쿨에는 한국에서 들어보지 못한 법경제학이란 과목이 있었다. 담당 교수는 법대를 졸업하고 경제학 박사 학위를 받은 사람이었다. 우리나라에서 말하는 경제법은 경제 분야의 잡다한 법을 통일된 원리 없이 모아 놓은 것이지만, 미국의 법경제학은 법을 경제학적으로 접근하는 방법론이다. 경제학은 복리가 커지는 것을 효율적이라고 보기 때문에, 법을 경제학적으로 접근하게 되면 법의 목적을 효율성과 복리 증진에 두고 어떠한 법리가 경제적, 사회적인 효율성을 더 높이고 전체적 복리를 증진하는가를 분석할 수 있다. 여러 집단과 계층 간의 이해관계가 대립되는 상황에서 어떤 법리를 택해야 전체적 복리를 최대화할 수 있는지를 상충되는 이익을 비교하여 판단하는 것이다. 즉 법경제학은 입법론이나 정책학과 비슷하다. 행정고시를 공부할 때 경제학 전반을 공부한 것이 법경제학을 수강하는 데 도움이 됐다.

법경제학에서는 어느 법리를 택할 것인지를 사회적 효용과 비용의 측면에서 판단한다. 가령 혐오 시설이 인근 주민들에게 피해를 주는 상황의 해결방안을 생각해 보자. 시설 자체의 사회적 효용이 있더라도 인근 주민들이 피해를 본다면 무조건 시설을 옮기거나 문을 닫도록 하는 것은 정답이 아니다. 피해자들을 이주시키고 보상하는 데 드는 총비용이 시설 이전이나 폐쇄에서 발생하는 사회적 손실이나 비용보다 작다면 피해자들을 이주시키는 것이 사회적으로 타당한 문제 해결 방안이될 수 있다.

재산법 분야의 공유와 사유 문제도 이런 식으로 판단해 볼 수 있다. 어떤 종류의 재산을 여러 사람이 공동으로 소유하는 것이 타당한가, 아니면 각자에게 배타적 권리를 주어야 하는가 하는 문제를 가치나 이데

올로기 차원에서 보지 않고, 경제학적으로 비교하여 어떤 결과가 나은가를 분석하는 것이다. 예컨대 공동 소유의 경우, 공짜라는 이유로 지속 가능한 수준보다 이용도가 증가하면 자원이 쉽게 고갈되고 시설물의 관리가 소홀해진다. 이러한 부작용을 사회적 비용으로 파악한다. 이 경우는 울타리를 쳐 주거나, 나누어 소유하게 하거나, 관리하도록 하는 것이 낫다.

공산주의와 자본주의의 사유 재산 제도의 차이도 사회적 비용 측면에서 파악해 볼 수 있다. 공산주의가 그럴 듯해 보이지만 개인적 이익 추구나 불평등한 재산 소유를 막기 위해서는 국가 경제를 계획하고, 분배의 공정성을 감시하는 등 제도 유지에 엄청난 사회적 비용이 들기 때문에 그 비용을 감안하면 사유 재산 제도를 허용하는 것보다 비효율적이라고 판단하는 것이다. 가치 판단에서 사회적 효용과 비용을 고려하는 사고방식은 제도 자체의 가치와 명분만 생각하도록 교육받았던 내게 새로운 사고의 장을 열어 주었다.

미국에서는 형벌론도 경제학적으로 분석했다. 이른바 일벌백계(一罰百戒)라고 하여 경한 범죄도 본보기로 엄하게 처벌해야 효과가 있다고 믿는 사람이 있다. 하지만 죄가 발각되고 처벌되는 확률이 크지 않다면, 실효 형벌의 기대치가 크지 않아 실질적인 범죄 억제책이 되지 못한다. 실효 형벌은 범죄가 발각되어 처벌되는 확률에 형벌의 크기를 곱한 것이다. 반면 국가가 범죄를 100퍼센트 발견해 처벌하려면 현실적으로 엄청난 비용이 든다. 따라서 일벌백계론과 완벽한 처벌의 중간에서 형벌 제도를 결정한다. 후진국일수록 범죄 발견과 처벌의 확률이 떨어지고,

완벽한 수사나 처벌 제도를 확립하는 데 필요한 사회적 비용이 크므로 적은 건수를 엄하게 처벌하는 쪽으로 나아가는 것이 효율적이다. 반대로 범죄 수사 기법이 발달한 선진국은 처벌 확률이 높으므로 형벌을 일부러 과중하게 할 필요가 없다.

예측 가능성이라는 점에서 보면 일반인은 같은 효용을 얻을 수 있을 때 예측이 확실한 쪽을 선택하는 경향이 있다. 예컨대 100원의 현금이 확률 50퍼센트의 200원짜리 복권보다 더 가치가 있다. 마찬가지로 형벌도 처벌 가능성이 100퍼센트인 징역 1년의 형벌과 처벌 가능성이 50퍼센트인 징역 2년의 형벌을 비교한다면 징역 1년인 형벌이 훨씬 더 무서운 처벌 제도가 되는 것이다.

이런 점들을 고려하면 선진국은 범죄가 포악해지는 데 대한 대책을 형벌을 중하게 하는 데 중점을 둘 것이 아니라, 범인 검거율을 높이는 데 두는 것이 바람직하다. 다만 검거율을 높이는 데는 그만한 사회적 비용이 들게 되므로, 국가는 두 요소 사이에 적절한 균형을 이루도록 형사 정책을 입안해야 한다. 법적 문제가 결국 정책의 문제로 귀결되는 이런 사고방식이 나는 매우 흥미로웠다.

법경제학을 분석 도구로 사용할 수 있는 분야는 무궁무진했다. 전통과 관습이 지배하는 가족법 분야는 정책학적인 분석이 타당하지 않겠지만, 일반적으로는 법을 정책으로 파악하면 불합리한 고정 관념에서 벗어날 수 있다. 법 해석에 있어서는 법 조항과 종전의 판례가 중요하지만, 해석론에 있어서 모호하거나 두 입장이 모두 가능한 경우에는 정책적인 측면을 따져 보는 것이 타당하다. 그리고 사회적 이익과 비용, 상충되는 이익 간의 비교를 통해 사회와 국가의 복리가 최대화될 수 있는 입장을 취하는 게 옳다. 이런 효용 때문인지 최근에는 우리나라에서도 법경제학을 가르치는 곳이 많다.

학문으로서의 핵무기

예일대 로스쿨에서는 전통 법학이 아닌 과목들도 많다. 예를 들면 핵무기 통제 같은 과목이 그렇다. 우리나라 같으면 핵무기 문제는 군부가 독점해 일반인에게는 금단 영역이다. 그런데 미국에서는 민간이 군부를 지배하는 문민정치가 확립되어 있어 핵무기 통제 문제를 단순한 군사적인 전술 전략의 차원이 아닌, 국제 정치 차원에서 파악했다.

당시 예일대에는 미국과 소련의 군축 협상에서 미국 측 대표를 역임했던 국제법 교수가 있었고, 그 제자인 젊은 교수가 법대를 졸업하고 정치학 박사를 취득한 다음 핵무기 통제 과목을 강의하고 있었다. 그 교수는 핵무기와 군비 협상에 관한 온갖 자료를 수업 시간에 나누어 주며 기말시험과 논문을 택일하도록 했다. 나는 "핵무기와 군비 경쟁 이론"이란 제목으로 논문을 썼다.

까다로운 미국 헌법과 행정법

미국 헌법과 행정법은 상당히 어려운 과목이다. 그래서 하버드대에서는 외국 학생들이 헌법, 민사 소송법, 행정법, 계약법을 하나 이상 수강하는 경우 주의를 준다. 그러나 예일대에서는 전혀 제한을 두지 않아, 헌법과 행정법이 얼마나 어려운지 몰랐던 나는 크게 고생했다.

헌법을 가르치던 찰스 블랙 교수는 미국 헌법학계의 원로로, 앉아서 강의를 해야 할 정도로 기력이 약했다. 발음도 불확실해서 알아듣기가 힘들었다. 그런데 5년 뒤 컬럼비아대 로스쿨에 갔을 때도 그곳에서 강사 자격으로 강의하는 블랙 교수를 만날 수 있었다. 노교수의 열정이 놀라웠다. 컬럼비아대에서 블랙 교수가 강사 자격이었던 것은 부부가 같은 학교 교수가 될 수 없다는 학교 방침 때문이었다. 블랙 교수의 부인이 당시 컬럼비아대 로스쿨 학장이었던 것이다.

미국 헌법은 판례의 흐름을 파악해야 하며, 미국 행정법은 한국 행정법과 전혀 다르다. 우리나라에서는 독일과 일본의 법체계에 따라 행정처분은 공권력의 행사로서 개인의 법률 행위에 비해 특별 취급해야 한다는 것을 전제로 하고 있다. 하지만 미국 법은 국가가 개인보다 우월하다는 권력 개념을 인정하지 않고, 공익을 위해 정책적 재량이 필요하다는 전제 아래 재량의 한계와 통제를 중심으로 행정법을 구성한다. 미국에서 행정법은 일반 변호사를 위한 것이 아니라 행정 분야에 종사하는 변호사를 위한 특수 과목이다. 그래서 미국 행정법은 미국 기본법을 먼저 수강하고 들어야 그나마 이해하기가 수월하다.

미국 법학의 특징

유학 생활을 돌아보면 예일대 로스쿨의 첫 학기가 가장 힘들었다. 우리나라 법대에서는 설득의 과정을 가르치지 않는다. 하지만 예일대에서는 외워서 하는 공부 방법은 통하지 않았다. 서점에 가면 법 과목마다 요점 정리한 책들이 많이 있었는데, 예일대 로스쿨에서는 그런 책을 배격하고 학생들이 스스로 사고방식을 터득하도록 가르쳤다. 미국 법 특유의 사고방식을 배우느라, 한국에서 법대를 나왔음에도 나는 새로 공부하는 것 같은 기분이 들었다.

미국 법학을 형성한 사고방식은 미국 중산층의 사고방식이기도 하다. 미국인과 우리의 사고방식의 차이는 크다. 우리나라는 오랜 역사를 가진 일원적(一元的) 사회이고, 미국은 짧은 역사를 가진 다원적(多元的) 사회이다. 한국인은 단일 문화권에 사는 단일 민족이라서 사고방식에 큰 차이가 나지 않는다. 협상을 통한 문제 해결보다는 관습적인 해결책을 모색한다.

그러나 미국은 여러 민족이 제각기 다른 문화와 관습을 갖고 있는 데다, 생긴 모습도 각각이어서 통일된 개념이 없다. 전통과 관습으로 문제를 해결할 수 없다 보니, 어떤 의견이 옳다고 하려면 그에 대해 논리적이고 설득력 있게 설명할 수 있어야 한다. 그리고 여러 의견 중 가장 합리적인 것을 채택한다. 재판에서 변호사의 변론도 다양한 배경을 가진 여러 배심원을 설득하는 과정에 다름 아니다. 내가 미국 법을 어렵게 느낀 근본 원인은 이런 문화와 사고방식의 차이 때문이었다.

우리나라에서는 어떤 쟁점에 관해 대법원 판례가 없으면 독일이나 일본에서 나온 판례나 학설을 참고한다. 그마저 없을 때는 여러 학자의 책이나 논문에서 관련된 언급을 찾는다. 그러면 그 문제에 대한 해답을 발견한 것으로 간주하고 연구를 포기하는 경우가 적지 않다. 예를 들어 어떤 법률문제에 관해서 언급한 유일한 자료가 어느 학자의 책이고, 그 책에서 구체적인 이유를 설명하지 않고 "이런 경우는 이렇게 해석하는 것이 옳다."라고 쓰여 있다고 가정해 보자. 우리나라 판사라면 그 문구를 좇아 판결할 가능성이 크다. 하지만 이것은 국민이 법관에게 준 재판권을 포기하는 것과 같다. 책 귀퉁이에 이유도 설명하지 않고 적어 놓은 한 문장에 근거하여 판결하는 것은, 법관이 판결하는 것이 아니라 지나가는 사람이 판결하는 것과 같다. 이 때문에 우리나라에서는 이해관계가 크게 걸린 사건에서는 재판에 이기기 위해 아는 교수에게 부탁해 재판에 유리한 내용으로 짧은 논문을 잡지에 발표하도록 꼼수를 부리기도 한다.

미국에서는 법령과 선례가 없거나 적절하지 않은 사건의 경우, 판사가 어느 쪽 입장이 더 나은 것인지를 따져 본 다음 새로 법을 정한다. 때로는 법경제학적인 논리를 동원하기도 한다. 선례가 없을 때 판결할 권리를 포기하는 것이 아니라, 법을 새로이 만들어 나가는 것이다. 그것이 판례법이다.

우리나라 근대법의 뿌리가 외국법에 있긴 하지만 외국법의 판례나 학설을 맹목적으로 따르기보다는, 그 판례나 학설이 나오게 된 배경과 지금 우리나라의 현실에서 타당한지를 꼼꼼히 따져 보아야 한다. 일본

법이나 독일 법이 우리나라에 무조건 타당하다고 볼 수는 없다. 때로는 미국 법이 우리나라에 더 맞을 수도 있다. 합리성을 따져서 우리나라 실정에 맞는 타당한 결론을 이끌어 내는 것이 중요하다. 미국 법에서는 옛날에 학자가 무슨 말을 했는지는 의미가 없다. 철학적 배경이나 현학적 논리를 배우려고 하지도 않는다. 지금 적용될 수 있는 법리, 당사자를 설득할 수 있는 논리가 중요하다.

예일대에서의 일상

청바지 입고 자전거 타고

유학은 새로운 문화를 배우는 기회이기도 하다. 뉴 헤이븐은 예일대를 제외하면 별로 내세울 것이 없는 항구 도시다. 예일대를 중심으로 한쪽은 흑인 거주 지역으로 슬럼화 되어 있고, 반대쪽에는 학생과 백인들이 주로 산다. 전체적으로 가난한 도시로, 대도시 가까이에 있는 하버드대나 컬럼비아대와 달리 별다른 문화 시설도 없었다.

예일대 기숙사에 사는 학생은 기숙사 식당을 이용하는 것이 의무여서 식사 문제는 쉽게 해결됐다. 나는 조미료를 넣지 않은 음식을 좋아해서 기숙사 음식에 별 거부감이 없었다. 김치 없이 서너 달을 무난히 지냈다. 그러다가 같은 기숙사에 사는 한국 학생이 김치를 먹는 것을 보고 나도 동양 식품점에 가서 김치 한 통을 사다 냉장고에 넣어 두고 가끔

라면과 먹었다. 미국 가게에서 파는 라면은 일본식으로 간장 국물이었지만, 스프 대신 김치를 넣으면 별미였다.

인터넷이 없을 때라 전화와 편지가 주요 통신 수단이었다. 국제 전화 요금이 비싸서 집에 연락할 때는 주로 편지를 썼다. 기숙사에는 우편함이 없어서 우체국 사서함을 이용해야 했다. 일주일에 1~2번씩 우체국에 갔다. 자주 가지 않으면 사서함에 스팸 우편물이 가득 찼다.

공부는 주로 도서관에서 했다. 도서관 벽을 따라 조그만 공부방들이 있었는데, 나는 방해받는 게 싫어서 주로 방에 들어가 공부했다. 식사 시간을 빼고는 도서관에서 거의 나가지 않았다. 문 닫을 시간까지 쉴 새 없이 공부했지만 고시 공부에 비하면 강도가 떨어졌다. 학기 초에는 다소 느긋하게 지내다가 기말시험이 닥치자 정신없이 공부했다. 공부를 하면 살이 빠지는 체질인데도, 미국 음식이 기름져서 그런지 살이 올랐다.

대부분의 생활은 걸어서 5분 이내의 공간에서 이루어졌다. 로스쿨을 사이에 두고 길 양쪽으로 기숙사와 도서관이 있었다. 밤 12시 도서관 문이 닫히면 학생들끼리 요크사이드란 피자집에 가서 피자와 흑맥주를 먹으며 떠들기도 했다. 당시 코네티컷 주에서는 밤 1시가 넘으면 술을 팔 수 없었다. 그 시간이 되면 종업원이 술잔을 빼앗아 갔다. 기숙사 바로 옆에 나이트클럽도 있었지만 학생들보다는 동네 젊은이들이 주로 이용했다. 별다른 문화 시설이 없다 보니 학교 안에서 일주일에 두어 번씩 상영하는 영화를 자주 봤다. 일반 영화관에서 볼 수 없는 실험적인 작품들을 많이 상영했다.

일상생활에 필요한 물건은 일일이 사러 다녀야 했다. 장학금으로 받는 생활비는 한정되어 있었고 집에서 보내 주는 돈은 죄송해서 되도록 절약을 했다. 가까이 있는 편의점은 물건 값이 비싸서 멀리까지 장을 보러 다니기 위해 자전거를 하나 샀다. 예일대는 주차 사정이 나빠서 차를 사도 세울 곳이 없기 때문에 자전거를 타는 학생들이 많았다. 학교 곳곳에 자전거를 세워 두는 곳이 있었다.

주말이 되면 미국 학생들은 차를 타고 기숙사를 떠났다. 나도 같은 기숙사에 사는 한국 학생들과 돈을 모아서 200달러짜리 중고차를 하나 샀다. 털털거리는 소리가 요란한 차였다. 결국 그 차는 산 지 얼마 안 되어 폐차장으로 가고 말았다.

주말의 유일한 낙은 결혼한 한국 유학생들의 집에 저녁 식사 초대를 받는 일이었다. 당시에는 예일대 대학원에 한국 유학생이 20명 정도밖에 되지 않아 자주 모였다. 그것도 우리 때부터 유학이 본격화되어 학생 수가 많이 늘어난 것이었다. 학생회에서는 기혼 학생들에게 한 달에 1번 정도 돌아가면서 혼자 사는 학생들을 초대하도록 권장했고, 자발적으로 초대하는 경우도 많았다.

한국 학생들끼리 모이면 한국 정치에 관해 열변을 토하기도 하고, 저녁 식사 후 여흥으로 카드놀이를 하기도 했다. 한국에서 카드놀이를 한 번도 해 보지 않은 나는 선배들에 이끌려 반 강제로 카드놀이를 배웠다. 포커페이스가 아니어서 손에 든 패가 좋은지 나쁜지 얼굴 표정에 다 나타나는 바람에 돈은 거의 잃는 편이었다.

나의 멘토, 리양 쉬에

예일대에 다니는 동안 중국 학생들을 만날 기회가 많았다. 중국이 개방
되면서 중국 학생들이 미국에 밀려오기 시작하던 때였다. 예일대는 특
히 중국과 교류가 많은 학교였다. 그때만 해도 우리나라는 중국과 국교
가 없었다. 중국을 중공(中共)이라고 부르면서 우리나라에 적대적인 공
산당 국가라고 인식했다. 나도 처음에는 안보 교육의 영향으로 중국 학
생들을 조심스럽게 대했으나, 막상 사귀고 보니 순수하고 사고방식이
개방적이었다.

특히 홍콩 출신의 리양 쉬에는 나의 멘토였다. 어떻게 공부해야 하
는지, 교수의 특성은 무엇인지 등을 알려 주었다. 그는 중국 정부로부
터 로스쿨 졸업 후 일해 달라는 제의를 받았지만 보수가 너무 적어 민족
애와 경제 형편 사이에서 고민했다. 나중에 나는 컬럼비아대 로스쿨에
서 공부하면서 밀뱅크트위드란 로펌에 구직 인터뷰를 갔는데, 리양 쉬
에가 거기서 일하고 있었다. 그는 돈은 많이 받지만 일이 너무 고되다
고 했다.

한국에서 출발할 때는 예일대에 가면 교회를 열심히 다닐 작정이었
다. 학교 근처 걸어 다닐 만한 거리에 교회가 몇 개 있는 것을 보고 기뻐
했다. 그러나 막상 가 보니 미국 교회는 한국 교회와 분위기가 사뭇 달
랐다. 아는 사람들끼리 모여 사교하는 느낌이 들었다. 그러다가 한인 교
회에 다니면서 작은 교회의 친교적 장점을 발견할 수 있었다.

이름 때문에 겪은 곤란

우리나라는 같은 성을 가진 사람이 많아서 이름으로 사람을 특정하지만 미국에서는 성만 보면 이탈리아 출신인지, 아시아 출신인지, 중동 출신인지, 남미 출신인지 쉽게 구별할 수 있다. 이질적인 성이 많은 미국에서 미국인으로서 동질감을 느끼게 하는 토대가 바로 미국식 이름이다. 그래서 미국인들은 이름만큼은 미국식 이름을 쓴다. 데이비드, 존, 톰, 마이틀, 폴, 메리처럼 흔한 이름일수록 인기가 있다. 같은 이름을 가진 사람들끼리 친구가 되는 경우도 많다. 미국인들은 1~2번 만나면 서로 이름을 부르면서 친근감을 표시한다. 서로 이름을 부르는 관계가 되어야 친분이 있다고 본다. 그래서 미국 시민권을 받는 사람들이 맨 먼저 하는 일이 바로 이름을 미국식으로 바꾸는 것이다.

처음 미국에 갔을 때 나는 이름 때문에 큰 곤란을 겪었다. '승덕'을 영어로 표기하면 'Seungduk'이다. 영어에는 우리말의 '으'나 '어'와 일치하는 모음이 없어서 내 이름을 정확히 발음하는 미국인이 거의 없었다. 나를 소개할 때 이름을 말하면 제대로 알아듣지 못하고 "OK." 하면서 대충 알았다는 식의 표정을 짓기 일쑤였다. 예의 없는 미국인은 면전에서 얼굴을 찡그리기도 했다. 이름을 불러야 할 경우에도 미스터 고라고 부르는 사람이 많았다. 하지만 미스터 고는 '고 선생님'이라는 뜻이어서 거리감이 느껴졌다. 한국으로 돌아온 후에도 외국인을 상대할 때마다 이름으로 인한 불편은 계속되었다. 결국 외국인용으로 데이비드란 이름을 애칭처럼 사용하게 됐다.

마이카 시대

예일대에서의 첫해가 끝나가기 전에 나는 큰맘 먹고 1,500달러를 들여 8년 된 싸구려 중고차를 샀다. 자전거를 도둑맞고 난 다음이었다. 승용차 중에서 가장 큰 사이즈인 6기통 그랜드 퓨리였다. 엔진이 좋아 경찰차로 많이 채택되던 모델인데, 내 것은 차 뒷부분이 왜건형이었다. 공간이 넓어서 짐을 나르기에도 적당했다.

차를 산 뒤 며칠 동안 혼자 운전 연습을 해서 면허를 받았다. 미국 운전면허 시험은 간단한 객관식 문제를 풀어 합격하면, 자동차 등록 사업소 근처에서 실기 시험을 본다. 교통 표지판을 식별하고 신호를 준수하는지가 합격의 가장 중요한 포인트이다. 나는 미리 그 부근에 가서 교통 표지판과 신호등을 표시한 지도를 만든 다음, 꼼꼼하게 외웠다. 후에 이 지도는 유학생들 사이에 모범 답안처럼 전수되었다.

차가 생기고부터는 주말에 뉴욕 맨해튼까지 다녀올 수 있게 되었다. 혼자서 가기도 했지만 대개는 몇 명이서 몰려갔다. 한국 식품점에서 필요한 것들을 사기도 하고 한국 음식도 먹었다. 뉴욕의 한국 음식점은 양도 푸짐하고 맛도 좋았다. 하지만 뉴욕까지는 왕복 4시간 이상 걸렸기 때문에 자주 가지는 못했다.

유학을 포기하다

정치학 박사 과정

예일대 로스쿨에서 두 학기를 마치고 여름 방학 때 잠깐 한국에 다녀온 뒤, 정치학 박사 과정을 시작했다. 예일대는 정치학의 여러 분야 중에서 미국 정치학이 가장 강한 학교 중 하나로, 그 분야에서 유명한 교수들이 많았다. 한국 학생에게 미국 정치학은 매우 어려운 분야이다. 한국 유학생들은 대개 미국 정치학을 전공하지 않고 국제 정치나 비교 정치 또는 미국에서 말하는 지역 연구 곧, 외국 정치를 전공했다.

미국 정치학은 내 생각과 많이 달랐다. 나는 정치학이 현실 정치를 다루는 생동감 있는 학문인 줄 알았는데, 막상 미국에서 공부해 보니 딱딱하고 재미가 없었다. 정치학을 과학적으로 접근한다면서 통계학적인 방법을 강조했다. 헌법을 연구하기 위해서는 미국 정치학을 공부해야 한다고 생각했는데, 막상 정치학을 공부해 보니 정치 문화적 차이, 사고 방식의 차이 때문에 이해가 쉽지 않았다.

로스쿨에서는 100명이 넘는 학생들을 대상으로 강의하는 과목이 많았으나, 정치학 박사 과정은 학생 수가 통틀어 몇 십 명밖에 안 되었고, 수업도 주로 20명 안팎의 학생이 참가하는 토론식 세미나 형태였다. 정치학과에서는 리딩이라고 해서 과목당 읽어야 할 책이 수십 권, 논문도 100여 편이나 됐다. 담당 교수가 학기 초에 리딩 목록을 나눠 주면 도서관에서 논문과 책을 찾아 읽고 요점 정리를 해야 수업에 참여할 수 있었다. 로스쿨보다 공부해야 할 분량이 몇 배나 많았다. 하루만 놀아도 공부가 밀렸다. 나는 책을 빨리 읽는 편이어서 그나마 따라갈 수 있었다. 통계학이 필수였기 때문에 전산통계 프로그램(SPSS)도 공부해야 했다. 개인용 컴퓨터가 없을 때라 학교 컴퓨터를 사용해서 상관관계 분석 같은 숙제를 했다.

당시 우리나라에서는 정치학 교수들이 명망가로서 정치에 영입되는 경우가 적지 않았는데, 미국에서는 행정대학원 교수가 아닌 정치학과 교수가 현실 정치에 참여하는 경우는 거의 없었다. 우리나라 대학과는 달리 연구에만 몰두하는 분위기였다. 한국에서 법대와 정치학과를 모두 거친 어느 선배는 "한국에서 처음 법대 다닐 때는 법대 교수 중에 열심히 가르치거나 연구하는 사람이 많지 않다고 생각했는데, 정치학과에 가서 보니 더 심해. 학문보다는 현실 정치 참여에 관심을 두고 교제 범위를 넓히기 위해 열심히 뛰어다니는 교수들이 많더라."고 이야기했다.

하지만 예일대 정치학과 교수는 로스쿨 교수들과 복장부터 달랐다.

로스쿨 교수들은 대개 정장 차림인데 비하여, 정치학과 교수들은 간편한 차림이었다. 청바지를 입고 가르치는 교수도 있었다. 남에게 신경 쓰지 않고 강의와 연구만 열심히 하는 것이다.

예일대에 유학한 지 2년째부터는 기숙사를 나가 맨스필드라는 아파트에 살던 박형섭 씨의 집에서 방 1개를 빌려 썼다. 맨스필드 아파트 생활은 일종의 자취였다. 따로 요리를 배운 적은 없지만 재료를 사다가 찌개, 갈비, 불고기까지 직접 만들어 먹었다. 우범 지역 바로 옆이어서, 한 달에 1번 정도는 총소리가 들렸다. 정치학과로 가는 길에서 가끔 강도 사건이 발생하기도 했다. 당시 통계를 보면 코네티컷 주의 1인당 소득이 미국 1, 2위였는데, 뉴욕 시에 가까운 그리니치 같은 부자 마을 때문에 그런 것일 뿐, 뉴 헤이븐은 상당히 빈곤한 동네였다.

기분 전환을 할 때는 옆 동네인 이스트 헤이븐 바닷가에 있는 해산물 음식점에 갔다. 겨울이면 바닷가의 갈매기들이 먹이를 찾아서 뉴 헤이븐의 광장 한복판까지 날아왔다.

유학을 중단하다

정치학 기말시험을 마치고 5월 말에 귀국하자, 집안 어른들이 유학을 포기할 것을 강력하게 권유했다. 나도 심경의 변화가 있었다. 무엇보다 유학을 하는 동안 우리나라가 변했다. 광주 사태는 국민들의 마음에 깊은 상처를 남겼고, 5공 군사 정권은 칼을 휘두르고 있었다. 노골적인 사찰과 기관원의 학내 주재가 이루어졌다. 운동권의 저항도 점점 거세져서, 교수들의 수난 시대가 이어졌다. 일부 교수들은 어용 교수로 매도되었고, 교수가 학생들에 의해 강제로 삭발당하는 사태까지 발생했다. 교수들은 교권 확립을 외쳤지만, 교권 추락의 징표는 점점 뚜렷해졌다. 정치 상황이 상아탑까지 흔든 것이다.

미국에서 학위를 받는다고 교수 자리가 보장되는 것도 아니었다. 또 교수가 된다고 뾰족한 수가 있는 것도 아니었다. 전에는 유학을 가려면 자격시험을 봐야 했고, 고등학생의 경우 일정한 성적 이상이 되어야 유학 허가가 났으나, 5공 때 유학에 대한 규제가 없어진 뒤로 한국에서 대학 갈 실력이 없는 학생들도 돈을 믿고 미국에 유학 가는 풍조가 생겼던 것이다.

내가 예일대에 갈 때만 해도 미국 일류 대학에서 박사 학위를 받으면 서울에 있는 대학 교수로 임용될 수 있었으나 2~3년 지나면서부터는 지방 대학에도 들어가기 어렵다고들 했다. 미국 일류 대학에도 한국 유학생들이 급증해, 유학생들끼리 모이면 이러다가 하버드대 박사도 한국에서 교수되기 어려운 것 아니냐는 이야기가 나왔다. 실제로 그러한 우려가 현실로 나타나고 있었다. 미국 일류 대학에서 학위를 받고도 서울에서 강사 자리 구하기가 어려워진 것이다.

나는 교수가 되려는 꿈을 접고 유학을 중단하기로 결단을 내렸다. 가던 길이 옳은 방향이 아니라는 생각이 들면 바로 걸음을 멈추어야 한다. 잘못된 방향으로 계속 가면 돌아오기만 힘들다. 나는 여름 방학이 끝날 무렵 미국에 가서 짐을 꾸려 왔다.

판사로 임관하다

유학을 포기하면서 나는 법률가로서 착실히 살기로 결심했다. 거창한 목표를 추구하지 말고 조용하게 살기로 마음먹은 것이다. 당장 할 일은 판사로 임관을 받는 것이었다. 당시 대법관으로 있던 외숙과 상의했더니, 법원은 서열이 중요한 곳이라며 내가 유학 갔던 기간이 경력상 공백이 될 것을 염려했다. 그리고 법학 공부한 기간의 반을 판사 경력으로 산입해 준다는 규정을 찾아주었다.

예일대에서 학력증명서를 떼려 했지만 1984년 9월 판사 발령에 포함되기 위해서는 시간이 부족했다. 우선 그동안 등록금을 송금하기 위해 받아 둔 재학증명서를 정식 증명서 대신 제출했다. 그 증명서에는 미국 학기인 9월부터 다음 해 5월까지만 표시되어 있었다. 법원 행정처에서는 정치학과에서 공부한 기간까지도 법학 관련 공부로 쳐주었다. 결국 2년간의 유학 기간 중 9개월을 경력으로 인정받아 나보다 연수원을 1년 늦게 졸업한 판사들보다 법원 서열이 뒤지는 결과가 됐다. 그래도 외숙은 내가 참고 열심히 일하면 뒤늦게라도 만회할 기회가 올 것이라고 위로해 주었다. 나도 그동안 법조인의 길을 포기하고 외도한 것에 대한 자성의 생각이 들어 임관만으로도 감사히 여겼다.

1984년 9월, 나는 나보다 1년 빨리 연수원을 졸업하고 군대를 다녀온 사법 연수원 11기와 연수원을 나와 바로 발령받는 14기 틈에 끼어서 수원 지방 법원으로 발령을 받았다. 처음에는 수원으로 발령 난 사실이 서운했지만, 인천보다는 통근하기 좋은 지역이고 때가 되면 서울로 가게 될 것이라 생각하며 기다리기로 했다.

예일대에서 돌아온 후 판사로 일을 시작하는 9월까지 두 달 정도 시간이 남았다. 그 기간을 어떻게 활용할까 생각하다가 나중에 대한변호사협회 회장을 역임한 경기고 선배 김평우 변호사를 찾아갔다. 내가 사법 연수원을 졸업할 무렵 김 선배가 같이 일할 후배 변호사를 구한다고 해서 만났던 일이 있었다. 김 선배를 찾아가 뭐 도와드릴 일이 없겠느냐고 했더니 사무실에 나오라고 했다. 김 선배는 당시 대우 빌딩에 사무실을 두고 있었다. 두 달 동안 할 수 있는 일은 거의 없었다. 김 선배가 미국의 증인 녹취 제도에 관한 글을 쓴다고 해서, 책을 번역하는 일을 도우며 냉방이 잘되는 사무실에서 여름을 났다.

7

한국에서
판사로
일하다

초임 판사 시절

수원 법원에서

1984년 9월 1일은 내가 태어나서 처음으로 정규직으로 출근한 날이다. 당시 수원 법원은 수원 시가지에 있었다. 나는 서울역에서 기차를 타고 수원역에서 내려 택시를 타고 법원으로 갔다. 수원 법원에 초임 발령을 받은 판사는 나를 포함해 3명이었다. 다른 2명은 연수원 11기 선배였다.

초임 판사는 지방법원 합의부에 배치된다. 판사 3명으로 구성되는 재판부를 합의부라 하는데, 1명의 재판장과 2명의 배석 판사로 구성된다. 이와 달리 한 사람이 혼자서 재판을 진행하는 재판부를 단독 판사라고 한다. 법원은 서열을 중시하는 조직이다. 배석 판사 두 사람 중 서열이 높은 사람이 우배석, 서열이 낮은 사람이 좌배석이 된다. 우배석은 법정에서 재판장 오른쪽에 앉고, 좌배석은 재판장 왼쪽에 앉는다.

지금은 초임 판사를 예비 판사라고 한다. 판사를 2년은 해야 예비라는 꼬리표를 뗄 수 있다. 예비 판사도 법정에 같이 앉기 때문에 요즘 합의부 법정에는 예비 판사까지 4명이 앉는 것을 흔히 볼 수 있다.

나는 처음에 민사 합의부에서 일하게 됐다. 민사 소송을 재판하는 곳이다. 수원 법원은 인천 법원과 마찬가지로 지방으로 첫 발령을 받았거나, 순환 근무제에 의해 지방으로 전근 갔던 판사가 서울로 올라가면서 거치는 길목 같은 곳이다. 대개 수원에서 2년 정도 근무하면 서울로 올라가기 때문에, 수원 법원에서 3년 이상 근무한 판사를 찾아보기가 어려웠다.

수원 법원은 관할 구역이 넓어서 사건이 많았다. 경기도는 공장이 많아 인구 유입이 지속적으로 늘어난 데다, 신흥 도시도 곳곳에 생겨났다. 교통사고와 산업 재해 사고 외에 일반 민형사 사건도 폭주해, 판사 1명이 처리해야 할 사건 수가 당시 전국 법원 중에서 1, 2위를 달렸다.

당시 합의부 부장 판사와 좌배석 판사, 우배석 판사에게는 약 1 대 2 대 2의 비율로 사건이 배당됐다. 부장 판사에게 배당된 사건은 '가' 주심, 우배석에게 배당된 사건은 '나' 주심, 좌배석에게 배당된 사건은 '다' 주심이라고 하고 사건 기록 표지에 '가', '나', '다'라고 표시했다.

합의부 판사들은 판결을 선고하기 일주일 전에 부장 판사실에 모여 합의를 한다. '합의'란 판결을 어떻게 할지 정하는 것을 말한다. 사건 기록을 바탕으로 서로 의견을 교환해서 판결 주문을 정하게 되는데, 실제로는 부장 판사와 주심 둘이서 정한다고 보면 된다. 부장 판사와 배석 판사는 경력과 연륜에서 크게 차이가 나기 때문에, 부장 판사의 의견이 합의에서 절대적이다. 법률에는 세 판사가 합의하여 정하라고 하지만 실제 운영은 다른 셈이다.

한번은 옆방 배석 판사가 형사 사건에서 부장 판사와 부딪혔다. 죄질이 매우 나빠 엄벌해야 할 사건인데 부장 판사가 어디서 부탁을 받았는지 봐주자고 했다는 것이다. 양심상 도저히 그렇게 할 수 없었던 배석 판사는 끝까지 버텼고, 엄한 판결을 내렸다. 하지만 나중에 부장 판사가 만나는 사람마다 그 배석 판사를 버릇없는 후배라고 말하고 다녀 곤욕을 치렀다고 한다.

당시는 판사가 판결을 손으로 써서 판사실 여직원에게 주면, 여직원이 먹지를 여러 장 대고 타자기를 쳐서 정본과 사본을 만들었다. 판결을 선고하기 전에 여직원에게 주면 판결 내용이 새어 나갈 우려가 있기 때문에 손으로 쓴 판결로 일단 선고하고, 여직원에게 주어 타자하도록 하는 것이 관행이었다. 지금은 판사가 직접 컴퓨터로 타이핑을 해서 출력하기 때문에 완성된 판결문을 가지고 판결 선고를 한다.

판결 선고 일주일 전 합의가 되면 판결문을 써야 한다. 당시 나는 하루 한 건 이상 판결을 썼다. 사건 기록을 보자기에 싸 들고 집에 가져와 밤늦게까지 검토하고 판결문을 작성했다. 보자기에 기록을 싸 가지고 다닌 것은 기록이 두꺼워 가방에 들어가지 않았기 때문이다. 고등학교 다닐 때 외숙이 출퇴근 때마다 보따리를 들고 다니는 것을 보았기 때문인지, 보따리가 어색하지 않았다. 배석 판사는 일주일에 하루 재판에 참여하고, 나머지 날은 판사실에 앉아서 기록을 검토하고 판결을 쓰는 것이 주 업무였다. 근무 시간만으로는 부족해서 집에서도 밤늦게까지 일했다. 사건 기록을 잃어버릴까 봐 버스와 기차 안에서 마음 놓고 졸지도 못했다. 차가 있었다면 법원에서 늦게까지 일해도 됐겠지만, 나는 기차 시간에 맞춰 매일 보따리를 들고 오갔다.

그해 가을 수원 법원이 원천동에 새로 건물을 지어 이사했다. 수원역에서 법원까지의 거리가 더 멀어져서, 기차로 출퇴근하면 시간이 너무 많이 걸렸다. 나는 제일 작은 차인 포니2를 샀다. 명륜동에서 법원까지 30분 정도면 갈 수 있었다. 당시 고속도로에는 교통 정체가 없었다.

판사 생활은 고됐지만 마음은 편했다. 판결만 쓰면 다른 일에는 크게 신경 쓸 필요가 없었다. 판사 생활은 주로 합의부 판사 3명이 뭉쳐 지냈다. 식사도 같이 하고 술도 같이 먹었다. 수원 법원의 판사들은 대개 서울에서 출퇴근했기 때문에 저녁 회식은 강남에서 하는 경우가 많았다. 아직 강남이 개발되기 전이라서 허허벌판에 듬성듬성 건물이 있을 때였다.

수원 법원에서는 젊은 판사들이 순번을 정해 구속 영장 업무와 즉결심판을 맡았다. 한 달에 1~2번 영장 당직이 되면 저녁 늦게까지 법원에서 대기해야 했다. 구내식당에서 저녁을 먹고 기다리면 영장 서류가 올라왔다. 영장을 처리하느라고 자정까지 남아 있는 일도 있었다. 당시 중한 범죄는 구속이 원칙이어서 다른 판사보다 영장 신청을 많이 기각하는 판사는 눈총을 받았다.

나는 그런 풍조에 문제가 있다고 보았지만, 문제는 관행이었다. 다른 판사들이 관행상 구속 영장을 발부할 사안을 나 혼자 기각하면 어디서 부탁이라도 받은 것처럼 괜한 오해를 살 것 같아 고민이 됐다. 판사들끼리 논의를 해 봐도 영장 발부는 특별한 사정이 없는 한 관행상 기준을 따르는 것이 타당하다는 의견이 많았다.

나는 미국에서 헌법을 공부했기 때문에 범죄 혐의를 받는 사람을 일단 구속하고 보자는 식의 관행에 문제가 있다고 생각했다. 구속이 원칙이 되면 구속을 악용하는 경우가 적지 않게 나온다. 예컨대 상대방의 약점을 잡아 합의를 유도하기 위한 수단으로서 고소해 구속시키겠다고 위협하는 경우도 적지 않다. 때로는 수사 기관의 아는 사람에게 부탁해 피의자에게 유리한 증거를 빼고서 영장을 신청해서 구속시키는 경우도 있다고 했다.

지금은 많이 달라졌다. 구속 영장 실질 심사 제도가 있어서 판사에게 자기 입장을 설명할 기회가 있고, 구속 비율도 전보다 낮아졌다. 나중에 실형을 받는 사건도 당장은 불구속으로 재판받는 경우도 많다. 대신 판결할 때 실형이 선고되어 법정 구속되는 경우가 늘었다.

판사로 임관한 이유

유학을 갈 때만 해도 판사나 변호사를 하지 않겠다고 결심했는데, 결국 판사를 하게 되었으니 당초 내 생각은 판단 착오였을까? 사법 연수원을 졸업하고 바로 판사로 발령을 받았다면 미국에서 공부할 기회를 가질 수 없었을 것이다. 하지만 유학 중에 공부를 그만두고 판사를 할 수는 있었다. t1t2 판단법으로 보면 처음의 선택이 잘못되었다 해도 만회할 기회가 있었던 것이다.

지금 생각해도 유학을 중도에 포기하고 판사 발령을 받은 것은 옳은 결정이었다. 그때가 아니었다면 내 평생에 판사로 일할 기회가 없었을 것이다. 수원 법원에 근무하며 사건을 골고루 다루어 본 경험은 변호사로 일할 때도 큰 도움이 됐다.

당시 서울 지방법원은 민사법원, 형사법원, 가정법원으로 나뉘어 있어서 어느 한곳에 배치되어 2년 정도 근무하면 한 종류의 사건밖에 다룰 수 없다. 초임지가 서울이 아니어서 서운하기도 했지만, 수원 법원에서 근무하는 동안 6개월마다 부가 바뀌어서 민사, 형사, 가사 등 여러 사건을 두루 경험할 수 있었다.

내가 사법시험에 합격할 때만 해도 법관 보수가 현실화되지 않았으나 판사를 할 때는 어느 정도 생활할 수 있는 수준이 됐다. 초임 판사 보수는 행정고시에 합격한 초임 사무관보다 2배 정도 많았다. 그래도 품위 유지하기에는 여전히 부족했다. 어느 부장 판사는 주위 사람들의 시선 때문에 중형 승용차를 샀는데, 체면상 타고 다닐 뿐 살림은 항상 빠듯하다고 했다. 후배 판사들에게 "판사하면 가족 고생시킨다."고 말도 자주 했다. 그러면서도 자신은 변호사 할 생각은 없다고 했다. 판사는 돈 보고하는 직업이 아니라는 것이다. 요즘은 상황이 많이 좋아졌다. 판사들에게 법인 카드도 나오고 수당도 상당히 나온다.

판사와 윤리

판사란 깨끗한 직업이다. 내가 법원에 있을 때 부장 판사들은 평소 아는 변호사나 친구와 식사나 술을 같이 하는 것은 괜찮으나, 사건이 관련되어 있을 때는 그런 행동을 하면 안 된다고 말했다. 요즘은 윤리 규정이 강화되어 판사는 사건에 관계없이 외부 사람과 식사하는 것을 피하도록 되어 있다. 그래서 점심때는 물론이고 저녁까지 법원에서 해결하는 판사들이 적지 않다.

우리 때는 변호사들이 판사실에 자유로이 출입했다. 사건을 부탁하러 오기도 하고, 그냥 인사차 들리기도 했다. 서울에서 내려오는 변호사는 재판 시작하기 전에 판사실에 들러 인사를 하는 것을 예의로 알았다. 사건을 부탁하는 것은 변호사의 업무이기 때문에 뭐라 할 수도 없었다. 그냥 한 귀로 듣고 다른 귀로 흘리는 것이 최선이었다.

하지만 그 후 사정이 변했다. 법원에서 로비를 목적으로 방문하는 것을 원천적으로 차단하기 위해 판사 면담 전에 허가를 받으라고 한 것이다. 지금은 판사가 사건 관계로 요청하지 않는 한 변호사가 판사실에 출입하지 못하도록 규정이 바뀌었다. 방문자 카드를 발급받아야 판사실 문이 열리도록 보안 장치가 되어 있다.

판결은 사건 당사자에게 미치는 영향이 크다. 특히 형사 사건에서 형량을 정하는 판사의 권한은 막강하다. 우리 사회는 막강한 재량권을 행사하는 자리에 대한 로비가 끊이지 않는다. 하지만 내가 아는 한 판사는 외적인 영향을 별로 받지 않는다.

변호사 사무장 중에는 판사에게 부탁해야 한다는 명목으로 사건 의뢰인에게 수임료 외에 웃돈을 요구하는 경우도 있다는데, 이것은 의뢰인을 기만하는 것이다. 판사에게 부탁한다는 명목으로 돈을 받아 갖고 있다가, 좋은 판결이 나오면 자기가 부탁해서 그렇게 된 것인 양 생색을 내면서 돈을 챙기고, 나쁜 판결이 내려지면 돈을 돌려주는 사건 브로커도 있다고 한다. 부탁하지 않아도 판결이 좋게 나서 돈을 챙기는 것을 '자연 빵'이라고 하는데, 브로커에게 청탁을 하는 사람으로서는 알 수가 없다.

1992년 4월 초 변호사협회에서 판사가 아는 변호사나 개업한 지 얼마 되지 않은 변호사를 봐 주는 것 등을 부조리의 일종으로 발표했다. 하지만 그런 사실이 있다는 것 자체를 인정하지 않는 법원의 반발에 부딪혀, 결국 법원에 사과하는 것으로 끝나고 말았다. 지금은 법원 스스로 나서서 이른바 전관예우를 받지 못하도록 여러 제도를 강구하고 있다. 옛날에는 오랫동안 판사로 일하다가 변호사로 개업하면 처음 몇 년 동안 돈을 많이 벌었다고 했다. 하지만 요즘 판사 친구들을 만나 보면 변호사 개업으로 재미 보던 시절은 지나갔다고들 말한다.

박 대통령 시절에는 판사가 소신 있는 판결을 하다가 사표 내는 것을 두려워하지 않았다. 그때는 변호사가 귀해서 소신껏 판결하고 변호사로 개업하면 명분도 얻고 돈도 벌 수 있었다. 그 후 정권 차원에서 판사들이 사표 내도 별 볼일 없게 만들겠다고, 사법시험 합격자 수를 늘리기 시작했다. 최근에는 국민에 대한 법률 서비스의 질을 개선한다는 명목으로 합격자 수를 1,000명까지 늘렸다. 이래저래 판사가 사표 내기 두려운 시대가 되었다.

1980년대까지는 판사나 변호사에 대한 구체적인 윤리 규정이 없었다. 미국에서는 변호사 윤리 규정에 판사와의 관계 범위를 구체적으로 정해 판사와 가까운 변호사는 아예 사건 수임을 막고 있다. 규정을 위반하는 경우, 변호사 자격을 박탈하는 징계 처분을 받을 수도 있다. 우리나라에서도 변호사 윤리 규정을 강화하는 움직임이 있지만, 아직은 양심에 맡기는 부분이 더 크다. 양심대로 하는 것은 사람마다 주관적 기준이 다르기 때문에 실효성이 없다. 변호사 윤리 규정을 세부적이고 구체적으로 정해야 한다.

예를 들어 미국에서는 판사와 친구인 변호사는 사건을 맡을 수 없다고 윤리 규정에 명문이 있으나, 우리나라에서는 그런 규정이 없다. 오히려 판사와 동기인 변호사에게 사건을 맡기는 것이 당연시된다. 판사나 검사는 국민이 의혹을 가질 만한 행동도 피해야 한다. 판사나 검사가 사건 당사자나 대리인과 개인적 친분이 있는 경우 사건을 맡지 못하도록 윤리 규정을 강화해야 한다. 변호사 쪽도 마찬가지이다.

내가 대학 다닐 때는 국가관과 역사관을 고취한다며 국민 윤리란 과목을 만들어서 가르치게 하고, 국사를 2차 사법시험 과목에 넣었다. 하지만 시험 과목에 넣는다고 국민이 더 윤리적이 되고, 역사의식이 생기는 것은 아니다. 간판뿐인 위원회를 조직하거나, 공연히 국민만 괴롭히는 실효성 없는 제도를 만드는 것도 아무런 도움이 되지 않는다.

합리적 제도의 필요성

우리는 정책을 집행하는 데 드는 사회적 비용을 생각하지 않는 경향이 있다. 명분과 목적만 앞세우다 보면 엉뚱한 방향으로 결과가 나타난다. 그래서 좋은 목적을 내세운 단속이나 규제가 실제로는 그것을 집행하는 사람의 밥그릇만 키우는 경우가 적지 않다. 부조리 때문에 원래 의도한 정책 효과가 제대로 달성되지 않는 것이다.

예컨대 교통질서를 바로잡기 위해 여러 단속 규정을 만들어 내도, 단속하는 경관이 뇌물을 받고 묵인하는 것을 막기 어렵다면 교통질서는 바로잡히지 않는다. 요즘은 뇌물 받는 것이 쉽지 않은 사회 구조가 정착되고 있지만, 1980년대까지만 해도 경찰관들이 교통 단속을 하면서 돈을 받는 경우가 꽤 있었다.

부조리가 행해지는 영역에서 새로 단속 규정을 만드는 것은 제도적으로 또 다른 부조리의 영역을 만들어 주는 것이라고 볼 수 있다. 단속 법규를 까다롭게 하면 부정한 마음을 가진 단속원이 문제 삼을 건수만 많아지므로, 국가가 노점상에게 좌판을 크게 차려 주는 셈이 될 수 있는 것이다.

양심적인 사람이 손해 보는 사회는 후진적이다. 옛날에는 윤리를 각자의 양심에 맡겨 윤리를 지키는 사람을 군자, 그렇지 않은 사람을 소인이라고 했다. 귀족이나 양반의 세계는 좁아서 서로 인간됨을 파악할 수 있었다. 각자의 양심에 맡긴다 해도 윤리가 시행될 수 있는 사회 관습적인 장치가 마련되어 있었다.

현대 사회에는 관습적인 감시 장치가 없다. 사람들은 눈앞의 이익을 추구하기에 급급하다. 서로를 파악할 시간이 없다. 약삭빠른 사람은 손해 보지 않으려고 서슴없이 윤리를 어긴다. 양심에 따라 사는 사람만 손해를 보게 된다.

우리나라는 전통적으로 추상적인 도덕 원칙만 강조했을 뿐, 그것을 합리적으로 시행할 수 있는 방법을 찾는 데는 무관심했다. 하지만 사회의 질서 유지는 양심에 맡길 문제가 아니다. 예컨대 민원 창구에 수많은 사람이 몰려 무질서하게 되는 경우, 새치기를 하지 않으면 끝없이 뒤로 밀릴 수밖에 없다. 이럴 때 양심에 호소하는 것보다는 줄을 서게끔 만들어 주면 일이 쉬워진다. 기본적인 사항이 준수되지 않는 문화에서 최선의 방법은 단순히 줄을 서자고 호소하는 것이 아니라, 눈에 보이도록 선을 그어 한 줄로 서게 하는 것이다. 선 하나가 양심적인 사람이 피해를 보는 것을 막고, 줄을 서는 사람들끼리 불필요하게 새치기에 신경 쓰는 것을 줄일 수 있다. 요즘 은행 창구에 설치되어 있는 번호표 기계를 보면 우리 사회에도 점점 합리적 제도가 자리 잡고 있는 것 같다.

인생의 전환점에서

교통사고를 당하다

1985년 12월, 기록 검증을 가다가 교통사고를 당했다. 아침부터 조금씩 눈이 내리던 날이었다. 부장 판사가 일할 기분이 안 난다면서 재판부 모두 기록 검증을 나가서 점심을 먹고 헤어지자고 했다. 원래 기록 검증은 주심 판사만 가는 것이 보통이다.

　판사 3명은 법원 차에 타고, 참여 사무관은 변호사 차를 타고 뒤에서 따라왔다. 좌배석 판사였던 나는 서열에 따라 앞자리 조수석에 앉았다. 차가 경부 고속도로로 접어들었을 때 갑자기 눈이 쏟아지기 시작했다. 경부 고속도로에서 영동 고속도로로 넘어간 차는 엉금엉금 거북이 걸음을 계속했다. 그렇게 5분 정도 갔을 때 맞은편 언덕 위에서 내려오던 차가 미끄러지면서 분리대 없는 중앙선을 넘어 우리 차를 정면으로 받았다.

지금도 그 장면이 슬로우 비디오처럼 회상된다. 깨진 유리창이 내 얼굴을 때려 안경이 부서져 날아갔다. 앞 유리창의 파편들이 칼날처럼 얼굴을 덮쳤다. 얼굴에서 뜨거운 피가 쏟아지는 것이 느껴졌다. 눈을 뜰 수가 없었다.

온 얼굴에 피를 흘리면서 죽을 수도 있겠다는 절망감을 느꼈다. 나는 하나님께 간절히 기도했다. "하나님, 저를 이렇게 죽게 하시려면 왜 그동안 살려 두셨습니까? 저는 아직 할 일이 많습니다. 하나님, 살려 주십시오."

순간 사이렌 소리가 들렸다. 한국도로공사 순찰차였다. 구원의 천사였다. 나는 용인의 개인 병원으로 실려 가서 응급 수술을 받았다. 임시 조치가 끝나자 앰뷸런스에 실려 동생이 인턴으로 일하고 있던 한강 성심 병원으로 호송됐다. 병원에 도착하자마자 동생을 찾았다. 성형외과 과장이 직접 수술했는데, 마취가 제대로 되지 않았는지 바늘이 얼굴 피부에 들어갔다 나오는 것이 그대로 느껴졌다. 코뼈 부분은 원래 마취가 되지 않는다고 했다. 소리 한 번 지르지 않고 5시간 수술을 견뎌 냈다.

입원실로 옮겨진 뒤에도, 코와 입 주위를 꿰맸기 때문에 말을 전혀 할 수 없었다. 눈물만 쏟아졌다. 큰 유리 조각이 얼굴을 대각선으로 쳐서 코 일부가 잘렸지만, 불행 중 다행으로 눈은 다치지 않았다. 안경을 쓰고 있어서 눈이 보호된 모양이었다. 2주 진단이 나왔는데, 얼굴 전체가 엉망이 되어서 도저히 그사이에 나을 것 같지 않았다. 다행히 뇌에는 아무 이상이 없었다.

수술 후 며칠이 지나 붕대를 풀자 얼굴 전체가 통통 부어 알아볼 수 없을 정도로 흉했다. 과연 퇴원할 때는 사람의 모습으로 돌아갈 수 있을까 걱정이 됐다. 이런 얼굴로 평생 살아가야 한다는 생각에 인생을 망쳤다는 생각이 들었다. 퇴원 후에도 엉망이 된 얼굴은 별반 달라지지 않았다. "하나님, 이런 얼굴로 평생 살아가게 하시려면 왜 저를 살리셨습니까?"라는 원망이 절로 나왔다.

마음의 변화

시간이 지나 마음이 안정되자, 살아난 것을 하나님께 감사했다. 한편으로는 인생무상도 느꼈다. 돌발적인 사고로 한순간에 목숨을 잃을 수도 있는 인간의 삶이 너무나 무력하게 느껴졌다. 내가 노력하고 애쓴 모든 것이 죽음 앞에서 얼마나 초라한가. 세상을 떠날 때는 모든 것을 그대로 두고 가는 것이다. 나는 다시 한 번 하나님께 매달릴 수밖에 없었다. "하나님, 다시 한 번만 기회를 주십시오. 착실하게 살겠습니다."

나는 그동안 판사 생활에 만족하고 있었으므로, 그것을 버리고 싶은 생각이 없었다. 기왕 판사를 하기로 결심하고 시작한 일인데 바로 그만두면 얼마나 우습게 보이겠는가. 외숙에게도 "앞으로 착실히 판사를 하겠다"라고 말하지 않았던가. t1t2 판단법으로 생각해 봐도 판사를 그만둬서는 안 될 것 같았다. 유학이 아무리 중요해도 지금 떠난다면 판사로서 더는 경험을 쌓을 수 없었다. 일단 판사를 그만둔 다음에는 복직하기가 어렵다. 반면에 유학은 꼭 지금이 아니라도 갈 수 있었다.

그러나 교통사고 후 나는 이것이 내 인생의 전환점이라는 직감이 들었다. 판사 생활에 안주해 벌을 받은 것은 아닌지 반성도 됐다. 한 번 사는 인생을 어떻게 살아야 하는가. 정신적 충격을 벗어나기 위해서라도 지금의 생활에 변화가 필요했다. 판사로서 경력을 쌓고 승진하는 것도 좋지만, 하고 싶은 일을 하며 마음 편히 살고 싶다는 생각이 들었다.

사고 이후 유학 쪽으로 마음이 흐르기 시작했다. 입원해 있는 동안 급히 하버드대와 예일대 로스쿨의 입학 원서를 구했다. 그리고 퇴원 후 집에서 쉬는 동안 원서 작성을 마무리해 특급 우편으로 접수했다.

자기 권리도 못 지키는 판사

요즘은 판사가 전문직의 하나로 인식되고 있으나, 예전에는 많은 사람들이 판사를 일반 직업과는 다른 특별한 공직이라고 생각했다. 내가 교통사고로 입은 피해 보상을 받기 위해 소송을 하려고 하자, 선배들이 하나같이 말렸다. 판사는 재판을 진행하는 사람이지, 원고나 피고와 같은 사건 당사자가 되어서는 안 된다는 것이었다. 남을 판단하는 사람이 어떻게 판단받는 위치에 서느냐는 보수적인 생각이었다. 최근에는 검사가 기자들을 상대로 손해 배상을 청구하기도 하고, 판사가 이혼 소송을 제기하거나 당하기도 하지만, 그때만 해도 판사가 소송에 휘말리면 사표를 내야 한다는 분위기였다. 판사들은 사회적으로 물의를 빚는 일에 연루되지 않도록 조심했다. 하지만 자기 권리도 지키지 못하는 사람이 남의 권리를 지킬 수 있을까? 나는 답답하다는 생각이 들었다.

사고 후 한 달 만에 법원에 출근한 나를 기다린 것은 그동안 밀린 사건 기록이었다. 내가 아파 누워 있는 동안 나에게 배당되었던 사건은 판결이 연기된 상태였다. 한 달 이상 거의 매일 자정을 넘기면서 기록을 읽고 판결을 썼다.

한 달 정도 사건 처리에 허우적대다가 조금 여유가 생기자, 소송 실무에 관한 자료를 확보해 두기로 했다. 나는 담당했던 사건 기록에서 각종 서식과 판결문을 복사해서 종류별로 정리했다. 판결문은 변호사가 작성하는 소장의 지침이 된다. 해답을 알면 문제를 풀기 쉽듯이, 원하는 판결을 받기 위해서는 소장이나 준비 서면에 그런 판결이 나올 수 있는 주장을 하고 판결문에 인용된 것과 같은 증거를 제출해야 한다. 지금은 소송 양식이 대법원 홈페이지에 무료로 게시될 정도로 보편화되어 있지만, 양식 자체는 거의 변하지 않았다.

수원 법원 시절부터 계속 모아 온 소송 실무 자료는 지금까지도 유용하게 활용하고 있다. 판례집에 대법원 판결이 실려 있지만 대법원은 법률심이기 때문에 사실 관계는 간단히 다루고 법률적인 쟁점을 주로 판시한다. 소송 실무에 도움이 되는 하급심 판결은 판례집에 잘 게재되지 않는다. 법원에서 발간하는 하급심 판결집에 특이한 유형의 사건 위주로 실려 있을 뿐이었다. 지금은 판결이 인터넷으로 공시되지만 역시 하급심 판결은 잘 실리지 않는다.

다시 유학을 떠나다

유럽을 돌아보다

1986년 3월 하버드대 LL.M., 즉 법학 석사 과정에서 입학 허가가 났다. 하버드대에서 석사를 하면 예일대와 서울대를 합쳐서 석사가 3개나 되지만, 유학을 떠나고 싶은 마음에 하버드대 LL.M. 과정을 선택했다. 하버드대는 다른 곳에서 LL.M.을 받은 사람도 받아들였다.

하버드대 LL.M. 과정에는 원래 한국 사람이 두어 명 들어가는데 그해에는 나를 포함해 5명이나 입학 허가를 받았다. 입학 허가를 받고도 나는 막바지까지 법원에 알리지 않았다. 판사가 유학 가는 것을 달갑지 않게 여기는 분위기였기 때문이다.

LL.M. 과정은 1년이다. 석사만 마치고 1년 후 귀국할 경우에 대비해 판사를 사직하는 것보다 휴직하는 것이 안전하다는 주위의 권유에 따라 휴직 신청을 했다. 그때까지 판사가 개인적인 유학 때문에 휴직한 경우는 없었다. 휴직이 안 되면 사표를 내야 할 상황이었다. 다행히 일이 순조롭게 풀려 7월 중순 휴직 허가가 났다.

학기 시작까지 시간 여유가 있어서 유럽을 거쳐 미국에 가기로 했다. 김포 공항에서 런던으로 가는 비행기를 타자 판사 시절의 격무, 교통사고의 트라우마 등 그동안 내 마음을 누르고 있던 모든 것이 사라지는 기분이 들었다. 2년 전 처음 유학 갈 때 비행기 안에서 그랬던 것처럼, 런던으로 가는 비행기 안에서 새로운 인생이 시작되는 것 같았다.

런던은 역사적인 건물이 많아서 고풍스러웠다. 폭이 좁고 구불구불한 도로가 많은 도시였다. 호텔에서 목욕을 하는데 물에 석회질이 들어 미끈미끈했다. 그래서 그곳 사람들은 대개 생수를 사다 마신다고 했다. 아직 우리나라에는 생수가 본격적으로 보급되기 전이었다. 우리나라의 풍부하고 깨끗한 물에 대해 감사한 마음이 들었다.

영국 음식은 버터를 많이 써서 느끼했다. 거의 3시간이나 걸리는 풀코스 저녁식사에 지친 나는 다음 날 바로 한국 음식점을 찾아갔다. 김치찌개가 있어서 시켰는데, 한국에서 먹는 것과는 맛이 좀 달랐다. 런던에서 가장 크다는 서점에 가서 법률 서적도 샀다. 미국에 가면 열심히 공부해야 한다는 강박 관념 때문이었다. 하지만 영국법과 미국 법은 판례가 달라서 별 도움은 되지 않았다.

파리로 건너가서는 센 강을 따라 유람선을 타며 식사를 하고, 에펠탑을 구경했다. 거리의 화가들이 늘어서 있는 몽마르트 언덕에 올라 파리를 내려다보니 수평으로 거대하게 펼쳐진 도시가 한눈에 들어왔다.

점차 시차로 인한 피로가 몰려오더니, 물랭루주에서 가슴을 드러낸 무희들이 춤을 추는데도 잠이 들고 말았다.

여름의 파리는 관광객만 득실거릴 뿐, 정작 파리 사람들은 남쪽 해안으로 바캉스를 가고 없어 한산했다. 거리 곳곳에 관광객을 실은 버스가 보였다. 흑인들도 적지 않았다. 과거 프랑스의 식민지였던 지역에서 온 사람들이었다. 말로만 듣던 샹젤리제 거리는 평범했다. 베르사유 궁전은 건물 안에 화장실이 없다는 것이 재미있게 느껴졌다.

오스트리아 빈에서는 성당, 궁전 등을 구경하고 마차를 타고 시내를 돌아봤다. 아담하고 예쁜 도시였다. 잘츠부르크에서는 모차르트 생가 등을 구경했다. 빈 사람들이 즐겨 간다는 근교의 술 마을에도 갔다. 강당처럼 큰 선술집에 사람들이 가득 앉아서 술을 마시고 있었다. 오스트리아에서는 포도주가 음료수만큼이나 흔했다. 어느 식당이나 그 집에서 담근 포도주가 있었고, 식사 때 음료수 대신에 포도주를 마시는 사람이 많았다. 독일과 가까운데 술은 맥주보다 포도주를 많이 마신다는 것이 이채로웠다. 포도주와 함께 먹었던 소시지나 감자, 야채의 맛은 지금도 잊지 못할 정도로 훌륭했다.

빈에서 비행기를 타고 뉴욕으로 가서, 차를 몰아 북쪽으로 올라갔다. 뉴욕에서 하버드대가 있는 케임브리지까지는 4시간 남짓 걸리기 때문에, 그 중간인 뉴 헤이븐에서 하루 묵으면서 오랜만에 예일대를 돌아보았다. 2년이란 세월이 흘렀지만 학교는 변함이 없었다. 전에 친하게 지내던 한국 유학생들도 아직 공부하고 있었다. 친구들을 모아 저녁을 사주고 케임브리지로 차를 몰았다.

케임브리지에 도착하다

케임브리지에 도착한 후 지도를 사서 앞으로 살 집을 찾아갔다. 하버드 대에서 도보로 5분도 걸리지 않는 랭든 스트리트 44번지에 있는 50년 정도 된 연립 주택이었다. 학교에 오가는 시간을 절약하기 위해 학교 가까운 곳에 집을 얻었다.

오래된 동네라서 좁은 길과 일방통행 길이 많았고 주차장이 있는 건물이 별로 없었다. 내가 살아야 할 집 역시 주차장이 없었다. 5층 건물로 10세대가 살았는데, 건물은 낡았고 나무로 된 창문은 뒤틀려 완전히 닫히지 않았다. 그런데도 하버드대 로스쿨에 가까워서인지 임대료는 싸지 않았다.

공유 공간은 관리인 할아버지가 관리했고, 지하에 동전으로 작동하는 세탁기가 있었다. 직전에 살던 사람이 나간 후 전기, 가스, 수도가 모두 끊긴 상태여서 첫날은 그곳에서 잘 수가 없었다. 이튿날 전기, 가스, 전화 등 필요한 것들부터 얼른 연결했다.

연립 주택의 1층에는 제인 그린리프라는 나이 많은 여자가 혼자 살고 있었다. 연금을 받아 생활하는 그녀는 오래전 교통사고를 당해 걸음이 불편했다. 그러다 보니 시간이 많아서 만나는 사람마다 붙잡고 이야기하는 것이 유일한 낙이었다. 제인은 우리에게도 온갖 참견을 해 가며 많은 것을 친절하게 알려 주었다. 무료로 영어 회화 공부를 한 셈이다. 영어 회화 선생 중에 제일 좋은 사람이 나이든 미국 할머니라고 한다. 시간이 많고 말을 많이 하기 때문이다.

8

하버드대
로스쿨에서
공부하다

하버드대 로스쿨 수업

하버드대의 첫인상

세계적인 명성에 비해 하버드대 로스쿨의 첫인상은 소박했다. 입구에 '하버드대 로스쿨'이라고 쓰인 돌 간판이 가로로 길게 누워 있을 뿐, 캠퍼스 규모도 생각보다 크지 않았다. 도서관과 교수실이 있는 본관은 유럽식으로 고풍스러웠지만 내부는 평범했다. 신관은 네모반듯한 현대식 건물이었다. 강의실과 동아시아 법 연구소는 신관에 있었다.

하버드대 로스쿨은 일본 미쓰비시 그룹의 기부금으로 동아시아 법 과목을 개설하고 외부에서 교수를 초빙했다. 내가 하버드대에 갔을 때는 워싱턴 대학의 존 헤일리 교수가 교환 교수로 와 있었다. 일본 법을 전공한 헤일리 교수는 한국 학생에게도 관심을 갖고 있었다.

하버드대 로스쿨의 LL.M. 과정은 미국 로스쿨 중 가장 큰 규모다. 예일대나 컬럼비아대는 LL.M. 학위를 취득하는 데 24학점을 요구하지만, 하버드대는 16~18학점만 요구해서 공부하기에 부담이 없었다.

예일대 로스쿨은 석사 과정에 학문할 사람 위주로 20명 정도를 받아들이는데 비해, 하버드대에서는 학문보다는 실무가들의 연수나 교류를 강조해서 세계 각국에서 많은 법률가들을 받아들인다. 1986년도만 해도 100여 명을 입학시켰는데, 그중 10명이 일본인이었다. 일본 대기업들은 하버드대 로스쿨에 기금을 내놓고 매년 1명 정도 연수 겸 유학을 보내는 경우가 많았다.

중국 경제법 수업

오래전 하버드대에는 폴 코헨이라고 하는 유명한 중국 법 교수가 있었다. 그는 동양 학생들에게 우호적이었다. 코헨 교수 시절 하버드대에는 고(故) 강구진 교수, 김영무 변호사, 이태희 변호사 등이 다녔다. 코헨 교수는 미국 회사들에 법률 자문을 해 주다가 변호사로 전업해 폴 와이스란 로펌의 홍콩 지사에서 일했다. 내가 하버드대에 있을 때는 교환 교수로 와서 중국의 현직 대외무역부 국장과 함께 한 학기 동안 중국 경제법 강의를 했다. 중국에서 어떻게 사업을 하는지, 중국의 법적 규제는 어떤지 등 기업의 중국 진출에 관한 기초 법률 강의였다. 세미나 방식이라서 방대한 양의 자료를 공부해야 했다.

나는 중국 경제법 강의를 들으면서 중국이 같은 동양권이고, 중국인과 한국인은 통하는 데가 많다는 것을 새삼 확인했다. 물론 두 나라 사이에는 차이점도 많았다. 중국에서는 '철 밥통'이라고 해서 아무리 일을 엉터리로 해도 직장에서 쫓아내기가 힘들다든지, 실업자 대책 차원에서 외국 기업이 사람을 구할 때 중국 정부에서 필요 이상의 인원을 배정한다든지, 토지는 국가 소유여서 외국인이 투자하더라도 소유권을 취득할 수 없다는 점이 그랬다.

중국 국장은 중국 관청의 결재 단계가 복잡하고 각 단계마다 뇌물이 성행한다는 것을 솔직히 인정했다. 공산 사회에서 뇌물이 극성을 부린다는 사실이 아이러니했다. 이상향을 꿈꾸는 공산주의에 탁상공론적인 측면이 있기 때문이 아닐까 싶다. 현실이 이상을 미처 따라가지 못하는 사회에서 권한 행사와 규제는 곧 부조리와 통한다. 후진 사회에서 공산주의를 채택하는 경우에는 권력 행사를 견제하기가 더 어려우므로, 자연히 권력이 부패하기 마련이다.

중국의 개발 정책은 국토 전역을 골고루 발전시키는 것이 아니라, 해안에 가까운 도시들을 중점적으로 발전시켜 내륙으로 확산하는 '거점 전략'이었다. 우리나라 같으면 소외된 지역의 주민들이 지역 차별이라고 항의하겠지만, 중국에는 군주제 아래의 신민같이 상부 계층의 지시에 복종하면서 살아가는 사람들이 많다고 했다.

공산주의 국가에 계급 사회가 정착한 것은 벌써 오래된 일이다. 우리나라에는 공산 사회가 평등 사회인 것처럼 오해하는 사람이 있는데, 북한만 봐도 각 주민의 배경, 출신 등을 이유로 수십 가지 계급을 만들어 세습화하고 있다.

중국 경제법 강좌에서는 공산주의에 대한 비판보다는 그 체제를 전제로 중국과 어떻게 장사를 할 것이냐 또는 중국인과 어떻게 사업을 하느냐, 곧 중국의 현실과 법을 함께 가르쳤다. 당시 중국은 우리나라 자유당 시절과 비슷한 점이 많았다. 뇌물이 널리 통용되고 관리의 부정부패가 심한 데다, 공식적인 관계보다는 안면이 중요했다. 구체적으로 하나하나 따지기보다 악수하며 상대를 믿자는 식이었으며, 빨리빨리 일을 처리하기보다 느긋하게 움직였다.

코헨 교수는 중국인들은 서류를 간단히 작성하거나 서류 없이 믿고 거래하자는 경우가 많아서 미국인들이 당황하는 경우가 많다면서, 그럴 경우 중국인에게 "당신은 믿지만 당신 다음 사람은 어떻게 믿느냐?"라고 말하고 법적인 서류를 상세히 작성해야 한다고 조언했다.

동양 법을 연구하는 미국 학자들

당시 미국에서 동양에 관심을 가진 로스쿨은 세 군데였다. 하나는 하버드대 로스쿨로, 코헨 교수가 있을 무렵부터 동양 법에 대한 연구를 많이 했다. 하지만 코헨 교수가 하버드대를 떠난 다음에는 그 뒤를 이을 만한 교수를 구하지 못하고, 교환 교수를 초빙하여 임시 강좌를 개설하고 있었다.

일본 법을 연구하는 컬럼비아대 로스쿨의 마이클 영 교수는 한국 법에도 관심을 갖고 있었다. 영 교수는 미국 국무성에서 일하기도 했는데, 실무 경험을 쌓는 것이 연구에 도움이 된다고 생각했기 때문이었다.

세 번째는 워싱턴 대학이다. 워싱턴 대학은 미국 서북부에 위치한 워싱턴 주 시애틀에 위치한 대학으로 한국, 일본 등 태평양 연안 국가에 관심이 많았다. 헤일리 교수는 당시 워싱턴 로스쿨의 학장보로 있으면서 일본 법 연구로 유명한 학자였다.

코헨 교수가 하버드대를 떠난 뒤, 영 교수와 헤일리 교수는 미국에서 동양 법 분야의 양대 산맥을 이루고 있었다. 당시 하버드대 로스쿨은 올리버 올드만 교수에게 임시로 동양 법을 담당하도록 했다. 올드만 교수는 원래 세법 교수로, 비교 조세법도 가르쳤다. 그 후 최근 국제형사재판소 소장이 된 서울대 송상현 교수가 하버드대에 교환 교수로 와서 한국 법을 가르치기도 했다.

한국과 미국 판검사 제도의 차이

헤일리 교수는 엄청난 양의 논문과 자료를 나눠 주고, 세미나 방식으로 수업을 진행했다. 그는 나를 한국 판사라고 소개하면서 우리나라 사법 제도를 다루는 시간에 학생들의 질문에 답하도록 했다.

미국에서는 나 같은 20대 판사를 찾아보기 어렵다. 변호사를 오래했거나 공직 생활의 경력이 있는 사람 중에서 선거를 통해 판사를 선출하기 때문이다. 대통령 또는 주지사가 판사를 임명하는 경우도 있다. 사법연수원만 나오면 판검사가 되고, 둘 사이에 보수 차이도 없는 우리나라와는 다르다. 미국에서 검사는 일종의 공무원으로 로스쿨만 졸업하면 임명될 수 있다. 미국의 판사와 검사는 사회적 지위나 보수에서 비교가 안 될 정도로 차이가 난다.

미국에서는 수사권 독립이 원칙이다. 수사는 경찰이 하고, 검사는 법원에 기소하여 형사 소송을 수행한다. 검사는 경찰 수사에 간섭할 권한이 없다. 그에 비해 우리나라 검사는 경찰 수사를 지휘할 권한이 있기 때문에 그 힘이 막강하다.

미국에서 우리 교포 학생들이 검사 쪽으로 많이 진출하는 것은 한국인 특유의 검사 선호 때문이 아닌가 생각된다. 내가 미국에 있을 당시에도 교포 신문에서 지방 검찰청 초임 검사가 된 사람을 마치 사법시험에 합격이라도 한 것처럼 대서특필하는 인터뷰 기사를 싣곤 했다.

하지만 미국에서는 대개 좋은 로펌에 취직하지 못하는 사람들이 검사가 되는 경우가 많다. 검사의 보수는 공무원에 준하기 때문에 변호사에 비하면 박봉이다. 우리나라 지방 검찰청 검사장에 해당하는 사람은 D.A.(District Attorney)로, 권한은 막강하지만 대개 정치적으로 임명되는 자리여서 일반 검사가 검사장이 되기는 어렵다.

LL.M. 논문을 쓰다

하버드대 LL.M. 과정에서는 석사 논문이 필수다. 나는 폰 메런 교수를 지도 교수로 정하고 불법 행위법 분야의 논문을 썼다. 불법 행위법은 미국 법의 기초 과목으로, 우리나라와는 내용이 상당히 다르다. 우리나라에서는 잘못으로 손해를 입히면 손해 배상 책임이 발생하고, 잘못이 고의인지 과실인지에 따른 손해 배상에 차이가 없다. 미국 법에서는 과실로 인한 불법 행위는 특수한 유형만 손해 배상 책임이 인정되고, 그러한 유형에 해당되지 않으면 손해 배상 책임이 없다. 또한 우리나라는 과실 상계라고 하여 가해자의 과실과 피해자의 과실을 비교해 피해자의 과실 비율만큼 손해 배상을 감액하는데, 미국에는 과실 상계가 없어서 책임 유무만 따진다.

나는 미국의 비교 과실이 우리나라의 과실 상계와 유사하다는 데 초점을 맞추고 두 제도를 비교 검토하는 주제로 석사 논문을 썼다. 폰 메런 교수는 여러 번 면담 시간을 할애하여 내 논문 초안의 문제점을 지적하며 수정 방향을 지도해 주었다.

미국에서는 논문을 쓸 때 가장 중요한 것은 알기 쉽게, 논리적 비약이 없도록 쓰는 것이다. 글을 읽는 상대방이 그 분야에 대해 전혀 모른다고 가정하고 이해하기 쉽게 써 나가야 한다. '물이 흐르듯' 논리가 흘러가야 한다. 한국에서는 어려운 단어나 한자어를 많이 섞어 쓰는 것을 품위 있는 것으로 생각하지만, 개념이 객관적으로 정의되지 않은 단어를 많이 쓰면 논리가 불명확해질 수 있다. 예컨대 우리나라에서 흔히 쓰는 '00주의(主義)', '00성(性)', '00적(的)'과 같은 용어는 사람마다 의미를 다르게 이해할 수 있다. 미국 법학에서도 라틴어를 사용하기는 하지만 예외적인 경우에 한해서이고 보통은 일상용어를 쓴다. 수업 시간에도 교수와 학생들이 쉬운 용어를 사용하여 토론하는데, 어려운 용어를 사용하는 데 익숙해져 있는 한국 학생들에게는 신기하게 느껴질 정도이다.

소크라테스 방법

인기 텔레비전 드라마였던 「하버드 대학의 공부벌레들」에 등장하는 킹스필드 교수의 교수법을 '소크라테스 방법'이라고 한다. '너 자신을 알라'는 말로 유명한 소크라테스는 상대방에게 계속 질문해 상대방이 스스로 틀린 점을 깨닫게 한다. 바로 그것이 로스쿨에서 판례법을 가르치는 방법이다.

영미법은 국회가 만드는 성문법(成文法)이 아니라 법원이 만드는 판례 위주로 형성되어 왔다. 당연히 로스쿨 교육도 판례 중심이 될 수밖에 없다. 교수는 학생들에게 계속 질문하여 학생이 판결의 의미를 스스로 깨닫게 한다. 교수가 질문만 하고 지나가는 경우도 허다하다. 킹스필드 교수는 실재하지 않지만, 그의 교수법은 실재이다.

미국에서는 판례가 없는 사건이나 기존 판례와 사실 관계가 다른 사건에서 판결이 나오면 그것이 새로운 법이 된다. 새로운 사건에 관해 판결을 하려면 판사가 어떤 결론이 합리적이고 좋은 법인가를 생각할 능력이 있어야 한다. 우리나라 법대 교육은 주입식이라서 사고하는 과정이 없다. 우리나라에서는 판례를 외우는 것이 중요하지, 판결 이유가 합리적인지는 따져 보지 않는다. 우리나라 법대에서 사용하는 '리걸 마인

드(legal mind)'는 미국에서는 사용하지 않는 '콩글리시'로, 법학 교과서의 체계대로 답안을 쓰는 훈련을 받는 것을 말한다.

미국 로스쿨에서는 판례 공부를 '어떤 법이 좋은 법이냐'는 관점에서 동적이고 비판적으로 접근하기 때문에 분석하는 사람에 따라 의견이 다른 경우가 많다. 때로는 교수가 학생들에게 어느 견해에 찬성하는지 손을 들어 보라고 하기도 한다.

미국 사회는 다원적이기 때문에 어느 문제나 여러 가지 견해가 활발하고 다양하게 제시되며, 자유로운 토론을 통해 결론을 유도하는 관습이 정착되어 있다. 그래서 주(州) 법원이나 연방 법원에 따라 동일한 사실 관계에 대해 다른 판결이 나오는 일도 흔하다.

미국 일류 로스쿨은 '전국적 로스쿨'이라고 해서 특정 주의 법이 아니라 일반적으로 적용할 수 있는 법리 교육을 한다. 이에 비하여 '지역 로스쿨'에서는 그 로스쿨이 속한 주의 법을 집중적으로 교육시킨다. 그 주에서 변호사 할 사람을 양성하는 것이 교육 목적이기 때문이다.

한국 학생들은 법률문제에 관해 직관적으로 결론을 내리는 버릇이 있어서, 미국 로스쿨에서 수업을 들으면 왜 교수가 저런 쉬운 문제를 갖고 시간을 끄나 하는 생각을 하는 경우가 많다. 하지만 로스쿨은 기본적으로 어떤 문제를 논리적으로 생각하고 접근하는 방법을 가르치는 곳이다. 그러한 사고 방법이 법학에서만 사용되는 것이 아니라, 사회 전반적으로 사용된다. 미국에서 정치인 중 로스쿨 출신이 많은 이유도 로스쿨 교육이 정치가에게 필요한 사고 방법과 토론 방식을 가르치기 때문이다.

킹스필드 교수를 연상하는 사람은, 하버드대 로스쿨이 학생들에게 철저하게 수업 준비를 시키고 엄격한 수업을 하리라 생각한다. 실제로 로스쿨 1학년 1학기는 교수들이 학생들을 괴롭히는 것이 보통이다. 그러나 2학기부터는 대체로 학생들을 느슨하게 풀어 놓는다. 「하버드 대학의 공부벌레들」은 하버드대의 수십 년 전 모습을 그린 것이다. 하버드대 로스쿨 학장이 입학식 때 학생들에게 "고개를 돌려 좌우 사람을 살펴보라. 졸업식 때 셋 중 하나는 없을 것이다"라는 말하던 시절의 이야기인 것이다. 지금은 하버드대도 예일대와 마찬가지로 대부분의 입학생을 탈락 없이 졸업시킨다. 종전에 하버드대가 많은 학생을 탈락시킨 것도 예일대 로스쿨과 경쟁하기 위해서였다고 하니, 예전부터 예일대가 하버드대에 앞서 있었던 모양이다.

하버드대에서의 일상

미국에 있는 동안 하버드대 로스쿨에 다닐 때만큼 마음 편히 지낸 적이 없다. 일단 LL.M.은 학점이 적어서 공부에 부담이 없었다. 예일대에서 2년간 공부해서 그런지 귀와 입이 모두 뚫려 있어 강의 듣기도 편했다.

주말이면 하버드 스퀘어에 가서 영화를 보거나, 보스턴 차이나타운에 가서 중국 요리를 먹었다. 하버드 스퀘어에는 상점, 음식점, 영화관 같은 편의 시설이 모여 있어서 편리했다. 흔히 하버드대가 보스턴에 있다고 하지만 찰스 강을 따라 남쪽은 보스턴, 북쪽은 케임브리지로 나뉘어 있어서 강을 건너야 보스턴이다.

내가 살던 연립 주택은 낡고 복도가 좁았다. 엘리베이터가 없어서 식품점에 다녀오면 3층까지 종이 봉지를 일일이 안고 들어 올리는 일이 고역이었다. 부엌은 두 사람이 함께 들어갈 수 없을 만큼 좁았다. 주차장이 없어서 차를 길에 세워야 했는데, 일주일에 2번씩 길 청소하는 차가 지나가는 시간에는 차를 치우지 않으면 견인해 갔다. 학교 앞도 주차 사정이 좋지 않아서 수업에 들어가느라고 차 옮기는 것을 깜박 하면 주차 위반 딱지가 붙어 있기 일쑤였다. 또 저녁 약속이 있어서 늦게 돌아오면 주차 공간을 찾아 30분 정도 온 동네를 도는 것이 예사였다. 그러다가 다음 날 차를 어디다 세웠는지 생각이 나지 않을 때도 많았다. 겨울에는 사람들이 지하철로 출근을 해서 더욱 주차 공간 찾기가 어려웠다.

예일대에서보다 편하게 공부했음에도 LL.M. 전체 학점에서 평균 A 학점을 기록했다. 2학점짜리 중국 법만 B+를 받고 나머지 과목은 모두 A-이상을 받아서, 하버드대 LL.M. 졸업생 가운데 상위 몇 등 안에 들었다.

하버드대의 한국인 유학생들

하버드대에서는 시간 여유가 있어서 중간 방학 때 LL.M. 과정에 있는 한국 학생끼리 경치 좋은 곳에 놀러 가기도 하고, 주말에 피바디 테라스라는 대학원생 아파트에 사는 학생들 집에 모이는 일도 많았다. 하버드대는 예일대보다 학교 규모가 훨씬 크고 한국 학생도 많았다. 하버드대에 정식 입학하지 않았고 학교 주변에 살면서 강의실이나 학생 모임에 얼굴을 내미는 비공식 청강생도 상당수 있었다.

예일대는 하버드대보다 학생 수가 적은 데다, 한국에 상대적으로 덜 알려져 있어서 한국인을 찾아보기 힘들었다. 내가 처음 예일대에 갔을 때는 대학원의 한국 학생이 모두 합쳐 20여 명 정도에 불과했다. 반면에 하버드대 대학원 유학생은 약 150명 정도 되어서 다 모이기가 어려울 정도였다.

우리나라에서는 하버드대 하면 모든 학과가 전부 미국 최고인 것처럼 알고 있지만, 대학원은 학과별로 순위가 매겨진다. 예컨대 하버드대의 어떤 학과는 미국에서도 상당히 평판이 쳐진다. 그런 학과는 입학이 쉬워서, 하버드대 박사라는 말을 들으려는 한국 학생들이 선호하는 경향이 있다.

하버드대의 한국 유학생은 학부 학생과 대학원 학생 사이에 큰 차이가 있다. 한국에서 대학을 졸업하고 대학원으로 유학하는 학생은 한국적 사고방식을 가지고 있고, 서로 우리말을 사용한다. 반면에 고등학교 때 유학 간 한국 학생은 대개 미국식 사고방식을 따라가려 하고, 우리말에 서툰 경우가 많다. 선배나 윗사람을 존중하는 우리의 관습을 이상하게 보는 사람도 있었다.

물론 이런 고정 관념을 깨뜨리는 학생도 있었다. 그중 한 사람이 하버드대 로스쿨 J.D. 1학년이던 크리스틴 킴이라는 여학생이었다. 그녀는 초등학교 때 이민을 왔으면서도 우리말을 유창하게 했다. 한국 것을 잊어버릴 만도 한데 그녀는 행동, 사고방식, 언어 모든 것이 한국적이었다. 종종 한국 학생들을 아파트로 초대해서 한국 음식을 만들어 대접하기도 했다. 하버드대를 졸업한 크리스틴은 뉴욕의 일류 로펌에서 근무하다 런던 사무소로 발령을 받았다. 그녀의 남편 잔은 스페인에서 일해서, 주말에만 런던에서 함께 지내고 일요일 오후에는 스페인으로 돌아갔다. 글로벌 주말 부부인 셈이다.

컬럼비아대 입학 허가를 받다

하버드대 LL.M. 과정은 1년이어서 곧바로 J.D. 과정을 준비했다. 미국의
4대 로스쿨은 예일대, 하버드대, 컬럼비아대, 스탠퍼드대이다. 나는 서
부로 이사 가고 싶지 않아서 스탠퍼드대를 빼고 나머지 세 군데만 지
원했다. 이번에도 하버드대와 예일대에서는 입학 허가를 받지 못했다.
J.D.는 미국 변호사를 양성하기 위한 과정이라는 것이었다. J.D. 입학이
안 되면 한국에 돌아가야 할 상황이었는데, 다행히 1987년 4월 컬럼비
아대에서 J.D. 입학 허가가 났다.

주말에 차를 몰고 컬럼비아대를 보러 갔다. 맨해튼 180번가 근처에
서 브로드웨이를 타고 컬럼비아대를 향해 남쪽으로 내려가자 말로만
듣던 슬럼가가 이어졌다. 온통 낙서와 조악한 페인트 그림으로 뒤덮인
노후한 건물들이 즐비해서 살벌하게 느껴졌다.

브로드웨이 116번가에 있는 컬럼비아대에 도착하자 메인 캠퍼스가
하나의 거대한 블록을 형성하고 있었다. 로스쿨은 메인 캠퍼스 길 건너
편에 구름다리로 연결된 건물에 있었다. 로스쿨 건물 앞에 그리스 신화
에 나오는 천마 페가수스를 길들이는 헤라클레스의 거대한 조각이 있
었다.

컬럼비아대 로스쿨은 창문이 없고 온도, 습도, 환기를 중앙 통제 방
식으로 제어하는 인공 지능식 건물이었다. 그 당시로는 최첨단이었다.
예일대나 하버드대 로스쿨의 본관 건물에는 없었던 엘리베이터와 에
스컬레이터도 설치되어 있었다. 예일대와 하버드대 로스쿨의 고풍스런

건물과 달리, 컬럼비아대 로스쿨은 '현대 사회의 현대적 법'이라는 교육 이념에 따라 건물도 초현대식으로 지었다고 했다.

컬럼비아대 캠퍼스를 중심으로 북쪽은 슬럼가였지만, 학교 기숙사가 있는 남쪽은 비교적 환경이 양호했다. 그래도 기숙사 유리창에는 방범용 굵은 쇠창살이 설치되어 있었다. 삭막한 환경이었다.

케임브리지로 돌아와 컬럼비아대 학부에 다녔던 학생들에게 물어보니 컬럼비아대 근처에 사는 데 별 문제가 없다고 했다. 허드슨 강 건너편 뉴저지 주에서 살면서 맨해튼으로 통근하는 사람들도 많다고 했다. 마음을 정한 나는 컬럼비아대 로스쿨에 입학하겠다는 답신을 보냈다.

버겐카운티로 이사하다

1987년 6월 하버드대를 졸업하고 한 달 정도 있다가 뉴저지 주 버겐카운티의 에지워터라는 동네로 이사했다. 에지워터는 허드슨 강가를 따라 길게 자리 잡은 작은 동네다. 컬럼비아대 근처는 집이 오래되고 비좁은 데다, 야간 치안도 걱정되어 살기에 적합하지 않아 보였다.

이사는 한국인 이삿짐센터에 맡겼다. 그런데 이사하는 날 남미계 일꾼 둘을 데리고 나타난 한국 남자가 집을 둘러보고는 생각보다 이삿짐 양이 많다면서 불평을 하기 시작했다. 새 집에 도착해서 짐을 다 부리고 나자 그는 견적으로 받은 600달러 이상을 요구했다. 얼마면 되겠냐고 물었더니 900달러를 더 달라고 했다. 결국 배보다 배꼽이 더 크게 돼

버렸다.

　나중에 알고 보니 한국인 이삿짐센터는 전화만 1대 두고 이사할 사람과 트럭 주인을 연결해 주며 커미션을 받는다고 했다. 트럭 주인은 같은 날 근처에 있는 두 집의 짐을 모아 나르곤 하는데, 예약한 집 근처에 이사할 집이 나타나지 않으면 이사 예정일에 예고 없이 트럭이 오지 않는 황당한 일도 있다고 했다.

　이사 간 집은 리버로드 1150번지에 있는 새로 지은 작은 아파트였다. 지은 지 몇 년 되지도 않았는데 날림 공사여서 하자가 많았다. 벽은 얇은 합판으로 되어 방음이 되지 않았고, 냉난방도 제대로 작동하지 않았다. 그래도 아파트 창문으로 멀리 허드슨 강이 보였고, 바로 앞에는 조그만 공원도 있었다. 주말이면 공원에서 숯불을 피워 놓고 바비큐 파티를 하는 사람들이 많았다.

　하버드대에 다닐 때 워낙 낡은 집에서 살았기 때문에 깨끗한 집에 사니 좋았다. 컬럼비아대까지는 차만 막히지 않으면 30분 안에 갈 수 있었다. 한국 사람이 많이 살고, 한국 식당과 상점도 많은 포트리와 가까운 것도 장점이었다.

컬럼비아대 로스쿨에서 공부하다

9

컬럼비아대 로스쿨
J.D. 1학년

J.D.는 대학 4년을 마친 사람을 법률 전문가로 만드는 법무 전문 대학원이다. 2009년 개교한 한국의 로스쿨과 비슷하다. 현재 우리나라에서 로스쿨이 없는 대학에 남아 있는 법학과는 고등학교를 졸업하고 들어가는 학사 과정으로, 법률 전문가 양성이 목적이 아니라 교양 교육에 주안점을 두고 있다. 법대에서 법을 미리 공부하고 로스쿨에 가면 공부하기에 도움이 될 수는 있으나, 입학 사정에서 특별히 유리할 것은 없다.

하버드대와 예일대도 그랬지만 컬럼비아대 역시 로스쿨의 기본 교육 목표는 유능한 변호사 배출이다. 하지만 대개 로스쿨은 학생들이 꼭 변호사가 되지 않아도 사회 각 계층에서 중요한 역할을 할 수 있도록 폭넓은 교육을 시킨다. 정부나 기업에서도 로스쿨 출신을 환영한다. 미국 로스쿨에서 중간 이상만 공부하면 변호사가 되는 데 문제가 없다. 변호사 시험 합격률도 미국 전체로 볼 때 3분의 2쯤 된다.

법학 방법론의 중요성

컬럼비아대 로스쿨도 대다수의 로스쿨과 마찬가지로 J.D. 1학년의 처음 2주 동안은 법학 방법론만 가르친다. 법학 방법론은 법의 내용을 가르치는 것이 아니라, 법에 접근하는 방법을 가르치는 과목이다. 우리나라에는 없는 과목이다.

로스쿨 교육을 법학 방법론으로 시작하는 것은 미국 법체계가 그만큼 복잡하기 때문이다. 미국 법은 연방법과 주(州)법으로 나뉘고, 연방과 주별로 법과 법원의 체계도 다르다. 연방과 각 주(州)의 각 급 법원에서 쏟아져 나오는 엄청난 판례는 판례집 몇 백 권으로도 다 담을 수 없다.

미국은 1980년대부터 컴퓨터를 이용한 판례 검색이 실용화되어 있었다. 하지만 법학 방법론에서는 학생들이 판례집을 손으로 뒤져 찾도록 훈련을 시킨다. 어떤 문제와 관련된 판결을 찾으려면 판례 색인표를 뒤져서 그 판결이 후에 뒤집어지지 않았다는 것을 일일이 확인해야 한다. 그 판결을 인용한 판결이 여러 개 있으면 다시 그 판결들을 일일이 찾아보면서 파기 여부를 확인한다. 판례 색인표를 쉐퍼즈라는 회사에서 만들어서 판례 색인 검색 작업을 '쉐퍼다이즈(shepardize)'한다고 말한다. 실제 로펌에 근무할 때는 손으로 판례집을 찾는 대신, 컴퓨터를 활용한다. 쉐퍼다이즈도 컴퓨터가 자동으로 해 준다. 검색 비용은 의뢰인이 부담한다.

　법학 방법론에서는 판례를 분석하고 유사한 판결을 구별할 수 있도록 훈련시킨다. 영미 판례법에는 선례구속(先例拘束)의 원칙이 있어서 이미 나온 판결은 법원에서 정식으로 파기하지 않는 한 법원을 구속하는 효력이 있고, 나중에 판결하는 법원도 그와 상반되는 판결을 할 수 없다. 그러면 변동하는 사회 속에서 법원이 신축성 있게 대처하기 어려울 것처럼 보이지만, 미국 법원은 종전 판결을 정면으로 뒤집기보다는 새로운 사건과 종전 사건의 사실 관계가 다르므로 기존 판례가 새로운 사건에 영향을 미치지 않는다는 논리를 내세워 판례를 피해 간다.

　두 사건의 사실 관계를 구별하여 판례를 피해 나가는 것은 변호사들이 소송에서 자기 입장을 변론하기 위해 사용하는 기법이기도 하다. 예컨대 원고 측 변호사가 자기 입장에 부합하는 판례를 찾아서 현재 사건에도 적용되어야 한다고 주장하면, 피고 측 변호사는 그 판례의 기초 사실이 현재 사건과 이런저런 점에서 다르다고 지적하면서 적용될 수 없다고 다툰다. 이처럼 미국 변호사들은 많은 시간을 판결을 연구하고 구별하는 데 사용한다. 판결을 분석하고 사실 관계를 구별하는 분석적 사고력은 법률가로서 가장 기초적이고 중요한 능력이다.

　또한 이런 능력을 키우는 훈련이야말로 로스쿨 교육의 본질이다. 암기 같은 주입식 교육으로는 체득될 수 없는 능력이다. 로스쿨 강의의 기본인 소크라테스 방법도 학생 스스로 판례를 분석하고 구별하는 능력을 키우기 위한 것이다. 이것이 미국 로스쿨에서 말하는 법학 방법론이다. 미국 학생들은 J.D. 과정 초기에 법학 방법론을 철저히 훈련받고 법학 교육을 시작하기 때문에 법에 대한 접근 방법이 기본적으로 동일하다. 결론이나 의견이 다를 뿐이다.

J.D. 과정을 거치지 않고 미국 로스쿨 대학원 과정으로 유학 간 한국 학생들은 법학 방법론을 배우지 않아 미국 법을 공부하는 데 어려움을 겪는다. 내가 예일대 로스쿨에서 공부할 때 수업 시간에 교수와 학생 간의 대화를 이해하기 힘들었던 것도 법학 방법론에 대한 기초가 없었기 때문이었다.

법학 방법론에서는 논문이나 법률 서류에 판결을 인용하는 형식도 배운다. 우리나라의 법학 논문은 아직도 주석에 판결이나 논문을 인용하는 형식이 통일되어 있지 않으나, 미국은 로스쿨 논문지 편집인들이 형식을 통일해 두꺼운 책자로 만들어 놓았다.

J.D. 1학년, 치열하게 공부하다

2주 동안의 법학 방법론 교육이 끝나자, 본격적인 J.D. 강의가 시작됐다. 어느 로스쿨이나 J.D. 1학년 과목은 기본법 위주로 편성된다. 첫 학기에는 기본법 필수 과목으로 계약법, 불법 행위법, 민사 소송법 I, 헌법 I 등 네 과목을 공부한다.

교과서는 판례 위주로 만든 케이스 북이다. 케이스 북은 작은 글씨로 되어 있는데 1,000쪽이 넘는 과목도 있다. 과목별로 일주일에 3번 정도 수업을 하며 1시간 수업을 위해서 보통 교과서 40~50쪽을 읽어야 한다. 기본법이 가장 어렵다. 학기 중에 수업 준비를 철저히 하지 않으면 따라갈 수 없다.

J.D. 수업은 학생이 예습했다는 전제 아래 교수가 질문하고 토론하는 식으로 진행된다. 미국 일류 로스쿨 교수가 되려면 연구와 강의에서 모두 우수한 능력을 갖고 있어야 한다. J.D. 1학년 강의는 마치 교수가 강의 능력을 과시하는 경연장 같다.

컬럼비아대에서는 1학년 전체를 두세 반으로 나누어 같은 과목을 여러 교수가 반별로 맡아서 가르친다. 학기 초에 담당 교수가 강의실 좌석 배치도를 복도 벽에 붙여 놓으면 학생들이 자기가 앉고 싶은 자리에 이름을 적어 넣는다. 교수는 그 배치도를 출석부와 함께 가지고 수업에 들어와서 한 사람 한 사람 돌아가면서 이름을 호명하고 질문한다. 지명 받은 학생이 대답을 못하는 경우, 다른 학생을 지명하거나 대답할 사람이 있는지 물어본다.

한 학생이 한 학기에 1~2번 질문에 걸리므로 학기 초에 지명된 학생은 안도하며 지내고, 지명을 받지 않은 학생은 학기 끝까지 마음을 졸이게 된다. 앉은 순서대로 지명하는 것이 아니라 교수가 임의로 선택하므로 언제 질문을 받을지 예측할 수 없다. 대답을 제대로 하지 못하면 망신을 당할 뿐 아니라, 성적에도 반영되므로 늘 열심히 공부해야 한다.

컬럼비아대 로스쿨에 다닌 2년 내내 사법시험을 준비할 때처럼 열심히 공부했다. 졸업만 하려고 했다면 그렇게까지 할 필요가 없었지만, 나는 J.D. 과정에서 하는 미국 기본법 공부를 중요하게 생각했다.

거의 매일 학교 도서관이 문 닫는 시간까지 남아 있었다. 도서관은 주중에는 밤 12시, 토요일은 오후 6시에 문을 닫았다. 토요일 오후 6시부터 도서관이 다시 문을 여는 일요일 낮 12시까지가 내가 유일하게 쉬는 시간이었다. 나는 공부만 하면 살이 빠진다. 머리로 엄청난 에너지가 소비되기 때문이다. 점심으로 수프, 햄버거 2개, 샐러드, 주스 2잔을 먹어도 저녁되기 전에 배가 꺼졌다. 강의실, 도서관, 학교 식당을 오가는 것이 내 일과였다. 방학을 제외하고는 2년 내내 도서관 시간표에 맞추어 생활했다.

J.D. 1학년 과목은 예습이 중요하다. 제대로 예습하려면 수업 시간 외에 남은 시간을 모두 공부에 쏟아부어야 할 정도였다. 예습을 하지 않으면 수업 시간에 앉아 있어도 무슨 이야기를 하는지 모른다. 매일 진도를 나갔기 때문에 하루라도 공부를 게을리하면 만회하기 어려웠다. 주말에 놀러 다니는 것은 생각할 수조차 없었다.

처음에는 버스를 타고 통학했다. 버스로 조지워싱턴 다리를 건넌 다음, 맨해튼에서 지하철로 바꾸어 타고 컬럼비아대까지 가는 데 1시간이 걸렸다. 길에서 버리는 시간이 아까워서 민사 소송법 강의 테이프를 사서 이어폰으로 들으면서 통학했다. 민사 소송법은 가장 어려운 과목 중 하나였는데, 테이프를 외우다시피 반복해서 듣자 이해하는 데 도움이 됐다.

1학년 끝 무렵 시험이 다가오자 아무래도 시간이 부족해서 당시 제일 싼 폭스바겐 골프를 사서 몰고 다녔다. 학교까지 차로 20분 정도 걸렸다. 한국에서 당한 교통사고의 여파로 작은 차에 대한 두려움이 아직

가시지 않았지만, 비싼 차를 살 형편이 아니었던 데다 큰 차는 주차하기도 어려워서 작은 차로 만족했다. 맨해튼에서는 차 세울 공간을 발견하기가 쉽지 않다. 주차 공간을 발견한다 해도 1시간마다 주차 미터기에 동전을 집어넣어야 했다. 학교 근처 골목길은 매일 낮 12시부터 2시까지 도로 청소가 있어서 한쪽 편을 비워야 하기 때문에, 나는 수업이 끝날 때마다 동전을 넣거나 차를 옮기느라고 뛰어다녔다.

나의 우등 비법, 아웃라인

로스쿨에서 사용하는 케이스 북은 내용이 방대하고, 판결도 원문 그대로 실려 있다. 옛날 판결은 용어나 어법이 달라 술술 읽기 어렵다. 판결만 읽다 보면 왜 그 판결이 실려 있는지, 판결문 중에서 어느 부분이 중요한 포인트인지 잘 모를 때도 많았다. 학생이 판결을 읽어 보고 요점과 사실 관계가 무엇인지 직접 찾아내게 하는 교육인데, 처음 J.D. 과목을 듣는 학생들은 판결의 지엽적인 부분이 중요한 것으로 착각하는 경우가 많았다. 게다가 케이스 북에 실린 판결 중에는 그것이 판례의 주류적 입장과 다르거나 나쁜 판례이기 때문에 실어 놓은 것도 있어서 무조건 공부하다가는 낭패를 볼 수 있었다.

그래서 J.D. 공부에서는 '아웃라인'이라는 요점 정리 노트가 아주 중요하다. 케이스 북의 방대한 내용을 몇 십 쪽으로 정리해 놓았을 뿐 아니라 판결 요점과 사실 관계, 판결에 대한 분석과 비판, 그 판결로 대표

되는 법리 등이 간결하게 요약되어 있다.

아웃라인은 학생들이 직접 만든 것과 출판사에서 만들어 파는 것이 있는데, 특히 학생들이 만든 아웃라인이 인기였다. 출판사에서 낸 아웃라인은 학교별, 교수별 차이가 반영되어 있지 않지만, 학생들이 만든 것은 교수별로 만들어져 강의를 듣고 시험을 보는 데 유용했다. 예일대에서는 되도록 아웃라인을 보지 말라고 했지만, 막상 컬럼비아대에서 J.D. 공부를 해 보니 아웃라인 없이는 수업을 따라가기 힘들었다.

나는 컬럼비아대에서 미국 학생들을 잘 사귀어 놓아 과목별로 아웃라인을 여러 개 구할 수 있었다. 특히 패트릭 설리번과 중국계 여학생인 크리스티 차우가 많이 도와주었다. 그들은 나의 멘토였다. 미국 사회에서는 회사, 학교, 단체 등에서 후배가 들어오면 선배를 일대일로 지정해서 조직이나 단체의 세세한 사정에 대해 알려 준다. 컬럼비아대 로스쿨에서도 J.D. 2학년생을 1학년생에게 멘토로 붙여 주었다.

우리나라에서는 새로운 조직에 들어가면 어느 연줄을 잡는 것이 좋은지 알아보고 그런 연줄을 찾아다니는 것이 성공적인 처세술이라고 생각하지만, 미국 사회는 워낙 넓어서 연줄이 없는 경우가 보통이다. 그래서 멘토라는 제도를 만들어 낯선 사람도 조직에 쉽게 적응할 수 있게 도와준다. 2003년 초판에서 나는 "우리나라에도 멘토 제도가 필요하다"라고 말했다. 그 덕분인지 지난 10년 동안 멘토 제도가 많이 보급된 것 같다. 하지만 청소년들을 상대로 한 일회성 특강이나 코칭은 진정한 멘토라고 볼 수 없다. 멘토는 지속적인 관계 속에서 후배가 수시로 물어볼 수 있어야 한다. 설리번은 부모는 아일랜드 인이지만 자신은 뉴욕에서만 자란 '뉴욕 촌사람'으로, 시골 사람같이 소탈하고 착했다. 로스쿨 아시안 학생회에서 멘토로 소개해 준 차우도 내가 궁금해하는 것들을 친절하게 알려 줬다.

나는 과목당 여러 종류의 아웃라인을 구해 그중 가장 좋은 것을 기본으로, 다른 아웃라인에 있는 내용을 보충해 단권화 했다. 고시 공부 할 때 단권화 작업을 한 경험이 도움이 됐다. 나는 케이스 북을 읽는 틈틈이 아웃라인을 다듬는 데 많은 시간을 쏟았다.

로스쿨 시험은 대부분 오픈 북 시험이어서 시험 보는 동안에 어떤 자료든 참고할 수 있도록 허용한다. 오픈 북 시험이라도 케이스 북이 워낙 방대해서 아웃라인이 없으면 답안을 정리해서 쓰기 힘들었다. 로스쿨 시험은 주관식 문제 2~3개가 출제되는 에세이 시험이다. 한국에서는 시험에 주로 무엇을 논하라는 추상적 문제가 많이 나오는데, 미국에서는 상세한 사실 관계를 주고 그에 관련된 법적 논점을 찾아 쓰게 한다.

시험 범위가 케이스 북의 논점을 거의 다 다루어야 할 정도로 방대하므로 시험 도중 교과서를 뒤적여 요점 정리할 시간이 없다. 아웃라인이 미리 준비되어 있지 않으면 제대로 된 답안을 작성하는 것이 불가능한 셈이다. 나는 멘토로부터 이런 사정을 파악한 뒤 학기 내내 케이스 북을 읽으면서 아웃라인을 만들었다. 예습과 복습도 아웃라인을 중심으로 했다. 학기 말이 다 되어 아웃라인 작업을 시작하면 늦다. 평소에 아웃라인을 잘 만들어 둬야 좋은 성적을 받을 수 있다.

고시 경험을 살려 아웃라인 단권화 작업을 잘한 덕분에 J.D. 1학년 때는 한 과목 빼고 전부 우등 학점을 받아서 우등상을 받았다. 한국 유학생으로서는 드문 일이었다. 열심히 하면 한국 학생도 미국 학생과 당당히 경쟁해서 우수한 성적을 올릴 수 있다. J.D. 1학년을 보내면서 나는 미국 학생보다 잘할 수 있다는 자신감을 갖게 됐다.

로스쿨에 유학 온 한국 학생들은 학위만 받는 것으로 만족하는 경우가 많았다. 당시만 해도 한국에서는 로스쿨 학위 획득 여부만 확인할 뿐, 성적은 따지지 않아서 대충 공부하는 사람이 적지 않았다. 그러나 미국에서는 로스쿨 1학년 성적을 중요하게 본다. 로펌이나 회사에 취직할 때 추천서 이상으로 중요한 것이 J.D. 학점이다. 지금은 우리나라에서도 로스쿨 성적을 따진다. J.D. 졸업장만으로는 로펌에 취직하기 어렵다.

모의재판 수업

J.D. 1학년 기말고사가 끝난 후 모의재판 수업을 들었다. J.D. 필수 과목이다. 학교에서 4명당 하나의 사건을 설정해 사실 관계를 주고, 2명씩 한 팀으로 갈라 원고와 피고의 입장에서 변론하게 한다. 양 팀은 자기 입장을 주장하는 준비 서면을 써 내고, 판사 앞에서 구두 변론을 한다. 컬럼비아대 로스쿨 출신의 현직 판사나 나이 든 변호사들이 자원해서 판사 역할을 맡는다.

나와 한 팀을 이룬 학생은 영국 케임브리지 대학에서 박사 학위를 받은 우수한 학생이었다. 그는 기인에 가까운 천재였다. 구두 변론 시간에 판사가 까다로운 질문을 계속하자 판사와 대판 싸움을 벌였는데, 나중에 판사가 강평하는 것을 보니 그 때문에 우리 팀이 좋은 성적을 받았다고 했다.

논문지 편집인 선발 시험

아파트 생활이 지겨워져 모의재판이 끝나자마자 이사를 했다. 포트리 북쪽의 테너플라이 크리스티가 104번지였다. 테너플라이는 뉴저지의 중산층이 사는 조용한 동네로, 이곳의 테너플라이 고등학교에는 한국 학생들이 많이 다녔다.

　미국은 보통 사립 학교에 비해 공립 학교의 교육 수준이 떨어진다. 등록금이 싼 대신 공립 고등학교에서는 수석을 해도 아이비리그 대학에 들어가기가 어렵다. 그런데 테너플라이 고등학교는 공립 학교임에도 교육 수준이 높아서 아이비리그 대학에 진학하는 학생 수가 많았다. 그래서 한국에서 온 회사 주재원들 중에는 테너플라이 고등학교에 자녀를 입학시켜 미국의 일류 대학에 진학시키려는 사람이 많았다.

　모의재판이 끝난 뒤 논문지 편집인 선발 시험이 있었다. 하지만 나는 이사 날짜 때문에 시험에 응시하지 못했다. 로스쿨에서는 2학년으로 올라가는 J.D. 학생 중에서 논문지의 편집인을 선발한다. 편집인이 되는 것은 대단히 영예로운 일이다. 로스쿨 졸업생의 이력서에서 가장 주목받는 것이 논문지 편집인이라는 점이다.

컬럼비아대에서는 1학년 성적과 선발 시험 성적을 합산해 논문지 편집인을 뽑는다. 학교 성적이 좋아야 편집인이 될 수 있기 때문에, 로스쿨을 대표하는 논문지 편집인이 되는 것은 곧 우등생이라는 말과 동일시된다. 특히 일류 로스쿨의 수석 편집인이 되면 최우등생이라고 인정받아, 졸업 후 미국 연방 법원의 재판 연구관으로도 취직할 수 있다. 연방 법원의 재판 연구관으로 2년 정도 일하면 로스쿨 교수가 되거나 일류 로펌에 취직하는 최고 엘리트 코스가 보장된다. 나는 1학년 성적이 좋았기 때문에 웬만하면 편집인 시험에 합격할 수 있었다.

내가 못내 아쉬워하자 나의 멘토이던 차우가 내게 시험을 면제해 줄 테니 중국 법 논문지 편집인으로 들어오라고 했다. 덕분에 나는 중국계 학생들을 많이 사귈 수 있었다.

서머 인턴으로 일하다

치열한 1학년 과정이 끝나고 여름 방학 동안 뉴욕의 로펌에서 서머 인턴으로 일했다. 로펌에서는 서머 인턴을 여름 변호사라고 부른다. 여름 방학 때 로펌에서 서머 인턴으로 일하는 것은 졸업 후 취업과 연결될 수 있기 때문에 아주 중요하다. 대부분의 미국 로펌은 자기 회사에서 함께 일해 본 로스쿨 학생 중 괜찮은 사람에게 취업 기회를 준다. 그래서 J.D. 1학년생들은 자기가 원하는 로펌에 서머 인턴 자리를 구하는 것이 중요하다. 일류 회사일수록 경쟁력이 높아 들어가기가 힘들다.

서머 인턴을 선발하는 방법은 두 단계로 이루어진다. 1차 관문은 로펌의 변호사가 학교에 와서 하는 인터뷰이다. 로스쿨에서는 1학년 2학기에 일정한 기간을 정해 학생들이 로펌들과 인터뷰를 할 수 있도록 한다. 인터뷰 기간이 다가오면 학교에서는 수백 개 로펌의 소개 자료를 모은 두꺼운 책자를 학생들에게 나누어 준다. 인터뷰는 학생이 변호사와 일대일로 한다.

1차 관문에서 가장 중요한 선발 기준은 J.D. 1학년 1학기 성적이다. 1학년 2학기 성적이 나오기 전이라서 일단 1학기 성적이 좋으면 1차 면접을 통과하기 쉽다. 1차 면접에서는 학생들끼리 지나친 경쟁을 피하도록 학교 측에서 학생 1인당 면접할 로펌 숫자를 제한한다. 따라서 로펌을 잘 선택해야 한다.

나는 일류 로펌 20개 정도를 골랐다가 그중 10개 정도에 면접을 봤다. 미국 영주권이 없고 나이도 다른 학생들보다 대여섯 살 많아 불리했다. 그래도 1학기에 전 과목 우등 학점을 받아서인지 뉴욕 단위 사무소로는 가장 큰 셔먼앤스털링(Sherman & Sterling)과 스캐든압스(Skaddon, Arps)를 포함해 네 곳의 1차 면접에 합격했다.

2차 관문은 로펌에 가서 파트너를 포함한 변호사 3명과 집중적인 면접을 한다. 3차 관문은 고급 식당에서 식사를 하면서 진행되기 때문에 식사 예절을 공부해야 했다. 식당에서 한국 사람이 가장 실수하기 쉬운 것이 오른쪽에 놓인 빵을 집는 것이다. 빵은 왼쪽 것을 집어 칼 대신 손으로 뜯는 것이 원칙이다. 물은 오른쪽 잔을 사용한다.

셔먼앤스털링과 스캐든압스는 주로 기업 합병 인수(M&A) 일을 하기 때문에 밤을 새워 일하는 경우가 많다고 했다. 보수는 많지만 다양한 일을 경험하기는 힘들 것 같았다. 나는 후에 한국에 돌아갈 때를 생각해 다양한 경험을 쌓고 싶었다.

고민 끝에 나는 뉴욕의 베이커앤맥켄지에서 서머 인턴으로 일하기로 했다. 베이커앤맥켄지를 선택한 것은 윤호일 변호사의 권유가 컸다. 지금 서울에서 로펌 대표로 있는 윤 변호사가 베이커앤맥켄지 본부가 있는 시카고 사무소에서 파트너로 있다가 뉴욕 사무소로 옮긴 지 얼마 되지 않은 때였다. 나는 윤 변호사가 컬럼비아대 로스쿨에 특강하러 왔을 때 알게 됐다. 윤 변호사는 한국 회사들을 위해 일하거나 한국으로 진출할 미국 회사를 위해 일하고 있었으므로, 나같이 미국과 한국 양쪽의 법을 이해할 수 있고 한국어와 영어를 잘하는 사람을 필요로 했다.

1988년 여름부터 나는 베이커앤맥켄지 뉴욕 사무소에서 서머 인턴으로 일했다. 원래 서머 인턴에게는 일을 많이 시키지 않는다. 하지만 나는 한국에서 판사로 일한 경험도 있고 미국에서도 오랫동안 공부했기 때문에 정규 변호사와 별 차이 없이 일했다.

서머 인턴은 사법 연수원에서 하는 형식적인 변호사 수습과는 다르다. 실제 일을 맡겨서 학생의 실무 능력을 테스트한다. 나는 기업, 송무, 조세 등 세 부를 몇 주씩 나누어 돌면서 일했다. 여름 동안 일도 하고 로펌 행사에도 참석하면서 분주히 보냈다. 가장 중요한 경험은 교육과 훈련이다. 대형 로펌에는 자체 도서관과 사서 직원이 있어서, 실무 자료도 많고 정리도 잘되어 있었다. 사서 직원이 일주일에 1~2번씩 인턴들을 모아 놓고 자료 찾는 법을 교육했다. 일종의 실무 방법론인 셈이다. 증권법 등 전문 분야의 자료 찾는 방법은 학교에서도 배우지 못한 것이었다. 컴퓨터로 판례 자료를 찾는 훈련도 집중적으로 받았다.

로펌은 서머 인턴을 위해 다양한 프로그램을 준비한다. 인턴이 그 회사에 오고 싶도록 고급 식당에도 데려가고 연극, 뮤지컬, 야구 경기도 보여 준다. 나도 이때 뮤지컬 「레미제라블」을 처음 보았다. 하지만 실제로 정규 변호사로 취직하면 바빠서 문화 행사는 별로 누릴 수 없다.

학교 다닐 때는 편한 복장을 하고 청바지를 입어도 상관없지만 로펌에서는 정장을 해야 한다. 양복과 구두의 모양도 일정한 스타일을 따라야 한다. 당시 우리나라에서 입던 상의 뒤가 터진 양복, 판사 때 신던 구두는 로펌 스타일이 아니었다. 옷 색깔은 어두운 회색이나 검정색에 가까운 것이 무난하고, 줄이나 무늬가 없는 단색이 좋다. 구두는 끈을 매는 것이 단정하다. 한마디로 전통 서구식이다.

컬럼비아대 로스쿨
J.D. 2학년

J.D.를 2년 만에 끝내다

J.D. 1학년을 마친 나는 바로 졸업반이 됐다. 컬럼비아대 로스쿨에서 내가 하버드대와 예일대에서 받은 학점을 인정해 원래 3년인 J.D. 과정을 2년 만에 졸업할 수 있도록 허가한 것이다. J.D. 1학년을 거치면서 공부 요령을 터득해 자신감이 생긴 나는 최우등 졸업을 노렸다. 최우등 졸업은 한 학년에 2명 정도 나오는데, 한 과목을 제외하고 전부 우등 학점을 받아야 했다.

2학년부터는 선택 과목이 많았다. 남은 1년을 효율적으로 보내기 위해 나는 민상사(民商事) 전문 변호사가 되는데 필요한 회사법, 증권법, 기업 금융, 세법, 상사 중재법, 변호사 윤리, 법률 문서 작성 등의 과목을 학교가 허용하는 한 최대로 신청했다. 신청한 학점이 많다 보니, 졸업반임에도 J.D. 1학년 때처럼 공부해야 했다. 그래도 2학년 때는 마음에 여유가 생겨, 도서관에서 대학원에 다니는 한국 학생들과 휴식 시간마다 이런저런 이야기를 많이 나누었다. 컬럼비아대 대학원에는 10년 넘게 공부하는 학생이 꽤 많았다. 박사 학위를 빨리 주는 학교와 늦게 주는 학교가 있는데, 컬럼비아대는 늦게 주는 편에 속했다. 특히 경제학과와 정치학과가 심했다. 학위 취득에 10년 정도 걸리다 보니 박사 학위를 받고 한국에 돌아가도 교수 자리를 구하기 어렵다고들 했다. 1980년대 초에 본격화된 유학 열풍으로 미국에서 공부한 학생들이 1980년대 후반부터 한국으로 돌아가 교수 자리를 채우기 시작해서, 서울에 교수 자리가 별로 남지 않았다는 것이었다. 아직 학위를 받지 못한 유학생들은 박사 학위가 공급 과잉이라며 한탄했다.

법률 문서 작성 세미나

법률 문서 작성 세미나는 교수가 미리 학생들에게 과제를 주고 계약서, 법 규정 같은 법률 문서를 작성하게 한 다음, 학생 상호 간의 토론을 통해 수정하도록 하는 과목이다. 변호사에게 꼭 필요한 교육이지만 한국에서는 쉽게 접할 수 없는 과목이었다.

우리나라에서는 남이 만든 계약서를 베껴 사용하는 일이 많다. 무슨 의미인지도 모르고 베끼다 보니, 계약서 문구가 구체적 거래 목적이나 당사자의 목적과 다른 의미를 갖는 경우도 많다. 미국에서는 계약서를 만들 때 변호사가 의뢰인을 만나서 거래의 기본 구조와 당사자의 의도를 완전히 파악하도록 가르친다. 서식집이 수십 권짜리 전집으로 나와 있어서 세미나 준비에 참고가 많이 됐다.

상사 중재법 수업

상사 중재법은 국제 분쟁을 담당하는 변호사에게 중요한 과목이다. 중재는 소송보다 절차가 간단하고, 한 번의 판정으로 판결 같은 효력을 가지기 때문에 국제 상거래 계약서에는 대개 '이 계약과 관련된 분쟁은 중재로 해결한다'는 중재 조항을 넣는다.

나는 네덜란드 출신의 한스 스미트 교수가 지도하는 중재법 세미나를 통해 중재에 관한 국제 조약, 법률, 중재 규정, 미국 판례를 배웠다. 이 과목에서 J.D. 논문(The meaning of the non-domestic arbitral award subject to the 1958 New York Convention)도 썼다.

스미트 교수는 자타가 공인하는 천재였다. 교실 분위기를 압도하며 수업을 끌고 나갔다. 그는 때때로 "내가 지금 무엇을 생각하고 있는지 아느냐"는 질문을 던져 학생들을 당황하게 만들곤 했다.

민사 소송법 조교가 되다

컬럼비아대 로스쿨에서는 우수한 3학년생을 민사 소송법 조교로 선발해 일주일에 2시간씩 J.D. 1학년생을 지도하게 했다. 가장 어려운 과목이므로 학교에서 별도로 과외를 시키는 것이다.

나는 민사 소송법 I, II, 두 과목 모두 우등 학점을 받아서 2학년 때 스미트 교수의 조교로 선발됐다. 내가 아는 한 외국인 학생이 민사 소송법 조교가 된 것은 처음이었다. 민사 소송법은 변호사에게 가장 중요한 과목인 데다, 미국에서 학생들을 가르치는 경험을 해 보는 것도 좋을 듯해 나는 기꺼운 마음으로 민사 소송법 조교를 했다. 좋은 아웃라인을 만들어 놓은 덕분에 학생들을 지도하는 데 별 무리가 없었다.

테너플라이의 일상

J.D. 2학년 때 살던 테너플라이는 생활 환경이 좋은 곳이었다. 그 동네는 원래 울창한 숲이었던 듯 큰 나무들이 많았다. 집 앞뒤로 잔디밭이 있었는데, 우리 집 뒷마당에 털이 누런 야생 토끼가 나타난 적도 있다.

밤 12시에 학교 도서관에서 나와 차를 몰고 동네 근처로 오면 짙은 안개가 길 위를 덮고 있었다. 뉴저지 주가 원래 습한 지역이기도 하고, 허드슨 강에서 나오는 습기 때문이기도 했다. 자동차 불을 켜도 앞이 제대로 보이지 않는 때도 많았다.

2학년 때는 토요일 오후에 공부를 쉬었다. 원래 미국의 주말은 금요일 오후부터 시작되지만 나는 토요일 오전까지는 도서관에서 공부했다. 공부하고 일하느라 바빠 뉴욕에 있었던 4년 동안 음악회나 연극 공연을 한 번도 보러 가지 못했다. 아쉬운 일이다.

컬럼비아대 로스쿨의 장점

내가 컬럼비아대에서 J.D. 공부를 하는 동안 같은 과정에 다니는 한국 학생이 몇 명 있었다. 하버드대나 예일대가 한국 학생을 J.D. 과정에 받지 않는 것과는 대조적으로 컬럼비아대에서는 해마다 1~2명의 한국 학생을 받았다. 당시 컬럼비아대에서 일본 법을 강의하던 마이클 영 교수가 신경을 많이 썼다고 한다. 내가 컬럼비아대 J.D. 과정에 지원했을 때도 영 교수가 내 원서를 보고 강력하게 밀어 주었다고 했다.

민사 소송과 상사 중재 분야에서 유명한 영 교수는 일본 회사들이 조성한 기금으로 컬럼비아대 일본 법 연구소 소장을 하면서 한국 법 센터 소장을 겸하고 있었다. 영 교수는 몰몬 교도가 많이 다니는 유타 주의 브리검 대학을 나와 하버드대 로스쿨을 우수한 성적으로 졸업한 천재이다. 하버드대 졸업 후 일본에서 교환 교수로 몇 년 지낸 후 컬럼비아대로 왔다.

하버드대에서도 영 교수를 초빙하려고 애썼지만 실패했다. 영 교수가 컬럼비아대로 온 이유는 컬럼비아대 로스쿨이 더 국제적이고 실무 중심 대학인 데다, 뉴욕에 위치하고 있어 주요 로펌의 고문을 하기에 좋기 때문이었다. 스미트 교수도 교수로서뿐 아니라, 굵직한 중재 사건의 변호사로 활동하기에 뉴욕이 좋다고 했다. 또한 하버드대나 예일대에 비해 컬럼비아대는 국제 문제에 더 관심이 많았다. 컬럼비아대에서 중국 법을 전공하는 에드워즈 교수 역시 여러 로펌과 미국 회사에서 중국 관계 자문을 했다. 그는 헬리콥터를 타고 자문을 다닐 만큼 거물이었다.

사실 하버드대나 예일대는 변호사만 양성하는 로스쿨은 아니다. 하버드대나 예일대 로스쿨은 변호사뿐 아니라 정치나 정부 쪽 인재를 많이 배출한다. 그런 학교는 법률 필수 과목 숫자가 적다. 예컨대 예일대는 J.D. 첫 학기 네 과목 이외에는 모두 선택으로 되어 있고, 심지어 민사소송법을 듣지 않아도 졸업할 수 있다. 하버드대나 예일대 로스쿨은 법 과목이 다양하지 않고, 개설된 과목의 반 이상이 순수한 법학보다는 정치학, 경제학, 정책학 같은 주변 학문들이다. 반면에 컬럼비아대는 일류 변호사를 양성하는 것이 주된 목표이기 때문에, 실무에 도움이 되는 다양한 법 과목을 마련하고 있다. 기업 인수 합병에 관한 과목도 하버드대나 예일대에는 없는 것이다.

로스쿨 졸업생의 평균 소득이 제일 높은 학교도 컬럼비아대이다. 미국에서 보수가 제일 높은 직장 중 하나가 일류 로펌인데, 컬럼비아대 로스쿨 출신이 뉴욕의 일류 로펌에 가장 많이 진출해 있기 때문이다. 뉴욕에는 일류 로펌들이 몰려 있고, 로펌의 평균 보수가 제일 높은 곳이 역시 뉴욕이다. 뉴욕 로펌들도 컬럼비아대 출신을 선호한다. 뉴욕에 위치한 뉴욕대 로스쿨 출신도 인기가 좋다.

우리나라에서는 대학 전체의 평판을 따지는 사람이 많아서 컬럼비아대 로스쿨을 평가 절하하는 경향이 있다. 미국에서 학부 순위는 학교 전체 순위로 정해지지만, 대학원 이상은 과별로 순위가 평가된다는 것을 아는 사람이 많지 않아서일 것이다. 로스쿨만 보면 뉴욕대 로스쿨도 미국 10대 로스쿨 중 하나이다. 로펌의 중심지인 뉴욕에 위치한 덕분이다.

미국 변호사 시험을 치다

4개 주 변호사 자격을 따다

졸업식 며칠 전까지도 나는 도서관에서 열심히 공부했다. 컬럼비아대를 떠나게 되어 감개무량했다. 다만 한 과목 차이로 최우등 대신 우등상을 받은 것이 아쉬웠다. 졸업생 중에 최우등이 2명뿐이었으니 내 학점은 3등에 해당하는 성적이었다. 최우등 졸업을 위해 지난 2년간 치열하게 공부했던 것을 생각하면 허탈해서 눈물이 나올 지경이었다.

1989년 7월 하순에 변호사 시험을 치렀다. 미국에서 변호사 자격을 취득하려면 주(州)별로 시험을 봐야 한다. 변호사 시험은 공통 시험과 주 법 시험으로 나뉜다. 공통 시험은 모든 주가 공동으로 치는 시험으로, 기본 육법인 헌법, 계약법, 불법 행위법, 재산법, 증거법, 형사법을 본다. 객관식 문제이지만 공부해야 할 범위가 넓고 난이도도 높다. 주

법 시험은 그 주의 법에 대한 시험이다. 주관식과 객관식을 함께 보는데, 주관식 문제도 단답식에 가깝다. 기본적으로 미국의 변호사 시험은 우리나라처럼 떨어뜨리기 위한 시험이 아니라, 중간 이상 되는 학생을 합격시키기 위한 시험이다.

나는 뉴욕 주와 뉴저지 주, 2개 주의 변호사 시험을 보기로 했다. 뉴저지 주 변호사 시험까지 보기로 한 것은, 공통 시험을 뉴욕 주에서 본 것으로 인정해 주기 때문이었다. 또 뉴욕 주 법과 뉴저지 주 법은 별로 다르지 않아서 뉴욕 주 시험만 준비하면 따로 공부하지 않아도 뉴저지 주 시험을 볼 수 있었다.

시험 과목은 수십 개였지만 공부는 두 달 정도만 하면 충분하다. 변호사 시험 전문 학원이 있기 때문에 단기 완성이 가능하다. 혼자 공부해서 합격하기는 사실상 불가능하다. 변호사 시험 과목 중 로스쿨에서 배우는 과목이 절반도 안 되기 때문이다. 뿐만 아니라 로스쿨에서는 공통 법리를 공부하지만, 변호사 시험은 주 법을 시험한다. 그 대신 변호사 시험에서는 법의 요점만 알면 되기 때문에 학교 답안처럼 복잡하게 쓸 필요는 없다.

1990년대에 뉴욕 주 변호사 시험 준비 학원 중 가장 이름 있는 곳은 바브리와 피퍼였다. 바브리는 3권의 교재에 시험 과목을 일목요연하게 정리해 놓고 있었다. 로스쿨에서 사용하는 아웃라인같이 공부하기 쉽게 요약되어 있다. 강의는 교재를 중심으로 진행된다. 맨해튼에는 강사가 직접 나와 강의하고, 다른 지역에서는 비디오를 틀어 줬다. 바브리는 비디오를 통해 수많은 도시의 수험생을 동시에 교육하는 거대 회사였다.

피퍼는 규모는 작아도 바브리 다음으로 인기 있는 학원이었다. 피퍼는 그 학원의 주인이자 강사의 이름이다. 그는 모든 시험 과목을 혼자서 강의한다. 교재가 바브리만큼 자세하지는 않으나, 그는 학생들에게 강의 내용을 모두 받아쓰게 했다. 그래서 강의를 받아쓰는 것이 힘든 한국 학생들은 피퍼보다 바브리를 많이 택했다. 하지만 강의 내용을 받아쓰는 방식에는 분명 장점이 있다. 뉴욕 주의 변호사 시험을 비롯한 대부분의 주에서 주관식 시험이 큰 비중을 차지하기 때문이다.

나는 바브리를 선택했지만 공통 시험 준비에 다소 부족한 점이 있는 것 같아 따로 PMBR이라고 하는 공통 시험 전문 학원을 다녔다. PMBR 덕분에 공통 시험 성적이 좋아서, 워싱턴 연방 법원에서 변호사 시험을 면제받고 변호사 자격을 얻었다.

시험은 각 주마다 이틀 동안 치르는데 공통 시험은 한 군데서만 보면 되므로 나는 사흘 동안 시험을 치게 됐다. 첫날과 둘째 날은 뉴욕 주의 수도인 올버니에 가서 시험을 보고, 사흘째에는 뉴저지 중부의 조그만 도시인 브런즈윅으로 가서 시험을 봤다.

올버니는 처음 가 보는 곳이었다. 시험장 근처에서 하룻밤을 묵어야 했는데 호텔이나 여관이 모두 예약이 끝난 뒤여서 당황스러웠다. 전화번호부를 뒤진 끝에 시험장에서 차로 30분 떨어진 여관에 예약했다. 냉방도 시원찮고 냄새가 나는 것이 유쾌하지 않았다. 시험장은 뉴욕 주청사였다. 록펠러가 뉴욕 주지사를 한 것을 기념해서 록펠러 빌딩이라고 부르는 건물이었다. 거대한 건물 지하에 엄청난 규모의 주차장이 있었다.

시험이 코앞이라 신경도 날카로워져서 막바지 공부가 잘되지 않았다.

마음의 여유를 찾기 위해 텔레비전 음악 채널을 보면서 휴식을 취했다.

시험을 보고 4시간 가까이 차를 몰아 집으로 돌아오니 마치 전쟁터에서 살아서 돌아온 기분이었다. 몇 시간 집에서 쉰 다음, 다시 차를 몰고 어두워지는 뉴저지 고속도로를 달려 다음 날 뉴저지 주 시험을 보는 장소 근처의 여관으로 갔다.

그날 저녁은 공부할 기력이 없어 음악을 듣다가 일찍 잤다. 다음 날 시험 보는 장소는 강당이었다. 마치 만찬회에서 식사할 때처럼 수험생들이 긴 테이블에 마주 보고 빽빽하게 앉았다. 마음만 먹으면 옆 사람의 답안지를 볼 수 있을 정도였다. 올버니와 달리 농담하고 떠드는 분위기였다. 시험을 보고 나니 떨어지는 게 오히려 어렵겠구나 하는 생각이 들었다. 뉴저지 주 시험의 합격률은 80퍼센트에 가깝다.

다음 해 여름휴가 때 시카고에서 일리노이 주 변호사 시험을 치고 합격해 나는 뉴욕, 뉴저지, 일리노이, 워싱턴 등 미국 4개주 변호사 자격을 가지게 되었다. 일리노이 주 변호사 시험은 합격률이 90퍼센트 정도 되어서 우리나라에서 미국에 1년 연수 가는 법조인들이 미국 변호사 자격을 쉽게 취득하는 데 많이 이용한다.

캐나다를 여행하다

1989년 여름, 변호사 시험이 끝나자 나는 한 달 동안 모든 것을 제쳐 두고 쉬었다. 캐나다에 다녀오기 위해 아침 10시에 뉴저지 집에서 출발해

하루 종일 차를 달려 밤늦게 캐나다 몬트리올에 도착했다.

캐나다는 영어와 불어가 공용어여서 모든 것이 두 언어로 표시되어 있었다. 영어와 불어를 같이 공부하기에 좋은 나라라는 생각이 들었다. 몬트리올 시내 중심에 있는 호텔에서 아침을 먹고 시내를 구경했다. 깨끗한 도시였다.

점심을 먹은 뒤에는 퀘벡 시로 갔다. 속도 제한이 있는데도 고속도로에서 차들이 거의 시속 100킬로미터 이상으로 달렸다. 나는 맨 뒤에서 따라갔는데, 뒤에서 경찰차가 나타나더니 앞으로 달려갔다. 맨 앞에 가는 차를 잡으려는 줄 알고 앞차 뒤를 계속 따라갔다. 그런데 2분쯤 갔을까, 커브 길에서 경찰차가 스피드건을 쏘다가 앞에 가는 차는 다 보내고 내 차를 잡았다. 내가 항의하자, 경찰관은 내 차 뒤에 다른 차가 없기 때문에 스피드건으로 쏜 것이 내 차가 분명하다고 했다. 관광객을 만만한 봉으로 생각하는 것 같았다.

퀘벡은 불어를 쓰는 지역이었다. 퀘벡 시에서 숙소로 잡은 곳은 오래된 성곽처럼 생긴 유서 깊은 호텔이었다. 2차 세계 대전 때 루즈벨트, 스탈린, 처칠이 회담한 곳이라고 했다. 성곽 안에 관광촌이 있었는데 그 중심지에 호텔이 있어서 걸어서 구경 다니기에 좋았다. 밤에도 길에서 노점상과 수공예품을 만드는 사람들이 손님을 끌었고, 식당들도 밤늦게까지 관광객들로 붐볐다.

성곽 안을 구경한 다음 밖으로 나갔더니 영어가 잘 통하지 않았다. 식당에서 점심을 먹으려고 해도 메뉴가 전부 불어여서 애를 먹었다. 무슨 음식인지 물어보아도 종업원들이 영어를 알아듣지 못했다. 혹시나 해서 손바닥 크기의 불영 사전을 준비해 간 것이 천만다행이었다. 사전을 뒤져 음식이 소고기인지 토끼 고기인지 구별했다. 한 나라에 서로 다른 말을 쓰는 국민이 섞여 산다는 것이 신기했다.

캐나다는 북쪽이라 여름인데도 저녁이면 서늘했다. 저녁에 호텔 앞 길에서 피에로 분장을 한 여자가 풍선으로 여러 모양을 만들며 아이들에게 동화를 들려주고 있었다. 몬트리올을 떠나면서 갓 수확한 옥수수를 한 부대 싣고 와서 주위에 나눠 주었다.

미국에서 변호사로 일하다

10

미국 로펌 시절

로펌 출근 첫날

나는 서머 인턴으로 일했던 베이커앤맥켄지 뉴욕 사무소의 어소시에이트 변호사가 되어 1989년 9월 10일, 노동절 휴가가 끝난 첫 번째 월요일부터 출근했다.

베이커앤맥켄지는 맨해튼 남쪽에 있어 뉴저지의 집에서 차로 45분 정도 걸렸다. 맨해튼은 주차 사정이 나쁘기 때문에 미리 회사 근처에 요금이 싼 뒷골목 주차장을 알아두었다. 맨해튼 주차장들은 오전 9시 이전에 주차시키면 요금을 할인해 주었다. 이른바 '일찍 일어나는 새, 얼리 버드' 할인이다.

첫날은 하루 종일 로펌에 대한 적응 교육을 받았다. 로펌 조직과 일하는 시스템, 도서관 이용법, 판례 검색을 위한 컴퓨터 이용법 등에 대해 배웠다. 의뢰인에 대한 비용 청구 방법도 중요한 부분이었다. 미국 로펌은 그때 벌써 사무기기가 자동화되어, 의뢰인별로 부여된 번호를 기계에 입력시키지 않으면 전화나 복사기가 작동하지 않았다. 사무실 운영에 드는 비용을 모두 의뢰인이 내는 것이다. 그밖에 특수 우편이나 서류를 직접 들고 가는 심부름꾼을 이용할 때는 어떻게 의뢰인에게 비용을 청구하는지, 점심때 의뢰인과 식사하거나 저녁때 일하느라 회사에서 식사하는 경우 의뢰인에게 부담시킬 수 있는 금액 한도는 얼마이고 또 어떻게 처리하는지도 익혔다. 회사에서 비용을 부담하는 의료 보험, 치과 보험, 산재 보험에 관한 가입 서류도 작성했다.

미국에서는 종업원을 고용할 경우 그 사람이 미국 국적이나 영주권을 가지고 있는지, 노동 허가를 받았는지 확인해야 하고 급여에 대한 소득세 원천 징수 서류도 작성해야 한다. 나는 미리 이민국에서 받아 둔 실무 연수 허가서를 제출했다. 미국에서 학교를 마친 한국 학생이 미국 회사에서 일하는 경우, 미국 국적이나 영주권이 없다면 우선 실무 연수 허가를 받아 1년까지 일할 수 있다. 그 이상 일하려면 정식으로 취업 비자를 받아야 한다.

뉴욕 시에서 일하면 연방 소득세, 주 소득세, 시 소득세, 사회 보장세를 내야 해서 세금 부담이 큰데, 실무 연수 허가를 받아 일하면 사회 보장세가 면제되는 혜택이 있었다.

한국 기업의 미국 진출을 돕다

내가 일하기 시작할 무렵 베이커앤맥켄지 뉴욕 사무소에는 경기고와 서울대 법대 5년 선배인 이인영 변호사가 일하고 있었다. 내가 서머 인턴으로 일할 때 있었던 윤 변호사는 1989년 6월 한국으로 돌아가고 없었다.

나는 마이클 버로즈라는 파트너 밑에서 일하게 됐다. 미국 로펌은 대개 법인이 아니라 파트너십 형태이다. 자기 지분을 가진 변호사를 파트너라고 하고, 월급 받는 변호사를 어소시에이트라고 한다. 버로즈는 시카고에 위치한 베이커앤맥켄지 세계 본부의 상임 집행 위원회에서 2년간 행정 업무를 보고 1989년 초에 뉴욕으로 복귀한 상태였다.

1988년 겨울에 내가 베이커앤맥켄지에서 일하기로 결정했을 때, 회사에서는 내게 두 가지 일 가운데 어느 것을 하고 싶은지 물었다. 하나는 이른바 '나가는' 일로, 미국 회사가 한국으로 진출하는 것을 돕는 일이었다. 한국 측 대리점과 계약할 때 한국 법상 문제가 없는지 검토하고, 미국 회사가 한국에 진출하는 경우 100퍼센트 출자해 자회사를 설립하는 것이 좋은지, 한국 파트너와 합작하는 것이 좋은지, 연락 사무소를 두는 것이 좋은지를 한국의 외국인 투자법, 외환 관리법, 세법 등에 비추어 자문해 주는 등 한국 법 관계 자문을 하는 것이 주요 업무였다.

또 다른 일은 이른바 '들어오는' 일로, 미국에 진출한 한국 기업을 상대하며 미국에서 영업 활동하는 데 필요한 자문을 해 주는 일이었다. 회사나 은행을 설립해 준다든지, 각종 계약서를 검토하고 상표 등록을 대행하거나 거래에 필요한 계약서 등 서류를 작성해 주며, 미국 내 소송이나 분쟁 해결을 도와주는 업무를 한다.

나는 미국 법 실무를 제대로 배우고 싶었기 때문에 '들어오는' 일을 하기로 했다. '나가는' 일은 한국 법을 적용하는 것이기 때문에 미국에서 배울 필요가 없지만, '들어오는' 일은 미국 법을 모르면 감당할 수가 없다.

나는 베이커앤맥켄지에서 두 가지 임무를 맡게 됐다. 송무부에서 미국 소송 사건을 맡으면서, 기업부의 한국 팀장이었던 이인영 변호사와 함께 뉴욕에 진출한 한국 회사들을 돕는 일을 겸했다. 두 가지 다 미국 법을 토대로 하는 일이다.

그전에 우리나라 변호사들이 국제 변호사로서 활동한 것은 대개 미국 회사를 위한 한국 법 자문이었다. 우리나라에서 국제 업무를 하는 로펌은 1960년대에 시작되었는데, 경제 발전 초기에는 미국 회사에 차관 계약서가 한국 법상 문제가 없다고 확인해 주는 법률 의견서에 서명하는 간단한 일로 돈을 많이 벌었다고 한다.

그 후에도 우리나라 회사가 외국에 진출하는 것보다는 외국 회사가 우리나라에 들어오는 일이 많았기 때문에, 우리나라의 국제 변호사는 주로 외국 회사를 위한 국내법 자문을 했다. 나는 미국 법과 실무를 공부해서 우리나라 회사의 외국 진출을 돕는 역할을 하고 싶었다. 당시 현실보다 조금 앞선 생각이었다. 국내법은 이미 알고 있었으므로 '나가는' 일을 하는 것이 쉽고 편했지만, '들어오는' 일을 하기로 하고 '사서 고생'을 시작했다.

나는 파트너가 맡긴 소송 업무의 판례 검색과 분석, 쟁점에 관한 법률 의견 작성을 하고, 미국 법원에 제출할 서류를 준비했다. 나중에는 법정에 직접 출석해서 간단한 변론도 했다. 한국 변호사가 미국에서 그 같은 일을 한 것은 당시로서는 드문 일이었다.

한국 회사를 위한 미국 법 자문도 많이 했다. 특히 조흥은행 뉴욕 현지 법인을 설립한 일이 기억에 남는다. 우리나라에서는 은행 설립이 변호사가 하는 일이 아니지만, 미국에서는 법규가 정한 일정한 기준을 맞추면 변호사도 은행 설립이 가능하다. 나는 뉴욕 은행 감독원에 전화해서 은행 설립 요건에 관해 문의했다. 그곳 직원은 내가 누구인지 묻지도 않고 친절하게 가르쳐 주었다. 한번은 1시간이나 전화로 설명해 줘서 크게 감동을 받았다. 공무원을 '공복'이라고 표현하는 이유를 그때 알았다.

송무부의 일

송무부는 소송과 분쟁 해결을 담당하는 부서이다. 송무부 어소시에이트 변호사는 법률적 쟁점에 관련한 판례, 논문들을 조사 분석한 후 보고서를 작성해 파트너에게 제출한다. 논문을 쓰듯이 의견의 근거를 자세히 써야 한다. 보고서를 작성하는 데는 두 가지 입장이 있다. 하나는 어느 한 쪽에 치우치지 않고 중립적으로 분석하는 것이다. 의뢰인에게 객관적인 자문을 해 줄 때는 이런 보고서를 써야 한다. 다른 하나는 분쟁이 발생했을 때 의뢰인의 입장을 옹호하기 위해 모든 가능한 주장과 근거를 찾아내는 것으로, 대개 이쪽 입장이 법적으로 약할 때 총력을 기울여 변론하기 위한 분석 방법이다. 로펌 내부적으로 협의할 때는 중립적 입장에 따른 보고서를 요구하고, 분쟁 상대방에게 보내는 문서에는 이쪽의 입장에 유리한 주장을 한다. 법원에 내는 변론 서류도 마찬가지다. 판례에 모호한 부분이 있으면 이쪽에 유리하게 해석해서 논리를 전개한다.

이런 두 가지 입장이 있다는 것을 잘 모르는 사람들은 대외적 용도로 작성된 의견서를 객관적인 의견인 것처럼 착각하기 쉽다. 나도 그런 일을 겪은 적이 있다. 신용장 취소 여부가 쟁점이 된 분쟁에서, 우리 쪽인 한국의 종합상사는 신용장이 취소되지 않았다고 주장했고, 상대방인 미국 은행은 신용장이 취소됐다며 다투던 때였다. 양쪽 입장 모두 법적으로 약점이 있었다. 내가 초안해 미국 은행에 보낸 편지는 한국 회사의 입장에 유리한 판례들을 인용해 이쪽 주장이 법적으로 타당하다는 논리를 담고 있었다. 그 편지만 읽으면 이쪽이 승소할 것처럼 보인다.

몇 달 동안 분쟁이 해결되지 않아서 소송 여부를 결정하게 됐다. 의뢰인에게 새로 메모를 보내서 종전 편지에는 포함되지 않았던 이쪽 약점들을 상세히 지적하고 이쪽도 소송에서 질 가능성이 있다는 의견을 담았다. 그러자 의뢰인은 "왜 전에는 확실하게 이길 것처럼 말하더니, 이제 와서 결과가 불확실하다고 하느냐"며 이의를 제기했다. 결국 "상대방에게 보낸 편지에서는 우리 약점을 언급하지 않는 것이 당연하다. 새로 보낸 메모가 객관적인 입장이다" 하고 한참을 설명한 후에야 겨우 납득시킬 수 있었다.

미국 소송 제도를 경험하다

송무부에서 나는 분쟁 처리 업무도 담당했다. 한번은 한국 회사가 국제 소송에 휘말려 피고가 됐다. 변호사를 선임해야 하는데 그 비용이 얼마나 나올지 걱정했다. 미국 로펌은 시간에 따라 변호사 비용을 청구하는데, 소송이 어떻게 진행될지 모르는 상태여서 변호사 비용을 추산하기가 어려웠다. 그래도 계속 묻기에 3만 달러 정도로 추산해 주었다. 그 돈으로는 여러 사람이 일을 담당할 수 없어서 결국 그 사건은 파트너와 둘이서 맡기로 했다. 내가 법원에 낼 준비 서면을 초안하고, 파트너가 검토해서 소 각하 판결을 얻어 냈다. 변호사 비용도 3만 달러를 넘지 않았다.

뉴욕 로체스터 법원의 부동산 저당권에 관한 소송은 나 혼자 모든 서류를 준비해 출장을 갔다. 맨해튼에서 차로 6시간 걸리는 거리였으므로, 당일에 다녀올 수 없었다. 다행히 이 사건에서도 원하는 판결을 얻어 냈다.

미국에서는 소송을 제기하는 데 변호사 비용을 제외하면 법원 비용은 별로 들지 않는다. 우리나라와 달리 인지대가 비싸지 않다. 미국에서는 인지대가 비싸면 국민이 재판받을 권리를 침해받는다고 생각하기 때문이다. 소송을 쉽게 걸 수 있다는 것은 미국 소송 제도의 장점이자 단점이다. 우리나라는 청구 금액에 비례해서 정부가 인지대를 받기 때문에 재판을 거는 데 신중해야 한다.

소송은 쉽게 제기할 수 있지만, 재판부의 심리가 시작되기까지는 몇 년씩 걸린다. 그래서 그동안 당사자끼리 증거 절차를 진행한다. 그 과정에서 변호사 비용을 많이 지출하게 되어, 대개 법원의 심리가 시작되기 전에 90퍼센트 이상의 분쟁 사건이 합의로 끝난다. 텔레비전에서 보듯 법정에서 변호사들이 변론하는 것을 보기는 쉽지 않다.

미국에서 소송을 제기하는 것은 상대방에게 협상을 하자고 제의하는 것과 같은 의미이다. 이쪽의 구체적인 입장을 법률적으로 정리해 상대방에게 통고하는 것이라고 봐도 좋을 것이다. 우리나라에서는 소장을 보내면 상대방을 더는 대화할 수 없는 원수라고 생각하기 쉽다. 특히 소장에는 한쪽의 일방적인 입장을 적어 놓기 때문에 인간적인 배신감을 느끼는 경우가 많다. 요즘 한국에서는 변호사들 사이에도 그런 분위기가 악화되고 있다고 한다. 소송 당사자들끼리 싸우는 데 휘말려서, 서로 알고 지내던 변호사들끼리 등을 돌리는 관계가 된다는 것이다.

소송을 위한 증거 조사

나는 송무부에서 소송에 필요한 자료 정리와 분석, 증거 조사에 많은 시간을 보냈다. 우리나라에서는 법원의 주도로 증거 조사를 실시하게 되어 있으나, 미국은 당사자주의를 채택하여 법원의 관여 없이도 당사자들끼리 연락해서 증거 조사를 진행한다. 상대방으로부터 증거 제출을 요청받으면 정당한 사유가 없는 한 거절할 수 없다.

상대방이 가지고 있는 어떤 서류가 소송에 관계되는 경우, 그 사항에 관한 모든 서류의 사본을 달라고 청구할 수 있다. 서류 제출을 거절하는 경우, 그 서류는 거절한 당사자가 나중에 유리한 증거로 사용할 수 없을 뿐 아니라 제출하지 않은 데 대한 벌금이나 징계 등 제재를 받을 수도 있다. 소송 전에 진행되는 이런 증거 조사 절차를 '디스커버리'라고 한다. 소송 당사자에게 증거 조사권을 부여함으로써 변론 절차에 들어가기 전에 사실 관계를 정리하는 것이다.

우리나라에서는 소장을 내기 전에는 사실상 증거 조사가 불가능하다. 증거가 멸실되거나 훼손될 우려가 있는 경우에만 예외적으로 증거 보전 신청을 할 수 있다. 그러다 보니 사실 관계가 불명확하더라도 일단 소송을 제기해야 하고, 인지대 등의 경제적 부담을 각오해야 한다.

한국 변호사들은 결정적인 증거를 감추고 있다가 소송이 종결되기 직전에 기습적으로 제출해서 상대방을 제압하려는 경향이 있다. 기습적인 증거 제출은 합의에 의한 해결을 어렵게 하고, 소송 결과를 예측할 수 없게 만든다. 따라서 소송 제도 개선 측면에서는 미국처럼 상대방의 요청을 받고도 정당한 이유 없이 제출하지 않은 증거는 나중에 사용할 수 없게 하여 기습을 예방하는 것이 옳다. 최근 민사 소송법과 대법원 규칙이 개정되어 변론 전 준비 절차에서 주장이나 증거 제출을 하지 않으면 나중에 제출할 기회를 박탈하고 있으나, 아직 실효성이 높지는 않다.

송무부에서 일하는 동안 나는 데포지션에도 여러 번 관여했다. '데포지션'은 소송 당사자끼리 진행하는 증인 신문 절차를 말한다. 한국 회사가 미국에서 소송하는 경우에 상대방 변호사로부터 한국 회사 직원을 증인으로 신문하겠다는 요구서를 받는 경우가 더러 있다. 미국의 소송

제도는 '당사자주의'이므로 법원의 명령이 없더라도 이런 요구에 응해야 한다. 미국에서는 소송 비용이 원칙적으로 각자 부담이므로 상대방이 요구하면 한국에 있는 증인의 여비를 한국 측이 부담해 미국까지 출석시켜 증언해야 한다.

외국인이 증언을 할 때는 증인, 양쪽 변호사, 속기사 그리고 통역이 참석한다. 변호사가 질문하고, 증인이 대답하며, 통역이 말을 옮기면, 속기사가 묵묵히 속기 기계를 두드린다. 이런 광경이 며칠 동안 계속된다. 소환한 상대방 변호사는 가능한 한 질문을 계속 퍼 붓는다. 증인을 소환할 때는 무엇을 물어볼지 개략적으로 알려 줄 뿐 구체적인 질문을 미리 알려 주지는 않는다.

한번은 아칸소 주의 탄광 관련 소송 때문에 미국 변호사와 둘이서 탄광 동네까지 데포지션을 하러 갔다. 증인 신문 기초 자료가 될 박스 10여 개 분량의 관련 서류를 미리 항공편으로 보내 놓고 증인 신문 하기 하루 전에 현지에 도착해서 서류를 다시 정리했다. 미국 남부는 말투도 다르고 생활 방식도 달랐다. 시골이라서 사람들의 행동이 느렸고, 담배도 유난히 많이 피워 댔다. 증인 신문을 할 때 상대방 변호사가 시가를 줄줄이 피워 대는 통에 숨이 막혀 호흡이 곤란할 정도였다.

우리나라에서는 위증이 만연되어 있지만 미국에서는 위증을 하기 어렵다. 집중적으로 파헤치는 질문 앞에 거짓말하기가 쉽지도 않거니와, 거짓말한 것이 들통 나면 처벌도 무겁다. 변호사도 위증을 하라고 교사했다가는 변호사 자격 박탈, 형사 처분 등 엄청난 불이익을 각오해야 한다.

또 두 건 이상의 범죄를 범한 경우, 우리나라 형법은 가장 중한 범죄의 형에 2분의 1을 가중시킨 범위 내에서 형을 선고하지만, 미국에서는 무조건 각 범죄의 형을 단순 합산한다. 그래서 징역 500년에 처한다거나 무기 징역에 3번 처한다는 판결도 종종 나온다.

기업부의 일

기업부는 의뢰인에게 자문하는 역할을 주로 한다. 그래서 기업부에 속한 변호사들은 조심스럽고 객관적인 입장을 취하는 경우가 많다. 기업부에서는 거래를 하기 전에 앞으로 발생할 수 있는 분쟁이 무엇인지, 그 분쟁이 법원에 가는 경우 어떤 판결이 나올 것인지 예상해서 의뢰인에게 의견을 줘야 한다. 의뢰인에게 주는 법률 의견서가 잘못되면 변호사가 책임을 져야 하기 때문에 조심스러울 수밖에 없다. 기업부 변호사들은 가능한 모든 문제점을 상세히 지적하고 분석한다. 문제점을 지적해 둬야 나중에 책임을 피할 수 있으므로, 까다로울 정도로 세심하게 살필 수밖에 없다. 사실 관계가 달라지면 적용할 판례나 법리가 달라지고, 장래 발생할 일에는 여러 변수가 있어서 기업부의 의견에는 온갖 가정과 제한이 붙는다.

의견서를 읽는 의뢰인이 '과연 된다는 말인지, 안 된다는 말인지' 알 수 없는 경우도 많다. 하지만 최종 결정은 의뢰인이 하는 것이고, 변호사는 여러 가지 문제와 경우의 수를 지적하는 것으로 의뢰인의 결정에 도움을 줄 뿐이다.

미국 회사들은 까다로운 법률문제들을 모두 검토하기를 원한다. 하지만 우리나라 사람들은 까다로운 것을 싫어하고 단순 명쾌한 결론을 좋아한다. 의견서에서도 이유보다는 결론에 관심을 가진다. "만약 A이면 B이다"라는 의견과 "만약 A가 아니면 B가 아니다"라는 의견은 사실상 같은 것인데도 끝부분만 보고 정반대라고 생각한다.

그래서인지 미국식 교육을 받지 않은 한국 변호사들은 이유나 과정을 생략하고 자문 의견을 주는 경우가 많은 것 같다. 그러나 변호사가 구두로 자문해 주는 경우에는 정확하게 의견이 전달되지 않아 오해가 생길 수 있다. 엄밀한 법적 근거를 찾지 않고 상식으로 답하기 쉽고, 의뢰인이 아는 사실 관계와 변호사가 이해한 것이 달라서 의견이 잘못될 소지가 많다.

사람들은 자기가 관심을 가진 부분이나 포인트만 귀담아 듣는 경향이 있다. 결론이 도출되는 과정에서 나온 전제나 가정을 빼놓은 채, '된다'는 결론만 듣고 나머지는 잊어버리는 경우도 많다. 자문을 구하는 사람이 '된다'는 의견을 기대하고 있는 경우에는 특히 그렇다. 게다가 구두 자문은 회사 내에서 윗사람에게 전달되는 과정에서 다시 한 번 왜곡될 수 있다. 구두 자문은 변호사와 의뢰인 사이에 사후 분쟁의 가능성이 많기 때문에 될 수 있는 한 피해야 한다. 자문을 구하는 회사도 변호사에게 서면으로 의견을 받는 것이 좋다.

악마의 변호사

의견을 제시하는 데 있어 객관적이고 중립적인 입장과 자기에게 유리한 입장을 구별하는 것은 법률문제 분석뿐 아니라, 사회생활이나 조직생활을 할 때도 필요하다. 종전에 우리 사회에서는 윗사람이 결단 또는 직관으로 사업 방침을 정하면, 아랫사람은 무리를 해서라도 이를 달성하기 위해 모든 노력을 다하는 것이 당연시됐다. 때로는 불법적인 요소가 있더라도 밀어붙였다. 상사가 내심 결정을 한 상태에서 검토를 지시할 경우, 더더욱 객관적 의견을 내기가 어려웠다.

하지만 이제 우리 사회도 달라지고 있다. 정보가 투명해지고 사회적 감시 체제가 강화되는 상황에서, 조직 내부의 반대 의견을 무마하거나 누른다고 문제가 덮이지 않는다. 오히려 나중에 문제가 노출되면 더 큰 부작용이 생기게 된다. 사전에 신중하게 여러 변수와 문제점을 검토할 필요가 있다.

공적 분야에서는 대립되는 이해관계의 조정이 중요한 정책 변수이다. 한쪽 입장에만 치우치면 부작용을 수반한다. 관(官)이 우월적 지위를 갖고 민(民)을 억누르던 시대는 지났다. 편파적이고 불공정한 행정 운용은 이제 통하지 않는다. 행정 분야에도 다양한 의견을 반영해서 방침을 정하는 절차가 제도화되어 가고 있다.

물론 아직도 우리나라의 사기업에서는 대주주가 회사를 개인 기업처럼 생각하며 일을 무리하게 밀어붙이는 경향이 남아 있다. 불법적인 수단도 여전히 활용된다. 대기업의 분식 회계나 대주주의 자금 유용도 문제가 되고 있다.

하지만 앞으로는 사회 전반적으로 객관적 분석과 검증 절차가 점점 중요해질 것이다. 우리 사회는 오랫동안 객관적 방법을 소홀히 여기며, 이를 지식인의 병폐 내지 나약함으로 폄하해 왔다. 다행히 요즘은 외부 평가나 자문을 받는 기업이 늘어나고, 행정부도 외부 자문이나 공청회 등을 통해 객관적 방법으로 문제를 검토하려는 경향이 늘고 있다.

객관적 방법에 대한 인식을 단순히 중도(中道)로 오해하는 사람도 있다. 객관적 관점이란 중간을 의미하는 것이 아니라, 열린 시각을 의미한다. 선입관 없이 어느 한편에 치우치지 않고 문제를 분석하는 것이다. 조직 내부에서 문제를 검토할 때는 객관적인 판단을 위해서 반대 의견을 적극적으로 제시하는 사람이 필요하다. 그러나 많은 사람들이 조직 분위기와 다른 입장을 취할 경우 받을 수 있는 불이익 때문에 문제를 알면서도 침묵한다. 그래서 미국에서는 조직 내부에 '악마의 변호사'를 지정해서 반대 의견을 제시하는 임무를 맡기기도 한다.

거래 중심의 법률 실무

우리나라 법학 교육은 의사 표시, 법률 행위, 권리와 의무처럼 거래를 구성하는 개별 요소를 중심으로 이루어진다. 물리학의 소립자 이론과 같다. 하지만 실제 거래는 수많은 법률 행위와 계약이 합쳐진 덩어리 형태로 이루어진다. 소립자 이론을 아는 사람보다는 공학을 아는 사람이 물건을 잘 만드는 것처럼, 실제에서는 개별 이론보다 법률 실무 이론이 더 중요하다.

우리나라 법학 교육에는 개별 이론만 존재하고 거래를 덩어리로 다루는 응용 학문이 없다. 우리나라 변호사가 기업에 제대로 자문하기 어려운 이유가 이런 법학의 한계 때문이다. 미국 법학 교육은 거래 중심으로 발전하고 있다. 대출, 차관, 투자, 동업, 판매망 구축, 기술 개발, 기업 인수 합병, 주식 발행, 회사 설립 등 새로운 사업이나 거래를 시작하려는 회사가 필요로 하는 법률 서비스를 법적으로 만들어 내는 것이다.

거래는 계약서와 법률 문서로 표현된다. 거래가 완결되기까지는 엄청난 양의 서류 작업이 필요하다. 뉴욕의 초대형 로펌들 중에는 거래 중심 서비스를 전문으로 하는 로펌이 많다. 이들은 대형 거래 한 건에 거래 대금 0.5~1퍼센트 정도를 받는다. 10억 달러짜리 거래가 성사되면 자문료로 1,000억 원 가까이를 받는 것이다.

거래 중심적인 법률 서비스는 크게 두 단계로 나누어진다. 첫 단계에서는 당사자가 원하는 경제 목적을 달성하기 위해 법적으로 가능한 수단과 방법 중에서 어떤 것이 가장 유리한가를 검토한다. 예컨대 기업을 인수하는 방법은 주식 인수, 중요 자산 인수, 합병 등이 있다. 주식 인수도 기존 주식을 사는 방법, 증자하면서 새로이 발행되는 주식을 인수하는 방법, 다른 주식과 맞교환하는 방법 등이 있다. 또 기존 주식을 사는 것도 대주주에게서 직접 사는 방법과 주식 시장에서 사는 방법이 있다. 여러 방법마다 회사법, 증권법, 민상사법, 세법, 행정법 등 법적으로 어떤 문제점이 있는지, 어느 방법이 비용이 적게 들고 이익이 되는지 등을 검토해서 의견을 제시한다.

어느 형태로 거래를 구성할 것인가가 결정되면 그에 필요한 갖가지 서류를 준비해야 한다. 계약서 하나만으로는 충분하지 않다. 은행 등으로부터 돈을 빌려 기업을 인수하는 경우 은행, 매도인, 매수인의 삼각관계에서 은행의 채권을 보호하기 위한 담보를 설정해야 하고, 그러한 채권 보호가 기업 인수 당사자 간의 거래와 조화되어야 한다.

이 과정에서 변호사는 의뢰인이 원하는 것을 계약 조항으로 만들어 넣을 수 있어야 하며, 의뢰인이 미처 생각하지 못한 돌발 변수도 예상해서 계약서에 집어넣어야 한다. 변호사는 법률 문서 작성을 통해 당사자 사이의 거래 내용을 만들어 나간다.

복잡한 미국 계약서

변호사가 계약서를 검토하는 방법에는 여러 가지가 있다. 그중 가장 낮은 수준은 현행법에 의해 계약서가 적법하고 집행이 가능한지를 판단하는 것이다. 우리나라에서 보통 생각하는 변호사의 역할이다. 변호사에게 계약서를 검토시켰더니 '이상 없다', '그대로 해도 좋다', '합법적이다'라고 간단하게 의견을 주는 경우가 이것이다. 이 정도의 검토에는 시간과 비용이 별로 들지 않는다. 한국에서는 대개 계약서에 법적으로 요구되는 최소한의 내용만 포함된다.

그러나 법률 문서 작성에 있어 가장 중요한 것은 당사자들이 원하는 것을 계약서 조항으로 정리할 수 있느냐이다. 우리나라 변호사들은 계약서 작성하는 훈련을 제대로 받은 적이 없기 때문에, 적법성 검토 이상으로 계약서를 만질 능력을 가진 사람이 많지 않다.

미국 로펌에서는 간단한 것에서부터 복잡한 것까지 점차로 계약서 작성 훈련을 시킨다. 예를 들어 동업 계약서에서는 이익과 손실의 분배가 제일 중요한데, 단순히 A가 60퍼센트, B가 40퍼센트씩 이익을 갖는다는 식으로 계약하면 '이익'이 무엇을 의미하는지에 대한 다툼이 생길 수 있다. 외형적인 이익을 말하는 것인지, 감가상각비를 공제한 개념인지, 어떤 비용을 공제 항목으로 인정할 것인지, 세금을 낸 후 액수를 말하는 것인지 분쟁이 생길 수 있으므로 회계학을 이용해 엄밀히 정의함으로써 분쟁의 소지를 최소화해야 한다. 이익을 정산하고 분배하는 시기와 방법, 경영권을 가지지 않은 동업자가 회계 장부를 확인하는 방법과 절차 등에 관해서도 계약서에 규정할 필요가 있다. 우리나라 계약서에 흔히 들어 있는 '당사자 간에 성실히 협의하여 정한다'는 규정은 법적으로 아무런 효과가 없다. 앞으로 협의한다는 것은 현재는 아무것도 정해지지 않았다는 말과 같기 때문이다.

변호사가 계약서 작성 과정에서 할 일은 계약 당사자의 거래에 필요하고 적합한 계약 조항을 만드는 것이다. 미국에서는 수십 권의 서식집에 다양한 계약서와 법률 문서 양식이 실려 있지만, 그런 기본 양식을 참고해 실제 거래에 맞도록 변형시키는 것은 변호사의 역량이다. 계약서 작성에서 중요한 것은 유연하고 창조적인 사고방식을 가지고 당사자가 원하는 것을 파악해서 조항으로 만들어 내는 것이다. 의미가 명확한 문구와 문장을 사용하고, 모호한 단어는 되도록 피해야 한다. 미국 계약서에는 계약서에 사용할 용어들을 정의하는 조항만 첫머리 수십 쪽을 차지하는 경우도 흔하다.

계약서 작성의 2대 목적은 계약 당사자의 목적 실현과 분쟁 예방이다. 미국 계약서는 불필요하다고 할 정도로 길고 상세하다. 우리나라에서는 간단한 계약서가 좋은 것처럼 생각하는 사람이 많다. 서로 아는 처지에 서류를 주고받는 것이 어색하고, 분쟁 해결도 인간관계 등에 많이 호소한다. 그러나 시대가 변하고 있다. 금전적 이해관계가 걸리면 가까운 사이에서도 법에 호소하는 경우가 많아졌다.

한번은 파트너가 내게 10쪽짜리 임대차 계약서 초안을 주면서 2쪽으로 줄이라고 주문했다. 의뢰인이 독일인인데 복잡한 것을 싫어한다는 것이다. 독일인이나 프랑스인처럼 유럽인들 역시 간단한 계약서를 좋아한다. 역사와 전통이 오래되어 사람들 간의 사고방식에 공통분모가 많기 때문일 것이다.

한국 변호사의 역할

그동안 계약서 작성과 관련해 우리나라 변호사의 역할이 소극적이었던 것은 국제 사회에서 우리나라의 지위와도 관련이 있다. 1990년대 초까지만 해도 우리나라의 국제 변호사는 한국에 진출하는 외국 회사를 위해 일하는 경우가 많았다. 거래를 할 때 계약서 내용은 협상력에 좌우되므로, 경제적으로 주도권을 가진 쪽의 의사가 더 강하게 반영된다. 두 당사자의 경제적 힘이 다른 경우, 강자는 자기에게 유리한 대로 계약서 내용을 요구하게 되고, 계약서 초안 작성도 경제적 강자가 선임한 변호사가 주도한다.

우리나라는 오랫동안 경제적 약자였다. 1960년대는 한국에 돈을 빌려 주는 외국 은행이 차관 계약서를 준비하고, 한국에 투자하는 외국 회사가 합작 계약서 초안을 만들어 제시했다. 한국 회사는 강자가 만들어 온 계약서 초안을 보고 특별한 문제가 없으면 받아들일 수밖에 없었다. 외국 회사들은 외국에서 준비해 온 계약서 초안을 한국 변호사에게 주고 한국에서 그 계약서를 집행하는 데 문제점이 없는지만 검토시켰다. 국제 거래에서 역할이 한정되어 있다 보니, 한국 변호사는 계약서 초안을 직접 작성하는 경험이 적을 수밖에 없었다.

21세기 들어 우리나라의 경제력이 세계 10위권으로 올라서면서 우리 기업이 외국에 투자하거나, 외국에 돈을 빌려 주는 등 경제적 강자의 입장에 서는 일이 많아졌다. 이제는 한국 변호사도 미국 변호사처럼 거래에 맞는 계약서를 초안할 수 있는 기술을 갖추어야 한다.

미국에서 변호사가 하는 일

미국 기업과 변호사

미국 회사들은 법률문제를 상식으로 처리하는 것보다 변호사 의견서를 받아 의사 결정을 하는 것이 비용이 적게 든다고 생각한다. 변호사 의견이 잘못되었을 때 회사는 로펌을 상대로 업무상 과실로 인한 손해 배상을 청구할 수 있다. 그래서 엄청난 변호사 비용이 들더라도 전문가에게 법률문제를 치밀하게 검토받는 것이 위험에 대비하는 길이라고 생각한다. 변호사 비용은 일종의 보험료인 셈이다. 회사 실무자 입장에서도 혼자 판단했다가 잘못되면 책임을 피할 수 없지만, 변호사 의견에 기초해서 처리하면 책임을 면할 수 있다. 그래서 전문 경영인이나 회사 실무자는 당장의 비용을 아끼는 것보다 안전한 의사 결정을 선호한다.

의사의 경우도 마찬가지다. 미국에서는 의료 과실로 손해 배상을 하는 사례가 적지 않고 손해 배상액도 크기 때문에 의사는 누구나 보험을 든다. 의료 사고 손해 배상에 대비한 보험료가 의사 1인당 1년에 수십만 달러나 되기 때문에 개업을 포기하는 의사도 많다. 사고를 많이 내는 운전사의 보험료가 할증되듯이, 의료 사고가 많은 의사의 보험료도 할증된다. 보험료를 감당하지 못하는 의사는 자연스럽게 퇴출된다.

미국과 달리 우리나라 기업은 당장의 변호사 비용을 줄이는 것을 더 선호한다. 법적 판단이 잘못돼 나중에 문제가 생기면 그때 적당히 협상해서 처리하면 된다고 생각한다. 예컨대 이쪽 잘못으로 상대방에게 손해를 입혔더라도, 나중에 다른 거래를 할 때 손해를 어느 정도 보전해 주겠다고 약속하면서 협상한다. 소송까지 가는 경우는 기존 관계의 단절을 각오하거나, 더 이상 상호 이익을 기대할 수 없는 경우이다.

한국 기업은 꾸준히 자문료를 지급하는 것보다 소송에 걸릴 때마다 지불하는 변호사 비용이 더 싸다고 생각한다. 자문을 받지 않으면 큰 손해가 발생할 수 있는데도 운에 맡기는 것이다. 자동차 소유자가 종합보험이 더 좋은 것을 알면서도 당장 돈을 아끼려고 보험에 들지 않고 차를 모는 것과 같다. 미국에서는 한국식의 적당한 분쟁 처리 방법이 통하지 않는다. 분쟁을 처리하는 데 드는 변호사 비용도 상상을 초월하기 때문에 요행을 바라는 것은 위험하다.

시간당 청구되는 변호사 비용

우리나라에서는 변호사 자문료를 시간당 계산하는 데 익숙하지 않다. 자문료에 대한 개념이 없는 사람도 많다. 물어보는 정도는 공짜라고 생각한다. 미국에서는 변호사 비용을 시간당 청구한다. 변호사가 소비한 시간에 변호사별로 정해진 시간당 단가를 곱해 청구한다. 예컨대 어떤 문제에 대한 자문을 의뢰받아 파트너 1명, 어소시에이트 2명이 일했다면 세 변호사별로 시간당 단가에 일한 시간을 곱해 합산한다. 여기에는 의뢰인과 전화로 상의한 시간, 직접 면담한 시간뿐 아니라 자료를 뒤져 연구한 시간, 변호사끼리 내부적으로 상의한 시간, 의뢰인을 만나러 오가는 시간 등 변호사가 소비한 일체의 시간이 포함된다. 작은 사건이라고 간단하게 생각해 변호사에게 물어보았다가 변호사 비용에 놀라는 경우도 많다. 간단하게 보이는 문제라도 변호사가 쉽게 결론을 얻지 못하고 연구해야 하는 경우, 비용이 엄청나게 들 수 있다.

　로펌 변호사는 일한 시간과 처리한 내용을 0.1시간, 즉 6분 단위로 타임시트에 적는다. 시간만 적는 것이 아니라 그 시간에 의뢰인을 위해 어떤 일을 했는지도 상세히 적어야 한다. 어떤 자료를 찾아보았다든지, 누구와 무엇에 관하여 상의했다는 식이다. 로펌은 타임시트를 컴퓨터에 입력한 다음 한 달에 한 번씩 의뢰인별로 전산 출력해 변호사 비용을 청구한다. 타임시트를 상세하게 써 내지 않아 비용이 과다하다고 이의 제기를 당할 때 방어할 수 없으면 시간이 깎여서 손해를 보게 된다. 타임시트를 쓰는 데 드는 시간도 청구 시간에 포함된다.

의뢰인의 입장에서는 변호사 비용을 예측할 수 없기 때문에 미리 견적을 달라고 요구하는 경우도 있다. 혼자 개업한 변호사들은 변호사 비용을 일정액으로 정해 약정할 수 있으나, 로펌같이 여러 변호사가 동업하는 경우는 전체적인 이익을 도모해야 하기 때문에 일정액으로 약정하기가 힘들다. 변호사 비용은 시간에 대한 기회비용이기 때문이다. 변호사의 시간은 한정되어 있기 때문에, 한 사건을 처리하면 다른 사건은 처리할 수 없다. 한 의뢰인이 지나치게 싼 가격을 원하는 경우, 로펌은 고객 관계 유지 차원에서 응하거나, 고객을 포기해야 한다.

시간당으로 비용을 청구하는 것은 자문뿐 아니라 소송 준비나 변론도 마찬가지이다. 우리나라에서 소송 수임료는 시작할 때 착수금 얼마, 승소할 때 승소금 얼마 주는 식으로 약정하지만, 미국에서는 매달 시간을 따져 청구서가 날라 온다. 시간당 청구이다 보니 사건이 빨리 해결되지 않으면 비용이 어마어마하게 증가할 수 있다.

그래서 소송 당사자들이 변호사 비용을 감안해 도중에 합의로 끝내는 경우도 많다. 예컨대 100만 달러가 걸린 손해 배상 소송에서 변호사 비용이 양쪽 다 30만 달러씩 들 것으로 예상될 경우, 원고 측은 70만 달러를 받을 수 있다면 원하는 액수를 다 받는 셈이나 마찬가지이고, 피고 측은 30만 달러를 내고 끝낼 수 있다면 돈 한 푼 안 내고 끝내는 셈이다. 따라서 양측은 30만~70만 달러 사이에서 합의할 여지가 생긴다.

법률 전문가로서의 변호사

변호사의 머릿속에는 법률 지식이 가득 들어 있어서 어떤 문제든 묻기만 하면 답할 수 있을 거라고 오해하는 사람도 있지만, 그러다가 잘못된 정보를 주면 모두 변호사 책임이다. 변호사가 법률 전문가로서 제대로 된 의견을 주려면 판례와 자료를 찾아 이슈를 연구해야 한다. 이러한 연구를 '리걸 리서치(legal research)'라고 한다. 리걸 리서치를 게을리하여 변호사 의견이 잘못된 경우, 자문료를 적게 받았다는 사실은 면책 사유가 되지 않는다. 따라서 시간을 들이더라도 연구를 철저히 해야 한다.

소송에서 변론하는 경우에는 자기 쪽에 유리하게 법리를 해석하거나 주장하다가 틀리더라도, 그에 대한 불이익이 별로 없다. 판례와 법리는 자기 쪽에 유리한 것도 있고 불리한 것도 있기 때문에 유리한 쪽을 택해서 판사를 설득하면 된다.

미국에서는 변론 내용을 요약한 서면(우리나라에서는 '준비 서면'이라고 한다)을 법원에 제출할 때 주장의 근거가 되는 판결이 어느 판례집 몇 페이지에 실려 있는지, 논문을 쓰듯이 일일이 주석을 달아 표시한다. 변호사가 터무니없는 주장을 하는 경우, 법원이 제재를 가할 수 있기 때문에 근거 없이 무리한 주장을 할 수 없다.

법원이 판례와 다르게 판결하기는 쉽지는 않다. 판례 변경은 최고 법원에서나 하는 것이다. 판례는 최근에 나온 것일수록 좋고 파기되지 않은 것이어야 하므로, 법학 방법론에서 배운 방법대로 철저하게 뒤져 보는 것이 중요하다.

소송에서 판례 검색보다 시간이 더 많이 드는 것은 사실 관계 파악이다. 방대한 서류를 검토하고 사건 내용을 파악해야 하기 때문이다. 내가 미국에서 다룬 사건 중에 5년 동안 회사 자금을 유용한 것이 문제가 된 사건이 있다. 이 사건에 관련된 서류만 박스로 100여 개였다. 변호사 여러 명이 달려들어 서류를 하나하나 읽으면서 어느 쟁점에 관련되어 있는지 분석하고, 나중에 찾아볼 수 있도록 페이지마다 분류 번호를 붙이는 데만 몇 달이 걸렸다. 이렇게 미국 변호사에게 시간이 한없이 걸리는 일을 의뢰하는 것은 백지 수표를 발행하는 것과 같다.

살인적인 업무량

베이커앤맥켄지는 국제 업무를 많이 해서 업무가 다양했다. 나는 늦어도 아침 9시 30분까지 출근해 낮 12시부터 1시 사이에 점심을 먹고 밤 늦게까지 일했다. 일반 직원의 퇴근 시간은 오후 6시였지만 변호사는 그 시간에 퇴근하는 사람이 거의 없었다. 자정을 넘기면서 일하는 날이 일주일에 3~4일은 됐다.

그래도 기업 인수 합병같이 큰 거래를 주로 하는 로펌에 비하면 양호했다. 스캐든압스 같은 로펌은 변호사가 로펌 안에서 일상생활을 해결할 수 있도록 샤워장, 헬스클럽, 세탁실, 식당 등 생활 시설을 완비해 놓고 있었다. 밀뱅크트위드에서 일하는 어느 변호사는 몇 달 동안 하루 평균 4~5시간밖에 못 잔 적이 많다고 했다. 한번은 밤 10시에 다른 로펌에서 일하는 교포 변호사와 만나 저녁을 먹고 새벽 2시쯤 헤어졌는데, 그 변호사는 "다시 사무실에 들어가서 날을 새야 한다."고 했다.

베이커앤맥켄지에서는 내가 한국에서 판사로 일한 경험이 있다는 이유로 미국 변호사와 동등한 수준으로 일할 것을 요구했다. 초임 어소시에이트도 자료 조사 분석, 계약서와 소송 서류 작성 등을 알아서 해야 한다. 파트너는 세세하게 가르쳐 주지 않는다. 파트너들은 매달 컴퓨터에 입력된 타임시트 자료를 분석해서 어소시에이트 변호사가 지난달 몇 시간 일했는지 확인하고 감독한다. 의뢰인에게 청구할 수 있는 시간 수가 적게 나온 변호사는 업무 능력과 몸값에 대해 부정적 평가가 내려진다.

변호사 보수는 연봉 총액으로 정해지지만 그 봉급을 타기 위해서는 1년에 몇 시간 정도 일해야 한다는 비공식 기준이 있다. 연봉을 많이 주는 일류 로펌일수록 기대하는 시간이 많다. 예컨대 뉴욕 일류 로펌들은 대개 일 년에 2,200~2,300시간 정도 일할 것을 요구했다. 2,200시간이면 한 달에 180시간 이상 일해야 한다. 토요일과 일요일을 제외하고 휴가 없이 1년 내내 매일 평균 8~9시간을 일해야 하는 것이다. 이런 시간은 식사, 교육 훈련, 내부 회의 등을 제외하고 의뢰인에게 청구할 수 있는 순수한 시간을 의미하므로 실제로는 휴가 없이 1년 내내 매일 최소한 10~11시간씩 일해야 달성할 수 있다.

파트너를 목표로 하는 어소시에이트라면 개인 생활을 완전히 희생하는 수밖에 없다. 파트너 승진 대상을 평가할 때 가장 중요한 것이 수익성이고, 수익성은 일한 시간에 비례하기 때문이다. 체력이 약하면 도저히 견딜 수 없다. 최근에는 우리나라 로펌에서도 시간에 쫓기는 살벌한 풍경이 나타나고 있다. 그래서 변호사들 사이에는 '시간 품팔이'라고 자조하는 말이 나오기도 한다.

공익을 위한 변호사의 의무

미국 로펌의 형태 가운데 가장 흔한 파트너십은 여러 사람이 동업하면서 이익을 분배하는 것을 말한다. 이익 추구가 목적이므로, 로펌에 속한 변호사가 공익을 위해 시간을 쓴다는 것은 사실상 불가능하다. 수익성이 떨어져서 로펌에 피해를 주기 때문이다.

그러나 미국변호사협회 윤리 규정에는 변호사가 무료 봉사 활동을 해야 한다고 규정되어 있다. 변호사에게 공적 활동을 해야 할 사회적 책임이 있다고 보기 때문이다. 미국 로펌도 여러 방법으로 이 요구에 응하고 있다. 인권 소송이나 공익 소송을 하는 비영리 단체에 돈을 기부하고, 봉사 전담 변호사를 고용해 어려운 사람들에게 무료 상담 서비스도 한다. 일류 로펌의 경우, 무료 봉사를 2년 하면 정식 변호사로 일할 기회를 주는 식으로 우수한 인재를 확보하기도 한다. 봉사 전담 변호사로서 형편이 어려운 사람이나 비영리 단체 등을 위한 소송을 하다 보면 다양한 경험을 쌓을 수 있어서, 로펌에도 도움이 되는 측면이 있다. 우리나라의 대한변호사협회도 최근 변호사에게 1년에 일정한 시간을 봉사하도록 강제하고 있다.

미국에서는 법률 구조를 전담하는 시민 단체가 가난한 사람을 위해 무료로 자문해 주고 소송도 해 준다. 예컨대 뉴욕의 법률 구조 단체는 빈민이 많은 슬럼가에서 주정부를 상대로 사회 보장 혜택을 받아 준다든지, 돈이 없어서 임대 주택에서 쫓겨날 상황에 놓인 사람들을 위해 시간을 끌면서 화해를 유도하는 일 등을 한다. 이 같은 단체들의 활동 자금은 연방 정부, 주 정부의 보조금과 뜻있는 사람이나 단체의 기부금으로 충당된다. 우리나라에서도 1987년 정부에서 법률 구조 공단을 세워 비슷한 목적으로 운영하고 있다.

한국 변호사의 미국 연수

미국 로펌에 연수하러 온 외국 변호사는 로펌의 정식 변호사가 아니라, 인턴 같은 지위를 가진다. 급여도 어소시에이트보다 적다. 미국에서 1년 연수한 정도로는 미국 법을 제대로 공부하기도 부족하다. 바쁘게 돌아가는 로펌에서 외국 변호사에게 친절하게 일을 가르쳐 주는 것은 기대할 수 없다. 맛만 보고 지나가는 셈이다.

한국 로펌에서 변호사를 미국에 유학 보내 주는 경우, 대개 미국 로스쿨 LL.M. 과정에서 1년 공부한 뒤 미국 로펌에서 아홉 달 정도 연수하고 돌아가게 된다. 전에는 미국 로펌에서 연수하는 한국 변호사의 수가 적었기 때문에 일류 로펌에서 자리를 구하기가 쉬웠으나, 요즘은 수가 많아져서 연수 기회를 얻기도 쉽지 않다.

어떤 변호사는 미국 로펌에서 연수한 것을 정규 변호사로 근무했던 것처럼 내세우기도 하지만, 실제로는 이력서에 한 줄 더 넣기 위한 요식 행위에 지나지 않는다.

미국 로펌이 일도 못하는 한국 변호사에게 연수 기회를 주는 이유는, 한국 변호사가 속한 로펌과 유대 관계를 맺기 위해서다. 최근 한국 로펌들은 변호사를 유학을 보내 주더라도 공부를 마치면 바로 돌아오도록 권한다. 미국에서 연수한다고 보내는 시간이 로펌에 크게 도움 되지 않는다고 보는 것이다.

전에는 미국 로펌에서 연수했다고 내세우는 것이 한국 로펌의 평판을 높이는 데 도움이 되었으나, 지금은 연수한 변호사들이 많아서 별 도움이 되지 않는다. 하지만 로펌의 입장과 달리 한국 변호사들은 미국에서 연수하는 것을 선망하는 경향이 있다. 단기라도 견문을 넓힐 수 있는 좋은 기회이기 때문이다. 유학을 보내 줄 것을 기대하고 한국 로펌에 들어간다면 미국 연수 기회가 있는지 미리 확인하는 것이 좋다.

파트너와 어소시에이트

계약형 파트너와 고문형 파트너

로펌의 파트너는 이익을 배당받는 지분을 가진 정식 파트너 외에도 다양하다. 우선 계약형 파트너가 있다. 로펌과 몇 년 단위로 계약을 맺고, 자기가 유치한 의뢰인으로부터 발생하는 수입의 일정 비율을 받으며 대외적인 호칭만 파트너로 하는 형태이다. 내가 뉴욕에 있을 때 대형 로펌에 있는 한국계 변호사 가운데 상당수가 이러한 계약형 파트너였다.

계약형 파트너는 고객 유치 실적이 좋으면 계약이 갱신되지만, 실적이 나쁘면 계약 기간이 끝난 후 다른 곳으로 옮겨야 한다. 즉 계약형 파트너는 엄밀히 말해 파트너가 아니다. 한국 사람들이 파트너와 상대하기를 좋아하고, 사건을 유치하는 한국 변호사들이 파트너라는 명칭 없이는 활동하기 힘들어하므로 '무늬만' 파트너로 행세하게 하는 것이다.

고문형 파트너의 로펌 안에서 정식 명칭은 파트너가 아니라, 고문이다. 고문은 반드시 변호사인 것도 아니고 상근할 필요도 없으며, 로펌과는 독립적인 관계라고 할 수 있다. 고문과 로펌의 관계는 두 가지이다. 하나는 계약형 파트너같이 사건을 유치해 수입의 일정 비율을 받는 형태이고, 다른 하나는 고용제 변호사처럼 자기가 일한 데 대해 일정한 보수를 받는 형태이다. 고문형 파트너의 주요 역할은 로펌과 의뢰인 사이를 연결하는 것이다. 예를 들어 한 한국인 변호사는 한국 대기업들로부터 사건을 의뢰하겠다는 내용이 담긴 추천서를 받아 미국 로펌에 취직했으나, 사건을 유치하지 못해서 1년 만에 쫓겨났다.

계약형 파트너나 고문형 파트너 중 사건 유치 능력이 있는 경우, 로펌에서 경력이나 업무 능력을 따지지 않고 파트너 명칭 사용을 허용하기도 한다. 내막을 잘 모르는 사람들은 일을 잘해서 빨리 파트너가 됐다고 생각하기 쉽지만, 계약형 파트너나 고문으로 활동하는 변호사 중에는 미국에서 제대로 변호사 훈련을 받지 않은 사람도 있다.

어느 일류 로펌의 한국인 변호사는 1년 만에 1년차 변호사 봉급의 2배를 받았는데, 한국 고위 관리인 장인이 뉴욕 주재 한국 회사들에 전화를 해서 사건을 맡기라고 압력을 넣은 덕분이었다. 하지만 사실 그는 변호사 시험에 떨어져서 변호사 자격이 없는 상태였다. 그가 일하던 로펌에서 뉴욕 주 변호사윤리위원회에 보고해서 그는 변호사 자격을 취득하는 데 치명상을 입었다.

파트너가 되기까지

미국 로펌에서 파트너가 되는 정통 코스는 험난하다. 처음에는 어소시에이트로 출발한다. 회사에 따라 다르나 처음 몇 년 동안은 일정액의 봉급 외에 보너스나 수당이 없다. 그러다가 4년쯤 되면 팀장이 되어 변호사 1~2명을 데리고 실무를 담당한다. 어소시에이트에게 고객 유치 수당을 지급하는 로펌은 별로 없다. 어소시에이트에게 사건 유치 수당을 인정하는 로펌도 바로 돈으로 주는 것이 아니라, 내부적으로 적립했다가 정식 파트너가 될 때 파트너로서 내야 할 자본금의 일부로서 인정한다. 만약 파트너가 되지 못하면 적립된 몫이 없어진다. 이러한 제도는 어소시에이트로 하여금 로펌을 떠나지 않고 계속 헌신하게 하기 위한 것이다.

파트너가 될 연한이 가까워지면 어소시에이트는 일하는 시간이 더 많아지고 사건 유치에도 관심을 갖게 된다. 로펌은 파트너들끼리 손익을 나누기 때문에, 파트너 한명이 추가되면 1인당 수입이 줄어든다. 따라서 파트너를 선발할 때는 새로 파트너가 될 사람의 장래 수익성이 중요한 심사 기준이 된다. 사건 유치에 중점을 두는 로펌이 있는가 하면 변호사의 일하는 능력을 중시하는 로펌도 있다. 각 로펌마다 조금씩 상황이 다르지만, 만약 로펌에서 4년 정도 일했는데도 파트너가 될 가능성이 없으면 대개 작은 로펌으로 옮긴다. 작은 로펌은 파트너 승진이 빠르기 때문이다.

내가 있을 당시 뉴욕의 일류 로펌의 경우 파트너가 되는 데 대략 8년 정도 걸렸다. 그 기간 동안은 잠도 제대로 못자고 밥도 잘 못 먹으면서 일해야 한다. 정식으로 파트너가 되면 로펌에 대해 일정한 지분권을 갖게 되어 주주와 유사한 지위가 된다. 대신 파트너가 되면 자기 몫의 자본금을 출자해야 한다. 파트너가 되었을 때 거액의 자본을 일시적으로 출자하는 것이 부담이 될 수 있기 때문에, 파트너가 된 다음 보통 10년 정도 수입의 일정 비율을 자본금으로 내놓는 경우가 많다. 그래서 파트너 초기에는 어소시에이트 때와 비교해서 오히려 손에 쥐는 돈이 적을 수도 있다. 자본금을 장기 분할하여 납입하는 제도 역시 파트너가 된 다음에도 그 회사에 충성하게 하는 장치이다. 출자된 자본은 파트너가 은퇴할 때 찾아간다.

로펌에서는 대개 파트너가 1인 1표의 투표권을 갖는다. 로펌에 따라서는 파트너로 선발된 후 바로 완전한 투표권을 인정하지 않고, 몇 년 동안 일정한 사항에 관해 의결권을 제한하는 경우도 있다. 파트너로서 일종의 수습 기간을 거치는 셈이다. 파트너들끼리는 1인 1표의 관계이지만, 실질적으로는 다른 파트너보다 영향력이 더 큰 파트너들이 있게 마련이다. 원로 파트너라든지 고객 기반이 탄탄한 파트너들이다. 일단 파트너가 된 다음에는 회사에서 쉽사리 축출할 수 없다.

대부분의 로펌에서는 한 달에 한 번 정기적으로 모이는 파트너 총회가 최고 의사 결정 기관이다. 파트너 총회에서 로펌의 중요한 사항이 결정되고 논의된다. 회의는 보통 반나절 이상 걸린다. 일상적인 업무 처리는 행정 파트너가 담당한다. 행정 파트너는 파트너가 된 지 얼마 안 된 사람들이 맡는 사무직이다. 행정 파트너는 행정 일을 하느라 의뢰인을 위해 일하는 시간이 줄어들기 때문에 별로 인기가 없다. 대신 행정 파트너는 월급조로 일정한 보수를 받는데, 그 액수가 파트너 평균 수입보다 적으므로 기피하는 것이 보통이다.

파트너는 각자 로펌을 대표할 권한이 있다. 의견서 등 로펌 이름으로 나가는 모든 문서에는 파트너의 서명이 필요하다. 파트너가 아닌 변호사는 의견서에 서명할 수 없다. 어소시에이트가 의견서에 서명을 받으려면 파트너가 이해할 때까지 설명해야 한다. 그 과정에서 소비하는 시간이 결국 의뢰인에게 비용으로 전가된다. 파트너들은 이러한 권한을 통해 어소시에이트를 통제한다.

파트너가 외부에 나가는 서류에 서명해야 하는 원칙을 지나치게 내세우면 불합리한 점도 생기게 된다. 나도 경력 많은 세법 전문 파트너와 일한 적이 있는데, 아주 기초적인 내용까지 파트너 이름으로 메모를 준비하고 파트너의 서명을 받아서 건네야 했다. 파트너가 자리를 비우면 급한 일도 몇 시간씩 기다려야 했다. 심지어는 의뢰인에게 자료를 보낼 때 표지 편지도 파트너 이름으로 하는 경우가 있다.

파트너 승진 후보에 올라 있던 한 선배 변호사는 파트너들의 견제를 받아 애를 먹었다. 어느 한국계 은행에서 대출 계약서에 대한 1쪽짜리 표준화 된 의견서를 요구했는데, 기업부 파트너들이 자신들이 관여하지 않았다는 이유로 서명을 거절한 것이다. 그전까지 대출에 관한 업무는 파트너가 참여하지 않고 그 변호사가 직접 처리했는데도 괜한 트집을 잡았다. 그가 파트너가 되면 자기들을 거치지 않고 결제할 권한이 생겨서, 자기들이 챙길 수입이 줄어든다고 생각한 것이다. 결국 그 변호사는 송무부 파트너에게 이해를 구하고 서명을 받아 의견서를 보내야 했다.

다국적 로펌과 법률 시장 개방

내가 근무하던 때 베이커앤맥켄지는 전 세계 수십 개 도시에 사무소를 둔 다국적 로펌으로, 변호사 총 인원이 1,600여 명이나 됐다. 2012년에도 베이커앤맥켄지는 총 매출이 23억 달러가 넘어 여전히 세계 최대 규모를 자랑하고 있다.

여러 나라에 사무소를 둔 다국적 로펌의 경우, 각 사무소 간의 관계는 크게 두 가지 유형으로 나눌 수 있다. '중앙 집권형'은 로펌이 설립된 도시에 본부를 두고 회계를 하나로 통합해 본부가 행정적 업무를 총괄한다. 본부 외의 사무소는 지사의 역할을 한다. '분산형'은 각 지역 사무소가 재정적으로 분리된 독립 채산제로 운영된다. 체인점과 유사하게 수입 중 일정 비율만 중앙관리조직에 보내고 나머지는 지역에서 갖는다. 중앙관리조직은 체인 사업 본부처럼 브랜드를 관리하고 각 사무소의 공통되는 사항만 조정한다. 베이커앤맥켄지도 각 사무소별로 독립성을 갖춘 분산형 로펌이다.

중앙 집권형 로펌은 본부에서 변호사를 채용하여 각 지역 사무소로 일정 기간 파견하는 형식을 취한다. 분산형은 각 사무소가 알아서 지역 변호사를 채용한다. 따라서 변호사의 수준도 사무소별로 차이가 난다.

예컨대 남미처럼 변호사 자격을 따기 쉬운 나라의 변호사는 미국 기준에서 수준이 떨어진다고 생각할 수도 있다. 또 분산형 로펌에서는 사무소마다 회계가 다르기 때문에 파트너가 다른 사무소로 옮기는 것이 쉽지 않다.

2011년 한-EU FTA와 2012년 한미 FTA로 인해 우리나라 법률 시장의 문이 열렸다. 2013년 현재 우리나라에는 영미계 로펌이 18개 들어와 있다. FTA 1차 개방 때는 외국 로펌이 외국법 관련 업무만 할 수 있었으나, 2013년 7월부터는 국내 로펌과 공동으로 국내법 업무를 할 수 있다. 2016년부터는 외국 로펌이 국내 소송도 자유롭게 할 수 있어서 법조계에 큰 변화가 예상된다. 외국에서 로스쿨을 졸업한 유학파들의 무대는 넓어질 것으로 예상된다.

로펌 시절의 일상

음식 문화의 천국, 뉴욕

1990년대 후반 베이커앤맥켄지가 자리한 맨해튼 50번가와 3번가 코너에는 괜찮은 식당이 많았다. 뉴욕에서 제일 발달한 것이 음식 문화라는 말이 있을 정도로 세계 각국의 음식을 골고루 맛볼 수 있었다. 수준도 세계 최고가부터 길거리 음식까지 다양했는데, 비싼 음식점일수록 신선한 재료로 승부했다. 어떤 식당에서는 큰 쟁반에 생선을 담아 보여 주면서 손님에게 고르게 하기도 했다. 한 급 더 높은 음식점은 요리를 하나의 작품처럼 만들어 내놓았다. 접시에 음식으로 나무나 새 모양을 그리기도 하고 풍경화를 그려 놓기도 했다. 먹기에 아까울 정도였다.

미국에서 3대 인기 외국 음식은 이탈리아, 중국, 일본 음식이다. 그때도 일본 음식점은 고급으로 자리를 잡고 있어, 가격도 비싸고 1인분

양도 적은 편이었다. 미국의 중상류층은 젓가락으로 생선 초밥 먹는 것을 세련됨의 척도처럼 생각하는 것 같았다. 중국 음식점도 보편화되어 있었다. 특히 맨해튼 연방 법원 뒤쪽의 차이나타운에 가면 진짜 중국 음식을 먹을 수 있었다. 북경식, 광동식, 사천식 등 중국 본래의 솜씨를 내는 집이 많았다. 하지만 나는 조미료나 설탕을 좋아하지 않아서 중국 음식은 자주 먹지 않았다. 당시 미국에서는 조미료가 몸에 해롭다는 인식이 많이 퍼져 있어서, 중국 음식점 가운데는 '조미료를 쓰지 않는다'라고 선전하는 경우를 심심치 않게 볼 수 있었다.

우리나라에 거리마다 중국 음식점이 있는 것처럼 미국에서는 동네마다 이탈리아 음식점이 있다. 이탈리아 음식은 다른 유럽 음식과는 달리, 올리브유나 토마토소스를 많이 써서 덜 느끼하고 육류보다 해산물을 써서 건강에도 좋다.

로펌에서 일할 때는 항상 식사할 시간이 모자랐다. 점심, 때로는 저녁까지 햄버거나 샌드위치로 때우는 일이 많았다. 회사는 시간 절약을 위해 회의도 점심시간에 했다. 그때도 주로 샌드위치를 먹었다. 나는 햄버거를 좋아한다. 햄버거를 정크 푸드라고 하지만, 빵 사이에 쇠고기를 넣고 야채까지 넉넉히 끼워 넣으면 먹기에 괜찮았다. 샌드위치는 재료가 무엇인가가 문제이다. 나는 고기가 없으면 금방 배가 고파져서 로스트비프, 콘비프, 파스트라미 등을 즐겨 먹었다.

사무실에서 점심과 저녁 두 끼 모두 샌드위치를 먹는 것은 고역이었다. 그럴 때는 사무실 앞의 식료품 가게에 가서 음식을 사 오기도 했다. 한국 교포가 하는 맨해튼 식료품 가게는 갖가지 음식을 뷔페처럼 준비해 놓고 있었다. 일회용 용기에 음식을 골라 담은 다음 무게로 달아 계산했다. 그나마도 움직일 시간이 없을 때는 전화로 중국 음식을 주문했다.

로펌 변호사의 옷차림

유학 중에 만나는 미국 사람들은 대부분 청바지에 티셔츠 차림이었다. 하지만 사무직이나 전문직으로 일하는 미국 사람들은 대부분 정장 차림으로 근무한다. 로펌의 변호사들은 정장에 넥타이핀을 하고 구두를 반짝반짝 닦아 신고 다녔다. 여름에도 반팔 와이셔츠를 입는 변호사를 본 적이 없다. 미국에서 반팔 와이셔츠는 정장 차림이 아니다.

정장은 줄무늬나 체크무늬보다는 주로 진한 단색을 입는다. 우리나라에서 출근복으로 애용되는 콤비는 운동할 때나 입는다. 잠바도 나이든 중국인이나 입는 차림이다.

로펌에 근무하는 여비서들도 점잖은 차림을 한다. 서비스 산업에 종사하는 사람들은 옷차림에 대해 신경을 쓰는 것이 고객에 대한 서비스의 일부라고 생각한다.

늦가을이나 겨울이면 거리에 바바리코트의 물결이 인다. 금융 회사가 즐비한 맨해튼 남쪽 거리에는 출퇴근 시간마다 허리끈이 느슨한 베이지색 바바리코트를 입은 사람들로 거리가 가득 찼다. 모두 약속이나 한 듯이 비슷한 바바리코트 차림 일색이어서 화이트칼라의 유니폼 같다는 생각이 들었다.

비나 눈이 오는 등 날씨가 궂은 날에는 출퇴근할 때 운동화나 눈신발을 신는 사람들이 많다. 그럴 때도 직장 안에서는 반드시 구두로 바꿔 신는다. 미국에서는 구두 밑창이 고무나 플라스틱이 아니라 천연 소가죽인 것을 많이 신는다. 밑창이 가죽일 경우는 베이지 색이고, 고무나 플라스틱인 경우는 검정색이므로 남이 볼 때 표가 난다. 가죽 밑창은 아스팔트에서 쉽게 바닥이 닳고, 실내에서는 미끄러지기도 쉽다. 그래도 가죽 밑창 구두가 정장의 기본이다.

로펌 변호사와 비서

로펌 여비서들은 오후 6시만 되면 썰물처럼 퇴근했다. 더 붙잡아 두려면 시간 외 수당을 줘야 한다. 당시는 아직 컴퓨터가 보편화되기 전이라 변호사 책상에 컴퓨터가 없었으므로, 손으로 쓴 원고를 여비서에게 주어 타자를 시켜야 했다. 6시가 지난 후에 타이핑해야 할 일이 있으면 타자실 직원을 시킨다. 타자실은 주로 타자 분량이 많은 서류를 맡기도록 되어 있는데 자정까지 일했다. 그곳에서 일하는 사람 중에는 정식 비서로 채용될 것을 기대하는 사람들이 많았다.

나는 비서 때문에 속을 많이 썩였다. 파트너들은 대부분 전속 비서가 있지만 나는 어소시에이트여서 선배 변호사와 함께 비서가 배정됐다. 그 비서는 내가 시키는 일을 제때 하지 않았다. 급한 편지가 있어서 타자를 맡기면 한 쪽 분량밖에 안 되는 데도 몇 시간 뒤에 주고, 오전에 부탁한 복사를 오후에 가져오기도 했다.

처음에 나는 내가 외국인인 데다 신참이기 때문에 무시한다고 생각했다. 하지만 그 비서는 원래 문제가 있는 사람으로, 다들 데리고 있기 싫어해서 파트너 아닌 변호사에게 붙여 준 것이었다. 그녀는 이전에도 한국인 변호사와 일한 적이 있는데 서로 충돌이 많았다고 했다. 어쨌든 아쉽고 급한 사람은 나였으므로, 나는 로펌에서 사용하던 워드를 직접 배워 간단한 것은 내가 직접 타이핑했다.

문제는 컴퓨터였다. 내가 가지고 있던 노트북은 당시로서는 최고 사양인 IBM AT급이었지만 로펌에서는 왕 컴퓨터(Wang computer)를 사용해서 호환이 되지 않았다. 로펌에서는 일을 시작한 지 2년이 넘는 변호사에게만 컴퓨터를 배정했다. 사무용 컴퓨터가 비쌌기 때문이다. 나는 비서가 퇴근한 후 그 자리에 앉아서 타이핑을 하느라 늦게까지 남아 있는 일이 많았다.

여비서에 대한 불만을 제기하자 다른 비서가 배정됐다. 이번에는 파트너의 여비서였다. 중년의 여비서는 일을 잘했다. 타자를 시켜도 틀린 글자가 거의 없었다. 내가 틀린 것까지 바로 잡아 가져왔다. 하지만 파트너 일을 우선 처리하느라, 내 일은 언제나 뒷전으로 밀렸다. 속으로만 끙끙 앓다가 몇 달 뒤 세 번째 비서와 일하게 됐다. 그녀는 중국계 미국인으로 성격도 좋고 일도 잘했다. 매사 웃음을 잃지 않았다. 그녀로부터 로펌 돌아가는 이야기도 많이 들었다. 워낙 성실하고 빨리 일을 처리해서 만족스러웠다. 로펌을 떠날 때까지 그녀와 함께 일했다.

로펌의 여비는 출퇴근 시간이 정확할 뿐 아니라 시간 외 근무하는 경우, 많은 수당을 받을 수 있었다. 한 달에 며칠은 '아픈 날'이라고 해서 쉴 수 있었고, 근무 시간 중에도 병원에 진찰 약속이 있다며 조퇴를 했다. 정규 비서가 쉬는 경우에 대비해 빈자리를 그때그때 메워 주는 비서도 있었다.

로펌 여비서도 일종의 전문 직업이라 여러 로펌을 돌아다니면서 같은 계통에 종사하는 사람이 많았다. 경력이 오래되고 일을 잘하는 비서는 파트너 비서가 되어 높은 보수를 받았다. 경력이 많은 파트너의 비서 중에는 신참 변호사보다 보수가 많은 사람도 있었다. 파트너의 비서가 되려면 파트너와 호흡이 잘 맞아야 하고 기본적인 것들은 간단히 구두로 지시해도 처리할 정도가 되어야 한다. 예컨대 편지를 보낼 상대방의 이름과 내용 요점을 말해 주면 완벽한 편지를 만들어 온다. 파트너가 글씨를 날려 써도 잘 알아본다.

미국 법 자료 수집

로펌의 장점은 다른 변호사가 처리한 기록이 노하우로 쌓여 있다는 것이다. 중요한 자료들이 회사 메인 서버에 저장되어 있어서 필요한 경우 누구나 뽑아 볼 수 있다. 베이커앤맥켄지도 이런 시스템이 잘되어 있었다. 서버에는 로펌 변호사들이 만든 계약서, 의견서 등 각종 법률 문서가 들어 있었다. 거래 종류별로 계약서들이 정리되어 있어서, 단어 검색으로 뽑아 볼 수도 있었다. 복잡한 계약서를 작성해야 할 때는 유사한 거래 계약서를 몇 개 찾아내 비교한 다음, 의뢰인의 의도와 거래 조건에 비추어 수정하면 됐다. 이런 식으로 만들면 수십 쪽짜리 계약서도 작성 시간이 별로 들지 않았다.

나는 로펌에서 일하는 동안 변호사 실무에 필요한 책과 자료를 두루 수집했다. 틈틈이 로펌 도서관에서 책을 살펴보고 필요한 것은 따로 주문해서 사 모았다. 사기 어려운 자료는 복사했다. 당시 우리나라에는 미국 법 자료가 귀했다. 서울의 일류 로펌 도서관에도 파트너가 수십 년 전 미국에서 공부할 때 쓰던 케이스 북이 있는 게 전부였다. 나는 책과 자료를 최대한 많이 확보하기 위해 애를 썼다.

연봉 10만 달러

밤낮 없이 일하는 대신 보수는 괜찮았다. 내 연봉은 10만 달러가 넘었는데, 그것은 공인 회계사의 3배 수준이었다. 나는 업무 능률이 1년차 변호사 이상이라고 인정받아서 처음부터 2년차 변호사급으로 연봉을 받았다. 그래도 로펌은 이익이었다. 내가 일한 시간을 의뢰인에게 청구할 때 3년차 변호사급으로 청구했기 때문이다. 이듬해에는 5년차 변호사급으로 청구했다. 같은 일을 할 때 나는 다른 변호사보다 시간을 적게 쓰고 비슷한 성과를 내서 로펌에서 내 단가를 대폭 올린 것이다.

미국 변호사들이 돈을 많이 번다지만, 일하는 시간에 비하면 꼭 그렇다고만 할 수는 없다. 하루 10시간 이상을 사무실에서 보내는데, 늦게까

지 일해도 시간 외 수당은 없다. 연봉으로 계약하기 때문이다. 1년에 일
정한 시간 이상 일하면 보너스를 지급하지만, 그 기준 시간이 너무 많아
서 보너스를 받기는 거의 불가능하다. 기준 시간 이상 일하는 변호사는
대부분 파트너 후보가 되기 몇 해 전부터 몸을 돌보지 않고 일해 수익성
을 증명하려고 하는 경우이다.

　미국의 공인 회계사의 경우, 기본 보수는 변호사의 절반 이하이지만
시간 외 근무하는 경우 수당을 추가로 받는다. 수당을 받지 않으면 휴가
일수를 늘려 받기 때문에 실제 복지 면에서는 변호사보다 낫다. 변호사
는 1년에 2주 있는 휴가도 제대로 활용하기가 힘든데, 회계사들은 마음
놓고 휴가를 갈 수 있었다. 반대로 변호사가 1년에 2주 이상 휴가를 쓰
면 로펌에서 좋은 평가를 받기 힘들다. 그만큼 돈 벌어들이는 시간이 줄
기 때문이다.

　로펌 파트너들의 수입은 회사마다 큰 차이가 있다. 회사의 평균적 수
준에 따른 차이도 있고, 파트너별 차이도 있다. 파트너 사이에 별 차이
가 없는 회사가 있는가 하면 성과에 따라 큰 차이가 있는 회사도 있다.
파트너 사이에 별 차이가 없는 로펌은 대개 변호사의 개성보다 로펌 자
체를 브랜드로 내세우는 회사들이다. 고객이 개별 변호사보다는 회사
를 보고 온다고 생각한다. 이에 반해 파트너들의 수입에 큰 차이가 나는
회사들은 파트너 개개인의 능력과 성과가 더 중요한 회사들이다.

　베이커앤맥켄지 뉴욕 사무소의 경우 제일 많이 버는 파트너와 적게
버는 파트너의 수입이 10배 이상 차이가 났다. 많이 버는 파트너 가운
데는 시간당 요율이 높고 많은 시간을 일한 사람도 있고, 사건을 소개해

서 변호사 비용 일부를 배당받는 사람도 있었다. 사건을 소개한 파트너는 의뢰인을 위해 일한 시간이 없더라도 로펌이 그 의뢰인으로부터 받는 수입에서 일정 비율을 배당받는다. 이것을 고객 기여분이라고 한다. 기여분을 30퍼센트까지 인정해 주는 로펌도 있다. 자기가 소개한 의뢰인이 많을수록 수입이 늘기 때문에, 파트너들은 고객을 확보하기 위해 열심히 노력한다.

2명 이상의 파트너가 같은 의뢰인에 대한 기여분을 주장하는 경우, 로펌 위원회에서 각자의 기여도를 심사하여 분배 비율을 정한다. 큰 거래를 주로 다루는 일류 로펌은 기여분을 별로 인정해 주지 않는다. 로펌의 평판이 세계적으로 인식되어 있어 파트너들이 고객 유치에 따로 신경 쓸 필요가 없기 때문이다.

영주권 신청의 의미

세계화가 진행되면서 자본과 물품의 국가 간 이동이 점점 자유로워지고 있지만 사람의 이동은 점점 어려워지는 것 같다. 미국은 상품이나 서비스에 관한 시장은 상호 개방을 주장하면서, 인력 시장에 관해서는 지극히 폐쇄적인 입장을 취하고 있다. 영주권이 없는 외국인은 미국에서 살 생각을 버려야 한다. 이민법상의 허가를 받지 않고는 취업도 일절 금지된다. 접시 닦으면서 학비 벌던 유학생은 옛말이다.

미국에서는 영주권 취득이 까다로울 뿐 아니라, 일단 영주권을 신청

하면 미국에 영주할 의사를 표시했다고 간주한다. 따라서 영주권 신청
이 실패로 돌아가면 그 후 다른 비자를 받는 것이 사실상 불가능해진다.
영주권 신청 중에 미국 안에서는 체류 기간 연장이 되지만, 일단 미국
밖으로 나가면 비자를 받을 수 없다. 영주권을 신청한 어느 한국 변호사
는 영주권이 나오기까지 2년 동안 취업 비자가 만료되어 집안에 큰일이
생겼는데도 미국을 떠나지 못했다.

　　베이커앤맥켄지에서는 내가 영주권을 받아서 계속 일하기를 바랐지
만, 나는 2년간의 취업 비자가 만료되면 미국을 떠날 생각이었다. 내
가 미국에서 유학하고 로펌에 근무한 것은 모두 우리나라에서 변호사
로 일하기 위해서였다. 우리나라가 본거지라면 미국 영주권을 받는다
고 해도 사후 관리가 불편하다. 영주권을 받은 한국 사람들은 그 영주권
을 유지하기 위해서 신경을 많이 써야 한다. 1년에 한 번은 미국에 갔다
와야 하고, 미국에 주소를 두어야 한다. 예금이나 신용카드도 유지해야
하고 매년 세금 신고를 해야 하는 등 미국에서 계속 살 의사가 있음을
객관적으로 표시해야 한다.

골프를 배우다

미국에서 변호사로 일하는 동안 골프를 시작했다. 미국에서는 남자들
만 할 수 있는 소일거리가 별로 없다. 우리나라처럼 밤늦게 여는 술집도
거의 없기 때문에 친구들끼리 모여서 골프를 치는 것이 유일한 여가 활

동이었다.

한국에서는 골프가 비싼 운동이지만, 미국에서는 10달러 정도면 비용이 전부 해결되는 경제적인 운동이었다. 나는 집에서 15분 거리에 있는 골프 연습장에서 레슨을 받고 연습을 했다. 한 달 정도 연습하니 공이 어느 정도 똑바로 나가면서 점점 재미가 붙었다. 한국과 달리 미국은 골프 연습장이 야외이고 널찍해서 공이 날아가 떨어지는 것을 끝까지 볼 수 있었다. 주말이 되면 연습장에서 몇 시간씩 보내곤 했다. 두어 달 그렇게 배운 다음, 주말에 동네 골프장에 다니기 시작했다.

뉴저지 퍼블릭 골프장에는 미국 노인과 한국인이 많았다. 미국 노인들 중에는 은퇴 후 골프로 시간을 보내는 사람이 많다. 지역 노인들에게는 요금을 할인해 주므로 여가를 거저 즐기는 방법이다. 그 동네에는 한국인이 많이 살아서 골프장 식당에서 한국 라면도 팔고 주말마다 곰탕도 내놓았다.

동네 골프장은 선착순 입장이기 때문에 새벽 일찍부터 기다리는 사람들이 많았다. 한번은 친구들과 골프를 치기로 하고 내가 대표로 줄을 서기 위해 새벽 4시쯤에 골프장으로 갔다. 기다리는 사람이 없어 이상하다고 생각하면서도 매표소 앞에 서서 날이 밝기를 기다렸다.

5시 반 가까이 되자 어떤 사람이 줄 서는 방법을 가르쳐 주었다. 새벽에 맨 처음 나타난 사람이 주차장에서 기다리다가 다음 사람이 오면 당신이 2번이라고 말해 주고 돌아간다. 2번 사람 역시 주차장에서 기다리다가 그다음 사람에게 3번이라고 말해 주고 돌아간다. 이런 식으로 계속 이어지다가 표를 팔기 시작하는 새벽 6시에 다들 나타나 그 순서대로 줄을 서서 표를 산다는 것이다.

골프를 열심히 치다 보니 1990년 여름이 되기 전에 100타 벽을 깼다. 100타 아래로 확실하게 내려가기 위해서는 이론을 알아야겠다는 생각에 골프 책을 20권 정도 읽었다. '말로는 프로'라는 말을 들었다. 집에 큰 거울을 벽에 세워 놓고 연습하다가 천장을 때려 자국을 남기기도 했다. 아는 것은 많았지만 막상 점수는 크게 나아지지 않았다.

한국과 미국은 골프를 치는 데 차이가 많다. 미국은 골프장이 넓어 골프공이 웬만큼 빗나가도 옆 홀로 넘어가지 않는다. 그런데 한국은 페어웨이가 좁아서 정확하게 치지 않으면 공이 사라지고 스코어가 엉망이 된다. 미국에서는 마음대로 동네 골프장에 다닐 수 있었으나, 한국은 회원권이 없으면 골프장 예약이 어려워 나가기도 어렵다.

한국에서 골프는 비싸기도 하지만 시간을 너무 많이 빼앗는 운동이다. 서울 가까운 곳에 골프장이 없어 오가는 데 꼬박 하루를 써야 한다. 국회 의원으로 일할 때는 골프 접대 받는다고 혹시라도 구설수에 오를까 봐 지역 주민이나 피감 기관의 사람과는 치지 않는다는 원칙을 지켰다. 아는 사람과도 어쩔 수 없는 경우가 아니면 응하지 않았다. 그러다가 요즘은 골프를 완전히 내려놓았다. 손가락에 건초염이 생겼기 때문이다. 골프를 치면 그 손가락이 울려 채를 잡을 수 없다. 골프를 치지 말라고 하나님이 주신 표적 같기도 하다.

미국의 금연 정책

내가 미국에 있을 당시 이미 뉴욕에서는 공공장소에서 담배 피우는 것이 법으로 금지되어 있었다. 회사에서도 흡연실 안에서만 담배를 피울 수 있을 뿐, 복도에서는 피우지 못하게 했다. 미국 국내선 항공기는 전부 금연석이었고, 비행기 화장실에서 흡연할 수 없도록 경보 장치가 달려 있었다. 교양인 사이에서는 담배를 피우지 않는 것이 당연시되었다.

우리나라의 금연 정책은 미국보다 30년 이상 늦다. 2013년 대형 빌딩과 식당에서 전면 금연이 시행됐다. 하지만 우리 정부는 아직도 담배 인삼공사를 소유하고 있어 흡연을 규제하는 데 한계가 있다. 담배로 생긴 질병을 치료하는 데 드는 건강 보험 지출과 사회적 비용이 담배 수입보다 더 많을 것 같은데도 그렇다.

미국에서는 술을 억지로 권하는 것도 어색하고 무례한 짓이다. 남에게 피해를 주지 않는 범위 내에서 자기가 이로운 대로 살고, 남이 싫어하는 행동을 강요하지 않는 사고방식이 사회적으로 보편화되어 있다.

미국에는 여피 문화가 있다. '도시에 사는 젊은 전문직 종사자'를 뜻하는 여피들은 몸에 해로운 것을 피한다. 이들은 담배나 술은 물론 콜라도 마시지 않는다. 여피들에게 술을 거절하는 이유를 물어보면 술이 뇌세포를 파괴하기 때문이라고 대답한다.

물론 여피는 미국 일부 계층의 문화여서, 미국 젊은이들 사이에서는 볼펜으로 맥주 깡통의 위아래에 구멍을 뚫어 아래 구멍에 입을 대고 마시는 것이 유행하기도 했다. 미국 사람이 위생을 많이 따지는 것 같지만, 대학 졸업식 때 보면 졸업생들이 샴페인이나 포도주병을 가져와 컵도 없이 병을 돌려가며 마시기도 한다.

우리나라는 지금도 술 못 마시는 사람은 살기 어려운 나라이다. 술을 피하면 비겁하다고 생각하는 사람도 많다. 얼핏 직장 상사들이 돌리는 폭탄주를 똑같이 마시는 것이 평등한 것 같지만, 술에 약한 사람에게는 아주 비인간적인 문화이다. 나이가 들고 보니 윗사람들이 폭탄주를 돌리는 것은 술이 강해서가 아니라 약해서인 것 같다. 폭탄주가 한 바퀴 돌 때까지 술을 쉴 수 있고, 무엇보다도 아랫사람들과 일대일로 잔을 주고받지 않아도 된다. 부하 많은 직장의 상사는 아랫사람들의 잔을 다 받았다가는 큰일 난다고 한다.

여성 직장인 중에는 남성에게 지지 않는다는 것을 보여 주려고 앞장서서 폭탄주를 돌리는 사람이 있다. 아직도 남아 있는 남성 우월주의 술 문화에 여성이 동화되려고 하는 것은 시대 변화에 역행하는 현상이나 마찬가지이다. 남성이 많은 집단에 비집고 들어가서 자리를 잡으려는 여성들의 고충은 이해하지만, 이런 술 문화는 달라져야 한다. 요즘에는 술을 먹지 않는 신입사원들이 늘어나서 회식도 술을 마시는 자리보다는 음식을 즐기는 분위기로 바뀌고 있다고 한다.

국회 의원으로 일하던 때인 2011년, 나는 대학을 포함한 모든 학교 울타리 안에서 음주를 금지하는 법안을 발의했다가 실패했다. 내 법안은 무조건 금주하자는 것이 아니었다. 총장이 축제 기간 같은 특정 기간, 장소에서는 음주를 허용할 수 있도록 예외 규정을 두었다. 발의할 때 조사해 보니 미국에서는 금주 정책을 채택한 대학이 대다수였다. 그런데 그때는 가만히 있던 정부가 2012년 똑같은 법안을 발의했다. 그때도 대학가의 반발은 거셌다.

캡션을 활용한 영어 공부

미국에서 변호사 생활을 시작할 무렵, 캡션 기계가 있다는 것을 알게 됐다. 지금은 우리나라에서도 텔레비전과 디브이디 플레이어에 흔히 내장된 장치다. 캡션을 선택하면 화면의 소리와 말을 자막으로 보여 준다. 원래 청각 장애자를 위해 개발된 것인데 요즘 미국에서는 영화, 드라마, 뉴스, 심지어는 스포츠 방송까지도 캡션 방송을 하고 있다.

캡션 장치는 회화 공부에 상당히 효과적이다. 미국에서 오랫동안 공부하고 일해도 미국인들이 빨리 말하는 것은 알아듣기가 힘들다. 특히 영화 속에서 급박하게 상황이 전개되거나 발음을 얼버무릴 때 그렇다. 제일 알아듣기 힘든 것은 코미디이다. 미국의 일상 영어는 속어도 많다. 예컨대 속어로 'broad'란 말은 여자라는 뜻인데, 귀에 들려도 알아듣지 못한다. 나는 텔레비전 캡션 자막을 읽으면서 속어가 나오면 그때그때 사전을 찾아보았다. 현대 미국 속어 뜻풀이가 잘된 랜덤하우스 사전을 두 가지 사서 봤다. 하나는 큼직한 완전판이고, 다른 하나는 손에 들고 다니는 축소판이었다.

내가 살던 뉴저지는 난시청 지역이어서 케이블 텔레비전을 신청했다. 영화 채널에서 개봉한 지 수 개월쯤 지난 영화를 광고 없이 하루 종일 방영했다. 캡션으로 영화를 보면 회화 공부도 되고 재미도 있었다. 미국 사회가 개방적이라고 해도 일반 텔레비전 채널은 어린이도 볼 수 있기 때문에 보수적이다. 케이블 텔레비전은 시청자가 제한되기 때문에 좀 더 폭력적이고 노출도 심하다. 영화 채널에서 R 등급 영화를 처음 봤을 때 피가 사방으로 튀기는 장면을 그대로 보여 주어 큰 충격을 받았다.

요즘은 유튜브에도 캡션 기능이 내장되어 있다. 나는 차를 타고 다닐 때 휴대전화로 유튜브를 보면서 영어를 공부한다. 반복해서 들으면서 말을 따라 하면 회화 연습도 된다. 원어민에게 따로 배울 필요가 없다. 미국 백악관의 뉴스 회견을 들으면 최신 세계정세도 알 수 있다. 원하는 주제의 미국 대학 강의나 동영상을 골라 들으면 그 분야에 개괄적인 내용도 파악할 수 있다.

콘텐츠에 캡션이 붙어 나오는 것이 많지만 없는 것도 있다. 이럴 때는 유튜브를 컴퓨터로 보면 좋다. 유튜브 컴퓨터 버전에는 원래 캡션이 없는 콘텐츠도 자막이 나오는 특수 기능이 있다. 물론 발음을 소리 나는 대로 옮기기 때문에 틀린 것이 있을 수 있다. 하지만 자막을 보면 훨씬 알아듣기 쉽다. 모르는 단어가 나오면 잠시 멈추고 컴퓨터 화면에서 사전을 열어 의미를 공부할 수 있어 편하다. 스펠링을 쳐서 단어를 찾으면 스펠링 공부도 된다.

11

융합형
변호사를
꿈꾸다

한국에서 변호사로 일하다

혼자 사무실을 개업하다

1991년 10월 4일, 나는 미국에서 귀국했다. 2주 정도 쉰 다음 두 달간 한 법무법인에서 일했으나 곧 독립하기로 마음먹었다. 다들 담배를 너무 피워 댔기 때문이다. 특별히 환기가 잘되도록 설계했다는 최신 건물인데도, 칸막이 사이로 연기가 스며들었다. 여러 사람이 담배를 계속 피워 대니 칸막이 틈 사이를 테이프로 붙여도 소용이 없었다. 집에 돌아오면 온몸에서 찌든 냄새가 나고 폐가 자극되어 잠이 오지 않았다.

담배를 피우는 사람은 담배 냄새가 얼마나 큰 고통인지 알지 못한다. 유학 시절에는 비행기를 타는 것이 고통이었다. 당시에는 비행기 안의 한쪽만 금연 구역이었다. 폐쇄된 비행기 안에서 부분 금연은 무용지물이다. 누군가 담배를 피우면 연기가 전체 공기와 섞인다. 담배 알레르기가 있는 나는 서울과 뉴욕 사이를 오가는 15시간 내내 콧물을 흘리며 고통을 견뎌야 했다. 1991년 귀국한 후에는 국제선 비행기에 전면 금연이 실시되기 전까지 외국에 나가지 않았다.

12월 중순부터 사무실을 구하러 다녔다. 보통 변호사 사무실은 서초동 법원 근처에 몰려 있었지만, 간판이 아무렇게나 붙어 있는 광경이 영 마음에 들지 않았다. 법원에서 좀 떨어져 있더라도 깨끗한 건물이 낫겠다는 생각에, 법원에서 차로 20분 정도 떨어진 곳에 사무실을 얻었다. 혼자 일하니까 깨끗한 공기를 마실 수 있어 살 것 같았다. 사무실 여러 곳에 '절대 금연'이라 써 붙이고 누가 오든 금연을 요구했다. 지금은 빌딩 내 금연이 법으로 강제되어 있지만 그때는 금연을 불편하게 생각하는 사람이 많았다.

혼자 개업한 나는 일당백으로 일했다. 아무리 규모가 큰 법무법인도 사건을 처리하는 실무 변호사는 1~2명에 불과하다. 일반인들은 사무소 규모가 크면 한 사건에 수십 명의 변호사가 달라붙어 일하는 줄 알지만, 변호사 일은 소규모로 주문 생산하는 수공업과 같은 시스템이다. 나 혼자서도 큰 로펌과 싸워 승소한 사건이 많았고, 새로운 판례도 많이 만들었다. 나는 어디에도 소속되지 않은 자유로운 입장을 살려 다양한 분야에서 활동했다. 이화여대에 로스쿨이 생기기 전에는 겸임 교수로 3년 정도 일했고 방송, 증권에 정치까지 변호사가 자유업이라는 것을 만끽했다.

나의 건강 비결

다양한 일을 열정적으로 해 왔기 때문인지 내게 건강 비결을 묻는 사람이 많다. 나는 어릴 적 기관지 알레르기로 고생한 것을 빼면 지금까지 건강상 문제를 겪은 일이 거의 없다.

내 건강 비결 중 하나는 비타민이다. 아버지가 학생 시절 비타민을 챙겨 먹인 것이 내 평생의 습관이 되었다. 비타민과 미네랄 중에는 몸에서 합성되지 않는 것이 많아 꼭 따로 챙겨 먹어야 한다. 나이가 들면 비타민을 하루만 먹지 않아도 차이를 바로 몸으로 느낄 수 있다. 평소 운동을 하지 않는 사람은 등산을 할 때 다리가 후들거리고 숨이 차며 자고 난 뒤에도 온몸이 아프지만, 비타민을 먹으면 그런 현상이 거의 나타나지 않는다. 비타민을 먹으면 산소 공급이 원활해져서 알레르기나 아토피 현상도 완화된다.

한 가지 주의할 점은 비타민C만 많이 먹는 것은 편식과 같아 몸에 좋지 않다는 것이다. 비타민도 골고루 먹어야 한다. 비타민은 하루에 2번 나누어 먹는 것이 좋다. 수용성 비타민은 몸에 오래 머물지 못하기 때문이다. 젊을 때나 몸이 튼튼할 때는 비타민의 필요성을 느끼지 못하는 사람이 많지만, 비타민은 몸이 망가지기 전에 먹어야 한다. 부모가 어린 자녀에게 비타민을 먹이는 것은 학습 능력 향상에도 큰 도움이 된다. 몸 컨디션이 좋아야 집중력이 커지기 때문이다. 몸이 편하지 않으면 주의가 산만해지고 지구력이나 인내심도 떨어진다. 주위 사람과 자주 부딪히거나 짜증을 잘 내는 성격도 몸 상태와 관계가 있다.

건강에 신경을 쓰는 나도 변호사로 일하면서부터 몸을 무리하게 혹사해서 두어 번 크게 고생한 일이 있다. 첫 번째는 1994년 봄이었다. 원인도 없이 아침에 일어나면 몸이 무겁고 밥맛이 없었다. 잘 먹으면 피로가 회복되는 줄 알고 일부러 고기를 먹으려 다녔는데, 차도가 없었다. 나중에는 계단 올라가기도 숨차고 다리가 후들거렸다. 건강 진단을 받았더니 지방간이었다. 석 달 동안 고기를 일체 먹지 않고 식사량을 반으로 줄였다. 처음에는 배가 고프고 힘이 없었지만 2주 정도 지나자 오히려 힘이 솟았다. 밥맛이 없는 것은 간이 피곤해서 쉬고 싶다는 신호였다. 그런데도 기름진 음식을 꾸역꾸역 먹었으니 간이 견디지 못한 것이다. 음식을 줄이고 술을 삼갔더니, 지방간은 자연 치료되었다. 그 후로는 전날 많이 먹어 아침에 밥맛이 없으면, 간이 쉴 수 있도록 아침을 거르거나 소화가 잘되는 음식을 조금만 먹는 습관을 들였다.

두 번째 위기는 디스크였다. 2000년부터 변호사 일과 증권 연구로 바빠 컴퓨터 앞에 앉아 있는 시간이 하루 15시간을 넘는 날이 많았다. 몇 년간 그렇게 일했더니 머리에 편두통이 생기고 등이 아파 서 있기가 힘들었다. 디스크 치료를 잘한다는 곳은 안 가 본 데가 없었다. 정형외과, 종합 병원, 한방 병원을 다니고 뼈 맞추는 기술이 용하다는 곳이며, 경락 마사지 같은 민간요법으로 유명한 데도 갔으나 좀처럼 낫지 않았다. 견디다 못해 고시 공부할 때처럼 디스크에 대해 공부를 하기 시작했다. 책을 10권 가까이 사서 읽고 보니, 디스크는 앉는 자세가 나쁘거나 운동 부족일 때 나타나는 증상이었다. 척추 주변에는 앞뒤좌우로 4개의 근육이 있는데, 그중 하나라도 약해지면 그쪽으로 몸이 쏠려 디스크가 온다. 책상에 앉을 때 팔꿈치를 대거나 뒤로 등을 대는 습관을 들이면 한쪽 근육을 안 쓰게 되어 디스크가 생길 수 있다. 특히 목을 앞으로 내밀고 앉는 것은 나쁜 버릇이다. 목에 하중이 걸려 목 주변 근육이 굳어지고 그것이 편두통으로 나타난다.

나는 앉는 자세를 바로잡고 운동을 시작했다. 처음에는 등이 아파 힘든 운동을 할 수 없었다. 그저 걸어만 다녔다. 물속에서 하는 운동도 등이나 관절에 무리를 주지 않아 권할 만하다. 책상에 앉아 앞으로 굽은 등을 펴 주는 데도 효과적이다. 나는 처음에는 수영장에서 걸어 다니다가 나중에는 헤엄을 쳤다. 머리를 내밀고 하는 개헤엄이 내 특기였다. 반년 정도 지나자 디스크 증상이 사라지더니 일상생활에 전혀 불편을 느끼지 않게 되었다. 이제는 등산도 아무렇지 않게 다닌다.

우리 몸에 내장된 자율 조정 기능은 정말 신비롭다. 나는 원래 몸이 찬 편이었는데, 더운 물 대신 시원한 물을 마셔 반대 체질로 바꾸었다. 몸이 찬 사람이 따뜻한 물을 자꾸 마시면 몸이 더 차게 된다. 따뜻한 물을 마시면 당장은 속이 따뜻해지는 것 같지만, 우리 몸은 체온을 일정하게 유지하는 기능이 있기 때문에 따뜻한 물이 들어오면 체온을 식히기 위해서 몸이 더 차가워진다. 몸의 신비한 원리를 모르면 몸에 좋으라고 하는 일이 오히려 몸을 망칠 수 있다.

몸에 열이 날 때도 마찬가지이다. 몸에 열이 나는 것은 세균이 침입했기 때문이다. 체온이 올라야 세균을 잡기 위한 생체 기능이 활발해지는데, 당장 열이 난다고 체온 내리는 약을 복용하면 세균의 공격에 무장을 해제하는 것이 된다. 감기에 걸렸을 때는 해열제를 먹는 것보다 두꺼운 이불을 덮고 땀을 흘리는 것이 낫다.

운동은 건강 관리에 필수이다. 바빠서 운동할 시간이 없다는 사람이 많은데, 운동을 네 번째 끼니처럼 생각하고 매일 하도록 노력해야 한다. 매일하기 힘들다면 적어도 이틀에 한 번은 운동을 해야 한다. 나는 운동의 목적이 땀을 흘리는 데 있는 것이 아니라, 몸의 기능을 활성화시키기 위한 것이라고 생각한다. 땀은 많이 나지 않아도 괜찮다. 몸이 약한 사람은 스트레칭이나 걷기 위주로 운동하면 된다.

몸은 신비하게도 필요한 근육은 만들어 내고 안 쓰는 근육은 사라지게 한다. 나이가 들면 그 차이를 느낄 수 있다. 아무리 걸어도 팔 운동을 따로 하지 않으면 팔 근육은 점점 없어진다. 걸을 때 적당한 아령을 들고 팔 운동을 동시에 하는 것도 내가 좋아하는 운동이다.

사회 발전을 위해 일하다

뉴스위크 사건

우리나라에 돌아온 후 내가 맡은 첫 소송이 '이대생 뉴스위크 사건'이다. 1991년 10월 22일, 이화여대생 4명이 학교 정문을 나서고 있었다. 그들은 평소 청바지를 즐겨 입는 평범한 대학생이었으나, 그날만큼은 졸업 사진 촬영을 위해 정장을 했다. 《뉴스위크》는 몰래 그들의 사진을 찍어서, 1991년 11월 11일자에 "이화여대생, 돈의 노예들"이란 제목을 달아 사진을 게재했다. 기사는 한국 국민이 너무 빨리 샴페인을 터뜨렸다면서 당시의 과소비 풍조를 비판하는 기사였다.

사진의 주인공들은 졸지에 과소비와 배금사상을 상징하는 인물이 되어 버렸다. 학교 망신을 시켰다는 식의 비난이 쏟아져서 얼굴을 들고 다닐 수 없게 됐다. 거리에서도 얼굴을 알아보는 사람이 나타날 정도였다. 그들은 아무런 잘못도 없이 극심한 정신적 고통을 받았다.

우연히 사정을 전해 들은 나는 그들에게 쏟아지는 비난을 이해할 수 없었다. 그들은 피해자였다. 나는 그들을 대리해서 《뉴스위크》 뉴욕 본사에 사과와 손해 배상을 요구했다. 협상에 진척이 없었다. 당시 《뉴스위크》는 한국 내에 사무소가 없어서 우리가 재판에서 승소한다고 해도 손해 배상금을 지급하지 않으면 강제 집행하기 어려운 상황이었다. 그렇다고 미국에 가서 집행을 하면 시간과 비용이 너무 많이 들었다. 궁리 끝에 나는 《뉴스위크》 한국 총판이 미국 본사에 지급할 대금 채권을 가압류하고 소송을 시작했다.

당시 우리나라에는 초상권 침해와 명예 훼손에 관해 별다른 판례가 없었다. 나는 미국식 관점에서 승소한다고 확신하고 변론했다. 1심에서는 1인당 3,000만 원씩 손해 배상금이 인정되었고, 2심에서는 2,000만 원으로 감액되었지만 승소가 확정됐다. 《뉴스위크》는 멀리서 찍은 사진 한 장에 대한 대가를 비싸게 치러야 했다. 이 사건은 초상권과 명예 훼손에 관한 새로운 판결로서 판례집에 게재되었다. 우리나라 최초로 천연색 사진이 판결문에 첨부되었다.

변호사라는 직업의 장점은 법을 통해 사회 발전에 기여할 수 있다는 점이다. 컬럼비아대 로스쿨에서 강조한 법률가의 현대적 역할도 바로 이것이다. 나는 우리나라에서도 변호사들이 새로운 판례를 통해 사회 문제에 대한 국민의 인식을 전환시키고, 사회 변화를 선도해야 한다고 생각한다.

부실 감사 손해 배상 사건

내가 가장 보람을 느낀 사건은 부실 감사로 인한 손해 배상 사건이다. 1992년 초 상장 회사인 홍양이 부도가 나면서 분식 회계 사실이 밝혀졌다. 당시 국내에서는 부실 감사로 인해 손해 배상 책임이 발생한다는 것을 생각조차 못하던 때였다. 나는 피해를 입은 소액 주주들을 대리해 공인 회계사들을 상대로 손해 배상 소송을 제기했다.

그때도 주식 투자는 위험한 것이기 때문에 손실이 나도 투자자의 책임이라는 생각이 지배적이었다. 주가 폭락으로 입은 주주의 손해가 배상받을 수 있는 손해인지, 그리고 그 손해는 어떻게 산정되어야 하는지에 관해 판례는커녕 개념조차 정립되어 있지 않았다.

회계사들은 손해 배상 책임을 지는 데 대해 억울해했다. 일감을 따기 위해서는 의뢰인인 회사들의 눈치를 볼 수밖에 없고, 그러다 보니 분식 회계를 눈감아 달라는 요구를 거절할 수 없었다는 것이다. 분식 회계와 부실 감사는 관행화되어 그 누구도 죄의식을 느끼지 않았다.

나는 우리나라에 만연한 분식 회계와 부실 감사 관행을 바로잡겠다는 사명감으로 소송을 시작했다. 소송을 제기한 직후부터 여러 경로에서 재판을 포기하라는 압력이 들어왔다. 나는 당시 우리나라 최고라는 K 로펌의 증권 전문팀에 단기필마로 맞서 완승했다. 일반적으로 손해 배상 사건에서는 피해자들의 과실을 인정하여 과실 상계 하는 것이 원칙인데, 이때는 구 증권 거래법과 구 주식회사의 외부 감사에 관한 법률을 기초로 손해액 전부가 인정됐다.

이 사건은 우리나라에서 공인 회계사의 손해 배상 책임을 인정한 최초의 판례가 됐다. 《한국경제신문》은 1993년 2월 24일 1면 톱에 "부실 회계 감사 첫 배상 판결"이라는 제목으로 9단 기사를 게재하고, 3면에 8단으로 "고질적 부실 회계 관행에 제동"이라는 기사를, 14면에 6단으로 판결문 요지를 게재했다. "원고 측 변호를 맡았던 고승덕 변호사는 '잘못된 회계 감사 관행에 쐐기를 박는 판결로 믿을 수 있는 기업 회계 정보를 제공해 건전한 투자 풍토를 조성하는 데 기여할 것으로 본다.'면서 환영의 뜻을 나타냈다."는 인터뷰도 실렸다.

이 판결은 엄청난 파장을 불러일으켰다. 개인 투자자들은 환호했고, 회계사들은 내가 우리나라에 엄한 미국 법을 도입해서 엄청난 피해를 입혔다고 원망했다. 회사 경영을 엉터리로 한 사람은 그냥 두고 왜 돈 없는 회계사들만 괴롭히느냐는 사람도 있었다. 회계사 해 먹기 어렵게 됐다고 하소연하기도 했다. 회계사측은 그 판결이 대법원 판례로 남는 것을 우려하여 대법원에 상고하는 것을 포기했다.

나는 승소의 기초가 되었던 법리를 중심으로 "부실 감사로 인한 공인 회계사의 손해 배상 책임"이라는 논문을 썼다. 공인회계사협회가 주최한 심포지엄에서 그 논문을 발표하기도 했다. 그 사건을 계기로 젊은 공인 회계사들을 중심으로 잘못된 회계 관행을 시정하는 방향으로 여론이 형성되었고, 부실 감사도 상당히 줄어들었다. 재계의 전 방위 로비로 연기되어 오던 소액 주주의 간편한 구제를 위한 증권 집단 소송제도 입법되었다. 내가 힘겨운 소송을 시작한 지 10년의 세월이 흐른 뒤에 결실이 나타난 것이다.

운용사 저격수

변호사로 일하는 동안 많은 사건을 맡으며 보람을 느꼈다. 환경 문제가 지금처럼 중요하게 인식되기 전인 1990년대 초에 서초구 우면산에 저유 탱크를 설치하려는 시도를 법적으로 막아 낸 일, 손해 배상 시효가 10년임에도 D 건설 회사가 20년 전에 부실 시공한 성수대교 붕괴 사고에 대한 손해 배상을 받아 낸 일 등이 그렇다.

증권이나 펀드 관련 소송에서도 새로운 판례를 많이 만들어 냈다. 1990년대 초까지의 판례는 주식 투자자들이 입은 손해에 대해 증권사의 책임을 인정하지 않는 경향이 있었다. 주식 투자는 원래 위험한 것이고, 주식 투자자는 그 위험을 부담하고 투자하기 때문에 결과에 대한 책임은 투자자가 지는 것이라는 인식이 일반적이었다. 특히 증권사 직원에게 알아서 투자해 달라고 맡기는 '일임 매매'에 대해서는 증권사의 손해 배상 책임을 인정한 판결이 없었다. 이익이 나면 증권사와 나누지 않으면서, 손실이 난다고 증권사에 물어내라고 하면 부당하다는 식이었다.

그러나 그것은 현실을 모르는 논리이다. 증권사의 주된 수입원은 고객의 계좌에서 생기는 거래 수수료이다. 거래 수수료는 매매 대금에 비례해 발생하기 때문에, 매매가 잦아져야 거래 수수료가 늘어난다. 즉 고객이 매매로 손해를 보더라도 거래 수수료는 발생한다. 증권사는 거래 수수료를 많이 거둔 직원에게 보너스를 준다. 그러다 보니 일임 매매를 맡은 증권사 직원은 보너스를 챙기기 위해 고객이 손해가 나더라도 잦은 매매를 하는 유혹에 빠지기 쉬웠다.

　나는 그런 행태에 경종을 울리고 싶어 한 투자자가 일임 매매로 손해 본 사건을 맡았다. 그 사건에서 증권사 직원은 하루에도 여러 차례 주식을 사고팔았다. 심지어 같은 주식을 비싸게 사서 조금 있다가 싸게 파는 것을 되풀이하기도 했다. 나쁘게 생각하면 자기 쪽 계좌와 연결 매매하여 자기 쪽 계좌는 싸게 사고 비싸게 팔아 이익을 얻게 하고, 고객 계좌는 거꾸로 매매하여 손해를 입힌 사기극일 수도 있었다. 그런 식으로 2년이 지나자 거액의 투자 원금 대부분이 거래 수수료와 손실로 사라지고 말았다. 그럼에도 그 직원은 거래 수수료로 상당한 보너스를 챙겼을 것이다. 법원이 손해 배상을 인정하지 않던 일임 매매 사건이었지만, 나는 잦은 매매로 고객이 입은 손해에 대해 증권사가 손해 배상을 하라는 판결을 받아 냈다.

　최근에는 기관 투자가들이 펀드에 투자했다가 손실 입은 사건들을 맡아 펀드에 관한 새로운 판례를 만들어 내고 있다. 종전 판례는 기관 투자가들이 펀드 투자로 입은 손실에 대해서는 손해 배상 책임을 인정하지 않았다. 기관 투자가들은 투자에 전문성이 있어서 위험을 분석할 능력이 있다는 생각에서였다. 이런 입장 역시 현실에 맞지 않다. 기관들이 주로 투자하는 사모펀드는 펀드를 설정하고 운용하는 회사인 자산 운용사가 고객에게 투자 제안서를 만들어 실질적으로 판매를 주도한다. 그럼에도 종전 판례는 고객이 판매 회사인 증권사와 계약을 체결했을 뿐, 자산 운용사와 계약서를 쓰지 않았다는 이유로 자산 운용사의 법적인 책임을 부인했다. 나는 자산 운용사가 펀드를 판매하기 전에 제대로 위험에 관한 실사를 하지 않거나, 판매 과정에서 기관 투자가에게 위험을 충분히 설명하지 않은 행위에 대해 손해 배상 책임을 인정하는 판결을 받아 냈다. 2013년 확정된 그 사건에서는 자산 운용사의 과실 비율이 손해 대비 60퍼센트나 인정되었다. 자산 운용사의 손해 배상 책임을 따지는 사건을 잇달아 맡으면서 내가 '운용사 저격수'로 떴다는 기사가 나오기도 했다.

행복과 불행의 법칙

돈 문제에 관한 한, 변호사는 천수답(天水畓)이다. 천수답은 하늘에서 비가 떨어지기를 기다리는 논이다. 변호사 중에는 브로커를 사무장으로 고용하기도 하고 경찰서, 구치소, 병원, 보험 사정인에게까지 선을 대서 사건을 끌어오는 사람도 있다. 하지만 나는 지금까지 맡겨지는 일만 열심히 했다. 그러면 하늘이 비를 내리듯 사건을 떨어뜨려 줬다. 여태 내가 데리고 있는 사무장을 통해 온 사건은 한 건도 없다.

　판사를 하다가 변호사로 개업하면 이른바 전관예우로 돈을 많이 번다고 하지만, 판사를 도중에 그만두고 유학을 간 나는 해당 사항이 없었다. 고시 3개를 합격하고 미국 일류 로스쿨에서 공부하는 등 화려한 경력도 변호사로 일하는 데는 별 도움이 되지 않았다. '외화내빈(外華內貧)'이란 말은 내 경우를 두고 하는 말이다.

　개업 초에는 금전적으로 어려움도 많이 겪었다. 지금은 지하철에서도 변호사 광고를 볼 수 있지만, 1990년대 초에는 변호사가 광고를 할 수 없었다. 사회적 영향력이 없어서 이렇다 할 회사 고문 자리도 맡지 못했다. 자형인 송영수의 도움을 받아 사무실 보증금을 내고 차를 샀지만 매달 직원 월급 주기도 벅찼다. 개업 후 2년이 될 때까지 집에 생활비를 제대로 가져다주지 못했다. 절박한 상황이었다.

그래도 돈이 사람에게 따라오는 것이지 사람이 돈을 따라가서는 안 된다는 생각으로 성실히 살았다. 교통사고나 형사 사건을 전문으로 하는 변호사가 브로커 고용으로 징계 받는 사례를 보면서 나는 '안빈낙도(安貧樂道)'라는 말을 떠올렸다.

그러던 중 달동네 사람들이 찾아왔다. 1960년대에 서울시가 불도저 식으로 도시 개발을 하면서 판잣집을 수백 채씩 철거하고 사람들을 이주시킨 곳 중 하나에 살던 사람들이었다. 서울에만 그런 곳이 수십 군데 있었다. 지금의 성남시도 그렇게 해서 탄생했다. 주민들은 "정부가 이주시키면서 집 짓고 살라고 10~20평씩 땅을 나누어 주었는데, 수십 년 지나자 오른 땅값으로 사라고 한다"고 호소했다. 민법에는 20년간 주인으로 생각하고 토지를 점유하면 소유권을 받을 수 있는 취득 시효 제도가 있다. 그 제도에 맞는 사건이었다.

나는 그 사건을 맡아 미국식으로 철저하게 연구했다. 토지 면적이 작아 수임료는 크지 않았지만 사건에 몰두했다. 승소 판결이 신문에 크게 보도되자 갑자기 비슷한 처지의 철거민촌 사람들이 몰려왔다. 사건 하나하나는 작아서 큰돈이 되지 않았지만, 여러 건이 모이자 가뭄을 해소하는 단비가 되었다.

초기에 했던 사건들은 대부분 대법원에서 승소 판결을 받았다. 유사 사건들이 법원에 폭주하자 땅을 빼앗긴다고 생각한 정부가 법원에 부탁해서 법원 부장 판사들이 대책 회의를 했다는 이야기가 들렸다. 그 후 갑자기 판결이 달라지기 시작했다. 급기야 대법원이 좀처럼 보기 힘든 전원 합의체 판결로 내가 받아 냈던 판례를 뒤집었다. 아무튼 이 사건들을 계기로 나는 '달동네 전문 변호사'가 되었다. 어려운 동네 사람들의 친구가 되어 상담도 해 주고, 유사한 다른 사건도 맡았다.

지자체 고문을 몇 군데 맡게 되면서 일반 변호사가 쉽게 접하기 어려운 행정법 분야에서도 전문 지식과 경험을 쌓을 수 있었다. 지금은 행정법원이 1심 법원이지만 그때는 고등 법원이 행정 소송 1심이었다. 판사라도 고등 법원에 올라가 특별부에 배치되지 않으면 행정 소송을 경험하기 어려웠다. 나는 서울시에서 인사위원회, 행정심판위원회, 지방세심의위원회 등 각종 위원회 위원으로 위촉되어 일하면서 행정 실무에 관여했다. 뿐만 아니라 공무원교육원에서 강의도 맡았다. 20년 정도 행정 자문과 소송을 하면서 행정법 실무에 관한 책을 준비할 정도로 전문가가 됐다. 행정 소송을 맡기는 의뢰인도 늘어났다. 형사 사건을 하지 않고 민사와 행정 소송 위주로 사건을 맡아 일은 고되어도 마음은 편했다.

변호사 중에는 서류 작성을 사무장에게 맡기고 법정 출석에만 신경 쓰는 사람이 적지 않은데, 나는 모든 서류를 직접 작성했다. 사건이 늘어나면서 시간이 모자랐다. 저녁 끼니를 간단히 때우고 밤늦게까지 사무실에 혼자 남아 일했다. 그래도 시간이 모자라서 토요일, 일요일에도 사무실에 나갔다. 정신없이 일하는 생활에서 빠져나오지 못하고 다람

쥐 쳇바퀴 돌듯이 살았다. 몸이 힘들었지만, 사건이 없어서 걱정하는 것보다는 일이 많아서 시간이 없는 편이 나았다.

　시간이 있을 때는 돈이 없다고 불평하고, 돈이 있을 때는 시간이 없다고 불평하는 사람이 있다. 하지만 둘 다 가질 수 없다면 가진 것에 만족해야 한다. 그것이 내가 생각하는 '행복의 법칙'이다. 어떤 사람이 사고를 당해서 두 눈을 잃었는데도 자신을 불행하다고 생각하지 않고 다른 부분이 온전한 데 감사했다는 말을 기억한다. 사람은 언제나 가진 것과 가지지 못한 것이 있는데, 가진 것에 대해서는 감사하지 않고 부족한 것만 생각하기 때문에 불행해진다. 이것은 '불행의 법칙'이다.

방송에 출연하다

누군가 내 인생을 두고 '퓨전(fusion)'이라고 했다. 21세기의 테마가 되고 있는 '융합형 인간'이란 말이다. 변호사 활동을 하면서 청소년 단체 운영, 청소년 진로 멘토링, 방송, 강의, 증권 활동, 책 저술, 사회 활동, 종교와 봉사 활동 등으로 다양한 인생을 동시에 살고 있기 때문이리라.

그것이 가능한 것은 나 스스로 젊다고 생각하기 때문이다. 간혹 내 또래를 만나면 나이 들어가는 모습에 놀랄 때가 있다. 50대 중반에 벌써 노인 같은 친구도 있다. 하지만 나는 지금도 젊을 때 그랬던 것처럼 새로운 데 도전하기를 마다하지 않는다. 젊게 생각하고 행동해야 젊게 살 수 있다.

나만큼 방송 경력이 많은 변호사도 없을 것이다. 변호사로서 예능 프로그램에 출연한 것도 내가 최초이다. 나의 방송 데뷔는 1995년 가을 SBS「코미디 전망대」의 '전망대 고변호사'란 코너였다. 그전까지 나는 방송에 출연한 적이 없고, 방송국에 아는 사람도 없었다. 그런데 어느 날 친구인 조재연 변호사의 소개로 유성찬 작가가 찾아왔다. 코미디 프로에 출연해 달라는 것이었다. 코미디언들이 분쟁 상황을 재미있게 재현하면 내가 화면에 나타나서 판결을 하는 역할이었다. 시간도 2~3분 정도면 된다고 했다. 코미디 프로지만 내가 웃길 필요는 없다고 했다. 사무실에 와서 찍어 간다고 해서 시간이 없다는 핑계도 댈 수 없었다. 거듭된 설득에 결국 하기로 했다. 한 번 해 보고 아니라고 생각하면 그만두어도 된다고 판단했다.

카메라를 보고 말하는 것은 생각보다 어려운 일이었다. 자꾸 엔지가 났다. 몇 마디면 될 일이 처음에는 1시간씩 걸렸다. 방송된 것을 모니터 해 보니 표정이 너무나 어색했다. 그래도 방송국에서는 계속 해 달라고 했다. 어눌한 것이 오히려 호감을 주고, 그 코너의 시청률이 다른 코너보다 높게 나타났다는 것이다.

계속 내 사무실에서 촬영하다가 1996년 설날 특집 때 처음으로 방송국 스튜디오에 갔다. 진행자가 "고 변호사님"하고 부를 때 내가 나타나서 판결을 했다. 즉석에서 말하는 것이 훨씬 자연스럽고 시청자 반응도 좋았다. 시간이 걸리더라도 스튜디오에 가서 하기로 했다. 하승보 피디까지 여러 명의 피디가 그 프로를 거쳐 가는 동안 코너의 비중이 점점 커졌다. 인기가 올라가면서 다른 프로 섭외도 많아졌다. 1996년 말에는 SBS 코미디 특별상까지 받았다.

개그우먼 김미화 씨와는 특히 가깝게 지냈다. 연예인이라면 천부적으로 웃기는 재주가 있는 줄 알지만, 내가 아는 연예인은 대부분 노력형이었다. 미화 씨도 매일 밤 2시까지 대본 연습을 한다고 했다. 시청자들이 볼 때 애드립 같은 연기도 실제로는 피나는 연습의 결과이다. 연예인으로 성공하려면 일류 대학에 가는 것보다 더 큰 노력이 필요하다. 공부가 힘들어 연예인이 되려고 하는 사람은 100퍼센트 실패한다.

1990년대 말 코미디 트렌드가 변하면서 콩트 위주의 「코미디 전망대」가 막을 내렸다. 미화 씨는 KBS로 옮겨서 「코미디 세상만사」의 주역이 됐다. 그 프로에 '고 변호사' 코너가 생겼다. 코미디언들이 서로 옳다고 다투면 내가 그 자리에 나타나서 결론을 내주는 포맷이었다. 처음에는 문을 열고 나타났는데 시청률을 의식해서 벽을 깨고 나타나는 것으로 바꿨다. 변호사가 벽을 깨고 나오는 장면이 시청자에게 충격이었던지, 당시 대한민국에 나를 모르는 사람이 거의 없었다.

내가 텔레비전에 출연하면서 변호사에 대한 고정 관념이 깨지기 시작했다. 그전까지 변호사들은 연예 프로에 출연하는 것을 기피했다. 나로 인해 변호사에 대한 일반인의 거리감이 상당히 좁혀졌다고 하니 나름대로의 역할은 한 셈이다.

1998년 초 KBS 차형훈 피디가 만나자고 하더니 「고승덕 김미화의 생생 경제 연구소」라는 제목으로 새 프로그램을 제안했다. IMF 구제 금융을 받고 환란 위기가 한참 심할 때 위기를 극복하는 지혜를 주자는 것이 제작 의도였다. 주식, 부동산, 창업, 금융의 네 분야를 중심으로 딱딱한 경제 문제에 재미를 가미한 교양 프로그램이었다. 프로그램에 내 이름을 걸고 진행하는 것이므로 의미가 있었다. 코미디를 그만두고 새 프로그램을 하기로 했다.

새 프로그램은 생방송으로 1시간 동안 진행되었다. 생방송을 진행하는 것은 새로운 경험이었다. 같이 진행을 맡은 미화 씨로부터 많이 배웠다. 프로그램은 나름대로 시청률을 유지했지만, IMF 막바지에 광고가 붙지 않아서 여섯 달 정도 하다가 막을 내렸다.

2002년 7월부터는 SBS「솔로몬의 선택」에 고정 출연했다. 한동안 방송 출연을 자제할 때였는데, 비 오는 날 이창태 차장이 찾아왔다. 마음이 움직였다. 「솔로몬의 선택」은 법률문제를 재미있게 재연해서 보여주고 연예인 패널이 토론한 다음, 4명의 변호사가 판정을 한다. 미리 각본이 있는 것이 아니라 각자 소신에 따라 판정한다. 변호사마다 의견이 다를 수 있다는 점이 시청자들에게 흥미를 불러일으켰는지, SBS의 효자 프로그램이 되었다. 지금도 나를 이 프로그램으로 기억하는 사람이 많다.

그 후에도 한국경제TV에서 진행자, 전문 패널로 여러 프로그램에 출연했다. 국회 의원을 하는 동안은 방송을 하지 않다가 2013년부터 활동을 재개해 MBN에서 「고승덕의 집중분석」이란 생방송 대담 프로그램을 진행했다. 한국경제TV에서도 「고승덕의 인생 2막 행복 포트폴리오」을 진행하고 있다.

요즘은 예능 프로그램에 출연하려고 애쓰는 변호사가 많지만 방송은 냉정하다. 출연하고 싶어도 시청자 반응이 안 좋으면 바로 교체된다. 시청률이 낮으면 하루아침에 프로가 없어진다. "이번 주 출연 잊지 마라"는 연락이 오지 않으면 '잘렸다'고 생각하면 된다. 나는 방송이 주업이 아니므로 방송 출연에 연연하지는 않았다. 출연료도 얼마 되지 않았다.

오히려 방송 출연 탓에 손실이 컸다. 나를 잘 알지 못하는 사람은 내가 방송으로 바빠서 사건을 제대로 처리할 시간이 없을 것이라고 생각했다. 유명한 만큼 수임료가 비쌀 것이라고 말하는 사람도 있었다. 어느 쪽이건 간에 사건 수임에는 도움이 되지 않았다. 방송으로 얼굴이 알려져 무료로 법률 상담을 해 달라는 사람만 많아졌다. 길을 갈 때 나를 세워 놓고 상담하려는 사람도 있었다. 그래도 내가 방송 활동을 계속한 것은 방송이 나의 무미건조한 일상에 활력소가 되었기 때문이다.

방송으로 공인이 된 덕분에 광고에도 몇 편 출연했다. 2003년에는 미스코리아 심사위원도 했다. 판사 시절 교통사고로 다친 얼굴을 보면서 인생에 절망했던 것을 생각하면 그로부터 10년, 방송에 출연해 내 얼굴에 호감을 갖는 시청자들이 생긴 것이 놀랍기만 하다.

증권 전문가로 활동하다

펀드 매니저 시험을 치다

나는 IMF 전에 펀드에 투자했다가 크게 손실을 본 적이 있다. 1999년 봄 서서히 경제가 회복되고 주식 시장이 상승세를 타는 것을 보고 주식 투자를 결심하는 나는 한 증권사 지점장에게 블루칩을 사 달라고 돈 맡 겼다. 며칠 지나서 삼성전자 주식을 샀다고 연락이 왔다. 그 후 증시는 계속 상승했고 삼성전자 주가는 폭등했다. 다섯 달이 지나 수익이 크 게 났으리라 생각하고 잔고를 확인해 보니 삼성전자는 간데없고 이름 도 몰랐던 회사인 흥창의 주식에 돈이 다 들어가 있었다. 내가 항의했 더니 "대체 에너지 개발이 거의 완료된 업체라서 전망이 좋을 것으로 예상하고 투자했다."고 변명했다. 신문 기사를 검색해 보니 몇 달 전에 도 대체 에너지를 개발했다고 기사를 흘려 장난을 쳤던 회사였다. 주가 움직임을 분석해 보니 작전 세력이 주가 꼭지에서 물량을 처분할 때 그 물량을 받아 주는 이른바 '설거지'에 내 돈이 들어간 것이었다. 그것으로도 모자라서 지점장은 주가가 폭락하자 중간 바닥에서 내 주식을 팔고, '뒤풀이' 상승의 꼭지에서 다시 주식을 샀다. 원금의 3분의 2 이상이 사라져 있었다.

나는 작전에 당했다고 확신하고 이 일을 법적으로 문제 삼기로 했다. 잘못을 입증하기 위해 주식 공부를 시작했다. 주식 책을 읽다 보니 그 지점장이 잘못한 점이 너무 많았다. "거래량 꼭지는 주가의 꼭지다"라는 증시 격언을 무시하고 거래량이 가장 많을 때 산 점, "막판 불꽃이 가장 강하다"는데 마지막 상한가에서 추격 매수한 점, 상승 파동이 3번 온다는 "엘리오트 파동 이론"을 무시하고 세 번째 상승 파동의 꼭지에서 산 점, 주식 매수는 분할 매수가 원칙인데 일시에 돈을 다 집어넣은 점, 몇 달 전에 작전성 기사가 나와 약효가 없어졌는데도 두 번째 기사가 나올 때 산 점 등 투자의 기본을 숱하게 어겼다. 내가 분명히 블루칩을 사라고 했는데 무시하고 소형주를 산 것만 따져도 업무상 배임죄에 해당됐다. 형사 고소를 했으나, 살려 달라고 매달리는 바람에 합의를 했다.

이 과정을 통해 나는 주가의 기술적 분석에 대해 알게 됐다. 기술적 분석이란 주가의 과거 움직임을 보면 미래의 주가를 예측할 수 있다는 이론이다. 시중에는 기술적 분석을 다루는 책들이 20권 이상 나와 있었다. 나는 직접 주식에 투자해 보자는 생각으로 주식을 파고들기 시작했다.

불행히도 내가 본격적으로 주식을 시작한 것은 1999년 말로, 증시가 최고점을 찍었을 때였다. 2000년 초부터 주가가 폭락하기 시작했다. 대세가 하락할 때는 주식 투자를 하지 말아야 하는데 손실을 만회하겠다는 생각에 주식을 계속 사고파는 바람에 손실이 컸다.

그 무렵 KBS를 나와 와우TV라는 증권 전문 케이블 방송을 설립한 차형훈 피디가 2000년 8월 시험 방송을 시작했다. 도와주는 차원에서 「국민 주식 고충 처리반」이라는 프로그램을 진행했다. 여러 명의 주식 고수들이 출연해서 주식 매매 시점을 알려 주는 프로그램이었다.

1년 정도 그 프로그램을 진행하면서 고수들로부터 조금씩 실전 기법을 배웠다. 책에는 없는 내용들이었다. 시중에 나와 있는 주식 책 중에는 오래된 일본 책을 베껴 우리 증시에 맞지 않는 것이 많았다. 자기가 제시한 기법에 맞는 사례만 골라 싣고 틀린 사례는 싣지 않은 책도 있었다.

나는 과거 주식 차트를 연구하기 시작했다. 처음에는 단편적인 내용을 조각 그림처럼 연결해서 큰 그림을 맞추려고 시도했으나, 통일된 그림이 나오지 않아서 주가 움직임의 원리를 찾았다. 과거 몇 년 치의 차트를 넘기며 밤을 새우는 날들이 많았다. 낮에는 변호사 일을 하고, 밤에는 주식 연구에 매달렸다. 그런 노력의 결과, 나는 마침내 주가 움직임을 설명할 수 있는 원리를 발견했다. 그것이 내가 세계에서 처음으로 정립한 '파동 원리(principle of wave)'이다. 물리학적인 파동의 속성을 주가 분석에 응용한 것이다.

나는 연구 결과를 토대로 주식 책을 썼다. 2002년부터 나온 「고 변호사의 주식 강의」 시리즈가 바로 그것이다. 2002년 5월 초부터 출간된 이 시리즈는 경제 분야 베스트셀러에 올라서, 일반인은 물론 증권사 직원들의 필독서가 됐다. 지금까지 가장 많이 팔린 기술적 분석 책 중 하나다. '주강'이라는 애칭으로 불리는 이 시리즈를 읽고 주식을 어떻게 하는지 처음 알았다는 사람이 많았다. 주식 전문가들 중에는 투자 기법을 너무 많이 공개했다고 불평하는 사람도 있었다.

파동 원리로 예측한 증시 방향은 정확성이 높다. 내가 한 인터넷 사이트에 올린 증시 전망은 최고의 클릭 수를 기록하기도 했다. 신문, 잡지 등에 한 기고도 제법 인기를 끌었다. 한때 내 증권 홈페이지의 회원 수는 2만 명 가까이 되었으며, 한국경제TV에서 반년 동안 진행한 주식 강의도 큰 인기였다.

증권은 전문 영역이다. 어떻게 이 분야를 전공하지도 않은 내가 이런 성과를 이룰 수 있었을까. 나는 집중력 있는 노력 덕분이라고 생각한다. 세상은 아직도 허술하다. 자세히 보면 많은 분야가 개발되지 않고 남아 있다. 광야에 길을 내고, 사막에 강을 만든다는 이사야 말씀은 살아 있다.

나는 2003년 펀드 매니저 즉 일반 자산 운용 전문 인력 시험에 당당히 합격해서 제도권에 진입했다. 아무런 자격증도 없고 증권을 전공하지도 않은 나를 마치 병 잘 고치는 무자격 의사인 것처럼 매도하는 사람들이 있었기 때문이다. 펀드 매니저 시험 준비는 부담이 컸다. 쉬운 시험이 아닌 데다, 시험에서 떨어지면 세간의 가십거리가 될 것 같았다. 나는 반드시 합격하겠다는 목표를 세웠지만 시간이 없었다. 낮에는 변호사 업무, 증권 일을 하고 밤에 잠을 줄여 공부했다. 6개월에 걸쳐 10권이 넘는 기본서를 20번 이상 반복해서 읽었다. 공부한 것을 생각하면 떨어질 수 없는 시험이었다.

파동 원리를 발견하다

하나의 파동은 다음과 같은 원리로 움직인다. 첫째, 파동은 움직이는 방향(추세)이 있지만 직선으로 나아가는 것이 아니라 흔들리는 것이다. 파동은 움직이는 방향으로 강하고 반대 방향(조정)으로 약하다. 둘째, 파동의 진폭이 수렴하면 에너지가 응축되어 강한 힘을 내재하게 되고, 진폭이 확대되면 에너지가 분산되어 약하다. 셋째, 파동은 주기가 큰 것일수록 서서히 움직이고 방향을 바꾸는 데 시간이 걸린다.

그런데 입자와 달리 파동은 여러 개가 동시에 존재한다. 즉 파동끼리의 관계가 중요하다. 두 파동 사이에도 몇 가지 원리가 있다. 첫째, 두 파동이 같은 방향으로 만나면 증폭되지만 반대 방향으로 만나면 상쇄되어 약해진다. 둘째, 두 파동의 크기가 다를 때는 작은 파동이 큰 파동의 흐름을 따라갈 가능성이 크다. 셋째, 작은 파동이 큰 파동과 반대 방향으로 여러 번 부딪치면 큰 파동의 방향이 바뀔 수 있다.

나는 이 같은 파동의 속성이 주가의 움직임에서도 보인다는 것을 알아냈다. 주가 움직임을 해석하는 비밀의 열쇠를 발견한 것이다. 그때까지는 누구도 물리학적인 파동 원리가 주가 분석에 응용될 수 있다고 생각하지 못했다.

파동 원리를 공부하는 과정에서 모든 존재의 궁극에는 파동이 내재되어 있다는 것을 알게 되었다. 뉴턴이 시작한 근대 물리학은 공간과 시간의 지배를 받는 질량을 기초로 한 입자 물리학이다. 그런데 19세기에 전자를 연구하는 과정에서 입자가 파동으로 관측될 수 있다는 이중성이 발견되었고, 20세기 초 아인슈타인이 에너지와 질량이 같다는 유명한 공식(E=mc²)을 제시했다. 나는 이러한 생각들을 연결해서 '입자=파동=에너지'이라는 '우주의 삼위일체' 방정식을 만들었다.

우주 삼위일체의 의미는 놀랍고도 획기적이었다. 존재는 원래 하나이지만 인간이 인식하는 모습에 따라 세 가지로 보일 뿐이다. 이것을 깨닫자 우주관, 종교관, 인간관, 사회관에서 패러다임의 전환이 생기게 되었다. 하나님의 삼위일체도 이해가 됐다. 하나님은 본래 한 분이나 인간이 인식하는 모습이 세 가지이다. 시간과 공간 속에서 입자처럼 인식되는 모습이 성자이고, 시간과 공간을 초월해서 작용하는 파동적인 모습이 성령이고, 에너지로 인식되는 모습이 성부이다. 실제로 성부 하나님은 성경 속에서 빛, 불같이 에너지의 모습으로 묘사되어 있다.

인간도 지금까지는 육체와 정신이라는 이원론으로 인식되어 왔지만 과학적으로 접근하면 입자(육체), 파동(정신, 영혼), 에너지로 나누어 인식하는 것이 옳다는 결론에 이르게 된다. 파동이 변하면 입자와 에너지가 변한다. 인간은 생각만 바꿔도 자신의 파동을 변화시킬 수 있는 존재이다. 수련이나 기도, 열망, 신접으로 파동을 증폭시킬 수도 있다. 예를 들어, 우리가 믿고 기도할 때 하나님의 파동과 인간의 파동이 같은 방향으로 일치하게 된다. 하나님의 파동은 가장 큰 파동이므로 증폭의 효과는 엄청나다. 입자-파동-에너지는 같은 존재이므로 파동이 변하면 입자도 변화된다. 병 치료 같은 기도의 응답이 실제 현상이 될 수 있는 것이다.

인간관계도 파동 원리를 적용할 수 있다. 남의 마음을 움직이기 위해서는 두 파동을 같은 방향으로 맞추는 것이 필요하다. 권위나 재물은 남이 나에게 파동을 맞추도록 강제하는 힘이다. 그런 힘이 없다면 내가 남의 파동에 맞추어야 남의 마음을 움직일 수 있다. 즉 대등한 관계에서는 남의 입장에서 생각하고 말하는 것이 설득과 협상의 출발점이 된다.

남을 위하는 것은 만행(萬行)의 근본이다. 기독교의 사랑, 불교의 자비처럼 남에게 먼저 베풀라는 것이 종교의 기본인 것도 파동 원리상 당연하다. 나쁜 생각은 나쁜 파동이므로 결국 내 신체를 해치게 된다. 남을 위하는 것이 나를 위하는 것이다. 이런 원리를 안다면 선한 생각을 가지고 살려는 노력을 하지 않을 수 없다.

남녀 간의 사랑도 2개의 파동이 같은 방향으로 만나서 증폭되는 현상이다. 조선 시대라면 여자의 파동이 작아서 남자의 큰 파동에 따라가겠지만, 남녀평등 시대에는 처음부터 파동이 같은 남녀가 만나야 한다. 각자 살아온 문화나 장기간 형성된 사고방식은 주기가 큰 파동이므로 방향을 바꾸는 데 시간이 많이 걸린다. 사회적인 외면만 보고 파동이 다른 사람들끼리 결혼하는 경우, 파동을 일치시키는 데 장기간 노력해야 한다. 그 과정에서 반대 방향의 파동끼리 충돌하면 서로의 에너지를 상쇄시키게 된다. 시간이 흘러도 두 파동의 방향이 일치되지 못하면 결국 헤어지게 된다. 성격 차이라는 이혼 사유도 본질적으로는 파동 차이를 극복하지 못한 때문이라고 할 수 있다.

파동 원리가 응용될 수 있는 분야는 무궁무진하다. 식물도 파동이 있으므로 좋아하는 음악을 들려주면 더 잘 자란다. 스트레스로 인해 생기는 암은 파동이 입자를 깨뜨리는 현상이므로 입자론적인 수술보다는 파동론적인 마음의 치료가 더 중요하다. 생산과 마케팅도 고객의 마음을 움직이기 위해 고객이 원하는 바를 알고서 그것에 맞추어야 한다.

파동은 같은 방향으로 복제되어 전파되려는 본성이 있다. 나는 이것을 '파동 복제 현상'이라고 한다. 외부에서 공급된 양분을 자기 몸에 맞게 동화시키는 과정이나 생물의 번식도 알고 보면 파동 복제 현상이다. 유전자는 파동을 기억하는 구조물이다. 무생물에 가까운 바이러스가 본능적으로 증식하는 것도 파동 복제 현상으로 설명된다. 파동 복제 현상은 심리에도 적용된다. 유행 전파도 파동 복제 현상에 다름 아니다.

파동 원리는 당장 주식에서 수익을 내는 실용적인 원리일 뿐 아니라 생각의 근본을 바꾸는 원리이다. 나는 감히 21세기는 파동의 세기가 될 것이라고 단언한다. 우주의 삼위일체는 물리학뿐 아니라 모든 과학의 궁극적 과제가 될 것이고, 심리학, 정치학, 종교학, 철학 등 모든 방면에서 파동 원리적인 접근 방법이 개발되어 갈 것이다.

정치에서 희망을 보다

2008년 5월 30일, 나는 제18대 국회 의원이 되었다. 내가 정치를 하겠다고 나섰을 때 다들 의아하게 생각했다. 주변에서는 '더러운 물'에 들어가면 오염된다면서 말리는 사람이 많았다. 나도 정치를 하기로 결심하기가 쉽지 않았다. 정치를 해서 개인적으로 득 될 것이 없어 보였다. 한국 정치 구도는 여야 한쪽을 지지하는 국민이 각각 30퍼센트이고, 중간 성향의 국민이 40퍼센트이다. 방송으로 좋은 이미지를 가지고 있더라도 정치를 하는 순간 국민 3분의 1로부터 호감을 잃게 된다. 한국 정치는 사사건건 첨예하게 대립하기 때문에 합리적인 사람이 설 공간이 좁다.

나는 하나님께 원칙을 지키고 깨끗한 정치를 할 테니 도와 달라고 간구했다. 《경향신문》에서 능력을 인정받은 김용석 차장을 삼고초려 끝에 수석 보좌관으로 영입했다. 김 차장을 영입할 때 서민을 위한 의정 활동을 하겠다고 약속했다.

국회에 들어가자마자 리먼브라더스 부도로 금융 위기가 터졌다. 서민을 위해 일할 기회였다. 나는 한나라당 금융위기극복종합상황실 금융 팀장에 임명되었고, 그 후 서민행복추진본부 간사, 빈곤없는나라만드는특별위원회 총간사, 국회현장경제연구회 대표 등을 맡아 경제 대책과 입법에 매달렸다.

서민 정책 금융(햇살론)을 도입하는 지역 신보법 개정 법안, 부실기업에 대한 조사권 강화를 위한 예금자 보호법 개정 법안, 은행 부실화 방지를 위한 은행법 개정 법안, 금융 회사의 사회적 책임 강화를 위한 자본 시장 통합법 개정 법안, 금융 소비자 보호를 위한 금융 위원회 설치법 개정 법안, 대기업의 횡포로부터 중소기업을 보호하기 위한 하도급 개선 입법, 소상공인의 신용카드 수수료 인하를 위한 여신 전문 금융업법 개정 법안, 불법 사채업에 대한 피해 대책으로 대부업 등록법 개정 법안, 부당한 약관에 대한 소비자의 심사 청구권을 강화하는 약관 규제에 관한 법률 개정 법안, 우선 변제 받을 수 있는 소액 보증금 기준에 관한 주택 임대차 보호법 개정 법안, 생계형 저축의 비과세 혜택에 관한 조세 특례 제한법 개정 법안, 노년층의 주택 연금에 대한 농어촌 특별세 면제 법안, 국위를 선양한 선수의 격려금에 대한 압류를 금지하는 국민 체육 진흥법 개정 법안 등이 내가 대표 발의한 경제 관련 법안들이다.

이 법안들은 거의 전부 통과되거나 정책으로 실현되었다. 내가 대표 발의한 자동차 지원 법안(10년 이상 노후한 자동차를 교체할 때 조세 혜택을 주는 법안)도 현실화되었다. 이 법안은 금융 위기로 다른 선진국들이 마이너스 성장할 때, 우리나라가 자동차 산업과 함께 플러스 성장하는 밑거름이 되었다.

깨끗한 사회를 만들기 위한 법안도 여러 건 발의했다. 양심적 신고자에 대한 보상을 강화하는 독점 규제 및 공정 거래에 관한 법률 개정 법안은 통과되지 못했지만, 공정 거래 위원회가 그 취지를 받아들여 불공정 행위 신고 포상금을 최고 10배로 인상했다. 정부 계약에 대한 청렴 의무 위반 시 계약을 해제하도록 하는 국가 계약법 개정 법안은 시행령 개정에 포함되었다. 후손에게 국가 채무를 떠넘기지 못하게 균형 예산을 법으로 강제하기 위한 국가 재정법 개정 법안도 반드시 필요하다고 생각했지만 정부 반대로 무산되었다.

나는 교육에도 관심을 가졌다. 입학 사정관의 부정에 대한 법적 책임을 강화하는 고등 교육법 개정 법안은 통과되었지만, 고교 무상 교육을 위한 초중등 교육법 개정 법안과 각급 학교에서 음주를 제한하는 법안은 아쉽게도 무산되었다.

고교 무상 교육을 위해, 나는 처음에 교육 기본법을 개정해 의무 교육 연한을 현재 9년에서 12년으로 늘리는 방법을 검토했다. 그러나 고교 진학률이 95퍼센트에 이른다 해도, 정규 고교에 진학하는 대신 비인가 대안학교를 찾는 등 다른 길을 모색하는 학생과 학부모들도 여전히 존재한다는 점을 고려해 의무 교육 연장 방안은 포기했다. 의무 교육은 무상인 대신 취학의 의무가 부과되기 때문이다.

대신 나는 초중등 교육법 개정으로 방향을 선회했다. 학부모 대신 공공이 학교 운영자에게 수업료 등을 내주는 형식으로 무상 교육을 시도한 것이다. 특목고, 자사고같이 학비가 비싼 경우에는 그 학교가 소재하는 기초 자치 단체의 일반계 고교 수업료 부분만큼은 공공이 부담하고, 나머지 차액은 수익자인 학부모가 부담하는 방안으로 설계했다. 당시 의원실에서 비용 추계를 해 본 결과, 연 2조 원 안팎이면 고교 무상 교육이 가능하리라 예상됐다.

지금도 나는 고교 무상 교육이 진정한 복지라고 생각한다. 학부모가 공무원이나 공기업, 대기업, 중견기업 재직자라면 소속 직장에서 고교 학비가 나온다. 기초 수급자 등은 공공에서 지원이 된다. 학부모 스스로 고교 자녀 학비를 마련하는 경우는 소기업 근로자, 자영업자, 일용 노동자 등이다. 고교 무상 교육이 실시되면 바로 이들이 실질적 혜택을 보게 된다. 가만히 있던 정부도 2013년 들어 그런 법안들을 추진하기 시작했다.

나는 나름대로 열심히 활동했지만 언론은 초선 의원에게 별로 관심을 갖지 않았다. 그래도 국정감사 NGO 모니터단이 선정한 국정 감사 우수 의원에 선정되었고, 2008년에는 여의도통신과 희망제작소가 공동으로 심사한 올해의 정책 보고서 대상을 받기도 했다.

나는 국제적 경험을 살려 국제통으로도 활약했다. OECD의회회담 한국 대표, 한미의원외교협의회 간사, 한독의원친선협회 부회장, 한나라당국제위원장을 역임했고, 한국에서 두 번째로 국제민주연맹(IDU) 부의장으로 피선되기도 했다.

정치판은 생각보다 깨끗했다. 독재 시대에는 통치 자금으로 정당을 관리했고, 민주화 시대가 된 후에는 보스가 돈으로 계파를 관리하기도 했다는데 지금은 많이 투명해졌다. 나는 구설수에 휘말릴 것을 걱정해서 공식적인 후원금도 받지 않다가, 남들이 이상하게 생각할 수 있다는 지적에 두 번째 해부터 후원금을 받았다. 법정 후원금으로는 턱없이 부족해서 사비를 많이 들였지만 마음은 편했다. 동료 의원들 중에는 지역 사무실 임대료가 밀렸다고 걱정하는 사람도 있었다. 국회 의원들 중에는 의정 활동에 필요한 기본적인 경비가 양성화됐으면 좋겠다고 바라는 사람이 많다.

그렇게 조심을 했는데도 의도적으로 없는 말을 만들어 내는 사람들 때문에 골탕을 먹었다. 2010년 지방선거에서 공천에 탈락한 몇몇 지역 인사들이 배후에서 악의적인 음해를 하고 다녔다. 언론에 허위 제보를 하기도 했다.

국회 의원 임기 막바지인 2012년 1월에 터진 돈 봉투 사건도 나를 크게 골탕 먹인 일이다. 언론은 전당 대회에서 돈 봉투 살포와 줄 세우기 같은 폐습을 없애자고 쓴 나의 신문 칼럼의 진의를 외면해서 특정인에 대한 형사 사건으로 몰고 갔다.

사태의 발단은 모 케이블 방송 출연이었다. 연말에 통과된 예산 문제를 인터뷰하겠다고 해 놓고 생방송에서 "일 잘하는 00 구청장을 공천에서 탈락시킨 이유가 무엇인가?", "전당 대회에서 돈 봉투를 주면 3년 이하 징역에 처하는 사실을 아느냐?" 같은 의도적인 질문을 계속 던졌다.

사건이 커지면서 검찰에 수사가 의뢰되었고, 나는 참고인으로 검찰에 출두하게 되었다. 나는 고뇌했다. 입을 닫을 것인가, 사실대로 말할 것인가. 입을 닫으라는 권유가 여러 군데서 들어왔다. 하지만 나는 국민만 바라보고 죽을 각오로 사실을 밝히기로 결단했다. 당시 내가 속한 당은 정치 혁신을 하는 것이 유리한 상황이어서 내 진술로 타격을 받지는 않았다.

내가 마치 누구와 공천 경쟁을 하다가 불리해지자 터뜨린 사건처럼 음해하는 사람도 있었으나, 당시 여론 조사 결과에 따르면 누구도 내 경쟁 상대가 되지 못했다. 아무리 정치가 권모술수라지만 그런 식으로 한 사람의 명예에 타격을 가하면서 이름을 알리려고 하는 것이 치사하다는 생각이 들었다. 정치 개혁을 주장한 내 칼럼이 300만 원짜리 형사 사건으로 끝난 것만이 유감스러울 따름이다. 그 때문에 나중에 내가 공천에서 탈락하자 내가 박근혜 비대위원장을 도왔다가 토사구팽을 당했다고 분석하는 사람도 있었다.

그래도 나는 우리 정치에서 희망을 보았다. 정치 현장에는 사심 없이 국민을 위해 애쓰는 정치인들이 많았다. 보스 정치는 거의 사라졌고, 국민의 정치의식도 올라가고 있다. 정치 발전을 위해 국민에게 바라는 몇 가지가 있다.

첫째, 지금처럼 국회 의원이 동장, 면장이 해야 할 일까지 관여하는 것은 바람직하지 않다. 지역 일은 지역 일꾼들에게 맡기고 국회 의원은 나라의 큰일에 전념할 수 있도록 해 줘야 한다. 그러려면 선거구가 커져야 한다. 국회 의원 수를 줄이거나 중선거구제를 채택하는 것을 검토할 필요가 있다.

둘째, 공천 제도를 대대적으로 손질해야 한다. 유력 정치인에게 잘 보였다는 이유만으로 누구인지도 모르는 사람이 검증도 거치지 않고 국회 의원이 되는 것은 후진적이다. 이대로 가면 공천 제도를 없애야 한다는 국민의 목소리가 커질 수 있다. 18대 국회에서 여당 다수파는 당권을 유지할 줄 알고 공천 제도 개혁에 반대했다가 당권을 잃은 후 뒤늦게 후회했다고 한다.

셋째, 국회의 행정부 감독 권한을 강화해야 한다. 독재 시대에는 행정부가 국회 의원을 무시하고 국회를 불신하여 제도적으로 국회를 약하게 만들었다. 실제로 우리 국회와 국회 의원은 힘이 없다. 기관에 자료 제출을 요구해도 불응하면 방법이 없다. 감사원이 현장 입회 감사를 기본으로 하듯이, 국회 의원도 현장에 나가 자료를 직접 보고 조사할 수 있게 제도화해야 한다. 국정 감사를 할 때도 수사나 재판 중이라는 이유로 자료 제출이나 증인 출석을 거부할 수 없게 해야 한다. 법률에는 형사 소추나 재판 결과에 영향을 줄 경우에만 거부할 수 있도록 되어 있는데, 행정부와 법원은 수사에 영향을 주는 경우나 재판에 지장을 주는 경우로 확대 해석하여 거부를 일삼고 있다. 국정 감사 무용론이 나오는 것은 바로 이런 이유 때문이다. 국회도 스스로 권한 회복을 위해 노력해야 한다. 다수당인 여당 의원들부터 청와대의 눈치를 보지 않아야 한다.

우리 국민은 한 세대에 경제 발전과 민주주의를 이루었다. 하지만 여전히 정치 분야는 낙후되어 있다. 정치도 선진국 수준으로 올라가야 한다. 나는 우리 정치의 선진화가 10년 내에 이루어질 것이라고 믿는다. 우리 국민의 저력을 믿기 때문이다. 선한 엘리트들이 정치 분야로 많이 들어가야 한다. 청소년 중에서 국민에 대한 봉사 정신을 가지고 정치를 꿈꾸는 사람이 많았으면 좋겠다. 최소한 국민이 정치를 걱정하고 정치가 경제의 발목을 붙잡는 일은 없어지도록 정치가 나아지면 좋겠다.

공익 활동에 눈뜨다

시간의 십일조

기독교에서 십일조는 수입의 10분의 1을 내놓는 것이다. 나는 나이 쉰이 되었을 때 '시간의 십일조', 즉 사회에서 혜택받은 만큼 다른 사람을 위해 내 시간의 10분의 1을 내놓기로 결심했다.

요즘은 '시간의 십일조'라는 말을 쓰는 사람이 제법 있지만, 이 말은 2003년 이 책을 낼 때 내가 처음 세상에 공개한 것이다. '시간의 십일조'를 결심한 후 나는 한 달에 사흘을 봉사하는 날로 떼어 놓았다. 나는 국회 의원이 되기 전까지 15년간 무료 법률 상담을 했으며, 여러 봉사 단체에도 참여했다. 여러 공익 단체의 대표나 고문도 맡았다. '봉사하자'는 제의는 내게 귀찮은 것이 아니라 고맙고 반가운 기회였다.

앉아 있기도 불편한 분을 목욕시켜 드리고, 손을 쓸 수 없는 분에게 음식을 먹여 드리면서 성한 두 손으로 봉사할 수 있다는 데 감사했다. 봉사를 하면 세상을 사는 의미를 깨닫게 된다. 인생에 활력이 될 뿐 아니라 얻는 것이 많다.

2002년 중고등학교에서 봉사 활동이 의무화되었다. 갑자기 자원 봉사자가 넘치면서 학생들에게 봉사 기회가 부족해 소동이 벌어졌다. 어떤 시설이나 기관은 학생이 몇 명 이상 몰려오면 봉사 자체를 거절하는 경우도 많았다. 그래서 나는 2007년 청소년나비운동본부를 발족해서 중고등학생들에게 봉사 기회를 제공하고, 공익 캠페인 등을 통해 학생들이 자원봉사 하는 프로그램을 주관했다.

2010년에는 청소년 단체인 사단 법인 드림파머스를 설립하여 정식으로 청소년을 위한 사업을 시작했다. 학기마다 대학생들을 위한 꿈 멘토링 아카데미도 운영하고 있다. 이 단체는 아직 협찬을 받지 않고 사비로 운영하고 있다. 내가 사회에 기여하는 하나의 방법이다.

왜 봉사인가?

자원봉사에 관심을 가지다 보니 봉사 관련 기관에서 다양한 역할을 맡게 되었다. 지역 자원봉사센터에 운영 위원으로 참여하기도 했고, 중앙자원봉사센터 운영위원회 부위원장도 역임했다. 청소년행복자원봉사대상 심사위원장도 두어 차례 역임하면서 학생들의 자원봉사 활동을 평가하는 기회도 가졌다.

자원봉사로 상을 받은 학생은 대학 진학할 때도 유리하다. 학생의 활동이 중요한 비중을 차지하는 학교생활 기록부 전형에서 봉사 활동은 특히 중요한 항목이다. 꼭 대학 진학에 활용하려고 그런 것은 아니겠지만 봉사 대상 후보로 올라온 학생들의 활동을 보면 참으로 다양하다.

봉사 활동을 심사하는 데 정해진 기준은 없다. 하지만 불문율처럼 심사위원들이 공감하는 심사 원칙은 있다. 사회적으로 의미 있는 봉사 활동을 지속적으로 해야 한다는 것이다. 예를 들어 거리 청소 같은 단순 활동보다는 사회적 약자를 위한 활동이 더 의미 있다. 부모의 재력이 뒷받침된 봉사 활동은 감점의 요소가 될 수 있다. 점자책 출판은 아이디어는 그럴 듯해 보이지만 학생이 하기에는 돈이 많이 든다. 이런 경우 실제로 학생이 봉사를 했다기보다는 부모가 뒤에서 대신 해 줄 가능성이 높다.

봉사 활동을 할 때는 자발성과 주도성이 중요하다. 가장 높이 평가받는 봉사 활동은 지역의 새로운 봉사 수요를 발굴해 기존에 없는 사업을 기획하고 꾸준히 행하는 것이다. 이러한 활동은 창의성도 인정된다.

봉사 활동을 하는 학생들은 봉사의 이유와 목적을 분명히 알고 있어야 한다. 국가에서 학생들에게 봉사 시간을 의무화한 것은 사회에 일손이 모자라서가 아니다. 청소년의 봉사 활동은 미래의 사회 구성원들이 남을 배려하는 공동체 정신을 깨닫고 실천하도록 하기 위한 것이다. 국가는 하나의 공동체이다. 국가가 지속되려면 국민이 더불어 사는 공동체 정신을 가져야 한다. 그것이 21세기형 애국심이다.

봉사 활동은 취업에도 도움이 된다. 오늘날 기업이 찾는 인재는 여러 역량을 갖추어야 한다. 그중 하나가 서비스 정신, 고객 정신이다. 누가 고객 정신을 제대로 가지고 있는지 말과 글만으로는 평가하기 힘들다. 입학 사정관과 입사 전형관은 당장 진학을 위하여, 취업을 위하여 과장되게 쓴 자기 소개서를 그대로 믿지 않는다. 고객 정신은 머리에 든 지식이 아니라 몸에 익힌 실천적인 태도이고, 습관이다. 공동체 정신과 고객 정신을 평가할 수 있는 결정적인 자료는 봉사 활동 기록이다. 기업이 원하는 고객 정신은 봉사 정신에 다름 아니다. 남을 위해 지속적으로 봉사한 기록을 가진 사람은 공동체 정신을 가지고 있을 확률이 높고, 고객에게도 잘할 것이기 때문이다.

대학과 기업에서는 봉사 활동 시간이 많고 적음을 보는 것이 아니다. 봉사 활동이 그 사람의 인생에 미친 영향을 중요하게 생각한다. 대학과 기업이 관심을 가지고 보는 것은 봉사 활동을 하게 된 동기와 목적, 봉사 활동을 하면서 겪은 어려움을 극복한 과정, 협동심이나 주도성을 발휘한 사례, 봉사하면서 깨달은 인생관과 가치, 진로 계획에 미친 영향 등이다. 이런 사항들을 봉사 계획서, 활동 보고서, 소감문 등의 기록으로 남기면 된다. 사진만 찍어 대서는 결코 좋은 평가를 받지 못한다.

특히 고교생과 대학생은 진로 방향에 맞추어 일관성 있게 봉사 활동을 해야 한다. 예컨대 병원 중환자실에서 봉사하면서 의대에 가서 인술을 펼치고 싶은 꿈을 가지게 되었다고 자기 소개서에 쓴 학생은, 자연보호 활동을 한 학생보다 의대 입학에 유리할 것이다. 교대에 갈 학생은 지역 아동 센터에서 어려운 가정의 아이들에게 주기적으로 공부 멘토링을 하면 높은 평가를 받을 수 있다.

지은이 고승덕

서울대 법대 재학 중에 고시 3관왕(사법시험 최연소 합격, 행정고시 수석, 외무고시 차석)이 되었다. 서울대 법대를 수석으로 졸업하고 예일대와 하버드대에서 법학 석사 학위(LL.M.)를 받았으며, 컬럼비아대에서 법학 박사 학위(J.D.)를 받았다. 세계 최대 법률 회사인 베이커앤맥켄지에서 일했으며 SBS「솔로몬의 선택」, KBS「고승덕 김미화의 생생 경제 연구소」등을 진행했다. 18대 국회 의원을 지냈고, 현재 서울사이버대학교 청소년 복지 전공 석좌 교수로 재직 중이다. 또 청소년 지도사 국가 자격을 취득하고, 청소년 단체 드림파머스 대표, 한국청소년발전포럼 공동 대표, 한국청소년쉼터협의회 이사장을 맡고 있으며 2012년부터 다애 학교(다문화 가정 대안학교) 교사로 봉사하고 있다. 저서로『고승덕의 ABCD 성공법』,『꿈으로 돌파하라!』,「고 변호사의 주식 강의」1~3권,『주식 실전 포인트』등이 있고 역서로『아빠는 너희를 응원한단다』가 있다.

꿈!
포기하지 않으면
불가능은 없다

1판 1쇄 펴냄 2003년 7월 25일
2판 1쇄 찍음 2014년 2월 27일
2판 3쇄 펴냄 2016년 3월 25일

지은이 고승덕
발행인 이무경
발행 마켓데이 - 개미들출판사
출판등록 2002년 2월 6일 제22-2096호

총판 마켓데이(유)
전화 02-591-3495
팩스 02-595-3197

ISBN 978-89-967530-2-5 03810
값 17,000원